依舊聽風聽雨眠

澳華新文苑叢書（第一卷）

何與懷　主編

AUSTRALIAN CHINESE LITERATURE SERIES (1)

二零零三年八月二十九日，「海外作家訪華團」攝於北京釣魚臺。團中澳華作家有：何與懷（前左三）、胡仄佳（前左四）、張奧列（後左三）、莊偉傑（右一）。

二零零六年三月十五至十八日，世界華文作家協會第六屆會員代表大會在澳門召開。圖為大洋洲代表與著名作家陳若曦（前左三）合照。

▶ 本書主編和澳華文壇前輩趙大鈍（右一）、梁羽生（右二）、劉渭平（右三，已去世）合照。

◀ 文友合照。左起：李普、黃雍廉、何與懷、西彤、喬尚明、雪陽。

▶ 澳大利亞是一個平和、歡樂、多元的國度。圖為悉尼二零零八年元旦之夜。

第三輯

　　薪傳和弘揚中華文化永遠是世界各地華夏子孫
義不容辭──或者說，自然而然──的職責，也是
一種宿命。基於這個信念，並因為對文學的執著，
我們在澳大利亞最大的華人媒體《澳洲新報》創辦
文學副刊《澳華新文苑》。這個副刊創作與評論並
重。創作百花齊放，散文、小品、詩歌、小說、報
告文學……，各種體裁、各種題材均予刊登，特別
鼓勵別出心裁、別開生面，別具一格的作品。評論
百家爭鳴，力求言之成理，富有建設性、可讀性。
自二零零二年三月九日發刊以來，承蒙廣大讀者、
作者的青睞、愛護與支援，《澳華新文苑》居然也
算辦得有聲有色，不分流派、觀念，始終保持較高
的文學品位，影響越來越大，已被眾多論者譽為澳
洲華人媒體優秀的文學副刊。事實上，它不但在澳
洲廣受歡迎，而且在中國大陸、台灣、香港等地也
逐漸引起有關研究部門和人士的重視，認為是研究
澳華文學和澳洲多元文化的重要的第一手資料。作
為這個文學副刊的主編，我深感榮幸和安慰。

按照我們預定的設想，為了讓本刊所發表的創作和評論作品更加發揮作用和影響，也為了方便有關人士的研究，現決定編輯出版《澳華新文苑叢書》。叢書曾經按慣例以散文、小說、詩歌、評論……各體裁分卷試編過，但總覺得比較平面，零散，澳華文壇的總體形象不夠鮮明。現改為按一個個作者小輯編，既選集作者各種文體的代表作品，又配有相關的介紹、評論，這樣看來比較立體而眉目清楚。我們主要根據作者在《澳華新文苑》發表作品的情況，一批一批地收編。這樣，叢書將一卷一卷無限期編輯出版下去。每卷約為十位左右作者的合輯。

期望這套叢書能為以後編寫澳華文學史甚至世界華文文學史提供既翔實又比較現成的資料。

趁此叢書出版之際，衷心感謝《澳洲新報》董事長劉美玲女士、總編輯吳惠權先生和前總經理吳承歡先生，以及本書贊助者。

《澳華新文苑叢書》主編

何與懷

二零零六年五月二日於澳洲悉尼

胡仄佳

▲
胡仄佳和她的小兒子詹姆士。

　　川妹子胡仄佳，自覺自己是個興趣廣泛的女人，滑雪、開車、釣魚、叢林散步、露營、美術、音樂、戲劇、閱讀似乎都是她的愛好。還是個好吃也會做菜、手巧能幹做事乾淨利落、性格既直也曲、聰明糊塗俱有、能鬧能靜的一個既非「淑女」也非徹底「瘋丫頭」的人。

　　仄佳一九八二年畢業於四川美術學院油畫專業，上大學前當過工人，大學畢業後作過師範教師，報紙美術編輯和攝影記者。一九八九年出國門到澳洲，舉辦的卻是她的個人苗族刺繡收藏展覽。在澳洲結了婚的仄佳三年後移居去新西蘭，在那裡度過十年時光後再度搬回悉尼，她說，這次就不走了。

　　在新西蘭的奧克蘭市，仄佳和我都曾是那裡的居民，但當時我們卻互不認識，當時移居新西蘭的仄佳還不曾寫作。

　　用仄佳自己的話來說，活了幾十年，作了許多不同的事，到最後意識到寫作實際上一直是她心中最隱秘最強烈的願望。於是從一九九七年開始仄佳

胡仄佳

開始寫作至今，七年中已在澳洲、新西蘭、香港、台灣，美國，中國大陸的許多報紙雜誌上發表了近百萬文字，並在大陸出版了三本個人散文集。

　　視界廣泛，用心且敏銳的仄佳，文章文字生動有趣，既有深度也富詩意，在我主辦的《澳洲新報‧澳華新文苑》上，仄佳發表的文章不算最多，卻每篇都有相當份量，成為澳新華文文壇上引人注目的作家之一。

　　回悉尼兩年後，仄佳的散文「夢迴黔山」從來自世界各國的數百篇徵文中脫穎而出，榮獲美國《世界日報》二零零五年八月頒發的第一屆「新世紀華文文學獎」首獎。同一篇文章，還再次獲得中國成都首屆「金芙蓉文藝獎」（二零零六年一月）。仄佳的散文集《暈船人的海》還曾得過第六屆「金芙蓉文學獎」（二零零四年）；而她第一部散文集《風箏飛過倫敦城》曾獲台灣僑聯總會的文藝創作佳作獎（二零零二年）。

　　短短七年的創作經歷，收獲不可謂不豐！

夢迴黔山

胡仄佳

　　只要想想「三個雞」，「狗街」，「牛場」的蠻野地名，立刻我便神回重山峻嶺的貴州去，那是個漢人為少數民族的地方，城鄉遍是五顏六色千姿百樣的民族裝飾人種，滿耳苗語恫語彝語布依話，八個聲調的異語如歌。

　　多年前常去黔地冶遊，熟知苗山總是見不到人蹤的情景，雖然苗人總是在甚麼地方忙碌找食。寨裡有老人女人在忙，忙著刺繡，染布，裁衣，煮食，曬穀，餵豬帶娃娃。翻山越嶺到苗寨去看精美得不可思議的老刺繡和老銀飾，跟苗人討價還價買幾件小玩藝兒帶回家。我窮卻比苗人富，於是一去就住七八天，跟著過苗家的姊妹節蘆笙節四月八節和苗年，吃苗家的小鯽魚煮酸湯，吃辣椒拌糯米飯。那時住苗家又愛又怕，愛苗家的異族風情，怕黔地欺生的跳蚤，住一夜總被咬得身如花斑豹，搔癢難熬之極。

　　行程艱苦，從四川出發要坐十來小時的列車到黔東南州府下，再乘四五個小時的客車，然後是長長短短的步行方可到達苗寨。移民到大洋萬里外的國家多年了，無數次夢回黔地，記憶中的銀飾刺繡和苗家，悲滄歡喜交織，色彩濃重絢麗且如詩如畫。

黔道

破客車搖晃出客車站時，沒擠車上的人拍打車壁車屁股，半是求半在怒罵對頭不通人話的牛。黔地的客車真是頭任勞任怨的老殘牛，司機卻是勞蠻牛，兩頭性起的牛決定了要走，就喘息嘆氣打嗝放屁的頭也不回的自顧而去了。

超載的車撐了滿肚子貨與人，在盤山路上艱難爬行。司機張嘴大聲開罵這破車，像罵自家的兒也像罵懶牛，車便吭哧吭哧使出吃奶的力鼓勁爬坡。上了坡接著是下坡，司機腳剎手剎加嘴咒的剎去，黃塵沙暴般追撲進車箱，苗男女扯開頭帕包住鼻子嘴憋住氣，兩眼時睜時閉如漠上駱駝。

直到人貼人人壓貨的擠壓在顛簸中漸順出鬆動空間，人才活泛，苗話漢語的大聲開始聊起天來。

「坡腳前天拖了一串人來槍斃，狗日的腳都嚇軟了，站都站不穩。趕場天來看的人好多喲。」人沒說清嚇軟腳的是被槍斃的人還是看客自己？順其所指，只恍覺坡腳亂石顏色比別處濃烈了點罷？

過坡腳就彎彎上山，與幾間道班平房擦身而過之際，司機呼的扔出一捆報紙信件到屋前田坎上，掃眼見有小孩和狗跳出屋來爭搶。再行一段路司機突然停車在路邊人群前，下車擠進人堆裡，人再出現時手上多了隻活鴨，翅膀撲騰地扔到駕駛座旁。

「嫁么姑娘喝回門酒，喝第三天了。」車上乘客對路邊這群醉酒人知根知底，眾人鼻子臉貼在車窗上居高臨下羨慕的看。聽人用苗話咿哇交談，公路邊半坡松枝紮成的寨門邊擠滿了暈呼呼的酒客，彼此勾肩搭背忙著敬酒，喝一杯就在對方臉上蓋一個木刻青印，酒話酒歌酒臉糾纏不清。

車上人回味剛才見到的酒境，車前移幾分鐘後，人不再說么姑娘回門喝酒，改說前天縣客車出的禍，就在前頭不遠坡腳邊。

「剛下坡，狗日司機就發覺煞車莫得囉！前頭三轉下坡，一個比一個大，車乍停得下來？可憐滿車人只曉得驚叫，身子倒粘在椅子上扯不脫。只有兩個人不曉得乍搞的跳出車去了。」

扯起喉龍大聲說話的男人坐在自己的背兜上，繪聲繪色。司機也把頭惻過像來聽。

「幸好司機還沒發憆，曉得抓緊方向盤不鬆手，使勁把車往土崖邊擦刮開，牛耕田那樣把崖上的老土都翻開了。結果車撞到大灣的高田坎上，車屁股彈起落下來差點翻車，人才震醒過來，等人回去找兩個先頭跳車的，媽耶！背時鬼都死球了。人說那個男的是州裡派下來搞啥子調查的，那女人是外地個採購。走到我們山裡頭來死，他們屋裡的人不曉得乍個哭喔？」

車上的人高低齊嘆氣，突然有聲音問：

「你乍曉得的呢？」

漢子臉一紅老實說那天我也在車上，嚇昏了還沒受傷，車停了，自己下來跰了一跤撞了個青包在腦殼上。

乘客聽得嘎嘎大笑，司機笑得最響還呼嘯一聲：

「你們還敢不敢跳車啊？」

司機惡作劇地把方向盤一轉，老破車沉重地滑向路邊田坎又回到大路上，乘客麻杆似的偏倒，開心得像小孩。

清水江月

老屯河有一橋一渡，橋走人，渡載過往的車輛。方頭平底渡船載得動兩部大貨車，捎帶幾個偷懶不想走橋的人，使抓鈎拽住橫在河面的鋼纜，船伕一把把將重船和人都拉去對岸。這一帶來往車不多，船伕常在河邊抽煙睡覺聊天。渡口邊有幾棵大黃果

樹，樹下的酸辣粉攤勾住過往人的腳，人坐下歇口氣，看他人在河裡洗菜洗衣飲牛，看人拽船也看人走獨木橋。

老屯河上立了七張馬樆為橋墩，碗口粗的樹幹砍去枝椏，兩根並排前後交錯用樹藤綁在馬樆上為橋面，河水面連乾河灘有二十來米，獨木橋簡直是火柴棍搭出的玩具，晃悠無牢靠感。

壯苗男過橋挑百把斤柴草不費事，換兩次肩就過了。膽小些的苗女學螃蟹橫著挪腳，慢點也過得去。妙的是外鄉人就算大膽上了橋，明知不該看腳下洶洶的流水，偏看了，這橋就跟水同流移動起來。天旋地轉間要沒有好心人前後拉扯扶持，伸出扁擔和手給他作依靠，就是哭也哭不過河？

苗人從未想把橋加寬，等到橋木朽了再換一根，苗人世代都是這樣過的。

那日老屯過節，河渡比平時熱鬧幾十倍，苗男女來會情人走親戚，苗人從四面八方湧，人山人海的在夏季的卵石河灘上踩鼓吹蘆笙，不知疲倦的跳唱吹奏到夕陽把苗女頭上的銀角銀花染成金色。最後一聲鼓音落，裡三層外三層的苗人鳥獸散，一門心思地趕去寨裡親戚家吃糯米飯喝泡酒，晚上再出來對情歌。

霎時間，老屯河的渡船上密密都是過河人，獨木橋兩頭的人也排起了長隊。過獨木橋的訣竅是需走得快還需禮讓，橋一頭有人上行，另一頭的人就得等待，一來一往方行得通。那日的人流似乎急躁了，兩隊人流同時上橋，羊群效應串成的人龍幾分鐘就堵在橋中央動彈不得了。單線條的橋面陡然增高，參差不齊的人傻呆呆的摟肩抱腰等對方心軟退回去。耐心很快被河水沖走，面對面的人都無讓意。後面的人等得心焦開罵：

「乍這麼蠢？抱腰就錯過去了嘛？」

中間對峙的人依言扯拉住對方的手臂衣角真想錯身而過，無奈橋終究只有巴掌寬，苗人卻無雜耍輕身技能，三抓兩扯，倒撲撲通通抓扯一大串人下河去，橋中央頓時空出缺牙來。

岸邊早等著看笑話的人拍屁股大笑大叫：

「水不髒，都吃得的！當洗個澡嘛！」

淺河中人摸上岸來般朝橋上人撒潑吼兩句，橋上人少的一端才羞愧的轉身退回河岸。這不，行無礙，幾個來回橋上不就空了嘛？

老屯河在黔東南大河清水江上游，是支流。老年間水清如碧，撈得起成精的大魚。現在大魚不見了，河面上卻有牛馬大小的絳紫色厚泡沫漂來，一竹竿打去，噗呲散成小團順流而去。苗人在這河裡挑水燒鍋做飯，飲牛餵豬，在河裡淘菜洗衣洗澡，曉得河水髒但有啥法，寨子裡那麼多人得了大脖子病，還不是上游區造紙廠排下的髒東西造的孽？

喧鬧一天的渡口終於沉靜下來，來遊方的姑娘小夥子夏日草蟲般在甚麼地方蛐蛐對歌。老屯河的獨木橋被流水寸寸肢解拉長，又在碎銀的月色中一跳一跳地悄然復原，細膩生動得像幅有生命的黑白版畫。

南歌子

老姜的吊腳樓正好立在公路邊，堂屋半敞的木欄椅上任隨坐個客，全寨人都曉得了。所有的苗家吊腳樓都只有堂屋還亮敞，房間卻漆黑一團，苗家是不興給房間造窗戶的。但老姜家的吊腳樓比別人家大，家裡還有洗衣機電視機和沙發，有根瘦長桉樹幹架的天線，張牙舞爪的活像巫師掛的東西。雖說老姜家的洗衣機壞了現在用來裝新米，老姜的十四吋黑白電視看不到圖像的時候多，寨裡人還是說老姜家富，天天來老姜家坐沙發聽電視。老姜

也不煩。今天還沒黑盡，七八個鼻涕長流的苗娃摸進老姜家坐滿沙發，等老姜開電視聽聲音了。

清水江水電站發的電鬼火一樣，電視屏忽明忽暗。苗娃娃手指電視開心大叫：

「暗了，暗暗暗暗暗⋯⋯啊喂，又亮起來囉！」

老姜調來調去調得氣上頭：

「肯定是電站那幾個砍腦殼的整冤枉！狗日天線乍就只收得到一個頻道嘛？人影子都看不清，就曉得咿哩哇拉的說，唱，唱你媽個鬼唧？」

老姜發脾氣還因為家裡多了幾個客，老姜婆娘拉回來的客。老姜婆娘上過高中漢話說得好，領外客到寨子裡轉，幫做生意的苗人漢人做翻譯掙點鹽巴錢。外客不想看電視，要聽老姜婆娘唱苗歌。老姜婆娘傷風了唱不成，許願去找別的苗女來唱。好半天老姜婆娘一個人回來，說東家在燒鍋西家在餵奶，晚上家家女人都忙，喊不攏人呢！

「下次嘛，先寫信來，保證約幾個人坐到屋頭等你們，唱一晚上給你們聽。」

外客不依，說老姜是寨老，寨老婆娘吆喝一聲，哪個女人家敢不來？外頭月亮好，睡哪樣覺燒哪樣鍋喲？老姜婆娘攪纏不過，只好再出門去喊人，跨出門回頭說：

「那你們要出錢買酒，請唱歌的人喝喲？」

月光下，老姜婆娘把外客帶大楓樹下，外客在苗人求子修的還願凳上隨意坐下。一幫丟開丈夫娃娃的中年苗女，彼此嘻哈推委一陣，突然一人起頭，你一句她一聲的唱開來。歌隨清風徐來和聲天然美妙，音色極有滲透力的竟劃破夜空，柔和而層次豐富。歌又陡然收住，餘音裊裊有晚鐘的意境。外客聽呆了，趕緊問老姜婆娘她們唱了些啥？

翻譯過來的苗歌竟說：

那江水再不舀就往前流了，

這匹菜葉再不打就蔫了，

趁我們嗓子還好多唱些歌，

不然我們就老了。

苗女不悲愈唱愈活潑，唱一句哈哈笑半天。老姜婆娘說，這些媳婦膽子大呃，她們說你們長得好看，邀約你們去河邊跟她們唱一夜！

清涼月光下的媳婦女人，衣衫汗跡斑斑。外客發現唱得最好最活潑的女人，是白日路上與人跳腳吵架的那位，這女人嗓音沙磁唱得興起，光潤生動的臉上竟嫵媚而非潑悍。

地主

家在縣城的張哥想把家藏的老銀飾賣了，要我去看看，進他家門，張哥婆娘就趕緊給大門上槓。

全套銀飾密縫在紅布上，像是剛用硼砂水洗過，白粉得像小女孩的嫩臉。方圓銀片的手工精緻，圖案詭異。比如龍，可以是牛頭魚身，或者像蜈蚣。惦惦銀項圈的份量，張哥婆娘說：

「都一百多歲了，老得惱火得很！」苗話的〝惱火〞意思是好是驕傲，漢語出自苗人嘴，漢詞意義便微妙起來。問乍捨得賣這麼好的銀飾？張哥婆娘嘆氣，說四個姑娘家分隻雞，哪個得腦殼，哪個得腳爪？分不均嘛就賣了分錢算了。但我有的錢連十分之一銀飾都買不起，只好說銀飾這麼多，你命好啊！張哥婆娘鬼鬼祟祟悄聲回答：

「以前更多，我娘家是大地主。」

心一緊，這婆娘粗手大腳面目滄桑不見一點細皮嫩肉，與鄉下整日勞作的苗女一般苦相。想問家有多少田才算大地主？話到嘴邊又忍回去了。

隔日往苗山上步行，路還好走但無樹，一會兒就汗流浹背。十來裡走過，有苗女背娃娃疾走在前，緊趕慢趕都趕不過她？乾脆放開嗓子問前面的寨子還有多遠？苗女收住腳步一臉和氣，曉得我是衝老繡衣下鄉來，就主動邀我去她的寨子歇口氣，順便看她家的老繡衣。

苗女從箱底翻出件沉綠厚重的縐繡老繡衣，兩袖圖案是卷騰的有翅蠶龍，間襯無數小銅片，有商代青銅浮雕的雄渾氣勢。我心大動想出錢買下，苗女卻說不賣祖宗，再說想奶奶的時候拿甚麼做信念？

「就這一件了，土改時藏在山洞裡頭才留下的，我家是地主，浮財都分給了窮人，」苗女說。

天無三日晴地無三尺平人無三分銀的貴州，就算當了夜郎國國王其富也有限？深山裡怎麼劃了這麼多地主？苗人天天吃酸菜湯攢錢攢銀給女兒，攢買兩塊薄田留給兒子就成地主了？漫想著爬上山頂，回看低窪處的苗屋火柴盒般大小，夾雜在不規則的鏡子般的望天田裡，曬壩上一光屁股娃娃正扭來扭去朝我望。不由地想起了有錢的老姜家，在他家時天天酸菜糟辣椒下飯，辣得滿嘴燎泡，打熬不住自去鄉場上割了塊豬肉回老姜家打牙祭。老姜婆娘燒火，盯著我手中的菜油瓶，唱歌樣對我說：

「老師呃，油不在多，只要辣鍋！」

老姜家過去也是地主，現在他勞力強婆娘又會做生意，地沒有了但有錢，該算啥成份呢？我不知道。

（二零零五年六月十九日）

（發表於澳華新文苑第196-7期）

短歌行

胡仄佳

定居國外十餘年來多次回國，通常攜家人同行也常做獨行者，行程簡單明確，探望父母親友。尤其是與朋輩聚會，是且歌且飲加長聊，有聚散如一樹鳥般的快樂。今年八月的回國卻不同以往，是應國務院僑辦邀請，與來自世界七國的十一位華裔文人組成了「世界華文作家訪華團」回國參觀采風，短短十一天裡飛抵東西南北四方。集行於熱土上，感受不同，這水滴似的四篇短文，能反射出多少人文地理大千世界的本相，是疑問？但心底留下的快樂卻在，如歌。

碉樓

出廣州城，南粵魚米之鄉的輪廓越來越清晰了，那麼多不規則的魚塘出現，綠樹青田愈加不帶人世煙塵時，紅艷的丹霞地貌露頭令人漸忘了城市的喧嘩。然後，碉樓就一座又一座地在開平地界上突兀出現。

與現代低矮民居混存的碉樓，高低窗戶警惕眼睛般眺望八方，高度造型乍看神似，細究卻有著各自不同特點，尤其是屋頂曲線裝飾出各國文化的視野所見。開平碉樓從明末就開始出世，到二十世紀初達到鼎盛階段，想到幾千座碉樓民居把珠江三角洲西南田園地帶景色異化的氣勢，就抑制不住自己的驚動，那會是

幅什麼樣的畫面？在水田荷塘清麗為襯的開平大地上，至今仍有千座碉樓存在，那是以碉樓的形式為民居，又以不同國度文化來裝飾自己家園的建築。

就在離開暨南大學準備乘車前往開平的早晨，一隻馬蜂不知何故將我的踝關節視為死敵，憤然一螫，害得我腳發面團似立刻腫脹起來，大學醫院醫生明確告我三天之內不能走路了。問題是，我們馬上要去的是開平啊！

眼巴巴見同伴們魚貫從這座碉樓進到另一座碉樓，更多的不同口音的遊人們聚散流動著，在廣東初秋時節裡匯成遊人潮。碉樓主人的私家花園裡，池塘水粘稠厚重，陽光夾著風帶著稠魚，把水面攪出綢緞似的斑駁色相。心不甘，忍不住還是慢慢挪進碉樓，靠在牆邊打量室內的義大利瓷磚地和高高的屋穹，再把眼光漫遊到中式太師椅桌和混有西式特色的廚房間裡。直到發現牆根邊有張嬰兒椅，造型應該是西式的，就像我在新西蘭澳洲常見到的一樣，裝飾風格卻地道中國化，那殘舊與逝去的生動，頓時給這碉樓塗上了筆地老天荒的色彩。

這幾座外表被粉飾一新的碉樓，在原有建築地界上加大出的莊園氣勢，還不能真的感動我。心更熱切嚮往的，是下午將去的，據說是絕對原滋原味還沒正式開放的鄉村碉樓。進入開平縣境內就見到無數青灰蒼野的碉樓，我的心魂早被勾去。對老事物的「整舊如新」的做法始終無法為我所接受。碉樓之美恰如希臘神廟廢墟，復新的手段只會消滅她固有的魅力。傳存到現代中國人之手的老建築已經少之又少，人們卻不以為然。我們怎麼會如此喜新厭舊？

如我所願，「逸農廬」座落在一片荷塘邊，數座碉樓與之相望為鄰。

蕉葉般大小的芋葉叢，與竹林雜樹環繞著這座碉樓，靜而安然。管理她的村人來先開大鐵鎖，進去把層層木板小窗由下而上挨個打開，層樓房間和盤旋樓梯上立刻有了不潮不腐的光亮。水泥樓梯表面紋理粗糙，沒打磨也沒鋪地毯，反而對比出室內拼花瓷磚地板所有的，出人預料的優雅殿堂感。一柄曾祖母級年齡的鵝毛扇直插在陶黑的花瓶裡，淩亂菊花似的羽毛，凝固在無風的時間裡。祖宗神位前線香半殘，也許年年照樣有人前來祭拜？一盤形態精美的茶具，那銅綠仿佛已柔和細膩地蔓延到了桌面。老式留聲機的喇叭花半背對著過去和今日的陽光，濃縮的是一個世紀的悠久與短暫。又聽到同伴的一聲驚呼，看：這櫃子裡還有這麼多老式衣衫！

從碉樓大門被開的那一分鐘起，我就鐵了心不管痛腳要上樓，上盡層樓，不放過每一個房間的走遍。這輩子我還會有很多回國的機會，但再到廣東鄉下再見碉樓的機會卻極小。我想用自己的相機自己的眼，記下永在的印象。結果人不僅上了高樓，還與中新社的小李一起爬上屋頂，搶在樓下大門將重鎖前，環顧四野拍下最後幾張照片。然後連蹦帶滑衝下樓來，護鐺一聲，這碉樓和它大大小小的有生命的物件，回到了薄塵遮罩的休眠時態中去了。

開平碉樓建築藝術不僅形態奇特，它的「華僑地主」身份更令人沉思。

可知有多少開平人曾背井離鄉去海外淘金？成群結隊去到世界的某一端，以苦力的身份苦熬死拼，熬到有本錢可靜靜地或大張旗鼓地回鄉來，在故土上修出這堅固奇特的碉樓，娶妻生子期盼以此安身立命延續香火時，時代大潮卻不止一次地前景未明的狂卷而來。碉樓主人可去那不是家鄉的國度再續前緣，生了根的碉樓卻只能留守，守住離人對故土根深蒂固的那點眷念。

中國近代史上革命颶風風頭風眼中的廣東鄉土上，竟然保存下了上千座碉樓民居，看得我直想仰天長嘯！皇家園林名人故居是寶貴的人文遺產，這些身份地位一度尷尬、建築形式奇特的開平碉樓民居，又何嘗不是我們文明寶庫中的璀璨明珠？慶幸廣東人意識到了這點。

數百年過去了，碉樓卻是廣東人海外淘金神話夢想的另類體現。一座碉樓一個夢，多夢的廣東人啊！

八大關

沒到青島前，曾模糊聽說當地有景點八大關，其意所指不得而知。

這次到青島才明白，原來有八條大道各以中國著名的關口為名，如嘉峪關，居庸關，函谷關，正陽關等，民間便統稱為八大關。又因為八大關裡每條大道植不同的行道樹，銀杏紫薇雪松枝葉搖曳中，本地人見樹就知人到了那條道，這八大關就更加富有自己個性了。而兩百餘幢歐式別墅建築分佈在八大關裡，宮殿般迷人，這些百多年前德國人的建築紅瓦黃牆，給青島人以強烈的歐陸環境印象。多年來，八大關總是身份地位財富的象徵，也不可避免的成為中國土地上一段色彩亮麗的旅遊景點。

外來遊客來八大關，通常是走馬觀花看西洋鏡。走到些前門後道上有警衛的公宅私宅前，人們探頭探腦，猜測是誰住在裡面？然後在導遊的小黃旗帶領下，趕到原屬德國提督的宅第「花石樓」前，匆匆遊走一圈拍照片紀念。這樣的別墅八大關裡還有不少，導遊是否願意告知，遊客又是否願意知道，就難說了。倒是普通遊客對八大關靠海岸地方的小攤點，對居於內陸裡難得一見的海螺海貝有興趣，富有青島風味的海味乾貨更受遊人青睞，

吃一嘴香，再買點做手信帶給老婆孩子親戚朋友，是如今旅遊熱潮的主流趨向。說來，八大關是外地遊客必到之地了，像我們，便是外地外國的遊客中的一小群。

做遊客的好處其實很多，自己不用操心行程方向，空出來的大腦和眼睛就可以看景觀人。一進八大關，眼角就掃濾出些異樣打扮的人，是些盛裝婚禮打扮的新人。走過半條街，更多的新人七七八八在草坪林間建築物邊徘徊，坐站俱有，在半羞怯也頗耐心地等待，他們在等輪自己上場拍照的時候。一路看去，這關到那關的路因此縮短了不少，滿眼的盛裝新人們感覺上比遊客還要多點？

饒有興趣地旁觀細腰白裙新娘挽著新郎胳膊，小心翼翼行走在窄窄街沿上的景象。一眼就體察出他們心理神態上的緊張，畢竟面對赫然一群專業攝像照相人士，旁邊又有這麼多看熱鬧的遊人。導演模樣的人很敬業地指揮調度著，動不動就要可憐的新人從頭再來走一遭。又見到被開發成露天攝影場的豪宅院落，一溜已被鞋磨擦得卷邊翹腳的紅地毯從正門鋪向花園門，有對新人正在上面徐行。另一對新人是草坪上大三角鋼琴的表演者，新娘做彈琴狀新郎傾情聽。旁邊的秋千架上飛揚起歡笑的新娘，新郎推得汗珠點點。各對新人自據一角的表演場面讓我啞然失笑，這可是我所見過的最大也最奇妙的婚禮攝影照現場啊，新人們卻不管不顧地要在這背景歐化的，也許永遠都不會屬於自己的空間角落中，留下一生中最重要的印記。

據說那日我們所見的新人們還不算多。秋春結婚旺季時，人說八大關裡擠滿了新娘新郎，白色飄逸的身影多達上百對。知情人又說，倒不是每對新人都真的是在那日結婚，一些少人拍的是預照，另一些人卻要補拍，尤其是多年前結婚的人，當年不敢拍這樣「崇洋媚外」色彩的婚禮照片，想通了現在補拍還來得及。於是，八大關被遊客和新人們整日整年的擠滿。

　　以八大關為背襯的婚照行為本身，充滿了現代喜劇效果，我卻有恍惚進入數百年前時空神遊的錯覺。

　　歷史疑問仍存，如當年巍峨長城雄關，成功抵擋過不知多少遊牧敵軍殺入中原的企圖，但到底還是沒能阻止女真人和蒙古騎兵最後顛覆性的長驅直入，沒能改變八國聯軍入侵的歷史。元清兩朝的異族統治，到八國聯軍的入侵給近代中國帶來的，自然有恨有屈辱和強烈的反抗，也給不知多少今天的電視連續劇小說提供了無窮的史實和想像空間。我可以設想二十世紀初德國官員有錢人在這片海濱之地始建馬路別墅的情形，也能想像德國人走了日本人來，繼之美國人接管占領青島的歷史場面。但是卻很難想像出這是一片從未被外族敵類蹂躪的土地，更不可想像的是，人們應該把這片充滿殖民色彩區域轟然推倒，去掉所有曾經意味著傲慢與屈辱的，建築的精神上的痕跡？

　　歷史雄關今猶在，狼煙卻不再簡單地憤然升起。今天的世界已變得更加人性化但也更複雜，世界性的文化交流融匯結果，反倒顯示出個體的獨特風采來。青島八大關是在那樣時代背景下的誕生物，惟有在人們的珍視和理解裡，她的長存才成為可能。這樣漫想著，八大關的紅瓦綠樹被碧海藍天陪襯得愈發迷人起來。

塔爾寺

　　還沒見到活佛賽赤的面，未踏進活佛的小屋，我們這群紅塵之人突然就靜了下來。靜靜脫了鞋，捧著白黃蘭不同顏色的哈達赤腳走近這位不輕易見人的大活佛，一下子就把他的小屋擠滿了。

　　「一個個走上前，把哈達獻給活佛。」導遊雪兒達娃輕輕對我們說。活佛口吐藏語輕聲如歌，韻律中受福的哈達又回到了每個人的脖子上，瀑布般清涼。

有點手腳無措的緊張，在活佛窄小的屋子裡不敢亂動，卻還是想抽身拍幾張照片。把自己的身體在人縫中順來調去尋找拍攝角度，還須顧及到別影響他人的拍攝意圖動作。活佛卻安祥端坐，低頭為我們匆忙搜出，擺放在桌上的私人物品念經祝福開光，與坐到他身旁的每一個人合影。眼神篤定慈祥安然的活佛，不受我們這些凡人氣場的影響，不管閃光燈又是如何耀眼唐突。

眾人接過活佛贈送的如意結紅繩，悄然留下一點佈施在活佛的桌上，來也匆匆去也匆匆地退了出來。一直擺弄相機的我，居然是最後一個離開藏式四合院的人。退走到前院，陡然間不知南北的迷了路？站住定了定神，才快步斜線穿出門去，幾位年輕的喇嘛和條細繩栓著的小狗，在院子一角默默目送我興奮未定地離去。跳上車，車就朝半坡下的塔爾寺開去。

塔爾寺的山丘上似乎有好多這樣的小院，活佛就住在這些平凡的院落中，如果說「山不在高，有仙則明。水不在深，有龍則靈」，意境便如此簡明悠然。

塔爾寺一間又一間的經堂對外來人只做有限的開放，卻已看得我目不暇接。不允許拍照的經堂寂靜，有著幽暗的金碧輝煌，成千的小佛像在盞盞酥油燈的照耀下神采飛揚。巨幅唐卡和大型堆繡藝術品上各類神佛，和歷代活佛肖像雕塑，從各個角度對塵世投射出柔和的目光。那麼多七彩藏毯或攤開或重重疊疊卷著，佈滿了整個殿堂。兩三位喇嘛在神龕佛像前走過，為酥油燈添油，給佛像奉上虔誠吉祥的哈達，靜觀他們是那樣的手撫供案以額頂禮。人隨雪兒達娃走，斷斷續續聽她語言精煉的解說，事後卻想不起她說過的任何詞語了。殿堂裡外的氣氛均如濃烈厚重的藏傳佛教畫，伴著酥油燈異樣的熏香，人沉醉恍惚，耳裡心中卻留下大珠小珠落玉盤般的純粹視聽想像美感。

殿外一派高原明麗陽光，遊客們和導遊甚至連塔爾寺喇嘛都有手機，鈴聲此起彼伏。滿載磚瓦的牛車軏轆軋過寺內石板大道，吱扭聲響過千年。年輕喇嘛駕駛吉普車小轎車也在寺內穿行的大驚動，伴著塔爾寺的綠草坪和老樹下搖曳美麗的野花，莊嚴廟宇裡又多了些斑斕生動的現代因素。

遺憾沒能趕上塔爾寺喇嘛們頌經做佛事的時辰。記得在雍和宮裡聽過喇嘛們那令人渾身顫慄的，雄渾變幻的頌經音層和聲，大法號蠻荒神秘的呼喚，在我的記憶中砍出了無法形容的斧痕。此時靜靜的塔爾寺裡，卻見兩個年輕藏女從塔爾寺某個大殿裡一路長頭磕出去，在我們這些恍若來自外星球的遊客面前，誠願等身的，全無雜念的，固執地以這樣的方式了結了我們所不懂的心願。一起一伏的朝拜，劃出了你我全然不同的現實和精神世界。

塔爾寺之行的記憶是交錯的，慣常的順序在回味的魔法中飄浮。我們這群人中信基督信佛信關公的都有，無神論者也不會少。走到佛前，便神領了信與不信在「緣」字上的微妙界限。塔爾寺和大活佛散發出令人屏息靜心的能量，此時微縮在活佛賜與的哈達和紅色如意結上，眾人收之慎重，藏之儼然。至少在那一刻裡，我們這些已在海外定居多年，根心卻繫中國的人們，以這般莊重虔誠的姿態朝拜這青海高原。

釣魚台國賓館

始終沒弄清我們的車是從哪個方向進入釣魚台國賓館的？因顧忌北京日漸擁擠的交通狀況，為不誤時間我們的車提前出發了，結果是到達國賓館的時間比預計早了些。領隊建議，趁還有點富裕時間，趕快拍照留念吧！按指點，眾人快步前行，在行道

柳和路旁姿態萬千的荷葉粉荷塘邊，往鑲嵌著釣魚台國賓館幾個金字的牌樓假山走去，再往前就是警衛森嚴的正門了。

帶幾分喧嘩幾分興奮的眾人，開始三五成群的互拍。全體合影時，拍照人的腳前散放了好一堆相機，誰都想用自己的相機留下屬於自己的底片。全行程中每遇好景觀，各類相機通通拋給某位臨時攝影師，每台相機輪拍下來，人的表情姿態有點乏味了，但再逢佳地眾人還照拍不誤。科技時代進步的今天，人手一相機甚至擁有數架相機都不成問題，愛拍就拍吧。匆匆結束攝影，大家就快步趕回國賓館二號樓，如果我沒記錯的話。國務院僑辦領導，也是此行的邀請人已經在那裡等待著我們了。

從莊重親切的接見到輕鬆的宴席，賓主開心地聊天，談時事政治聊文學，評說牆上數米高的放大的康熙皇帝的題詩。雲遊到此，從南的廣州到北的青島，又從高原青海飛來北京，以釣魚台為記畫上了圓滿的句點。應該說這趟參觀采風之旅很有特色。以文人自居，對生活對世界關注視點卻不盡相同，平時又嬉戲笑話不斷，個性氣質迥然不同的這一群人受如此厚待，作客在這與無數傳奇重大事件有關的地方，心動別樣。

紛紛湧湧闖入我腦海的，是西哈努克親王，是尼克松，基辛格，馬科斯夫人等各領一時風騷的外國政治家們的身影形象。更別說那麼多如雷貫耳的中國老一代政治家的名字了，他們左右了中國歷史時代進程，改變了數億數代中國人的命運。這些形象和逝去的時間事件運動，在我的腦海裡仍記憶猶新。而所有這些人物事件的起始結局，多少都與這座國賓館有關。文革期間的姚文元，據說就住在這二號樓裡呢。就在我們離開前門牌樓回二號樓那刻，瞥見有大隊車輛進出，詢問得知，那是為解決朝鮮半島核問題舉行的六方會談，地點還是在釣魚台國賓館裡。不用說，釣魚台的內涵深度遠比我想像的看到的，不知大多少倍。

依舊聽風聽雨眠

　　只是在釣魚台的全部時間似乎比記憶中的還要短，有關釣魚台的記憶仿佛是些零碎的花瓣，儘管有些照片可做形象補充。回新西蘭後，與熟悉釣魚台的友人談及中國行以及在釣魚台的觀感，餘興未盡的我，把照片上的文友誰誰誰的講解指點一番，尤其是自己和他人滑稽神態模樣的留影，總引來一通開心的笑。

　　友人又淡淡地問到：見到白孔雀嗎？釣魚台裡還有好多漂亮的動物啊。

　　話題轉到這點有些意外，我愣了愣，見過的想像和記憶中的人物是那樣栩栩如生，還記得釣魚台的柳松之雅，草坪之淨，宛如東山魁夷純筆靜畫，卻想不起有任何動物飛翔或悠閑散步的鏡頭？恍然悟到我們不過是客，是過客，是群短暫時間中相聚一程的觀光客，儘管我們全程全身心地在看在聽在不停地拍照，還是有不少事物景色逃逸在我們的視線之外，這是人必有的局限性吧？

　　我們這群受邀的文人是客，或者可以說受邀的待遇規格不低，卻並非那種意義上的賓客。我更願意把這樣的待遇看做是國家政體的進步，是對文化和文化人的尊重關注的一個新象徵，我們不過是這進步尊重的小小載體罷了。

　　一個國家，民族和文化精神上的強大永恆，東坡一曲「念奴嬌」，道出了不滅的精髓：

> 「大江東去，浪淘盡，千古風流人物。故壘西邊，人道是，三國周郎赤壁。亂石穿空，驚濤拍岸，卷起千堆雪。江山如畫，一時多少豪傑！
> 遙想公瑾當年，小喬初嫁了，雄姿英發。羽扇綸巾，談笑間，檣櫓灰飛煙滅。故國神遊，多情應笑我，早生華髮。人間如夢，一尊還酹江月。」

（二零零三年十月十七日於新西蘭惠靈頓）

（發表於澳華新文苑第111-2期）

夜行貨車

胡仄佳

在國內時就愛到處旅行。窮學生的緣故，只能選擇自己開步走路，或者是想辦法搭便車，運氣好時，一夥十幾個同學，集體都能搭上解放牌貨車，呼嘯著往想去的地方飛馳。壞司機沒遇到過，倒偶爾遇上膽大瘋狂點的司機，敢開著大貨車在夜路上撞兔子，兔子眼睛鬼火般的炯炯發光。還記得搭過一個疲勞過度的司機的車，每開個把小時，他就在黑燈瞎火的公路上關掉發動機，趴在方向盤上呼呼睡上幾十分鐘，又接著繼續開，我們這些搭車人在駕駛室裡毫無恐懼感的也跟著打鼾。把命如此看輕，又那麼膽大信任人，到十幾年後的今天才知道害怕。

遊到澳洲，發現澳洲的貨車極多，明知澳洲司機們並非紅鬍子綠眉毛的怪物，但他們的樣子形象和巨大的貨車混在一起，威風凜凜還是讓人害怕。澳洲的貨車司機喜歡開快車喝啤酒，通常是些粗人，他們身上如果還有圖騰刺青，樣子就更恐怖嚇人。在高速公路旁的啤酒店裡，我見過一個渾身青呼呼，圖騰得見不到一塊白肉，連眼皮上都刺滿花紋的貨車司機，那些圖騰密密麻麻有種邪惡感，令我不敢正視他。從此打消了在澳洲搭順風車出遊的念頭，跟這樣的司機一路行程，怕是神經病都要嚇出來的吧？

然而入夜後的澳洲公路，是大貨車們的天下。它們來來往往，通身綴滿燈泡，彩車似的在夜色中閃爍出活力來。遠望去，高速公路上全是移動的燈光恐龍，又活像全世界的馬戲團專車都

開到了澳洲，在這裡共度歡樂節日。第一次看見這樣的夜晚景象時，我簡直著迷了，以為是「司機節」來臨，要不就是澳洲有什麼特別的慶祝活動？開車帶我遊車河的澳洲朋友大笑，說貨車司機們天天都這樣在夜路上跑，既有炫耀的意思，也有讓來往車輛早知這巨無霸在路上行駛，小心別撞在這些龐然大物身上的動機！明白了它們渾身彩燈的原由，我還是喜歡看這些遠行的夜車。它們像成群結隊的食肉恐龍，來去如風，帶著洪荒時代粗蠻的氣息。喜歡看它們的另一個原因，是它們再次喚醒了我周遊世界的渴望夢想。

沒有這些夜行貨車的過去的澳洲，原野上也許能聽見土著人的歌唱？那時生活在澳洲邊遠地區的人，大概需要騎著馬或駱駝到城裡買東西？二戰後的澳洲，航線鐵路公路海運發展迅速，現代交通運輸業的興起，極快地改變了人們生活的基本形態。稱霸一時的火車慢慢被人冷落，而飛機的目光像鷹，盯在海外遠距離客貨運輸上，它把這片大陸與世界聯繫在了一起。而澳洲公路網絡覆蓋寬闊，四通八達，山地沙漠荒原上都留下了它的痕跡，沒有任何交通運輸方式，能依靠公路發展出那麼多方便經濟？貨車文化是這樣不知不覺深入澳洲人的生活，同時代一起這種文化始終在發展而活躍地生存著。

奇怪的是，我始終有那麼點對貨車和司機的反感心理？也許不少澳洲人和我一樣，對這種文化有著矛盾的心情？貨車怪物體積龐大，轟隆隆經過身旁時總讓人驚嚇。貨車巨大的頓位和自身的扭力，在翻車撞車事故發生時，擴大的惡果更令人恐懼不已。貨車司機們仿佛成了新人類的另一分支，有著自己的語言生活方式活動空間。他們和大貨車依存著成為整體時，那種文化粗蠻的力量顯露無遺。

我是個好奇的人，沒有真正乘坐過澳洲的大貨車，心裡總覺有點遺憾，我生活的範圍，很難使我真正接觸到貨車圈子裡的人。但在我的新朋友中，達爾文博物藝術館的麗莉亞，卻有個開貨車男朋友，不幸的是，幾年前因翻車事故他已經去世。麗莉亞一直深愛這個澳洲土著與英國混血的男友，傷心的她說起男友來卻是淡淡的。他的故事使彩燈高懸的夜行貨車有了更多的浪漫色彩與悲情，使我感到他們也是我們中的一份子，有愛也有生死人性。雖然粗曠的貨車司機的生活，始終在我理解的範圍之外。

但夜行貨車的象徵性如此強烈，使我無法轉移開視線。

有時，我覺得澳洲的夜行貨車與我們世界有種對立的關係。人們離不開它們帶來的好處，卻又恐懼它們存在所具的潛在危險，更多的人願意像我那樣隔窗好奇地觀看，以保護自身的安全？現代高科技給人以鋪天蓋地爆炸性的各種資訊，而人的內心和生活圈子，卻在縮小又縮小。我自己的勇氣和好奇心，以及夢想似乎也在日趨減少？儘管我已確切地知道，夜行貨車的彩燈不僅有夢，司機們也不都全是表象上顯示的那般粗魯猙獰，可我從心底還是不敢完全信任這些貨車和駕駛它們的司機們。說穿了，這是種新的文化。無法完全理解的新世界，總給我帶來恐懼的聯想，我得學會戰勝自己？

有時又想，世界並不那麼真的令人悲觀失望？當我們越過大洋來到澳洲新西蘭，進入了另一個時空，實際上我們已經坐在一輛巨大的夜行貨車上了，雖然我們不知在這夜行貨車駛往何方？在車上會發生什麼危險？能夠跨出故國一屁股坐上現代夜行貨車的人，也許並沒意識到我們手裡還緊攢著勇氣夢想。前途未知，而夢想或許要到我們的下一代，才能確切實現。

夢的夜行貨車充滿恐懼和希望。

（發表於澳華新文苑第181）

生命之樹

胡仄佳

　　幾年前，一篇朋友王立立懷念她過世母親的文章，深受感動了我。平時不會輕易對人談親情說生死，是因為活到這個年紀，已到了更願意與人分享哪怕是微小的喜悅，而不願輕言悲傷的階段。每個人都有人世事滄桑的體驗，時間角度地點年齡文化的不同，個人感受差異極大，與人同享酒肉物質快樂易，和他人分擔悲情難。又何況生活在海外的我們，忙於生計，心已漸變硬，誰願意將自身最柔軟敏感的部分呈現於人？但六月第三周將至，我想起了父親，想起了兒時朋友孔祥明的父親，忍不住還是寫下了這些文字。

　　「毛根朋友」孔祥明（四川話音為「帽根兒朋友」，古語「總角之交」的方言演繹），我們的家都在成都的總府街，她家在棋園我家在藝術館，之間隔幾家店鋪，包括成都名小吃「賴湯圓」。我們讀同一小學還同班。毛丫頭的我，當時還什麼都不管不顧的，整天抓蝴蝶捉螞蟻地瘋玩，她卻已跟她父親靜靜地學下圍棋好幾年了。

　　棋園殘存著昔日的豪華，過去有錢人家的公館，室內有西式壁爐和五彩玻璃窗，庭院深深在我看來神秘至極。孔祥明和她父親只住了一小間房，恍惚記得室內清淡沒幾樣家具。在那間小屋裡，孔祥明擺出了棋盤。一點棋道規則都不懂的我，更不懂這黑白棋子放來擺去有什麼樂趣可言？我只會下象棋的「翻翻棋」，

翻過來誰大就吃掉對方，這黑白圍棋卻連翻翻棋都無法下，怎麼玩？腦子裡模糊掠過沒見過她母親的疑問，她的生活顯然與我不大相同，幼小的我卻無暇去細想。

轉眼文革來了，幾年後我們不知怎麼就從小學讀到中學，上了不同的中學彼此聯繫中斷。中學時代我游了一季冬泳，沒再見到孔祥明卻常見到被貶去守游泳池大門的她的父親。之後，祥明的國手名聲日漸響亮，人也調去了北京。再後，她與聶衛平的婚姻國人皆知。

再與祥明聯繫上，其間已隔了不可思議的漫長時空。我發現，生活居然給我們烙下了極為相似的烙印。幾乎是同時，我們都經歷了婚姻變故，又因此前後腳滄然來到國外，她去的是日本，我到的是澳洲。然後在同一年我們都失去了自己的父親。兩位父親年紀遭遇近似，都經歷了他們那代知識分子免不了的種種劫難。重新聯繫上的我們，不約而同地寄給對方了我們自己寫的文章。

祥明的文章讀得我一再淚盈，為兒時小朋友的童年而心酸，為她成年成名背後的艱難時刻而肅然，更為她失去摯愛的父親而掩卷大悲。

從文章裡我才知道祥明是她父親唯一的孩子，卻是她母親眾多孩子裡最後的一個。當年某種特殊的原因使她父母無法照顧她，出生後不久她就被送到別人家寄養。直到她的奶奶和母親先後去世後，七歲的祥明才被她父親領回家來。兩個「陌生人」重新生活在一起，彼此都不知所措地忙亂。父親開始學著給她紮小辮梳頭，發了工資就帶她上館子打「牙祭」飽吃一頓，到月底錢就不夠用了。她父親卻拒絕再婚，怕後母待她不好。父親把全部精力都花在工作上，也把希望寄託在她身上，希望她成為一個優秀的棋手。

　　文革中祥明的父親被關進了「牛棚」，每周只有半天回家的時間。苦苦思念父親之際，祥明跑到離家遠遠的成都市體育場內，站在父親和一幫「牛鬼蛇神」被押送的必經之道旁，躲著無言地看父親遠遠地走來又漸漸遠去。文章描繪出了我熟悉的場景和那個時代的特殊氣息，我的父親那時也被關押，長達一年多的時間不讓他回家也不發工資。幸運的是，我還有媽媽和兩個哥哥，因此沒有祥明那般孤苦無靠的時辰。

　　紛紜人世中的祥明，父親始終是她的精神支柱，不論是在她棋盛之時，還是在她那著名的婚姻消亡之際。當她不得不帶著兒子遠去日本時，卻只能把日漸年老的父親留在國內生活，那種痛，刺骨揪心。祥明的父親與學生聊天，不能提到祥明，說來便老淚縱橫。祥明在成長過程中與她父親有過爭執互不理解的時候，但彼此的深愛化解了一切。等到祥明在日本安定下來，可以與父親日日相伴時，她父親卻離去了，滿帶無盡的遺憾。祥明的文字非常樸實真摯，她記下了父親離去前對她說的一番話：

　　「爸爸這一生沒有遺憾，爸爸為有你這個女兒、令文這個外孫感到滿足。爸爸很想能再多看你們幾年的，我很愛你們，永遠永遠。你比令文更讓我不放心，不要太難過，好好安排自己的生活，否則，爸爸走了也不安心。」

　　祥明又寫道：「我爸爸生於二十世紀初期，逝於二十世紀末尾，飽嘗了人間的冷暖炎涼，經歷了無數坎坷挫折，除了教些圍棋、詩詞的學生，出版了四集《回舟集》外，沒別的建樹。爸爸豐富多彩的一生若能寫出來，應該是本很好的人生讀物。可惜爸爸總是說再等等，不著急，這一拖變成了千古恨，留給愛她的人無盡的遺憾。」不管祥明多麼想留住父親，他還是走了。留給她的是對生活甘願吃虧、息事寧人的態度，父親對人生充滿希望、孜孜追求的精神，令悲痛萬分的祥明不敢也不會消沉。

我為祥明的經歷坎坷而傷感時，也為她慶幸。能擁有這樣一位經歷幾個朝代、飽嘗戰爭內亂運動和無數磨難、熱愛生活的平凡也偉大的父親，是祥明最大的安慰。如果沒有這樣的父親為她的精神支撐，祥明那瘦弱的身影在紛亂的時代背景中，會倍加孤獨淒涼。

　　與祥明同樣哀痛的是，就在她父親離世的同年，我的父親也去世了。當消息從國內傳來那陣，還能保持鎮靜與哥哥通話，放下電話卻止不住放聲嚎啕，如煙往事紛湧上心頭。

　　小時候不懂父親頭上的「歷史反革命」帽子有多沉重，見不慣傲氣鋒利的父親在文革中開始自我噤聲，偏要在他面前逞能大聲談論政治。文革退休後的父親走得更加極端，徹底斷了與戲劇文學的緣。每天把電視從頭到尾看完，看得我為之又恨又怒且不解。對我的指責，父親如老僧入定，不發一言。也就在那幾年裡，我和大哥同時考上大學，父親戒掉抽了幾十年的煙，省下的錢來做我們的生活費。父親還熱衷於在家做飯伺候我媽，說是：「我就是用這種方式來感謝她幾十年來的從未背叛。」

　　父親就是這樣度過了他生命最後的幾十年。

　　當我做了人妻，成了人母，經歷了感情婚姻巨變，又遠行到國外後，開始有所理解父親的哀痛。但自己的生命還強壯勃發，不在乎時間的消失，也想不到父母會有真老去的一天，人在漸行漸遠。等到親人驟然離去，追悔凸現之際，才猛然意識到，受之於父母的生命，實際上永遠都做不到湧泉相報！遺憾來不及當面述說對彼此的一點理解，來不及表達出幾許溫柔？想說代溝並不那末闊大，想說我們也可以成為朋友？

　　我只能告訴自己，生命也許就是這樣充滿遺憾地輪回著，我的父親並沒有真正地離開我，在我的言行舉止上，在我的血液細胞中，無處不在地躍動著他的基因。父親離世後我才真正懂得

了許多，懂得了說出愛與痛苦感受的必需，懂得了將心比心的醇厚。

後來的我，甚至不要求自己一定要在那特定的時候，去紀念失去的親人。一束檀香能傳達我的思念，一縷思緒同樣可以續上已經中斷的交談。我總覺得，隨時的思念和這些紙上的話，父親在冥冥中能感到，也能聽見。活著的人，活得健康快樂，大概是我們離世親人的最大願望。難道不是這樣嗎？我們是一代遠遊之人，在我們的生命中，自然有各種挫折艱難和失去，然而生命之樹常青，在這青翠之中，有我們不完美但充滿情愛的父母，也有我們這些逐漸成長成熟的後人。

以此文獻給同時代人和我們每個人的父親。

（二零零四年六月十四日於父親節）

（發表於澳華新文苑第123期）

沉　夜

胡仄佳

　　在酒吧闌珊燈火前，醉女人拉開車門，轟地攤到在後座，一條腿高蹬在車窗上，黑絲襪斷裂出閃電似的一絲白肉。老喬回頭見了，心咯噔一跳。

　　聽醉女人說要去紅山，老喬就恨不得把她趕下車去。紅山在奧克蘭市最南邊，山旮旯又遠又偏，回來肯定放空。無奈人上了車不能趕。老喬還擔心醉女人沒錢，賴賬怎麼辦？車後長串排隊等生意的出租車喇叭催逼著，老喬不得不滑進女皇大街的車流中，捱過幾個紅綠燈南上了高速公路，老喬總像在做夢。

　　深夜時分的路旁城市公寓，眨巴著倦眼睡意十足；公路上的車卻睜著猛獸炯炯刺人的目，陰險如豹地彼此逼近又突然離去。一輛車驟然超過老喬，一條手臂伸出搖下的車窗外比劃著。三字經出口一半，老喬突然意識到那肢體語言不是衝自己來的？開車人似乎抽了大麻，還在繼續雲裡霧裡的夢，毛手臂極有韻味的舞動。老喬跟上看仔細了，立刻換了條車道遠遠避開。這夢的後面可能是暴烈的意識流，不想自找麻煩的話最好躲遠點。

　　一回頭老喬差點碰上女人搖晃前傾的醉臉，煩躁的老喬穩住情緒，用英語要女人坐好繫上安全帶。女人言語含糊地說了聲謝謝，倒靠回去。後視鏡裡反映出的女人輪廓還好看，蓬鬆的金髮在時明時暗的路燈下泛出一圈光環。

　　女人要老喬轉道普通公路上，沿途的紅綠燈令車走走停停，遠郊人家也越發稀少起來。

　　念頭突然閃出嚇老喬一跳：

　　「這女人別是黑社會的吧？」

　　紐西蘭的黑幫成員愛滿身滿臉的刺青，樣子嚇人，女人去的要是這種匪窩，錢還不就化水了？老喬體壯還會幾下少林拳腳，踢倒個女人不成問題吧？胡思亂想時，見咪錶都跳過五十塊了，女人的地方還沒到。老喬正有點急，女人卻把車叫停。那是遠郊小公路旁的小道邊。

　　女人說倒車不便不用上去了，邊說邊推門下車。老喬吆喝著跳出車子擋住她，橫下心來看她到底要玩些什麼花樣？

　　女人斜靠車門往手提包裡亂翻，然後一扔包開始脫衣服！開頭還冷得哆嗦的老喬，熱血呼地上頭，全身冒汗腿發軟。女人還是自顧動作，嘴裡嘟嚕著似乎說在找錢。

　　淡薄的上衣長裙滑落，連鞋也甩了，女人似乎矮了一頭。

　　從未在昏暗中見過女人如此青白的肉體，黑色的胸罩內褲又把肉體意象斷裂肢解，老喬著魔似地無法移開視線。

　　可黑燈瞎火的野地裡，跟個幾乎全裸的女人在一起，萬一有人開車來，女人只消狂叫一聲，自己就是渾身是嘴也說不清呀！女人興奮地撲過來的瞬間，老喬緊張激動得幾乎癱倒在公路上了。

　　捏著不知是從什麼地方摸出的錢，女人一屁股坐在老喬身邊數起五元十元的鈔票來。肉體彈軟，風似的撩撥，偶爾碰撞竟有鐳射般的熱力，老喬膨脹得連腮幫子都在痛。

　　剛到紐西蘭時老喬常去夜總會，發狂地過眼癮。西方洋妞的裸體使老喬骨子裡的色相浮出水面，但移民到紐西蘭除了開出租車拼命掙錢，盼早點還清房屋貸款，存點養老金外，原本是飛機

維修高級工程師的老喬，英語差，學歷不被承認還不年輕，實在不招女人喜歡，看看還行吧。後來開出租車漂亮女人見多了，老喬都遲鈍起來，但眼前的裸體又把老喬煽動起來。

半夜突然醒來，老喬真覺得似乎與那女人有過一時之歡？在小公路邊柔軟的牧草上，把女人擠壓在下的老喬癲狂得像匹年輕的公馬。老婆是不會這樣迎合撞擊營造氣氛的。大遺憾山洪般傾瀉出來，暢快得想喊。恍惚中，又覺得當時僅僅從地上爬起來，衝著女人肉體殘忍消失的黑暗處，撒了泡惡狠狠憋得酸臭的長尿？

亢奮疲憊的身體已經分辨不出真假。老喬想，就管不了那麼多了。

（二零零零年十月三十一日）

（發表於澳華新文苑第一八一期）

依舊聽風聽雨眠

海那邊，海這邊……
——解讀胡仄佳

何與懷

一

二零零四年二月初，胡仄佳離別十年後又從新西蘭返回澳洲定居，給我們悉尼華人文化圈子帶來一陣驚喜。

她走出中國國門最初是到了澳洲，應邀舉辦私人「貴州施洞苗族刺繡收藏展」，本以為一年半載便返回四川老家，誰知個人生活發生重大變化，三年後，卻再度移居新西蘭。

那時我不認識她。我從新西蘭移居澳洲的時候她已經從澳洲移居新西蘭。第一次看到「胡仄佳」三個字是2000年10月在悉尼《東華時報》上看到她從新西蘭發來的一篇題為「靈山」的隨筆，不是寫高行健，卻是寫高行健英譯者、時任悉尼大學文學院副院長、對她給予慷慨幫助的陳順妍博士（Dr. Mabel Lee）。文章文筆流暢，感情真摯，給我留下深刻的印象。2001年9月，我回到度過十多年難忘歲月的奧克蘭參加大洋洲華文作家協會年會，始見到胡仄佳本人。我感覺是，這是一位沉著堅毅很有自信心的女性，並不愛甚至可以說不願或不屑在大庭廣眾中顯露。再過了兩年，二零零三年八月，我和仄佳剛好同時應中國國務院僑辦之邀，參加「海外作家訪華團」，在十幾天裡，一起到廣東、山東、青海、北京參觀訪問，也算是一個機會得以對她進行了一次

長時間的、密集的觀察和瞭解。最近，我又一次拜讀了她惠贈的兩部散文集——《風箏飛過倫敦城》（廣州花城出版社，二零零零年十月）和《暈船人的海》（天津百花文藝出版社，二零零三年四月），和她作了一些談話，我想我可以嘗試解讀胡仄佳了。

二

我一開始就對「胡仄佳」這個名字納悶：何以狹窄就好呢？現在我豁然醒悟：原來這是一個預期否定答案的反問句！名主且以十五年的生命實現了這個預期！

三

胡仄佳小時候見父親的面不多。那時候她太小太不懂事了，還不懂父親讀劇專時有過一段因「勤工儉學」在國民黨軍隊裡做少校譯電員的經歷，不懂政權更迭後父親雖為省歌舞團所重用、卻同時又是被「內控」使用的「歷史反革命分子」，一旦政治運動來時，便被拉出來作為現成的靶子慢慢打。而那時候各種政治運動層出不窮，父親有過多少次收審關押，寫過多少多少檢查交代，小小的仄佳都不知道，父母不講她更不會問，只知道父親經常不在家。等到文革她才知道，原來不常在家的父親，並不都是隨團演出或到鄉下采風，其中緣故深著呢。直到那時之前，父親於她，都是相當陌生的人。

這一位父親，以大半生的苦難，一再告誡孩子們：「你們長大後拉板板車都要得，千萬碰不得文字，白紙黑字，錯一個字都要命。」

　　於是仄佳被張羅學畫。蜀中著名的工筆大師朱佩君便收了這個徒弟，去她家學畫她最擅長的工筆鯉魚，描長長的不斷氣韻的線，學著在紙底紙面技巧地不著痕跡暈染烘托，朱老師拿出她珍藏的張大千留下的敦煌壁畫線描做藍本，臨的紙張越來越大。胡仄佳是稀裡糊塗地畫，朱老師卻還喜歡她，說她「筆資好」，有靈氣。但仄佳實在很對不起老師，不知為什麼工筆畫的清雅似乎留不住她恍恍惚惚的心，去老師家漸漸少了。父親又找到省文聯的幾位畫西畫的老友，求他們教仄佳畫素描水彩油畫。這樣時間一下子就過去了幾年，1978年，胡仄佳竟意外地考上了四川美術學院繪畫系油畫專業。不過她高興不起來反而有些迷茫。個性頗為反叛的她，在學畫上規矩地順了父親的心意，骨子裡卻以不上心的方式在消極抵抗。大學四年和後來的美術教師、美編攝影等職業，人雖是在畫畫的圈子兜，心卻始終與此有距離。

　　原來，胡仄佳心裡始終裝著一個夢。

　　小時，她愛看書愛得有點無緣無故。她完全自發地找到什麼就自己不求甚解地看，當代的、古典的、蘇聯和其他國家的書一陣亂看，讀著讀著就做起些孩子氣的白日夢來，憧憬著什麼。

　　幾十年來，此夢不散，為時代、社會和父母無可奈何的生存狀態所壓抑的欲望並沒有消失。等到在國外定居下來，一回頭，仄佳終於還是走回當年父親一直阻止的文學道路。

　　此時，胡仄佳老邁的父親再無半個反對的字眼，再過幾年，便驟然離世了。仄佳每念及父親，便悲如地下之泉，常在一個字一陣風間湧現。風清月明時，可做些父親生前喜愛之物燒送與他？這是朋友的建議。但所言令仄佳哽咽：父親物欲極淡，祖屋被無端充公，亦不動索回之念。他愛煙酒如命且樂於與人分享，又能戒之斷然。他文人一生，身不由己言不由衷，以何祭之？淚酒又何堪？仄佳尤感惘然的是，父親去世之後，她曾在父母狹窄

家中的雜物堆裡拼命翻找，想找出父親寫過的大批作品，哪怕它們都是遵命之作，裡面也該有青春的火焰與熱血？更想找到他寫下的無數檢查交待，裡面必然有一介草民面對歷史的悲哀與無奈？但她找不到片紙隻字，父親仿佛在有計劃地退卻了斷，竟在喧嘩的塵世中留出一段無望無求的空曠。

胡仄佳只能告訴自己，生命也許就是這樣充滿遺憾地輪回著，她父親並沒有真正地離開她，在她的言行舉止上，在她的血液細胞中，無處不在地躍動著父親的基因。

當時，也許正是在狹窄的曲折的縫隙中，奧妙的基因，如一棵小芽，以她的頑強，為日後衝出縫隙，為日後的發展，集聚了旺盛的生命力？

四

胡仄佳生長於四川成都。老家四面環山山山相連，城市人擠人，人山人海，連小巷裡都擠滿人家。對此，她有一個真切的記憶：

> 夏天悶熱的夜晚，街面上乘涼的人多如牛毛，胖人恨不得在腋下夾隻大竹筒退涼，瘦子也抱著冷茶不停地喝，熬到皮膚開始清爽時，人都迷糊得站不起來了。孩子們有一搭沒一搭地說鬼，精神得很。星光燦爛，偶爾一顆流星煙花般地劃過，讓人突然間覺得天地近得不可思議。（「故鄉的聲音」，《風箏飛過倫敦城》，頁36）

少時的記憶，故鄉的記憶，是怎麼也揮之不去的，是無論如何也是溫馨的，寶貴的。例如，胡仄佳還記得：「乘涼乘到深

依舊聽風聽雨眠

夜，肚子也開始亂響，那時端得出的夜宵常常只是一踠紅油素麵，但蔥蒜味濃濃的，讓人胃口大開。因為靜，這味道和吃的聲音也傳得很遠。」（同上）

這情，這景，也是無法忘懷的啊。

但天外有天，大凡一個人，總渴望追求故鄉記憶以外的新奇。胡仄佳是其中一個，她走出國門。

當時是中國人到澳洲留學的高潮期，國內特別加開了班機。那天她獨自到了上海虹橋機場。侯機大廳裡擁擠到無法形容的地步，活像森林大火或大地震前的騷動，空氣緊張得充滿著動物本能的驚惶失措。

隻身離境的她，無人為她而哭，或沒人與她對哭，而別的老少眾人卻哭成了一鍋粥。在旁邊看人哭，尤其是看男人們痛哭特別慘不忍睹，心碎悲傷的男人哭相特別難看，胡仄佳現在想起來還歷歷在目。安全檢查大廳的玻璃門，終於要把妻子丈夫爺娘和遠行人分隔開了，人群開始莫名奇妙擁擠到暴烈的地步。大玻璃門牆先是發出胸腔肋骨被壓榨出的細細劈啪聲，猛然間轟的一聲破響，玻璃碎片隨大面積的驚叫聲撒落一地，帶有清脆尖利的殘忍。一個年輕的外國女人被擠得披頭散髮滿臉通紅，她從人海中逆流勉強衝出來，嘴裡不停地說：「太可怕！太可怕了！」她是不懂這些號哭拉扯著不願分離的人們，為什麼又同時爭相往海關裡擠？

時代變了，這種場面也許永遠都不會重現了。通情達理地說，這種情況也不好過分伸引以用作什麼概括。不過，不知為什麼，胡仄佳十幾年來始終記得這一幕。

胡仄佳小時候，做夢都沒有夢到過海，這樣，當她飛越萬里，當她到達澳洲，發現曠達的大陸上，高山湖泊沙漠什麼都有，還四面環海，而海的深沉海的蔚藍，都遠遠超出想像，那種狂喜是旁人難以體會得到的。

後來，胡仄佳又再度移居新西蘭，更與海為鄰了。她初到新西蘭那陣，以為呆半年一年就走人，沒想到這麼一住就是十年。十年經歷濃縮於一本《暈船人的海》。書中，她審視的就是新西蘭這塊土地的方方面面。二十九篇文章，說山道海，談新西蘭的城市農村和自然，侃新西蘭的政治體育與文化，也聊新移民的別人及自己。胡仄佳發覺，時間越長越感受到這小國文化的豐富內涵，就像新西蘭出產的紅白葡萄酒，它們並無法國義大利葡萄酒優雅而高貴的世界名氣，更無俄羅斯和中國白酒的烈度霸氣，但新西蘭葡萄酒卻不乏環境賦予的自然清醇，風格口感也許淡泊，其精神品質卻全然獨立，頗有品牌水準，其價值已經得到來自世界各國的高度讚賞。

胡仄佳對新西蘭的描寫亦形成了自己的品牌，而為讀者所喜愛。美國著名評論家董鼎山說，他沒有到過新西蘭，由於路途遙遠與自己年事的增長，此生恐無望要去這個他極欲一遊的國度，因此特別細心地閱讀了《暈船人的海》，特別覺得此書的珍貴。董鼎山還指出書中另一動人處是，胡仄佳娓娓敘述了夫婿祖先自英國移民至新西蘭的歷史。（董鼎山，「從古希臘到紐約雙塔——讀《珍奇之旅》人文隨筆叢書」，香港《大公報》，僑報副刊，2003年10月10日））

我同樣珍惜此書，但原因剛好與董鼎山相反。我在新西蘭住了還不止十年，我熱愛那裡的人那裡的環境，我的學術品格是在奧克蘭大學形成的，我的靈魂永遠不會與這個藍天白雲之鄉分離，不論我此生會涉足到什麼地方。

胡仄佳的情感與我完全一致。因此，我真切理解她為何每逢有客人從國外來，一定要帶他們去海灣看看。海像永動機似的不停起伏，沒個靜下來的時候；海灣裡密密的桅桿，遠望去顫動交錯的節奏神秘。胡仄佳神迷了，便有哲學家般的感嘆：

此時深呼吸默默望海，海對我而言，便有如同宗教形似天體的意義。私欲自大膨脹起來時，既超不過占整個世界百分之三十的陸地，更無法抵禦海洋的浩瀚深遠無邊，我自問，知否？（「望海」，《暈船人的海》，頁6）

初次印象，刻骨銘心。胡仄佳第一本散文集《風箏飛過倫敦城》便是描寫初到海外，在異國他鄉領略到的種種感受，格外新鮮、深刻、有趣。例如，中國人老愛說雷鋒精神怎樣怎樣。仄佳在澳洲人新西蘭人身上，便一次次確切地見證了那種寬容精神、助人為樂猶如活雷鋒的習性。生動感人的記錄，可以在「夢回北澳」（頁109-119）、「北上達爾文」（頁27-34）等等篇章看到。在「情說舔犢」（頁155-157）一文中，仄佳更娓娓敘述她所受到的一次強烈的感動，我相信讀者也會感同身受——她第二次婚姻帶來的新西蘭婆婆決定用她的錢一視同仁為三個孫子成立教育基金，儘管她的大兒子與這位婆婆並無任何血緣關係。中國人有很好的古訓，但認真實行的不算太多，而仄佳在新西蘭，在自己的新家裡，切實蒙遇了此等善緣。

她那位不太懂中國文化、與她結婚十三年來至今中國口語單詞量沒超過五個、平時卻喜歡妻子做的川菜且支援妻子寫作的丈夫，更是一個範例。胡仄佳的「鬼畫桃符」對他來說無疑是天書，仄佳發現他從未把她當作什麼「才」來供養，但也從來不要求她做為經濟動物賺大錢與他齊心治家，都想不出丈夫為何寬容到讓她這麼沒頭沒腦地寫下去。生活中同文同種的夫妻最後成冤家的不少，而胡仄佳的異國婚姻卻協調出了這不算短的溫馨歲月，成就出仄佳的上百篇文章問世，也許不能只用「運氣」來解釋。

胡仄佳到達澳州時幾乎一無所有，隨身僅帶了刺繡收藏品和幾件換洗衣物，好奇心卻比什麼都強烈，她的視野漸漸打開，澳州、新西蘭這兩個國度以立體而真實的面貌出現在她的眼前，看自己看這兩個國度的視點變幻中深了些，不由自主的大國國民心態少了些。在好奇審視周圍社會環境的同時，也開始學會自審，學習在正常情況下作正常的人，學會在正常情況下理解非正常的人事。她的書是誠摯追尋精神家園的文化之旅。

在異國他鄉，自然有種種文化撞擊。胡仄佳感到，他們這一代人的經歷有相似之處，每一個移民姓名之後皆有故事，或精采絕倫或沉重不堪。就算平平淡淡的什麼波折都沒有，細究起來也是驚心動魄，背井離鄉投身到一個完全陌生的國度，跟到外星探險沒有本質上的差別。事實上英語中就把所有外地人外國人戲稱為「外星人」（alien）一詞。從某種意義上講，由於人種膚色的無法改變，華裔走到世界哪個地方都會是引人注目的群體與個體。生活在一個文化完全不同的國度裡，既要學會接受理解新的文化傳統，又必須保持真實頑強的自我和東方精神，不要夾著尾巴做人還要快樂地生活，是胡仄佳這些第一代「外星人」的選擇，又是他們一輩子都面臨的艱難挑戰。

必須說，這個挑戰的前景是可喜的。時空曾使東西方長期相隔，人以為東西方像兩道平行鐵軌永遠不會相遇。而今天東西方相遇不僅是事實，彼此有許多不同也有許多相似，而且還有相互理解的可能。這是胡仄佳的結論，而她個人的經歷就是一個證明。因此，幾年前，她在一篇題為「白駒過隙」（奧克蘭《中文一族》，1999年12月5日）的文章中能夠說：

> 回望過去的十年，時光令我們年輕的生命從幼稚走向成熟，日子驚險萬分或平淡地過去，平凡的依舊平凡。生活在新的

國度裡，我們的外貌和內心雖然改變了不少，已經開始把這塊土地跟自己的血肉聯繫在了一起，我們的孩子習慣這裡的自由空氣，這裡的寧靜安然，也許還意識不到這塊土地撫平了我們身上多少由狹逼擁擠造成的緊張衝突感，意識不到如今我們是站在一塊比以往稍高的岩石上，看世界，看大洋兩頭永遠屬於我們的國家，看別人也在看自身。在那令我們半生受益終身難忘的機遇中，我為這過去的十年讚嘆。

胡仄佳移居新西蘭之後，澳州這塊大陸成了海的那一邊，在她心底，成了精神上的第二故鄉；現在胡仄佳返回澳洲，新西蘭成了海的那一邊，成了她精神上又一個故鄉了。而相對於不論澳洲或是新西蘭，在遠隔萬里的大海那邊，還有一個生養自己的祖國。「希望仍在，也許不僅僅是在海那一邊！」這是《風箏飛過倫敦城》最後一篇文章的最後一句話。當然。相信生活的變化，視野的開闊，會激發胡仄佳更多的情思，會更加深她的思考。

五

本來，胡仄佳就自覺自己是個奇怪的、興趣廣泛的女人。滑雪、開車、釣魚、叢林散步、露營、美術、音樂、戲劇、閱讀似乎都為她所愛好。好吃也還會做，手巧能幹，性格既直也曲，有時聰明有時糊塗，能鬧也能靜，一個既非「淑女」也非徹底「瘋丫頭」的人種。她發覺，從事寫作，實際上一直是她心中最隱秘而又最強烈的願望。為什麼要寫？寫了之後怎麼辦？從未想好，也許就像自己的生命一樣是盲目的，雖然表達的過程中會出現某種意義，但那不過是自然的走向和流露罷。或者也可以說，兩次婚姻與生活在兩種完全不同的文化裡，本身就是種強震盪，新的

更為寬鬆的世界釋放了很多壓抑已久的感受，從死去的婚姻中解脫，從新世界中找到自我和自我反省的可能，用寫作的方式來表達無疑是最自然不過的事。或者就如她自己這樣表白：「人有許多種存活方式，寫作是我生存的通道之一。當我呼吸的時候並非要證明什麼，只是必須而已。」（「在海那一邊」，《風箏飛過倫敦城》，頁246）

是在1997年的一個夏夜，胡仄佳開始在電腦上笨拙地學習打字兼寫作。累乏中她也曾絕望過，不料手指下卻悄然流露出一些深藏於心底的感受來。

就是這些深藏於心底的感受，讓胡仄佳開始在文壇獲得名聲。

四川某雜誌編輯李珊對《風箏飛過倫敦城》的讀後感是：「你的文筆比較機警，幽默，乾淨，流暢，收放自如，女性的機敏使可圈可點的歷史沉而不重。勇敢，真實，使你生活得很投入，自然而然地留下自己的一片風景。」

「樂觀，開放的心態。敏銳，聰穎的悟性。文字富有音樂感。對多元文化的深思。」汕頭大學《華文文學》主編于賢德對《風箏飛過倫敦城》作了這樣的歸納。

「（你的）寫作頗有異域生活氣息，細膩而爽朗，寫得相當不錯。特別是你的『故鄉的聲音』喚起了我不少回憶，我的兒童時代有相當長時間是在成都度過的，好些聲音至今縈繞在耳。『蒼涼的青瓷器』寫得也頗有味道。」原《隨筆》雜誌副主編鄺雪林（司馬玉常）這樣告訴胡仄佳。

前南開大學中文系教授郝志達為《暈船人的海》作序說：「在她這本散文集中，確實讀者無論從哪個角度去欣賞、去審視，都可以給人帶來對著宇宙之中藍天白雲故鄉的神往，給你一種神奇美的藝術享受！」

也是來自四川的悉尼大學中文系講師王一燕博士對仄佳說：「你的文章可讀性很強，風格清新，敘述平易近人，無矯揉造作之風，尤其是四川方言運用得風趣吸引人。」

「我讀你的文章可謂愛不釋手，你的角度都很特別，所發的議論又不空泛，已經深入到文化內涵的深層次，這不是每個作者都能做到的。」天津百花文藝出版社四編室主任、《暈船人的海》的編輯李華敏得此結論，並向胡仄佳表示感謝。

「你什麼時候操練的文筆？非常通暢流利，而且非常美麗。」《四川法制報》總編賈嶂鏈甚至這樣問道。

…………

什麼時候操練的文筆？問題好像很簡單，回答卻很難明確。

胡仄佳回憶小時讀華盛頓‧歐文的《阿爾罕伯拉宮》、馬卡連柯的《教育詩篇》、《泰戈爾詩選》、傑克‧倫敦的《野性的呼喚》、惠特曼的《草葉集》、莎士比亞的戲劇、莫泊桑的短篇小說……等等全不是一種路數的書籍；父親雖然反對她從文，文革後期不知從什麼地方也開始找回《古文觀止》給她讀，然後是唐詩宋詞……這些都給了她以混合而奇妙的營養。那時她就開始模糊意識到，生命短促有限，卻可以在想象中無止境地展開延伸，可以經由文字而穿越時空。

既然閱讀是件美妙的事情，寫作一定同樣如此；既然閱讀時非常喜歡語言文字傳達出的令人聯想不盡的魅力，寫作時一定會自覺不自覺地在文字上下功夫。仄佳自嘲她的恍惚仍在，記不住人名地名，記不清時間地點，愛閱讀卻沒有過目不忘的本事，但她發現，在什麼地方有意無意中還是沉澱下來很多東西。她好像並不寫詩，但她的文字簡練自然，時不時流溢著濃濃的詩意，「風箏飛過倫敦城」、「暈船人的海」，書名就很有詩意，又傳達了全書的主旨，而且似乎並不經意。

胡仄佳的經驗證明文藝各領域是相通的。她年輕時學畫，對現在寫作其實大有裨益，可謂是「曲線操練」。她發現自己有雙觀察細膩、看得見暗夜中朵朵開放的異花、看得出蒼茫裡山脊剪影中的渾圓、對色彩形象非常敏銳的眼睛。她還有對靈敏的樂感不錯的耳朵。所以，雖然仄佳過去從不提筆，卻能一寫就寫出富有自己特色的篇章。例如，在「夢回北澳」那篇文章快結尾的地方有一段描寫北澳的夜晚，讀來猶如身臨其境，讓你看到，讓你聽到，讓你觸摸到，真真切切：

> 北澳的房子通常有漂亮平滑的木頭地板，熱腳板走在上面涼隱隱的。小動物們從百葉窗的間隔中自由進出，與人共用房屋空間。燈亮時分，透明粉紅，手腳臉嘴精緻如藝術品的小壁虎們從藏身之處爬出來，倒掛在天花板上，準備捕食體積巨大的撲燈蛾，它們輕輕的叫聲，使我相信它們還有小鳥的靈魂。樓梯旁總有綠色的青蛙爬在房子的外牆上，相貌堂堂皮膚綠得發亮，腳指頭上的吸盤使它能夠輕盈地呆在任何地方，用手指輕輕觸摸它一下，它會蹦到人的肩上。深夜，成千上萬的小螃蟹摸上岸來，秘密社團似的聚會在樓梯旁的樹林中，聽到什麼動靜，就唏唏瑣瑣地四竄，聲音象潮水沖刷樹葉又像糖炒板栗的翻動，響動大得旁若無人。不知名的黑鳥像雞一樣整天在院子裡走來走去，家養似的不怕人。
> （《風箏飛過倫敦城》，頁119）

最使我喜出望外的是，仄佳能夠以極其優美的文字，或直接或間接傳達她富有哲理的思考，在文章裡（常常在文章的結尾）閃爍出耀眼的光輝。例如，緊跟上面的引文是下面這個結尾：

躺在這樣的屋子裡，趴在地板上靜靜地聽下去，聽熱帶暴雨的突如其來，聽那些只有一面之緣朋友們的話語，從百葉窗間輕輕蕩過，風聲卷起了帶有萬年印記的塵埃。聽土著人在荒原叢林裡吹響「笛囑維嘟」（didgeridoo），像聽到了他們靈魂發出的呼喊呻吟。我在這些響動聲音中漸漸入睡，夢見達爾文猶如一座巨大的熱帶花園，還夢見自然世界以它靜默的時間沼澤，吞下人類中的狂妄自私，貪婪愚昧。（同上）

又如另一篇文章「莽莽群山」，臨近結尾有這麼一段文字，竟然如此密集地呈現著紛繁的思緒，關於歷史，關於未來，關於時事政治、社會人生，關於美好、醜惡，關於眼前的、逝去的，凡此種種，都一起強烈地衝擊著讀者的心靈，真是神來之筆：

「身在青山恨青山，離別青山戀青山。」愛恨也許是人生奮鬥掙紮的最大動因，倒是這山見慣了不知多少人世滄桑，千歲夕陽。當年的淘金者挖空了幾座山頭，帶走的未見得都是財富歡愉，留下的也未必都是遺憾。站在這新西蘭天高地遠的大山上遙想，如果說山腳下的小城代表著人間的舒適繁華，那麼在這山頂上也嗅到萬里之外紐約的世貿大廈殘骸廢墟飄來的令人窒息的煙塵。當超常規意識的戰事出現於世界任何一個國家，無理性地展開之際，腳下的安寧，這山的沉穩，就值得格外珍惜。（《暈船人的海》，頁53）

閱歷多了人便成熟起來，眼界開闊了，渾身筋脈通泰，思考也深邃了。所以我其實不能說「喜出望外」，所謂「功夫在詩外」，這是仄佳多方面修養的必然結果啊。

六

2003年8月，我們「海外作家訪華團」在中國大陸參觀訪問的時候，一路上也對如何為世界華文文學定位等問題交換意見。我和胡仄佳、張翎（加拿大女作家）等人都一致認為，過去一百多年來海外華人傳統的、正宗的、不容置疑的「落葉歸根」的思想意識現在已經發生幾乎可以說是顛覆性的改變，過去常在描寫海外華人的作品中所見到的情慘慘悲切切的「遊子意識」現在已經明顯地與時代與當今天下大勢脫節，事實上也已經在今天有分量的作品中退位，現在不管是海外華人生存之道還是世界華文文學發展之道都應該是——或者已經是——「落地生根，開花結果」。這個話題我們在第一站廣州時也與國內的同行討論過，在最後一站北京時甚至向有關官員反映過，並得到極好的回應。8月29日，中國國務院僑辦副主任、中新社社長劉澤彭先生在釣魚台宴請我們時，熱情洋溢地說：中國人移民外國，過去被認為是拋棄祖國，很不光彩，這個看法完全是錯誤的，中國人到外國發展正是表現中國人的開拓精神，這是大好的事情，越發展越好，越發展越應該鼓勵讚揚！

我在胡仄佳身上，在她的作品中，正是看到了一種拒絕狹窄守舊、追尋廣闊拓展的情懷與美感。

「人類本質中有像候鳥逐水草隨氣候擇居的本能，過去翅膀被捆住的時候，飛翔只是悄悄的願望，現在能飛就飛吧！」胡仄佳在《風箏飛過倫敦城》一書的結篇「在海那一邊」（頁二四六）曾經這樣自勉。

那麼，仄佳，就飛吧，繼續飛，不停地飛，越過海那邊，越過海這邊，更加廣闊，更加高遠……

（二零零五年三月十七日於澳洲悉尼）

（發表於澳華新文苑第181-183期）

▲魔鬼石：胡仄佳在澳洲北部見到的奇異景色。

趙大鈍

▶趙大鈍為悉尼詩詞作家簽名。

　　悉尼北區有一間「中華文化中心」，正廳中間赫然掛著一幅對聯，曰：「中華史邁五千載，文化根敷七大洲」，其宏大氣勢自不消說，字也寫得蒼古有力，神形相輝。

　　對聯落款是「趙大鈍撰并書」。趙老是悉尼一位德高望重的華文古典詩詞開拓者，今年已經高壽八十八了，仍然行動俐落，思維敏捷，心明眼亮，令人拍案稱奇。

　　趙老出身貧寒，又經歷亂世，僅得小學畢業，但自幼好學，聰穎勤奮，又得多位名儒指點，因而修就深厚的國學功底。一九九七年，他出版《聽雨樓詩草》一書，曾為雪梨乃至澳州華人文壇一時之盛事。如中國著名文學家兼書法家黃苗子所言，趙詩不藉典故的堆砌，純用白描去寫，這種千錘百煉的濃縮文學語言，非有湛深的功底不能達致。聽雨樓的詩極似白樂天，但比白詩略多一些蘊藉。

　　「扶危拯溺濟痴聾，儒佛耶回道大同。安得仁心長在抱，人間無日不春風。」趙老人如其詩。

《聽雨樓詩草》封面。

他品性高尚，胸懷博大，素以「誠、慎、勤、慈」
誨人律己，深為朋好學生崇敬。趙老行中庸之道，
以為萬事不可絕對。他家庭的宗教信仰，就極具象
徵意義：其父生前信奉高臺教（越南一種拜祭先哲
聖賢的多神教）；趙老和太太原先是佛教徒，現在
自己皈依天主教，而太太仍然堅守佛教；至於兒
子，則是虔誠的基督徒。趙老家中設有研經室，各
有各的經書，各有各的研究，互相尊重，其實亦為
一樂也。

　　趙老於一九八三年以越南難民身份定居澳洲。
「既來之，則安之，最喜地容尊漢臘；為禍也，抑
福也，敢忘身是避秦人。」這是趙老為雪梨西區卡
市牌樓所作的一副對聯。趙老在《聽雨樓詩草》中
又云：「風雨山河六十年，儘多危苦卻安然，垂垂
老矣吾樓在，依舊聽風聽雨眠。」趙老氣定神閑、
隨遇而安，安貧樂道，又堅持操守，寵辱不驚，剛
直持躬，實為我們悉尼華人文壇的楷模。

雪梨素描（**2000　庚辰**）

趙大鈍

雪梨風貌稱繁華，傍水依林便作家；
萬頃波光千頃岸，半城樓閣一城花。
元稹州宅寧專美，謝朓登臨詎足誇。
試上摩雲高塔望，海天魚鳥更無涯。

（發表於澳華新文苑第12期）

◀雪梨遠眺。

重遊首都坎培拉（2001/10 辛巳）

趙大鈍

2001年9月19日重遊首都坎培拉，18年前（1983年）曾來此遊，風景依舊，人事全非矣！

　　大旗雄展六天星，登眺重來陌路經；
　　花樹撩人無限媚，春風吹鬢不回青。
　　眼瞠桑海迷棋局，廷議齟齬別渭涇。
　　二百年來艱補弊，漫教冰炭誤生靈。

（發表於澳華新文苑第12期）

雪梨西郊春初即事（2004/9　甲申）

趙大鈍

乍暖還寒春醞釀，扶攜言笑野人家；
輭風到處輕梳柳，細雨無聲遍潤花；
鶯燕待過新歲月，肝腸猶是老枴枒。
蘧蘧漫作黃粱夢，夢裏浮生事益賒。

（發表於澳華新文苑第185期）

暮春攜眷遊藍山（2002/11/25　壬午）

趙大鈍

藍山風景絕佳，為澳洲旅遊勝地，三姊妹峰，可望不可及，
老境侵尋，力有不勝也。

春歸猶及討春時，勝概窮溟此獨奇；
微雨輕風花別致，山青髮白我來遲！
已疲腰腳難為力，賸有情懷祇賦詩。
嫵媚雍容三小鳳，教人羨煞也心期！

（發表於澳華新文苑第226期）

晚秋重遊藍山遙望三姊妹峰，與彭永滔、高若薾、岑斌岑桐昆仲

（2003/5/23　癸未）

趙大鈍

低舊聽風聽雨眠

駢筆三峰指顧頻，幽姿誰與訴前因？

非莊非蝶斯為我，成佛成仙亦自人。

天沒藩籬雲去住，山稀斤斧樹輪囷。

炫眸楓落紛如錦，笑擬殘秋當好春。

（發表於澳華新文苑第226期）

雲梨遠郊藍山三姊妹峰。

新秋三遊藍山賞楓與岑桐彭永滔夫婦

（2006/4/3　丙戌）

趙大鈍

登臨老興豈曾慵，嬝娜煙雲嫵媚峰；
相對無言心一脈，別開生面畫千重。
長林靜極真堪隱，紅葉秋初不易逢。
失喜山靈酬我願，停車偶爾見孤蹤。

澳洲三月至五月屬秋季，楓葉疑於五月始紅。此行駕車在大叢樹中公路繞行甚久，所見紅楓只三五棵，故於楓下攝影留念。

（發表於澳華新文苑第226期）

雪梨初春憶梅有寄（三首）（1996/9　丙子）

趙大鈍

自別蓬瀛落草萊，放翁萬樹夢徘徊；
儂心依舊清如水，不許紅塵著點來。

小徑橫斜水淺深，疏枝落落見天心；
逋仙去後經千載，風味誰從淡處尋？

老眼麻茶倦又慵，偶緣少艾逐春風；
扶筇姹紫嫣紅裏，總覺情懷與不同。

（發表於澳華新文苑第243期）

二千零二年九一一周歲後三日大風雨過五龍岡南天寺（2002/9/14　壬午）

趙大鈍

趙
大
鈍

三年未過南天寺，為聽清鐘今又來；
花樹正當春九月，菩提無礙劫初回。
人如野水流難定，嶺遍寒雲障不開。
卻喜喧闐車馬地，得安心自絕塵埃。

五龍岡南天寺為世界最大佛寺之一，香火鼎盛，且有洋人皈依，媲美美國西來寺，為澳洲旅遊勝地。又澳洲九月屬初春。

（發表於澳華新文苑第237期）

二零零二年元旦雪梨酒會感賦（壬午）

趙大鈍

依舊聽風聽雨眠

　　新世紀第一年，環球災患頻生，驚心慄目。雪梨聖誕前夜，城外惡人大放林火，至今未熄，除夕子夜，城中群眾大賞煙花，破曉忘歸。悲與歡，一膜之隔，善與惡，一念之差而已。現世人性之墮落，亙古未聞也。

衣冠今日又登樓，祝歲喧闐遍海陬；
劫蟫重看新世紀，酒邊彌惜舊風流。
驚心噩夢連番過，釀史時輪轉不休。
城裏煙花城外火，悲歡一例是人謀。

（發表於澳華新文苑第12期）

題趙崇雅楚香圖（1996　丙子）

趙大鈍

端午日崇雅以此圖見贈，楚香者離騷所言之香草也。

楚天迢遞楚雲昏，江草江花溅淚痕。

歲歲幽香虔采薦，可曾喚起大夫魂？

（發表於澳華新文苑第243期）

題甄宛瑜黃山圖長卷（**1998　戊寅**）

趙大鈍

一

霜毫不寫好花枝，卻寫黃山鬼斧奇；
萬派松雲引天籟，最高寒處獨來時。

二

蜩鳩奚必笑鵬翱，挾筆淩虛漫自豪；
到此昂頭天以外，更知天外有峰高！

（發表於澳華新文苑第12期）

劉老渭平教授米壽奉呈六絕句

（2001/11　辛巳）

趙大鈍

（一）

老子猶龍顧盼雄，瀛涯史識更誰工？

飛軺南北絃歌遠，夷夏趨蹌拜馬融。

渭老早歲畢業於廈門大學、文學士。為澳洲雪梨大學碩士、博士。任雪大東亞史系教授以及英國牛津大學、美國夏威夷大學、台灣中國文化大學、政治大學、上海華東師範大學、香港大學客座教授。

（二）

丹青書法俱餘事，並佔名山邁老坡；

秋雨篝燈溫酒坐，小藜光閣舊聞多。

渭老工書善畫、課餘遣興而已。一九九一年著有《小藜光閣隨筆》，分人物、文史、紀遊。資料精審，足為治史者參考。

（三）

白頭寧忘久要心，世變橫流詎易尋；

我向先生虔一拜，雍容風采範儒林。

渭老深研儒家之學，不忘久要之言，且為澳洲研究漢學功臣。今日各大學之學者，多出其門牆。

（四）

夕陽依嶺溫猶在，老樹經霜色更妍。

天錫遐齡彌矍鑠，吾僑史乘仗公肩。

「夕陽依嶺溫猶在，老樹經霜色更妍」，係渭老自壽詩句。渭老一九九六年著《澳洲華僑史》、所搜之資料非摭拾英文翻譯，皆其躬親諮訪所得，為世人所未見，尤為研究華僑史者所推崇。

（五）

為儒為仕鏡無塵，老去依然筆有神；

一卷浮雲行海外，春風長煦萬邦人。

渭老嘗任雪梨總領事館領事，離職後，留澳從事教育工作垂三十年，並協助雪梨大學開設東方史學系。二零零二年十二月八日，其用英文寫之自傳《浮雲》出版，述家世淵源，及數十年來所見、所聞、所感。發佈會嘉賓百餘人，多為西方學者及其門人，場面隆重、真摯、溫馨。

依舊聽風聽雨眠

（六）

不師李杜不師韓，的皪幽花自解顏；

三百篇詩縈一夢，青山無恙白頭還！

渭老精研中國傳統詩，著有《清代詩學之發展》。二零零一年出版《小藜光閣詩集》，其平生志事，情深意婉，得風雅之遺，彌足珍貴。

（發表於澳華新文苑第53期）

雪梨十圓會秋集（2000/5　庚辰）

趙大鈍

依舊聽風聽雨眠

少長咸來拾古歡，願無風雨打闌干。
鷦鳩可笑枋榆止，芥子能容天地寬。
菊上疏籬秋有信，葭依斜日水初寒。
憑高乍覺商飆厲，短髮從容待整冠。

（發表於澳華新文苑第185期）

彭永滔有晚春詩效顰二絕

（2000/11/28　庚辰）

趙大鈍

九十春光去太頻，湞南花樹尚撩人。

微寒細雨初晴後，不放酴醾勒住春。

門前酴醾一叢，春盡日仍含苞未放。

造物無私雨露睜，龔生詩句至今誇。

春花開落春來去，化作春泥更護花。

清龔定庵詩：「落紅不是無情物，化作春泥更護花。」春來
春去，春花春泥，生化循環不息，用廣其意。

（發表於澳華新文苑第185期）

復活節翌日寫懷寄奉香港陳一豫
廣州吳子玉（2004　甲申）

趙大鈍

依舊聽風聽雨眠

浮雲白日笑蹉跎，寥寂幽齋節又過。
念裏故人魚雁渺，籬邊雛菊瘦寒多。
生涯漸覺來朝慮，世亂期安莽法苛。
鬢鬢鬖鬖身喜健，一樽還我少年酡。

（發表於澳華新文苑第185期）

種花詞

車士活中華文化中心十周年紀念（2005　乙酉）

趙大鈍

華夏根荄海外移，十年回首訂花期。
無私雨露無窮願，綻出南球第一枝。

　　雪梨車士活中華文化中心為澳洲第一所華人最具規模組織之
藝術展覽專用場所。

紅酣綠靜白溫敦，漫遣癡兒訴怨恩。
雲釀輕陰風送暖，東君長護百花魂。

　　文化中心每年度與展覽者洽委日期，即依次借出場館。有困
難時，無條件供應物力人力。遲來向隅者，則期以下年度。用意
良佳，用心良苦。

不薄今人愛古人，千秋壇坫事紛紜。
藩籬盡撤胸襟豁，藝海翻騰任樹軍。

「不薄今人愛古人」，借用杜句。文化中心之宗旨：不論傳統派、折衷派、革新派，更不論大陸、台灣、香港或其他地區，凡華人藝術家之詩、書、畫、印刻、攝影作品，俱歡迎展出。

潘郎仙去忒傷神，抱甕河陽念凤因。
今日華堂花似海，看花誰識種花人。

潘仕熹先生，文化中心創始人。一九九八年逝世。先生擇善而固執，瘁力墾拓中華文化，不屈撓，不居功，故鮮為人知。

中華史邁五千載，文化根敷七大洲。
期與諸公齊策勵，崎嶇遙路踵前修。

首二句為中心落成時餘撰之門聯，後二句為餘詩書畫札拜嘉藏品展覽時續成之七絕詩，附錄於此，同策來茲。

（發表於澳華新文苑第237期）

贈雪梨車士活中華文化中心潘仕熹

（1997　丁丑）

趙大鈍

固執欣欣擇善鄰，聖賢垂訓古彌新。
先生風骨崚嶒甚，愧煞浮囂一輩人。

病起如參自在禪，圖南同惜晚晴天。
誰知大雅扶輪手，薪火艱難海外傳。

（發表於澳華新文苑第237期）

聽呂實秋彈琵琶（1974 甲寅）

趙大鈍

干戈擾攘今何世，憔悴斯人劇可憐；
萬里一身雙雪鬢，百年孤抱四冰弦。
知音誰是周公瑾，掩泣余同白樂天。
塞上風沙江上月，泠泠指下總凄然！

（發表於澳華新文苑第237期）

澳洲華人公益金籌款晚會

願一切有情同資景福（1998　戊寅）

趙大鈍

扶危拯溺濟癃聾，儒佛耶回道大同。

安得仁心長在抱，人間無日不春風！

（發表於澳華新文苑第237期）

惜黃花

丁巳春間何嬾熊自越南西貢來書，語多隱晦，
倚此代柬（1977　丁巳）

趙大鈍

離巢寒羽，寄萍孤嶼。念湄南，病相如，舊遊誰顧。
簾幕早深垂，消息渾無據。臟眼底，萬重煙樹。
閒雲來去，野鷗散聚。霎春殘，怕開緘，罕平安句。
錦字認模糊，莫是愁難訴。更怎耐，妒花風雨。

（發表於澳華新文苑第243期）

依舊聽風聽雨眠

浣谿沙（二闋）
丙辰逃難抵香港山居有作（1976　丙辰）

趙大鈍

高處勝寒夢自諧，逃斤老樹著花佳，流人生事嬾安排。
不速月來聊對影，無心雲去各忘懷。有時猿鶴過山齋。

自撫秋心獨抱殘，楓林關塞夢闌珊，依稀人在水湄間。
失喜朝來簷鵲噪，微憐病後酒盃慳。故人書到太平山。

（發表於澳華新文苑第243期）

喝火令

香港小住寄婦雪芳越南西貢（1976　丙辰）

趙大鈍

萬里思鵬健，離羣悵雁孤，蔽天兵氣路模糊。倦羽待飛何處？依舊落江湖。

世態都非舊，風光總不殊，便言吾土亦情枯。夢汝含愁，夢汝影清癯，夢汝在湄河涘，倚竹晚寒初。

（發表於澳華新文苑第243期）

世憂未已吾生多困述慨二律

（2002　壬午）

趙大鈍

一

老牛車破難為力，帶水拖坭總不任；
入市酒茶聊應俗，閉門風雨乍驚心。
溫寒氣候南殊北，人物紛綸古自今。
吹皺一池干底事，小樓高臥莫高吟。

二

平生出處尋常事，忍見風濤一再掀；
少日猶龍偏遁跡，頹齡病鶴豈乘軒。
窮通過去都如夢，恩怨分明未易言。
無意周旋三舍後，更銷鞭弭與櫜鞬。

（發表於澳華新文苑第12期）

牆隅瘦菊地狹泥瘠為賦四絕

（2004/12　甲申）

趙大鈍

莫怨生機弱，無私雨露滋。
青青殊可喜，奚用卜花期。

樹大招風暴，柔枝瘦盎然。
誰諳養生趣，冷眼看羣顛。

淵明擁三徑，我地狹而荒。
隨宜開幾朵，不待到重陽。

偶沾花粉病，涕泗日交侵。
披衣仍早起，難已惜花心。

（發表於澳華新文苑第185期）

龍孫〔1997　丁丑〕

趙大鈍

小引

　　周日，兒孫例來省視，間至酒樓用膳。一日，余婦謂小孫曰：今日喫中餐，高興乎？答曰：不高興，不夠甘香濃脆，何如漢堡飽、肯特雞、義大利薄餅之大快朵頤哉！余聞之，一則以喜，一則以憂，喜其能融入澳洲社會生活習慣，而憂其漸成數典忘祖之變色龍。此變，豈止吾家獨然，香港篆刻家范誠忠特選末句製印見貽，並作解嘲焉。

可憐無補費精神（王荊公句），石火光中世又新。
滿眼龍孫都蛻變，黃皮黑髮白心人。

（發表於澳華新文苑第185期）

自題六十六歲小照（2004　甲申）

趙大鈍

膚髮傷餘敝帚珍，沸騰人海事難陳。
平生強項曾何悔，垂老孤懷益覺真。
百歲流光三去二，千秋癡念渺如塵。
便教再歷紅桑換，不換青氈自在身！

（發表於澳華新文苑第243期）

八十六歲自壽（2003　癸未）

趙大鈍

七十古稀今八六，贏來歲月意何如。

詩文以外無偏嗜，主佛之間不負初。

覆雨翻雲睨世界，呼牛喚馬聽揶揄。

小樓是我棲心地，臥讀千秋未見書。

　　余家奉教絕對自由，先父越南高臺教，余天主教，婦佛教，兒基督教，摯友勞天庇為題研經室三字懸於廳上。蓋互相尊重其樂尤融融也。書，史也。

（發表於澳華新文苑第237期）

黃苗子郁風伉儷為繪聽雨樓圖並題點絳脣詞，
南澳徐老定戡同調次原韻，雪梨梁羽生、劉渭
平、高麗珍、墨爾本廖蘊山諸君子題詩，余補
一絕（1996　丙子）

風雨山河六十年，儘多危苦卻安然；
垂垂老矣吾樓在，依舊聽風聽雨眠。

依舊聽風聽雨眠

依舊聽風聽雨眠

——趙大鈍老師及其《聽雨樓詩草》簡介

何與懷

　　一九九七年，趙大鈍老師把一生所寫、而又尚未散失的二百多首近體詩結集，由其學生集資出版，稱為《聽雨樓詩草》。此書按時間分為三部分：「卷上」、「卷中」和「卷下」（另有「補苴編」、「詞錄」、「聯語錄」和「蝶戀花唱酬錄」）。「卷上」所收之詩寫於一九四三至一九七五年間，正值抗日戰爭末期及越南戰爭數十年動亂。「卷中」為一九七五至一九八三年間所寫之詩，此時趙老因越南西貢易幟而投奔怒海，曾在美國、台灣、香港等地顛沛流離。「卷下」則是趙老於一九八三年八月來澳洲定居後所寫之詩。全書跨度超過半個世紀，論者稱之為「詩史」，信然。

　　聽雨樓原為趙老先人遺下的一間小樓，以此名之時，趙老年方十八歲。當時及此後六七十年來，世間太多「風雨轟騰，震撼人心」；即使今日，「風雨仍然無定，晴明不知何時」。趙老嘆道：「樓屢毀屢建，且曾隨余流離四方，斯時樓存心中也。」由此得知，「聽雨樓」的「聽雨」二字，大有深意。

　　正因為這種背景，趙老去國懷鄉之情特別強烈，充滿《聽雨樓詩草》全書。一九八三年他移居澳洲，在留別港中親友一詩中感嘆道：「百年殘局身安託？一髮中原望更遙！」在澳洲這個自由地，他常有這樣的感觸：「尋常一樣團圓月，客裡相看總惘然！」甚至：「眼底江山心底淚，無風無雨也瀟瀟！」一九八六

年他自香港返澳洲時，機上作成一首五絕，可謂是發自心底的懇切期望。詩曰：「風雨山河淚，言歸異故鄉；晴明如可俟，敢怨髮蒼蒼。」

趙老出身貧寒，又經歷亂世，僅得小學畢業，但自幼好學，聰穎勤奮，又得多位名儒指點，因而修就深厚的國學功底，《聽雨樓詩草》一書便是明證。如中國著名文學家兼書法家黃苗子所言，趙詩不藉典故的堆砌，純用白描去寫，這種千錘百煉的濃縮文學語言，非有湛深的功底不能達致。聽雨樓的詩極似白樂天，但比白詩略多一些蘊藉。

綜觀《聽雨樓詩草》全書，發現氣醇聲和、從容婉曲亦為趙老詩風一大特點。下面這首七律可為一例：「花枝婀娜月光明，春色紛從眼底生。高閣杯盤行樂地，萬家燈火戒嚴城。鄉醪未飲心先醉，戍鼓頻傳夢不驚。笑口逢辰艱一聚，漫教塵鞅負鷗盟！」此詩為西貢嶺南酒樓宴集而作，時值一九六五年元宵。當晚這個南越首都全城戒嚴，城外砲聲徹夜，而城內家家門前懸燈，此一奇景奇事，詩中描畫得何其傳神！趙老氣定神閑、隨遇而安，又堅持操守、不致迷失的處世哲學也可從他為雪梨西區卡市牌樓所作的一副對聯看出：「既來之，則安之，最喜地容尊漢臘；為禍也，抑福也，敢忘身是避秦人。」

「扶危拯溺濟癡聾，儒佛耶回道大同。安得仁心長在抱，人間無日不春風。」此詩似是趙老言志之作。的確，趙老詩如其人。他人品高尚，胸懷博大，安貧樂道，寵辱不驚，剛直持躬，素以「誠、慎、勤、慈」誨人律己，深為朋好學生崇敬。趙老行中庸之道，以為萬事不可絕對。他家庭的宗教信仰，就極具象徵意義：其父生前信奉高臺教（越南一種拜祭先哲聖賢的多神教）；趙老和太太原先是佛教徒，現在自己皈依天主教，而太太仍然堅守佛教；至於兒子，則是虔誠的基督徒。趙老家中設有

研經室，各有各的經書，各有各的研究，互相尊重，其實亦為一樂也。

《聽雨樓詩草》的出版，曾為雪梨乃至澳州華人文壇一時之盛事。當時居住布里斯班的中國著名畫家郁風為封面作「聽雨樓圖」，其夫婿黃苗子調寄點絳唇，題曰：

> 「淅瀝添寒，憑伊隔個窗兒訴，淋鈴羈旅，舊日天涯路；濕到梨花，簾捲西山暮，花約住，春知何處，深巷明朝去。」

南澳國學耆宿徐定戡和黃苗子原調原韻一闋：

> 「賸水殘山，黍離麥秀憑誰訴，圖南羈旅，目斷鄉關路；問到歸期，風雨重簾暮，春且住，相依同處，莫便匆匆去。」

雪梨女詩人高麗珍題：

> 「小樓連夜聽風雨，紅杏今朝絢野林。安得先生春睡穩，賣花聲裏閉門深。」

墨爾本書法家廖蘊山題：

> 「一廛堪借老南瀛，到處隨緣聽雨聲。不管高樓與茅屋，滂沱淅瀝總關情。」

著名武俠小說家梁羽生題：

> 「一樓鐙火溯洄深，頭白江湖喜素心。莫訝騷翁不高臥，瀟瀟風雨作龍吟。」

博學多才的劉渭平教授則題：

「瘦菊疏篁又再生，小樓樓隱晚方晴。知翁得失渾無與，祇有關心風雨聲。」

這些絕妙詩詞寫出了趙大鈍老師的品性神態，也勾畫出《聽雨樓詩草》一書的主旨，正如趙老自題所云：

「風雨山河六十年，儘多危苦卻安然；垂垂老矣吾樓在，依舊聽風聽雨眠。」

（發表於澳華新文苑第12期）

依舊聽風聽雨眠

一部解讀人生的大書

——讀趙大鈍前輩《聽雨樓詩草》的筆記

冰　夫

　　人們總說，人生是一部大書，紛紜繁複，卷冊浩瀚，誰也難以理清說明。但是，世上總有許多智者（包括哲學家和文學家），在以各種不同的方式予以闡述、解讀。詩人便是其中之一。所以說，詩人的作品有如許許多多的窗戶，透過這些窗戶，我們不僅可以認識世界，感知人生，而且也可以窺視到詩人的內心世界，瞭解他的靈魂。因為從某種意義上說，詩人也正是「為了展示其靈魂而創作的。」

　　《聽雨樓詩草》就是趙大鈍老的社會生活與心路歷程的寫照，也可以說是他剖析社會、解讀人生的結晶。每當我捧讀這本詩集的時候，心頭自有一種說不出的激動與崇敬。

一

　　拜讀鈍老的《聽雨樓詩草》，對我來講，既是學習古典文學的極好機會，也是一次高檔次的精神財富的享受。

　　在一天喧囂繁雜的生活之後，獨自坐在書桌前，翻開裝幀精美典雅、由他的弟子書法家陳揚立手書的《聽雨樓詩草》，對著窗外明朗的月色，默讀著這「包蘊自然，涵蓋宇宙，采擷英華」的詩行，仿佛正跟隨前輩的指引目光，閱覽社會，解讀人生；我知道這是既學做詩，也學做人。

鈍老是那種使人一見面便產生尊敬和信任感的長者。他不像有的前輩那樣在和藹中顯示出一種居高臨下的持重，也不像有的長者那樣過分嚴肅而不苟言笑。他「對人從容和易，而對己則坦坦然陶陶然，有瀟灑出塵之想，與余之以禮束縛其身者絕不相類。」（香港碩儒傅靜庵語）他既嚴肅凝重而又和藹可親，閱讀他的詩歌之後，更加堅定了這種難忘的印象。因為鈍老崇高的人格力量與他的詩歌給我的心靈以鼓舞、以慰藉。

對於人生的走向與歸程，在上世紀六十年代後期，他曾有詩說，「荊蔓難圖費斧斤，呵花護葉費精神。前賢願力知多少，荷擔慚來作繼人。」（《兵後忝長花縣學校重葺園舍，小詩與同仁共勉》）時光過去三十八年後，他在《自題六十六歲小照》一詩中寫道：「膚髮傷餘敝帚珍，沸騰人海事難陳。平生強項曾何悔，垂老孤懷益覺真。」

屢遭離亂，飽經憂患，胸藏家國興亡之痛，自有悲憤激昂的情懷，傾吐的情感分外感人肺腑。詩人的一生，其實就是一首詩。一個真正的詩人，他的生命就是詩的生命。他有一雙慧眼看世界，整個世界的流動，社會的炎涼，人生的悲歡便會成為他的詩。所以說，他是詩的象徵，詩是他的表現。從某種意義上看，他和詩，詩和他已經融合為一體。歷史，社會，人生，自然，無一不在他的凝思中。花開花謝，潮漲潮落，生命的風雨陰晴，情感的明亮晦暗，在這裡都以詩的形式完滿地呈現在讀者面前。

二

去國之情，懷鄉之思，傷時之淚，揮之難去的記憶，盤旋在腦際，存留在心底，釀之為詩。詩的境界「在剎那間見終古，在微塵中顯大千，在有限中寓無限」。嚴格地說，詩的任何境界都

必須有我，都必須為自我性格、情趣、和經驗的返照。從情感方面說，鈍老對於人世悲歡、社會美醜既有深刻的判斷，對弱勢群體更有真摯的同情。對於生活衝突化解後的和諧，對澳洲自然、寧靜、幽美的環境，平和、安寧、多元的社會生活，既適應，也喜愛。但是，「坐憶家山千萬里，誰歌水調兩三聲。」（《中秋節大雨》）「失喜地容尊漢臘，敢忘身是避秦人。」（《元旦雪梨唐人街》）的情懷，總不能讓他安之若素。我想，只有在詩歌和夢幻中才能安穩他那顆遊子之心，才能求得精神的升華與超脫。也正因此，他的名句「眼底江山心底淚，無風無雨也瀟瀟。」使我每次讀來，都感到一種震撼靈魂的力量。

三

趙大鈍老是悉尼文壇耆宿，獨一無二的率真詩人，是一個「不傍經史，直率胸臆」「向他的讀者舉起生活的真實之鏡子」的詩人，也是我特別尊敬的前輩之一。

依據我淺薄的看法，鈍老的悲憤激昂、傷時感世的情懷浸透於作品的字裡行間。他親歷抗日戰爭和越南戰爭的浩劫。六十二年前他有《故國》一詩：「故國知何似，夷塵障到今。言兵喬木厭，傷舊黍離深。緘札經年斷，旌旗望眼沈。壺漿憐父老，一片待蘇心。」那時，他身陷西貢，無時無刻不思念同處日寇鐵蹄下的故鄉和親人。1945年日本投降後，在西貢從事教育工作的詩人，在送友人歸穗時曾喜吟：「潑綠蕉椰楚楚憐，倭塵散盡見青天。故鄉風物添幽興，岡上黃花市上棉。」哪知風雲變幻無常，戰火重又燃起，兄弟鬩牆，河山變色，詩人此時深感「江湖浩渺風波惡，欲趁歸舟怯上舷。」這種內心矛盾在《送林德銘歸港》

一詩中披露愈加明顯：「歸去仍為客，君歸動我心。國門空咫尺，惆悵白雲深。」

1975年越南易幟，詩人「正義護良，投奔怒海」，毅然離開居住三十八年的第二故鄉，隻身逃亡。他在乙卯三月十九日（公曆4月30日）一詩的小引中寫道：越局鉅變，空航停頓，自富國島買舟出海逃亡。風浪交作，遇美國救護船脫險：

蠻觸紛爭世又移，燕巢三覆去何之。人當垂老難為別，棋到將殘煞費思。喬木驚烽多委地，幽花濺淚忍辭枝。憐渠嗚咽湄南水，流出滄溟恐已遲。

詩人在次日淩晨又口占七絕兩首，記錄了當時「撫膺擗踴，涕泗交流」的情境。我們先看詩人在引言中所說：第二天拂曉，船停西貢頭頓口，難民蔽海而來，爭相登舷，夜分起錨續航，三船四艦，共載難民一萬五千人。

「濺淚蠻花犵鳥哀，念家山破夢難回。笭箵莫擘公無渡，出海千帆贖命來。」

「攫人魑魅肆張羅，痛絕同根膏斧柯。望裡煙橫塵亂處，百年喬木恐無多。」

如果詩人不屢遭離亂，飽經憂患，沒有胸藏家國興亡之痛，就不可能有如此悲憤激昂的情懷，也不可能寫出如此意境凝重雄渾，奪氣褫魄，令人酸愴心碎的詩句。這種詩的情感，正如古人所說，「怨不期深淺，期於傷心」。

四

藝術崇尚形象、情感、意境，最忌抽象、空泛和概念。在藝術作品中人情和物理要融成一氣，才能產生一個完整的境界。

詩人和藝術家都要有「設身處地」和「體物入微」的本領，深入到被寫人物的心裡，領略其情感，享受其苦樂，才能創造出震撼讀者心靈的藝術魅力。請看《聽呂實秋彈琵琶》（1974年旅越南作），就是一首「詠事感懷」的佳作。藝術手法看似樸素平實，毫無華麗虛飾、鋪張揚厲的描寫，但作者藝術造詣深厚，駕馭文字，舉重若輕，八句詩，言少情多，含蓄不盡。在戰爭兵燹，民不聊生的環境裡，通過一次聽琵琶彈奏的細節，表達出作者內心洶湧的感情波濤。我想，按作品寫作的年代正值越南戰爭殘酷進行之時，詩人由「孤抱冰弦」彈奏琵琶的藝人而聯想到的不僅是斯人的憔悴可憐，還有那千千萬萬無辜被「干戈擾攘」的世人，更有「掩泣凄然」的作者。另從創作特色來說，這首七律對仗工整自然，音韻諧和悠遠，境界冷寂凄婉，可說是藝術圓熟至美的詩作：

> 干戈擾攘今何世，憔悴斯人劇可憐；
> 萬里一身雙雪鬢，百年孤抱四冰弦。
> 知音誰是周公瑾，掩泣余同白樂天。
> 塞上風沙江上月，泠泠指下總凄然。

腹聯裡所說「知音誰是周公瑾」，可能是用唐代詩人李端《聽箏》一詩「鳴箏金粟柱，素手玉房前。欲得周郎顧，時時誤拂弦」的典故。三國時，周瑜二十四歲為將，時稱「周郎」。他精通音律，聽到別人奏曲有誤，即使喝酒半醉時，也要回過頭去看一看演奏者。所以當時民謠「曲有誤，周郎顧。」鈍老在這詩裡用喻國家民族危亡之際，又有多少人能懂得這蒼涼凄慘的琴音呢？「掩泣余同白樂天」顯然是作者自比《琵琶行》「座中泣下誰最多，江州司馬青衫濕」的白居易了。尾聯「塞上風沙江上

月」，據我臆測，可能是用了兩個明典，塞上風沙是初唐詩人李頎在《古從軍行》所寫漢朝公主遠嫁烏孫國時的大漠風沙，淒冷苦寒的琵琶幽怨之調；而江上月則為「同是天涯淪落人，相逢何必曾相識」的潯陽江上的那一輪秋月。

五

鈍老的詩，久為世重，傳流甚廣，影響深遠，前輩方家推崇備至，好評如潮：中國著名文學家書法家黃苗子說：「這種千錘百煉的濃縮文學語言，不藉典故的堆砌，純用白描去寫，非有湛深的功夫不能達至。聽雨樓的詩極似白樂天，但比白詩多了一些蘊藉。」香港宿儒傅靜庵則說：「其詩則工於寫實，不誇張，不溢美，貼切精誠，恰如其分而已，君以史筆入詩，又以詩之才調化之，使詩筆與史筆融為一體。」

悉尼大學前東亞部主任劉渭平教授生前曾說鈍老的詩「殆李長吉所謂骨重神寒，意邈詞遠。信乎，嚴滄浪之言詩有別材，非可幸致也。」南澳國學耆宿徐定戡老前輩說：「先生詩不苟作，而自然高妙。昔賢所謂不求工，工自至。」台灣老詩人李猷評說：「大鈍之詩秀雅如晚唐人筆墨，而感懷傷逝之作，則又近放翁遺山，蓋積學氣醇有以致之也。」

誠然，各前輩所評，可謂至理名言。但竊以為鈍老的詩，前期多悲壯雄渾、歌韻高絕之作，雖帶有李賀的「骨重神寒」，但似乎更多了放翁的「激昂感慨、流麗綿密」與對白香山「感傷、諷喻與「閑適」的元和體的繼承。總體說，他的詩瀟灑自由，輕鬆明白，俗語常談，點綴其間。極少用典，看似通俗，實含典雅，這跟他學問廣博，涉獵廣泛有關。到了定居澳洲之後「引竹汲天水，扶花上屋簷。輕跑堅老骨，晚食薦鮮鱻。世願難求備，

依舊聽風聽雨眠

忘貧夢自恬」的作品，依我的直覺，鈍老的詩在沉鬱淡然中又多了幾分閑適細膩、氣醇聲和的風骨韻致，很多地方似乎更趨近於楊萬里的「雄健富麗、質樸清空」的風格。

他的《小園》，七絕十首（選三）：

> 豆棚高敞豆牽絲，爭長胡纏抵死持。
> 微物亦如人世界，蒼涼一局下殘時。
> 牆低視野豁心胸，牆上蒼苔遠展筇。
> 無意安排殊不惡，海天寬闊步從容。
> 懶承人詔懶奉迎，車馬無喧小鳥鳴。
> 人自趨炎鳥趨靜，翟公奚用署分明。

詩有後記，頗耐尋味：「《史記・汲鄭列傳贊》始翟公為廷尉，賓客闐門，及廢，門外可設雀羅。後復為廷尉，賓客欲往，翟公大署具門口，曰一死一生，乃知交情；一貧一富，乃知交態；一貧一賤，交情乃見。」

《寓廬種菜》七絕十首（選二）：

> 筋骨操勞卻病方，戶樞流水喻康強。
> 東風料峭黎明起，不為花枝為菜秧。
> 乍陰乍雨乍驕陽，如此天容待正常。
> 老我無為期後輩，棲心同咬菜根香。

這兩組田園詩不僅意蘊明淨，形象生動，趣味盎然。更重要的還在於揭示了詩人豁達大度的生活方式與閑逸陶然的情趣。我想，這也正是楊誠齋與範石湖的詩風，其創作手法，恰如錢鍾書

前輩在《宋詩選注》中所說「咀嚼出日常生活的深永的滋味，熨貼出當前景物的曲折的情狀。」

鈍老喜歡楊誠齋的詩，除了在詩集中有關貼近自然、觀察社會並以敏捷靈巧的創造性可循其軌跡外，還有《讀誠齋集》七絕二首為証：

> 「頹年始讀誠齋集，萬象畢來雙眼忙。狐自通天工變化，效顰吾愧不成妝。」

附記：胡漢民先生讀楊誠齋詩自注云，借來東坡一語則誠齋老狐精，非野狐禪也。

> 「不刪俳俗卻焚黃，活法從容謝晚唐。脫盡霜皮見山骨，先生風貌自堂堂。」

附記：誠齋初學黃山谷，其江湖集自序云，余少作有詩千餘篇，至紹興壬午皆焚之，大概江西體也。

不過，據楊萬里自己說，他初學江西派，曾寫過「晚唐異味同誰賞，近日詩人輕晚唐」，到後來有轉變，學王安石的絕句，又轉而學晚唐人的絕句，最後「忽若有悟」，誰也不學，「步後園，登古城，採擷杞菊，攀翻花竹，萬象畢來，獻余詩材」，以後寫作就非常容易。人們認為楊萬里的詩與詩論「活法」影響深遠。嚴羽在《滄浪詩話》詩體一節「以人而論」中專門列出「楊誠齋體」，而同為南宋「中興四大詩人」的陸游（放翁）和范成大（石湖）卻不在列，可見楊萬里擺脫了江西詩派的影響，他的詩「開創了一種新鮮潑辣寫法，襯得陸和范都保守或穩健。」（錢鍾書）

六

鈍老鑒於現在文壇上有些詩人喜歡在詩作中用典太多，附加在詩末的註疏比寫的詩多出幾倍的弊病，曾不止一次語重心長地勸說：「寫詩，用字用詞，盡量淺顯易懂，平易近人。這樣才利於文字與口頭的傳播。用典故太多太深，往往會令人望而生畏，進而生厭。不是說，不可以用典。但引經據典要適可而止。否則，容易誤入歧途，將詩詞創作引入牛角尖，給詩人和讀者都帶來困惑。」鈍老不僅這樣說，而且身體力行，素來寫的詩，平易自然，接近口語，很少用典。他曾風趣地說，「寫詩善於堆砌典故，古已有之。說到底，是才情不足，才會拉起別人的衣裙來遮掩自己的腳。」

但是，對於詩的用典，也曾有不同的看法。有人認為在蘇東坡和王安石的詩裏都有很多用典的事例，而在晚唐李商隱和「西昆體」的詩人中用典更多。也有人說，古體詩沒有典故，總覺得不像古體詩。

詩歌史告訴我們，宋代詩人黃庭堅提倡學習杜甫時，曾說：「老杜作詩，退之作文，無一字無來處……取古人之陳言入於翰墨，如靈丹一粒，點鐵成金也。」這也許是宋詩一段時間盛行用典之風的源頭。

其實，可能無一字無來處，源於鍾嶸在《詩品》的「句無虛語，語無虛字」。而就是這個鍾嶸也早已反對這種「貴用事」、「殆同抄書」的形式主義。宋代詩壇有識之士也早已指出杜甫詩中也有不少平白易懂的佳作。魏慶之在《詩人玉屑》中也說杜詩既有「平淡簡易者，有綿麗精確者……有淡泊閑靜，若山谷隱士者……」比杜甫稍晚一輩的元稹，就特別賞識杜詩的白描直說，不用古典成語：「憐渠直道當時語，不著心源傍古人。」

七

　　鈍老祖籍廣東臺山，出生於柬埔寨，兩歲移居越南，九歲跟隨清末貢生讀私塾，十二歲入穗城學堂，並開始學習寫詩，十三歲返回故鄉臺山讀書，十九歲復返越南，長期從事教育工作，曾任西貢逸仙、聖心、穗城等中小學教師及校長達四十年，桃李滿天下。劉渭平教授曾說，「趙君大鈍擅詩詞工書法，執教香港越南等地數十年，門牆桃李遍於歐美澳，其弟子中尤多工詩者。中國詩學之終得繼清代之勝，而薪傳於海外者，其在於斯乎。」

　　當一九七五年越南易幟，他憤投怒海，輾轉流離美國（關島）、臺灣、香港，在港居住八年，曾任市政局與學海書樓合辦的「國學講座」講師，主講清代王曇（字仲瞿）詩，後又任香港樹仁學院中文系講師，專門講授《詩經》《楚辭》。同時加盟「愉社」、「鴻社」等傳統文學社團，並於1982年與傅子餘等詩人創辦《嶺雅詩刊，親任主編。1978年開始任「臺灣學術院詩學研究所」研究委員至今。1983年退休後移民澳洲，定居雪梨。「聽雨樓」是鈍公的書齋名。他有一首自題風雨樓的七言絕句：「風雨山河六十年，盡多危苦卻安然。垂垂老矣吾樓在，依舊聽風聽雨眠。」走筆至此，我想可以不回答一位朋友不久前提出的疑問：「趙老僅高小畢業文憑，何以能教大學？能有如此深厚的中國古典文學的修養與根底？」

　　鈍老饋贈我《聽雨樓詩草》時，還有一幅手書詩頁《願一切有情同資景福》：「扶危拯弱濟盲聾，督府關懷眾意融。安得仁心長在抱，人間無日不春風。」這使我知道這個長者還是一位熱心的慈善家。不久前，在南亞特大海嘯災難發生後，澳洲展開救災捐款活動時，在悉尼西區明月居士林的捐贈活動中，作為顧

問，鈍老首先將平時儉節生活積攢下來的養老金，慨然捐出澳幣一萬元。兩位會長也各自捐贈一萬元。是次，明月居士林共捐贈澳幣十六萬元。鈍老曾對我說，從事慈善活動，寫詩，種菜，種花，散步，組成他平時的生活內容。

這印證了臺灣大學者林語堂在六十年前的話：「如果我們對老年有著一種真正的哲學觀念，而照這種觀念去調整我們的生活方式，那麼，這個時期在我們的心目中便是和平、穩定、閑逸和滿足的時期。」

「買鄰我欲從誰隱，剪燭論詩夜不虛。」詩有新意，讀之才能發人靈性。鈍老雖歷經磨難，但豁達大度，平和怡然，進退有命，遲速有時，真正做到「與人無爭，與世無求」。他前年重遊藍山遙望三姊妹峰一詩，語句軒昂，文字雄雋，澹然無求，富於哲理禪機，頗能表達他如今的心境：

　　　駢筆三峰指顧頻，幽姿誰與溯前因；
　　　非莊非蝶斯為我，成佛成仙亦自人。
　　　天沒藩籬雲去住，山稀斤斧樹輪囷。
　　　炫眸楓落紛如錦，笑擬殘秋當好春。

（二零零五年三月八日～四月十日雪梨筱園）

（發表於澳華新文苑第185-6期）

趙大鈍

109

振
鐸

引言

　　中原大地，唯獨房縣人一直繼承了兒童誦讀《詩經》的千年古風。縣城裡，遇到紅白喜事，誦詩班的孩子們便要在儀式上吟誦相關的篇章。一九三七年一月出生的陳振鐸，便是在這樣的氛圍中長大。父母是他的文學啟蒙老師。

　　振鐸過完十四歲生日的第二天，就離家當兵。他曾在萬里長城的最終點嘉峪關機場留下了難忘的青春蹤跡。一九九六年底，振鐸在廣州退休，便移居澳洲悉尼。他未曾想到，坎坷忙碌了大半生之後，如今在夕陽歲月裡，正是他從小所熱愛的文學，為其生活鍍上一道金色霞光。他開始像一個老頑童似的，像迷上了唱戲、唱歌、繪畫那樣，愛上了舞文弄墨，每天凌晨三點起床，照例先坐在電腦前，任憑神思飛揚，捕捉散漫的遊思，編織洶湧的思緒，匆匆就筆，敲擊鍵盤，讓自己在這異國他鄉的寂寞生活中有幾份寄託。

　　振鐸調侃自己謹小慎微，始終沒有專心致志大膽寫作。也許可以以悉尼評論家馬白教授之見解

▲振鐸小說散文集《吟唱在悉尼海灣》封面。

析：作為一名澳華作家，振鐸更多浸染的是中國文化的底蘊，他的思維方式仍然帶著十分中國文化特色。中國傳統文學多數是「圓」的藝術，他的一些作品的一個鮮明特點就在於從屬於「圓」的藝術的範圍。例如，主人公儘管經歷過千難萬險，命運跌宕起伏，其結局卻是大圓滿。

振鐸堅信文學作品是情感結晶、心靈傾訴。他在短篇小說和散文中，抒發對愛情、親情、友情、鄉情和一切人間真情的讚美，表現對真善美永恆的人生價值的執著追求。他把筆下人物的喜悅當成自己的喜悅，把他們的憂愁當成自己的憂愁，把他們的挫折當成自己的挫折，衷心希望他那些朋友們在澳洲這塊美麗的土地上能夠美好地生活，能夠享受他們所追求的美好愛情和稱心如意的人生。

「我愛文學，幾經磨難，未改初衷；我愛文學，無怨無悔。」振鐸的感言是一生信念的總結，感人至深。

夏威夷風情畫

振　鐸

　　陽光在海面播下斑駁的銀色光點，飛瀑在懸岩上噴珠吐玉，濃綠的棕櫚在清風中緩緩起舞，淡淡雲霧縈繞群山，漫山遍野奇花異卉飄香，連綿的海灘碧波蕩漾。這就是馬克‧吐溫描繪的海上桃源，夢一般美麗的夏威夷，此刻展現在我的眼前。

　　夏威夷這塊「噴火的土地」，因海底火山噴發得名。那些好客的夏威夷人，也生就了火辣辣的熱情。他們時刻用鮮花、微笑和浪漫的歌舞來迎接到訪的客人。漫步在海港，當一艘艘輪船快要到岸，你就會見到一群夏威夷女郎，穿著草裙，頸項帶著花環，頭插鮮花，手捧一串串當地人稱為「蕾伊」的花環，駕著小舟靠近輪船。她們把一串串五顏六色的花環戴在遊客的頸項上，高喊「阿羅哈」表示歡迎。

　　在這裡，華人自有一番情趣。檀香山街上有許多華人開設的鋪子。那裡聳立著一座孫中山先生的銅像，不論來自哪裡的華人，都會爭相在銅像前攝影留念。許多華人酒家、餐廳裡擠滿了炎黃子孫，多半來自台灣、新加坡、香港和美國各地。

　　夏威夷的美麗風光同歷史畫卷結合在一起。在珍珠港，有一處紀念館，館裡陳列了不少珍貴的歷史實物。偶爾會遇到當年經歷過珍珠港事件的老兵，在現場向遊客介紹珍珠港事件的歷史。在那裡，觀看專門放映的珍珠島事件的記錄片，引發人們對於太平洋戰爭的追思和緬懷。被炸毀的巡洋艦亞力左納號的艦艇殘骸還留在岸

邊。艦艇的殘骸深埋在近海的水底，儘管已經在那裡埋藏了幾十年，至今在水面仍時隱時現地滲出從艦艇殘骸處漂浮出來的油污。

在夏威夷首府檀香山的大街上，處處色彩斑爛。夏威夷婦女穿著鮮艷的服裝，一個個吒紫嫣紅，爭艷鬥麗。她們幾乎每個人都簪戴著白瓣黃蕊的雞蛋花，分外嫵媚。花朵芳香，流溢在大街上。夏威夷女子簪戴鮮花，內有學問：亮麗的雞蛋花插戴在髮鬢右側的，是未婚女子；插戴在左邊的是已婚婦女；插戴在頭頂的是切勿跟隨的暗語；花朵插戴在後邊的，那是示意「今晚可以跟我回家」。街上，到處可以見到女孩子競相炫耀她們的健美身材。她們只需在比基尼裝上面罩上一條夏威夷的印花裙，便可隨意在海灘街頭徜徉。那裙子只是一幅一米多長花卉綢布。漂亮的女郎披著花花綠綠的裙布，在清風吹拂下，隨著飄逸的步態飄動。街頭的男士們也加入了色彩大合唱，一個個身穿色彩鮮艷的夏威夷衫，像炫耀色彩的翡翠鳥那樣，為這繽紛天地添光增彩，裝點街景。

大自然給予夏威夷海灘更多絢麗，天下稱奇。迷人的白色沙灘猶如銀光瀉地。有的海灘的橄欖石經歲月衝擊，把沙灘染成綠色，海水好像流動的翡翠。有的海灘上，風化的貝殼混入砂粒，一片金黃，淌過海灘，海水就像熔化的琥珀。有的海灘是火山岩漿冷卻，形成沙層，清澈見底的海水就像大理石那樣光潤。

夏威夷最著名是威基基海灘。這裡碧空明淨，婆娑的棕櫚樹和椰樹像一條翡翠飾物，環繞蜿蜒的海岸。陣陣和風，送來清涼，樹葉在空中翻舞，迎迓遊人。蔚藍色的海水，在和煦的陽光照射下，泛著銀光。層層波浪舔舐著海灘，海水被白色的沙粒篩去淡藍色素，為廣闊的海洋鑲上了一條滾動的雪白的裙邊。身穿五顏六色游泳衣的健兒靚女，嬉戲在淺灘細浪之中。稍遠的海浪中，無數沖浪好手在波峰浪尖追逐。船帆像無數彩蝶在浪花中嬉

戲。悠閑的遊客穿著游泳褲，在白嫩的細沙上，仰臥或者俯身享受著日光浴。海灘上，撐滿了色彩絢麗的太陽傘，像盛開在海邊的奇花異卉。

下午，我們登上遊艇，出海遠遊。邊看海景，邊欣賞夏威夷歌舞，確是一椿美妙的經歷。在船上，藝員們表演著各種舞蹈和獨唱。樂隊在夏威夷吉他和其他電子樂器的伴奏下，節奏強烈，激發了客人們的激情，大家紛紛下場跳舞。演員和遊客融合在歡快的氣氛之中。

草裙舞開始表演了。一個個姑娘身穿草裙，配以絢麗多彩的服飾，扭動婀娜多姿的身體，盡情舞蹈。在燦爛變幻的燈光的映襯下，配以優美動聽的夏威夷音樂，讓人感受到浪漫蒂克的情調。耳畔波利尼西亞特色音樂，既歡快又優雅、抒情。舞女們腰系草裙，頸帶花環，眼神如秋波，舞姿似柔水，手、眼、腰、足，隨著鼓點和節奏律動，肢體靈活，張弛有度，協調自然，動感強烈，特富韻律，給人以美的享受。

跟著，我們觀看一場表現婚嫁的舞蹈。伴舞的男女演員們穿著用椰樹葉的軟纖維做成的草裙。跳舞的時候，演員上身保持平衡，臀部隨著旋律節奏扭動。那一條條的草裙就像在海風吹動下的樹影婆娑的椰樹，有節律地飛舞。男演員的動作有力，剛中有柔；女演員的動作裊裊婷婷，柔情似水。在身穿紅裙的女郎們的伴隨下，新娘披著素白婚紗，繫著貝殼做成的腰帶，她隨著鼓點和音樂旋風一般地狂舞。白色的婚紗就像白雲在海空中飄浮一樣，舒卷自如；紫色的花環掛在胸前，有節奏地擺動，表達了新娘的激情。最後，新娘表演一段獨舞。那舒緩的動作，在抒情旋律的伴奏下，新娘盡情抒發她對幸福的憧憬。她那軟柔的手臂好像一朵流雲飄動。她的眼波明澈流動，步態舞姿輕盈，把少女新婚的喜悅和羞澀兼有的心情表演得淋漓盡致。

　　最後，一位土著女歌手演唱了一首輕柔的夏威夷民歌，曲調同先前的輕快狂烈迥然不同。姑娘棕色的皮膚滋潤，漆黑的長髮披在肩上，聚精會神地打著手鼓，吟唱那遙遠的故事。我雖然聽不懂她的歌詞，但是我聽出她是在用歌聲述說一個古老的傳說。曲調微帶憂傷，感受到惆悵蒼涼的韻味。歌聲好像是漫天寒星在孤寂的大海中閃爍，又像失群孤雁在寧靜的湖畔低聲地呼喚。當歌曲接近終了，音色也顯得亮麗了。隨著漸漸加快的曲調節奏，我們似乎看到了黎明中泛起的紅霞，聽見了雲雀在晨光之中的啁啾。漸漸地，歌聲緩慢低沉地消失了，就像那黎明前的星星隱退到蒼穹。

　　我們欣賞完歌舞，太陽漸漸西下。我走到船舷邊觀賞夕陽。天邊雲海鑲上金邊，海水鍍上了一層黃金的薄膜。藍色的夏威夷漂浮在煙波飄渺的海天之間，像一顆太平洋上的明珠。婆娑的椰樹和棕櫚的樹影，在天幕下顯出流動的剪影。岸上那些鱗次櫛比的精巧的建築，在夕陽下漾著金光。漸漸地，蔚藍的大海色彩變暗了，深沉的海面上泛著點點閃光。周遭一片靜謐。仿佛這幅世外桃源的圖畫陡地凝固在我們心中。剛才輕柔的曲調，眼前這靜止的圖畫，透露了夏威夷風情輕柔的色彩。

　　這甜美的空氣，清涼的和風，清幽的花香，清冽的海灘，浪漫的歌舞，斑斕的畫面，令我心醉，使我留戀。大自然偏愛夏威夷，把世間絢麗色彩都濃縮在這個美麗的海島之上。我伏在欄杆上，眺望眼前景色，禁不住背誦起來：世界上沒有任何地方／會比夏威夷更令人眷戀／忘不了一幅幅絢麗畫面／是如此令我意惹情牽／無論我是夢是醒／美景總在眼前／美好的記憶不易消散／綺麗的景色時時浮現／即使時過境遷／你在我心中的綽約風姿依然。

（發表於《澳華新文苑》第83期）

情人的眼淚

振　鐸

　　我愛瀑布的壯美。看過尼亞加拉大瀑布，我曾嘆為觀止。等我觀賞到南美伊瓜蘇瀑布群，卻令我驚嘆世間另有佳景。

　　那天，我們路經南美巴西、阿根廷、巴拉圭三國邊境，來到福斯鎮。同行的李先生是廣東梅縣人，曾在暨南大學讀新聞，來到巴西中國新聞社，當過多年記者。他自告奮勇當我們的向導，大清早便冒雨帶我們去看瀑布。他駕駛旅行車，載著我們穿過一條原始森林中的車道。霧靄夾著雨簾，樹叢濃密，擋住了我們的視線。車子在泥濘的路上顛簸。天公不作美，李先生好像若無其事。他告訴我們，今天探訪的瀑布，土著稱它為「情人的眼淚」。聽到這個瀑布名，可有點好奇。

　　說著說著，我們走過半小時車程，穿過森林自然保護區，來到一間黃色的別墅模樣的旅遊酒店前面。它建在河谷高地上，為綠樹環繞。跟著，我們踏上別墅前的山間小路。周邊樹木環繞，類似熱帶雨林。眼前數百米寬的漫長的狹谷把兩岸隔開，谷底流淌著洶湧湍急的河流。開始，雲霧封鎖了視線，我們無法找尋到對面瀑布的蹤影。大夥繼續往前走，到達河谷第五個觀景台，天色開始放晴。陡然，只見眼前千山萬壑都掛著瀑布，連綿不斷，廣闊散佈在我們視野之內。處處飛流噴珠，銀河瀉地。有的瀑布一瀉千丈，奔向峽谷；有的瀑布在層巒疊嶂間上下銜接，層層飛落；有的滾落如銀練，有的飄浮如哈達飛卷；有的源

頭隱入雲層，似從天而降。眼前簡直是一幅展開了的中國水墨畫卷。

我們讚嘆這壯美的奇觀，準備拍照，天卻下起雨來。那一幅幅的瀑布頃刻隱藏在煙雨氤氳之中。河谷對側的山巒、樹林、懸岩、峭壁都跟隨瀑布被雨雲遮掩了。李先生帶著我們，冒雨沿著河谷岩邊圍著欄杆的小徑行進。峭壁上雜樹叢生，懸岩下萬丈峽谷。這小徑似乎像四川棧道，儘管險峻處有欄杆保護，然而起步仍然提心吊膽，擔心坡陡路滑，一不小心墜下峽谷。風雨道上，每隔一段石板路，就能見到一個視角開闊、地勢險要的觀景台。遇到雲開霧散時，從觀景臺上捕捉景觀，在那裡瞭望拍照，角度最佳。豈料驟雨越下越大，山風冷颼颼的，遊伴有人滑倒。有的遊客停在一旁，踟躇不前，進退兩難。幸虧小徑上下左右都有茂密的樹木，為遊人擋住了風雨。

我們艱難地在雨中走了近十公里的路程，時時等待雲霧散開的一瞬間，好欣賞滿目秀色，讓千山競秀、飛瀑奔流的瑰麗景色重現。然而，峽谷風雲變幻，有時看似雲開霧散，對岸的瀑布正要撥開自己的面紗，剎那之間又藏進輕紗薄霧。那掛在懸崖峭壁上的一條條瀑布，就像羞澀的少女一般，輕易不摘下自己的面紗。這世間美景真是難遇難求啊！我們幾乎失去耐心。漸漸地，一陣清風吹來，天上的雲層迅速遊移，終於見到了一縷陽光顯現。對面的千山飛瀑，也一一逐漸解開了面紗，露出奇秀的容顏，姍姍來遲顯現在我們目前。我們急忙抓住短暫的間隙，把這人間天然絕色攝下鏡頭。

驀地，我們聽見了前頭的流水的轟鳴聲，走著走著，河谷也漸漸地顯得開闊起來。來到峽谷盡頭瀑布群最大的瀑布處。只見迎面一條泛黃的寬闊瀑布，從二十多層樓的高處，飛流而下。大家在鄰近的觀景臺停步，欣賞這雄偉的景觀。李先生這時才向我

們講述了「情人的眼淚」的來歷。傳說很久很久以前，當地有一位窮苦的青年獵人，愛上了酋長的美麗的女兒。酋長不應允他們的婚事，把獵人抓進監牢。美女含恨投身伊瓜蘇河中，她的眼淚就變成了這舉世聞名的伊瓜蘇瀑布。看到世間情人的眼淚匯成滔滔瀑布，方體味到人間情愛強烈而洶湧。我耳邊似乎聽到那些情人們「天長地久有時盡，此恨綿綿無絕期」的呼喊。

從懸崖走下，有一條小徑恰好與瀑布下的九曲橋相通。我們來到橋上，正處瀑布下側。翻騰的碎玉銀珠環繞，紛落的水花澆濕了我們全身。向遠處凝視，那多姿多彩的瀑布群在雲霧間若隱若現；那一處處台階式的瀑布群，從高層的階梯讓翻騰水流滾滾而下，又讓它層級跳躍，使飛瀑的衝擊力從一個高潮引向另一個高潮，煞是好看！

我們登上瀑布旁的一座瞭望塔上瞭望。耳邊瀑布聲如雷鳴，蓋住了一切聲響。舉目遠眺，對側阿根廷境內的許多急流匯集在懸崖之上，形成一個大的山頂湖泊，水流湧進峽谷，沖破阻攔，像千萬匹脫韁的野馬，沿著峽谷奔騰而下。原來，伊瓜蘇河流經高原千里，沿途匯集了三十幾條河流，交匯在巴西和阿根廷兩國高原邊界，然後沖過這裡廣闊的斷層，形成蔚為壯觀的大瀑布。這裡河面斷層面積達到四公里，在旱季，分割為大大小小的瀑布，形成了千山萬壑懸掛瀑布的迷人景色。當雨季到來時，許多瀑布匯合起來，匯集為一個氣勢磅礡的世上最寬的大瀑布，每秒鐘的水流量可以高達一萬兩千七百立方公尺。這裡瀑布共有兩百七十五個，落差達到七八十米，瀑布的霧面分別達到三十米到一百五十米的長度。與其稱之為瀑布，不如稱之為瀑布世界更為貼切。這時，陽光從雲縫裡泛出，照射到瀑布水簾上，散發出一陣虹彩。只見周圍山川盤龍駐鳳，充溢奇秀之美。條條瀑布，如天公手持素練，淩空飛舞，構成人間奇幻景觀。瀑布飛流直下

依舊聽風聽雨眠

1
2
0

三千尺，氣勢壯觀。波光交織輝映，似銀河落九天，若彩虹當空舞，恍如置身人間仙境。反顧我們腳踏過來的懸崖小徑，回味剛才身隔薄霧雨簾縱觀十里瀑布競飛，再仰望眼前的翻滾的銀龍，耳聞雷鳴山谷，這豈止是驚心動魄的震撼，豈止是石破天驚的畫面，那簡直是曠古絕倫的奇景，是空前絕後的美的享受。我們欣賞那不羈的水流一瀉千里的酣暢，羨慕其雷霆萬鈞的威力，更感謝大自然鬼斧神工的創造和賜予。

　　這風雨行進之後的喜悅，這煙雨朦朧之後顯現的虹彩，這無數期待之後姍姍來遲的明媚，這坎坷崎嶇旅途之後的人間仙境，使我頓時醒悟出某些哲理。這二十里山徑，同百年人生路何等相似啊！

（發表於《澳華新文苑》第169期）

神秘的千古之謎

振　鐸

依舊聽風聽雨眠

　　我們乘車離開利馬，車子向南駛去。走出繁華市區，途經著名的乾燥地區突然下起毛毛細雨。前方，雲霧彌漫；左側，是連綿的戈壁灘；右側緊靠南太平洋。收音機裡播放著跳躍歡快的秘魯音樂，旋律和海上有節奏的海浪相應和，似乎有一隻神秘的手把音樂和波濤聯繫起來，就像觀看音樂噴泉那樣。眼前原野漸漸開闊，前方的霧靄也漸漸淡薄。從海面望過去，太陽的影子從天海相連處浮現出來，近海的那些船隻一艘艘緊貼著水面緩行。隨著雲開霧散，太陽逐漸明亮起來。耀眼的陽光照在水面，反射出來，在我們眼前閃亮出連續跳躍的光點。此刻令人聯想到海明威描寫大海的那些令人神往的畫面。

　　漸漸地，我們步入了另一個荒漠世界，踏上了荒無人煙的戈壁。利馬的朋友告訴我們，沿著利馬的南海岸，只有穿過浩瀚的荒蕪戈壁，才能看到南海岸的絢麗景物，最終有機會看到充滿神秘色彩的「天外來客」的傑作。在這陰鬱的天氣裡，面對不毛之地，自然而然令我回憶起青年時代在西北戈壁沙漠地帶踽踽獨行的情景。荒漠是與乾旱、焦渴、凋亡聯繫在一起的。如果不是前面的旅遊勝地吸引我們，我寧願呆在利馬再兜幾天圈子。茫茫荒漠加深了我的這種沉悶感覺。車子越往前走，越顯得荒涼。我漸漸地對今日的旅程開始懷疑起來，望著荒原上狂舞的黃沙，我盼望早點跨過這荒涼的地帶。

1
2
2

　　一路上，灰濛濛的海，黃糊糊的戈壁，令人昏昏欲睡。我闔上眼睛，腦海裡，忽地閃現出一些古怪的納斯卡神秘圖案的影像來。好多年前，我讀過一本關於地球神秘現象的書籍，其中就提到過我們今天要訪問的那斯科神秘圖案的記述。離秘魯南海岸不遠的納斯卡平原，是古印加人文化和瑪雅文明的發祥地之一，世界上的探險家和旅行家們曾經在那裡有過驚人的發現。

　　在寂寞的海岸上行駛了三個小時，我們終於來到了途中的第一個居民點。這是一個名叫皮斯科小鎮，據說以釀造葡萄酒和白蘭地著名。我們臨近這個城鎮時，荒蕪的戈壁漸漸從灰黃色變成了草綠色，眼前出現蔥鬱的樹木和葡萄園，與沿途荒涼的戈壁相比，這裡顯得充滿生機。停了車，我走進鎮子裡的一處普通的酒店，裡面有綠色的庭院，還有用大毛竹建成的十分別致的客房。餐廳裡的擺設和家具，全都是用毛竹製作的。在這間戈壁邊沿的酒店裡，我們意外地發現摩登的游泳池，池水碧藍見底。這是一間偏僻鄉間酒店，竟然在保持鄉土特色的同時，也達到一定現代化程度。

　　經過這個葡萄之鄉以後，沿途的村鎮漸漸多了，沙灘上不時見到三鳥飼養場。海風吹過來，空氣中飄散著一陣陣的魚粉的腥味。途中看得見露天魚粉倉庫，海上的漁船也成群的湧現。翻開地圖，這裡距離納斯卡不過幾十公里之遙，對於神秘地帶的期待，改變了初時那種晦暗的心情。

　　一會兒工夫，我們先到達帕拉卡斯小鎮，這是一個小小的漁港，又是吸引遊客們來海上旅遊的休閑勝地。連接碼頭的街上，到處都是向遊客們兜售旅遊紀念品的攤檔。那裡擺放著陶瓷製品、海產品和旅遊用品。許多遊客挑選那些模仿古印加人特色的小玩意，留作紀念。走近漁船碼頭，那裡密密麻麻地排列著幾排遊船和漁船，偶然見到幾艘私人遊艇在旁靠停。遊艇和漁船在港口出出進進，悠閑之中顯得繁忙。在前方下榻的酒店裡，有專

設的碼頭，我們準備在那裡乘摩托快艇到海上遊逛一程。車子往前開了幾分鐘，我們就來到了這一間海濱國際休假賓館。只見一隻銅鑄的孔雀雕塑站立在賓館門口，它那橄欖綠色的身子上佈滿了銅鏽，閃光的羽毛正準備展開，似乎在歡迎我們。進了門，我發現，這間賓館有特色。這裡的一切，也像我們在途中旅店裡所見到的那樣，都是用秘魯生長的大毛竹製成的。從房屋到家具擺設，以及台燈的燈罩、賓館的指示標誌，都是用竹子製成。連我們歇息時所坐的沙發，也是竹制的。在賓館的後院裡，分佈著許多露天游泳池，大小不一，或供眾人使用，或供情侶遊樂，滿足客人的不同需求。面積廣闊的庭院裡，栽種了無數的樹木和花草，色彩絢麗的花朵，迎風搖蕩的綠樹，映襯著碧海藍天，顯得異常嫵媚動人。許多地方還建有小橋噴泉，圍繞著無數竹制的燈飾。一些青年旅客，正在碧波中嬉戲。在秘魯的濱海沙漠地區，有這樣一個環境優美的度假勝地，確實是一塊人造的世外桃源。

我們一行，沿著後院，經過一座精緻的竹橋，來到了遊艇碼頭。一會工夫，駕駛員來了，把我們一行二十人接上摩托遊艇。開船以前，駕駛員令我們每個人都穿上救生衣，並且細心地檢查了每一個人的穿戴情況。他告訴我們，海上的風浪很大，十分顛簸。跟著，快艇啟動，駕駛員握住方向盤，載著我們飛快地向碧海駛去。

我從來沒有乘坐摩托艇的經驗，也是第一次出海探險。在剛剛離岸的時候，海水顯得十分溫順，摩托艇也行駛得十分平穩。汽艇好像一把利劍，把藍色緞子似的海水劈開一個缺口。在遊艇的尾端，兩條剪刀形的翻滾的浪痕，迅速地向後擴展遠去。不遠處的小島上，有一處魚粉加工廠，海風送來濃厚的魚腥味。那裡有高高的圍牆，還有巡邏的警衛。在廣闊的曠野裡，一堆堆加工待運的魚粉放置在用帆布蓋住的空地上。

　　遊艇行駛了十來分鐘，離開了岸邊，海上的風浪開始卷起了波濤。駕駛員加速前進。陡然，駕駛員驀地放慢了速度，用手指了一下岸上的山丘，並示意要我們把攝影機都拿出來。我朝海岸上瞭望，只見一個巨大的圖案出現在岸邊的山坡上，占據了大半個山體。盼望已久的天外來客標誌的圖案出現在我們面前。圖案像一個簡筆畫勾勒的傘形的大樹，又像一座插著多支蠟燭的燈架，或者像是一座天平。巨大的神秘圖案，在黃綠色的山坡上顯得異常鮮明。它似乎是一種提示，向來客指示它的身後還有七十多幅巨大的神奇圖案。圖案佈滿山體，面向大洋，仰望藍天，使人聯想到一台航空控制平衡的儀器。我正要找尋的奇觀，竟然在這裡不期而遇。這是納斯卡神秘圖案的組成部分，被人稱之為「燭台」，曾有人懷疑是外星人的傑作。

　　我急忙把他拍攝了下來。打開地圖查看，那一片令人迷茫的神秘圖案就在不遠的前方。這個燭台的圖案，也許是這個神秘系統的一個窗口標誌吧？

　　1939年，美國長島大學的一位博士駕駛飛機在秘魯上空飛行，飛機經過秘魯南部納斯卡平原上空時，他陡然看見地面的荒原上，顯現出一幅幅巨大無比的圖畫和圖案。他竟然還看見一條筆直的飛行跑道，既有起點也有終點。他清晰地看見地上有一個人形圖案，就像一個小學生那樣高，畫面就像小學生的圖畫傑作，圓圓的頭顱，長方形的身子，兩隻胳膊似乎在甩動。再往前飛行，出現了卷尾毛猴的圖像，還有碩大的蜘蛛、章魚、蜥蜴、老鷹、蜂鳥和狗的圖案。這些圖案似乎是連筆畫，一筆相連，一氣呵成，而且講究對稱。這個發現令他目瞪口呆。從此，人們對於這塊神秘的荒原產生了莫大的興趣，探險家們接踵而來。對於這些巨大無比的圖案，他們做出許多莫衷一是的推測。有的認為是外星人的導航圖；有的說是星相圖；有的說是古印加人用作祭

祀使用的。這些用巨大的勞動量挖掘堆砌的碩大無比的、占地廣闊的神秘圖案，至今仍然是一個千古難解之謎。

帶著滿腦子的迷惘，我們上了岸，沿著泛美公路繼續行駛。穿過納斯卡，我們行進在沒有鋪設柏油的簡易公路。車子在荒原上顛簸，路經一座人工湖之後，發現有些小型飛機停放在荒原上。這是一座簡陋機場，一座塔臺，加上一排白色平房。穿過正中的小門是餐廳，上面覆蓋著竹席頂棚，四周扯著紗帳。一幅大油畫正對著餐廳門口。陽光透進一個個閃亮的光點，在木柱上懸掛的蕨類植物上閃耀。那裡有一間用竹子鑲嵌招牌的禮品店。在禮品店的牆上，畫著形形色色的神秘的納斯卡圖案。門前的涼棚裡，還放著一個納斯科圖案的模型，上面標記著各種圖形和命名，讓我們瀏覽荒原上的各種圖案。那些動植物和人物的簡筆畫，線條古樸粗獷，難以猜出圖形的含義。

我記得在空中觀察的那一剎那。當時，空中雲層密集，擋住視線。有一瞬間，陽光偶爾照射進來，身邊的秘魯旅客示意我向下探望。下面是熟悉單調的戈壁荒漠景色，偶爾見到一處處的沙丘，還有沙漠上大風留下的一道道皺紋。恍如我在中國西部戈壁上乘坐直升機時看到的地面景色。我多想能望到那些神秘的圖案啊！但是雲層又封鎖了我的視線。我被旅伴用手肘聳了一下，恍然發現地面似乎有一個大樹的圖案一閃而過。它那茂密的枝葉，在這萬古荒原之上，發出了對綠色生命的遠古召喚。

我凝視著蒼穹，聯想到那些探測者們從地面勘測所提供的資料，心中充滿懸念。從前，有一支科學考察隊曾經來到那斯卡地區，進行實地勘察。這些地上的神奇圖案，南北長達五十公里，描繪了數十種神秘圖案的神奇線條，原來都是用一些人工挖掘的地溝，或者用石頭壘起的田埂之類的建築。這些付出巨大勞動的建築物，有些是筆直的，有些是彎曲的。當他們用測量資料繪製

成一幅方位圖，眼前出現一幅幅巨大神奇圖案。後來，有一位女教師長時期留在荒原上勘察。她發現了一系列碩大的動物圖案，還發現了比這些動物大數十倍的人物圖案。有一次，一支科學考察隊在冬至的那一天，在一個山鷹圖案的地方，發現沉沒到地平線下的太陽光線，竟然與這一條溝的線條重疊起來。之後，他們在夏至的那一天重新來到這裡，竟然驚人地發現，那天太陽落下地平線的時候，太陽光線又同這條線重疊了。原來，這些神秘圖案準確地記錄了南半球的許多星座以及四季的天文變化。

看來，有一個神奇的手，耗費了無法估量的精力，在這荒漠上繪製了令人驚訝的神奇圖案。也有人推測，這些曲線是古代印加人的道路，道路底下是乾旱的納斯卡地區的灌溉系統。但這個推斷難以令人信服。灌溉系統需要因地制宜建設，何以要引申成為巨大的神奇人物和動物的圖形呢？而且，這些巧妙地在地面用堆砌石頭和開挖壕溝方式所構成的巨大圖案，只有在高空才能觀察得清楚。在地球上還不曾發現飛行器的遠古時代，地面上這些延長到無邊無際的遠處的石溝或者田埂之類所提示的圖畫，究竟會提供給誰看呢？除非是給天外來客提供的導航圖！很難講。看來，那隻巨大的手繪製出的神秘巨畫，依舊是個有待解開的神奇之謎！

我正是帶著這種懸疑的心情在空中告別這個神秘的地帶。

在訪問秘魯過程中，我發現秘魯人生活習俗的某些方面似曾相識，可是我又難以說出一個所以然來。從秘魯印第安人的膚色長相來看，使我想起西藏人。從秘魯音樂的五聲音階特點上，我又聯想到中華民族的五聲音階的特點來。我不止一次地看到秘魯印第安人在山坡上種植著馬鈴薯，看著他們披著類似西藏人的氆氌做成的服裝或披風，手裡甩著類似西藏人用羊毛織成的投擲石頭的繩子，呟喝著牲口，投擲著石塊。這些情景，同我當年在甘

青川藏區所見到的畫面何其相似！西藏人所稱的氆氌的發音，同秘魯的原音十分相似。據某些科學家考證，推測南美的印第安人可能來自亞洲大陸。根據上面的種種聯想，我自然而然地把古印加人同亞洲人聯繫了起來。當然，這只是一個大膽的聯想罷了。

中國人同南美人的交往源遠流長。鄧拓早就提到：根據史書記載，中國五代時就有人探訪過南美，而且留下了訪問的足跡。有的考古學家，還在南美發現過類似中國古代甲骨文的文字。這些懸疑都有待解開。隨著秘魯的對外開放，有關秘魯大地神秘圖案等種種的懸疑將會有更多的人去探索，一些難以證實的推測，也許總有一天會找到答案。

（發表於《澳華新文苑》第1119-120期）

抹不去的情結

振　鐸

　　在離開莫斯科的前一天，我來到阿爾巴特街探尋普希金的足跡。沒想到街頭聽到的一段熟悉的旋律，像火花頓時點燃了我蘊藏在心頭的情結。

　　那天，我在翻譯張先生的引導下，穿過紅場，向西走去。不一會，我們來到新阿爾巴特街。這條街寬廣，高樓分佈兩邊。歐洲最大的「書籍之家」，吸引著全世界的書迷們。轉向南邊，便到了老阿爾巴特街。俄羅斯作家雷巴科夫寫過一本《阿爾巴特街的孩子們》，讓許多中國人得知這條街名。這裡原本是俄羅斯貴族居住區。從十九世紀末到二十世紀初，貴族莊園官邸逐漸變成樓房。許多俄羅斯的著名人物，包括普希金、托爾斯泰、萊蒙托夫、果戈理在內，都在這裡居住過。如今，這裡成了俄羅斯很有名的步行街。長度不到一里路，街道有十幾米寬。馬路兩邊多是五、六層高的樓房，店鋪繁多。街邊有攤檔出售傳統的俄羅斯套娃，包括許多世界名人相貌的「套娃」。不少攤檔兜售油畫和旅遊紀念品，吸引了不少旅遊者。這裡也有不少街頭的音樂家，在忘情演奏小提琴和手風琴。突然，我被不遠處技巧嫻熟的手風琴演奏聲所吸引。順著琴聲走上前，一位滿頭白色捲髮老人，穿一套整潔的舊西裝，正在聚精會神彈奏。他明亮的眼神望著我，眨了眨眼，回應我對他琴聲的欣賞。是的，這支熟悉的旋律正是《遙遠的地方》，是那首充滿永久魅力的樂曲！

瞬時間，旋律令我熱淚盈眶。像有一隻神奇的手，在我心頭劃出一道電光，照亮我那些消失已久的回憶。四十多年前，我才十六、七歲，在中國嘉峪關機場工作。當時有不少俄羅斯同事。他們經常情不自禁地哼起這支曲子，寄託他們對祖國和對最心愛的人的思念。其中一位喜歡用手風琴演奏這支曲子。後來，我拜他為師，學會彈奏手風琴。我也很愛彈奏這支曲子，經常為夥伴們伴舞。

　　那時，我和機場裡幾位愛好文學的年輕人，一道精讀托爾斯泰的作品，學習文學描寫技巧；背誦普希金詩篇，辦詩歌牆報；輪換閱讀流行的俄羅斯小說，交換心得。一位共事的好友，以前在北京與作家路翎的妻子同過事，結識路翎。因此，我們一夥當時被懷疑為「小胡風分子」受到追查。我們被勒令停職反省，接受批鬥。我覺得含冤受屈，痛不欲生。那天，遠處傳來節日歡快的音樂，我把自己反鎖在房裡，黯然神傷。絕望中，我吞下整瓶酒，準備馬上朝戈壁灘上一口枯井走去。臨出門，我依依不捨捧著《普希金文集》。驀地，《假如生活欺騙了你》那首小詩出現在眼前。我仿佛聽見普希金用詩句勸說：「不要悲傷，不要嘆息，陰鬱的日子需要鎮靜。相信吧！那愉快的日子即將來臨。」那詩句果然令我踟躕不前，回轉身來。事後，當我們重獲清白，我感激普希金，幸好他阻止我跳下枯井！

　　街頭的琴聲停了，天空中開始飄下微微細雨。我掏出口袋裡僅剩的盧布送給老人，激動地抓住他的手，告別了他。繼續朝前走，沒有幾步遠，只見一對情侶的雕像聳立在眼前。原來那是普希金和他妻子手挽著手，相親相愛偎依，在那裡漫步。雕像對面的門牌是五十三號，普希金曾經在這裡度過了詩人一生中最甜蜜歲月。

　　我們漫步在普希金博物館內。牆上和屋子裡到處陳列著普希金和他的妻子的肖像，放置著普希金寫作時用過的書桌，還有他和妻子使用過的許多名貴的桃木、白樺木的家具，以及其他生活用品。他的妻子彈奏的鋼琴，也放置在屋子裡。我們耳畔隱隱約約響起莫札特樂曲聲，那正是普希金最喜愛的音樂。普希金的詩稿和紙筆也陳列在博物館裡。我的思緒穿過時空隧道，仿佛看到岡察洛娃的愛情燃起了普希金強烈的創作靈感，在他與岡察洛娃訂婚後，迎來了「波爾金諾的秋天」，出現了他生命中的創作旺季，為世界文學留下了眾多的不朽之作。我仿佛看到他們夫婦在大教堂交換戒指時，普希金的戒指不慎落地，手中的蠟燭恰好熄滅，不祥地預示了詩人最後倒在丹特斯的槍口下。

　　我仔細地尋找與普希金有關的遺物，遲遲不願離開。張先生眼見快關門了，便一再催促我。我告訴他，我想尋找丹特斯那支結束詩人年輕生命的罪惡手槍。據說丹特斯後來把手槍賣給了沙皇的一個退伍少校，兇手用同一把槍，殺死了萊蒙托夫。這把結束了兩位偉大詩人生命的手槍，後來終於被找到，它興許會保存在博物館裡。我還告訴他，我還想看看那枚不祥之兆的結婚戒指。張先生告訴我，手槍被找到，確有其事，不過，現在不知收藏在何處。至於詩人結婚時的戒指，卻完好地保存在克裡姆林宮博物館。由於時間已晚，張先生勸我再次造訪時再去尋找吧！

　　我懷著惆悵和遺憾的心情，離開了博物館，乘著夜色，匆匆地趕到普希金紀念碑處瞻仰。聳立在市中心廣場的普希金青銅塑像有四米多高。普希金挺起他不屈的頭顱，若有所思地望著遠方，似乎在思索他的祖國的命運，仿佛在構思新的詩篇，又好像在聆聽。基座上鐫刻著普希金的幾行詩句：「在這殘酷的世紀，我歌頌過自由，還為那些塞滯的人們，祈求過同情。」我們漫步在廣場花園，步下花崗岩石鋪砌成的台階，紅色大理石建築成的

噴泉正噴射著水柱，在燈光下散發著虹彩。轉頭凝望普希金銅像，他的周遭環繞著燦爛的光環。他用豎琴呼喚過善良，謳歌過青春和愛情；他在冷酷的時代歌頌過自由；他用詩篇燃起過多少絕望的人對未來的信念和向往。他在人們心中豎起了不朽的紀念碑。

在離開普希金的銅像時，我不停回顧留在我身後一長串望不到邊際的迂迴曲折的腳印。我慶幸，在許多陰鬱的日子裡，有他的詩篇伴我同行；在歡樂的時刻裡，有他的豎琴為我彈撥。我終於明白了：經過歲月篩選留存下的情結，是抹不去的。它就像開在心底的金薔薇，一遇到閃電的映射，便會熠熠生輝。

（發表於《澳華新文苑》第157期）

誰染楓葉醉

振　鐸

　　清晨，我漫步在悉尼北郊的希爾頓森林。走出林間小道，迎面只見路旁的楓樹開始染成了深淺不同的紅色，我被眼前的景色迷住了。這森林邊的小小山谷，萬綠叢中，點綴著一處處的紅楓，把環繞它們的濃綠的樹林襯托得更加鬱鬱蔥蔥，把整個山谷渲染得更加絢麗。

　　記得少年時代，我獨自坐在重慶朝天門對岸的龍門浩大石頭上，在江畔讀西廂記。我被書中優美詩句所吸引，大半天沉迷在書裡的詩情畫意之中。幾十年過去了，許多優美詩詞都在歲月中遺忘，唯獨西廂記中「曉來誰染楓林醉，總是離人淚」兩句詩，我還記得，大約是我太欣賞詩句描繪的畫面的緣故。

　　古代詩人吟唱的楓葉，大多在我的腦中留下了一種淒清悲涼的色彩。「萬里雲天看雁風，秋心一點嘆飄零，離人更遠山依舊，片片紅楓書幽情。」古人曾經把楓葉稱之為靈楓，又稱相思葉。李煜思念故國山河，望斷「一重山，兩重山」，惟嘆「山遠天高煙水寒，相思楓葉丹」。那些文人騷客詠誦楓葉，總是蒙上一層感傷情調。有的面對「月落烏啼霜滿天」，只能「江楓漁火對愁眠」。他們身處「日暮秋風起，蕭蕭楓樹林」，眼望「汀洲延夕照，楓葉墜寒波」，禁不住發出「湛湛江水兮上有楓，目極千里兮傷春心」的感慨。紅葉撩起無限哀怨，令他們傷情。楓葉幾度綴相思？在他們的眼中，紅葉是相思血淚染成。「紅葉有霜

終日醉，醉到深處是飄零。」飄零的紅葉，就是一些詩人們坎坷生涯的寫照。

其實，滿山紅葉是一幅值得贊頌的醉人圖畫，只不過被那些多愁善感的詩人為之染上了感傷色彩。秋高氣爽之時，在中國，在日本，在楓葉之國加拿大，都能見到結伴郊遊、欣賞遍山紅葉勝景的人潮。在眾多人的眼中，紅葉是美麗的化身，是成熟的標誌，是收獲的讚歌，是思緒的結晶，更有人把它當成赤子之心的象徵。看到滿山楓葉紅艷，人們當然會發出「霜葉紅於二月花」的讚嘆！

至今仍珍藏在我心中的醉人的紅葉畫面，是在川西北的米亞羅山間見到的。那時我十來歲，無憂無慮，天天跟隨我的電台台長，騎著馬，唱著歌，帶著無線電台，在草原上流動，頻繁來往於阿壩和郎木寺一帶的甘、川草原。有一次，我們路過一個名叫米亞羅的地方，隱藏在川西北草原深處廣袤的深山峽谷中，那裡滿山遍野都是五角楓樹林。正逢金秋季節，楓林盡染，恰似燦爛的彩霞墜落在山谷。我們常常騎馬走過峽谷毗鄰草原的幾處山巔，極目遠眺環顧，在一望無際的藍格熒熒的碧空之下，那一馬平川的黃澄澄的草原，一條玉帶纏繞的晶瑩閃光的潺湲流水，一望無涯的丹紅楓葉，相互輝映，構成了一幅動人心魄的壯美畫面。

好多年前，一位蘇州好友告訴我，離蘇州不遠的天平山紅葉，天下稱奇。天平楓樹，號稱五彩楓，樹葉呈三角鵝掌狀，色彩艷麗。楓樹葉子，似五彩飛蝶，飛舞在紅雲之中。更有山間祥光環繞，恍如仙境。那裡是范仲淹曾經生活過的地方，確是人傑地靈、尋幽探勝的寶地。我雖然多次訪問蘇州，都沒能碰上賞楓季節，至今引以為憾。

幸好，後來我探訪加拿大，不期而遇地見到友人所描繪的五彩楓林的綺麗景觀。那年，從多倫多機場下了飛機，我們乘車

前往士嘉堡，路過約克區的山谷，只見群山楓樹盡被染成紅燦燦的一片，連澄淨的天空也泛起了紅暈。士嘉堡是多倫多華人較為集中的地區，我們住在一家名叫愛靜閣的小旅店。紅葉美景，不能錯過。我經常抽空出外，四處漫步觀賞紅葉。士嘉堡生長著茂密的楓樹，樹種繁多，有大楓葉，也有小楓葉，色彩深淺濃淡相異，有的黃中泛紅，有的紅得發紫。林間小道上，紅葉在空中紛飛，地上鋪滿斑斕的楓葉，踩在上面，發出悉悉索索的聲響。

那天早晨，我來到一處建築精巧的白色木屋的前面，只見一扇玻璃窗的後面，有一隻雪白的波斯貓蹲在那裡凝視翻飛的楓葉。那神態，就像是一幅鑲在畫框裡的蘇州雙面繡的藝術品。我讚嘆主人佈置陳設的匠心，走上前欣賞。波斯貓的閃光的視線突然轉向我來，還細聲地叫了兩聲，顯現出歡迎神情。原來那是一隻活生生的波斯貓。這時，主人聽到聲響出來。一看我是華人，便殷勤地招呼我，請我隨意參觀。他有一個很寬敞的花園，入口處，各種小巧玲瓏的雕塑生動傳神。花壇上，站立著相互偎依的一對男童和女童的塑像，他們倆舉起手臂，似有所指，正好指向花園深處幾株紅彤彤的楓樹。順著望過去，楓樹多姿多彩，有的綠中帶紅，有的紅中帶黃，有的呈紫紅色，更加嬌艷迷人的是金黃色的葉子，好像金箔一般，閃閃發光。後院裡，有幾棵楓樹紅得好像一團火。越過房屋的圍柵望過去，屋後是一大片楓林。大大小小的楓樹翻飛著斑斕的葉子，楓葉經霜以後，色澤變化斑駁，正如我的朋友描繪的那樣，楓葉五彩繽紛。在陽光照射下，由於明暗方位的差異，楓葉色素千差萬別，在紅色基調的畫面上，那些丹紅的，絳紫的，還有金黃夾雜殷紅色的楓葉，色彩最為燦爛。望著那些秋風吹動葉子，像彩蝶狂舞，如綺雲頹霞，滿目璀璨。此情此景，依稀在目。

我看今朝的悉尼紅葉圖，更勝一籌，別有情趣。在四季常青的悉尼，沒有北國風霜，惟有蓬勃生機。在我們眼前，滿目蔥綠之中，間雜著這一片片紅楓，嬌艷得好似新娘的醉顏。楓葉啊，是那天邊的紅霞，裝扮了你。你凝聚著春天的希望、夏季的絢麗和秋季的收獲。你像火一般的熱烈，花一般的美麗！你在風中喧囂著，歡騰著，舞動著，好像在吹奏一支支美的讚歌，讚美平和美麗的土地，讚美多姿多彩的人生。你那翻飛的紅葉，寄託了我們海外遊子連綿不斷的縷縷幽思，飄向曾經養育我們的故土，把我們的思念和祝福帶向遙遠的美麗的土地……

　　今朝楓葉醉了，我的心更加醉了。

（發表於《澳華新文苑》第200期）

人約黃昏後

振　鐸

　　悉尼北部幽靜美麗的小鎮伊士活，是新興的華人聚居區。購物中心廣場裡，花木點綴，噴泉潺潺。綠蔭遮掩的長椅上，總有在那兒休憩的華裔老人。密集的華人店鋪裡也擠滿了華人顧客。

　　有華人的地方，定有華人餐館。伊士活那間不大顯眼的華人餐館，香港老闆開辦多年，近車站、停車場和街市，不少熟客常去光顧。也有些年輕情侶樂意到這裡約會。他們喜歡這安靜舒適的環境，欣賞這可口的飯菜，更喜愛這裡特有的朦朧情調。入夜，燈光不明不暗，音樂若有若無，客人細聲低語，連那昏黃燈光下在翠綠水草間悠閑漫遊的金魚，也給人以朦朧感。

　　這天恰逢公共假日，我們一家人來吃一餐便飯。我打量周圍，看有無熟人聊聊天。朦朧的燈光下，昏暗的角落裡，坐著一位男士。他背靠窗口，披著隱隱月色。射燈照在他手中的花束和桌上三個圓形禮品盒。他時時扭頭望著餐廳入口。他在焦急等候著什麼。隔了一會，這位男士手裡抓著那寸步不離的紅玫瑰，朝我走來。定晴一看，原來是三年不曾見面的查理。他依然風度翩翩，依舊是那梳理講究的長髮和體面的服飾，還有那副躊躇滿志的神態和逗人喜愛的笑容。我招呼他在我身邊坐下，閑扯起來。

　　「三年多沒有見過你了！怎麼想到回澳洲看一看？」我問。

　　「掛念著凱蒂和女兒勞拉。我剛剛下飛機便趕來了。」他的口吻多像一位癡情的戀人和慈愛的父親啊！

「你去看望過凱蒂和勞拉？」

「我在機場給凱蒂通過電話。我說今晚7時我會在這老地方等候她，她答應了。」說著，他望了一望餐廳的掛鐘，還差5分鐘。

「老地方？」

「是的，老地方。過去，我倆每年的今天，都會到這間餐館吃一餐團圓飯。」

我聽了有些不解，又不好意思發問，只好微笑相對。

他忙解釋說：「今天是凱蒂的生日。每年生日，我們來這裡慶祝，我照例要送給她22朵紅玫瑰。」

「是999朵玫瑰吧？22朵是什麼含義？」

「紅玫瑰象徵愛情，22朵紅玫瑰表明兩情相悅，你濃我濃。」

「這可真是花能解語囉！那麼說，你們又團圓了？」我想起他們兩年前離了婚。

他沒有正面回答，只是感慨地說：「離開她三年，我終於發覺還是凱蒂好。」

「她沒有再成家？」

「她是一位守身如玉的女性，不會輕易找一位男人過日子，起碼到現在是如此。」看得出他那朦朧如夢的眼神，查理非常自信。

霎時間，查理的故事縈回在我腦際。那時，我在廣州工作，經常與文化單位打交道。查理是我的一位朋友的孩子，在一間文化宮負責群眾文藝輔導。他剛從大學出來，長相英俊，風流倜儻，多才多藝，又成天與少男少女交往，所以經常有女孩子圍著他。他人緣好，精通業務，工作熱情，當時聽說他將要擔任文化宮的頭頭。後來，他為了追求來澳洲留學的漂亮姑娘凱蒂，放

依舊聽風聽雨眠

棄了有地位的父母為他安排的優越生活軌道和錦繡前程，來到悉尼。我六年前來悉尼找到他們時，查理和凱蒂剛結婚。查理還在半工半讀，領助學金，兼做些許臨工。生活比不上人家，凱蒂卻整天樂呵呵地。她說，她很愛澳洲這塊樂土，特別愛悉尼的生活情調。她一邊進修音樂，一邊上門到學生家裡教授小提琴，生活、學習、事業都能兼顧，經濟雖不太富裕，但過得舒心愜意。查理卻補充說，他們還在找機會拼搏，神色之間，似乎流露多少失落感。四年前，查理當了父親，他的生活擔子更重了。查理的父母知道兒子在悉尼處境不大如意，託關係為他找了一個回國創業的機會，建議他到廣州番禺承包一間歌舞廳，娛樂公司掛上「中澳合作經營」的牌子，由查理當老總。小倆口一商量，凱蒂不想走這條路，查理卻躍躍欲試。他說服凱蒂說：以澳洲華僑的身份，回國重操舊業，有老爸的老關係作後盾，也許是一條創業之路，不妨試一試。後來，凱蒂留在悉尼，查理去了番禺。一年後，查理老總跟歌舞廳裡當地的「紅歌星」好上了。凱蒂是一位眼睛容不得半點沙子的女性，她知道查理有了新歡，便提出與查理友好地分手：大家不做夫妻，仍可當好朋友。查理與凱蒂分手後，日子並不大順心。老爸從首長崗位上退了位，過去的關係網不靈了，四處來找麻煩的事多了，歌舞廳的業主又提出加租，生意不好做，加上圍繞他的沒完沒了的浪漫故事也讓他分心，最後留下一身債要靠老爸還，那位身邊的「紅歌星」也撒手離他而去。

　　我想著往事，只見查理揚起頭，他看見剛剛踏進餐廳的凱蒂母女，便三步並作兩步，抓住那束玫瑰花迎上去。我看見，當查理獻上鮮花，準備同凱蒂相擁時，凱蒂退後一步，把女兒推到父親的面前，讓查理擁抱孩子。

　　查理抱著女兒，領著凱蒂，來到我們的餐桌前打招呼。凱蒂臉上仍充滿青春氣息，那雙明亮的眼睛清澈得令人想到平靜無

波的藍色海洋。跟著，他們三個人便在那邊坐下來。我惦記著查理今晚的運氣，不時朝他們張望。只見查理打開生日蛋糕和兩份禮品盒，朝凱蒂說著什麼。一會兒，凱蒂又呼叫侍者增加兩個座位。跟著，他倆在那裡繼續交談什麼。我看不到查理平素那手舞足蹈的常態，他只是在那裡端坐著，雙手緊握著擱在餐桌上。

我們開始上菜了，便顧不得再探望那邊。不一會，查理過來了，他的頭髮低垂著，有些凌亂，那條花領帶的領結鬆開了，眼神茫然若失，他低聲向我告辭：「阿叔，我走了。」

「這麼快就走？」

「凱蒂留我吃飯，可太尷尬！就像那首歌唱的那樣：我手中拿的舊船票，再也搭不上她的客船了。想不到又是一場夢！」查理眼神中的自信已無影無蹤，只留下朦朧的夢幻神情。

餐廳音樂隱隱約約，我聽完鄧麗君唱完「人約黃昏後」的歌聲，又傳來毛寧的「濤聲依舊」的曲調。

查理扭頭望著入口，那裡進來的一位頗有風度的戴金絲眼鏡的中年男子，正在找侍者探問凱蒂的座位。他一手提著生日蛋糕盒，一手牽著四、五歲的男孩，侍者領著他，經過我們的身邊，徑自向凱蒂走去。

我猜出了今晚這場人生短劇的結局，便對查理說：「龔自珍說得好：人難再得始為佳。當最珍貴的東西在你身邊時，你不覺得珍惜；當你失去了它時，你卻悔之晚矣！查理，你還年輕，再從頭開始吧！」

「這真是一場戲，一場夢！」他嘴裡吶吶地叨念著這句話，向我們輕輕揚了一揚手，便走出餐廳。透過透明的玻璃窗口，我看見他孤獨的背影，融入了朦朧的月色之中。

　　八天之後，我接到了凱蒂的婚禮請帖。她的丈夫姓徐，是一位失去配偶的小兒科醫生，也是跟隨她學習小提琴的男孩傑克的爸爸。查理呢，據說回廣州去了。

（發表於《澳華新文苑》第230期）

燭光伊人

振　鐸

　　寧靜的悉尼春夜，不時傳來森林裡幾聲鳥啼。深植心頭的往事枝蔓，在夜半孤寂孕育下，重新纏繞在心頭。透過窗外明亮的月光，我仿佛看見那客店搖曳的燭光，暗紅的燈芯漸漸化為灰燼。那張伊人的蒼白面孔浮現，她無助的眼神充滿渴望的光澤，就像那紅燭燃盡前的一剎那，燃放熱焰。

　　1959年初，我在西北一個邊遠農村裡做臨時工作。農村青黃不接鬧缺糧，我們工作隊也陪著農民喝公共食堂的稀粥。臨近春節，可以進城休養解饞了。我穿上洗滌縫補過的棉襖，背上掛包，走了二十華里的路，趕到鎮上搭乘回蘭州的班車。北風呼嘯，正午的鎮上行人零星落索，遠遠望見鎮上飯館招牌，聞見飯店的菜香便咽口水。路旁廣播筒播放秦腔和新聞。我聽不清播音員的話，似乎在找尋一名在醫院失蹤的女右派分子。我徑直來到飯店，掏出糧票和錢，買了一打比牌價高數倍的紅糖包子，一口吞下一個，來不及吞咽完，又咬另一個熱騰騰的包子。

　　車站裡一輛破舊的長途汽車，標示著開往蘭州的字樣。車子裡隱約坐著幾位客人，司機蹲在車旁抽煙，藍藍的煙霧漂浮在他那蓬亂的頭髮頂上。穿花棉襖的女售票員的周圍，客人圍住她買票。我擠上前去，從內衣口袋裡掏出鈔票，正準備購票。這時候，有人扯住我的棉襖。我詫異地扭頭一看，身後有一位清秀的年輕女子，面色蒼白，有些許浮腫。她身穿闊大的男裝棉襖，頭

上圍住紅色的圍巾，連臉部和脖子都纏繞住了。我正要開聲問她，她渴求的眼神示意有事求我，那無力的手仍然抓住我的衣角。我發現她大約藏有什麼難言苦衷。看那神態和動靜，不像盲流女子。一股憐香惜玉的沖動襲上心頭。我順從地退後兩步，跟隨她走到一邊。

沒等我開口，她說：「我是下放幹部，錢包給人偷了，沒錢買吃的，沒錢買車票回蘭州。我想找你借錢，保證歸還你。」

我審視了她一眼，她神色坦然，那對飽含深情和信任的明眸，解除了我的狐疑。這鎮上不遠處，大湖的北邊是改造右派分子的農場，南邊是下放幹部農場。看她的舉止，像是下放幹部。我示意她跟隨我來，立刻幫她買了回蘭州的車票。我又單獨跑到飯店，再買了十二個高價紅糖包子回來，一把塞到姑娘的手裡，帶著她登上車。我心裡頓時充溢助人為樂的滿足感。車子在崎嶇的黃泥路上顛簸慢駛，我不聲不響地從掛包裡拿出一本書來徑自閱讀。我沒有瞄少女，但聽得到她細嚼慢咽的動靜。她在細細品嘗包子的滋味。我細心閱讀鳴鳳投湖前的那一節，在那段心理獨白上面加上了眉批。這時，我好像聽到了隔壁的女郎低聲啜泣的聲音。我扭頭一看，姑娘低頭頂住前邊的座椅，頸部似乎在抽咽。

「你怎麼啦？」我關切地用手肘碰了她一下，問道。

「只是稍稍有些不舒服。」她揚起頭，用手絹揩了一下眼睛，她眼眶裡殘留了些許淚光，鎮靜了片刻，接著說，「貴姓？能不能把你的書借給我看看？」

「我姓余。」我順手把書遞給她，「你也喜歡看小說？」

她點點頭，接過書，一手便翻到我剛才讀過的那部分。顯然，剛才她已瞄到我閱讀這一段。

兩天的旅途從談論文學開始了。我們扯起喜愛的作家和作品，長時間談起宗璞的小說《紅豆》。共同的愛好，把我們倆的

心頃刻拉近了。姑娘自我介紹，她姓蕭，叫小妹，是廣東客家人，從甘肅師範學院中文系畢業，在蘭州一間中學教語文。反右鬥爭時，說過不少錯話，後來下放到這裡來改造。一路上，文學的話題扯個不停。天色昏暗，我們仍未走出這個幅員廣闊的縣份。眼看長途車將要投宿，小蕭悄悄告訴我，她的證件也被扒走了，擔心不能辦住宿登記，她想跟我住一間客房。聽了她的提議，我的心忐忑不安。我是一片樹葉掉下來也怕砸破頭的人，假裝夫婦與她同宿，可真有難處！

我們住進客店。我到廚房灌兩壺開水，聽見縣裡的有線廣播又提到那個失蹤的女右派分子。我瞄一瞄住房門口，小蕭也站在半開的門口凝神聽著廣播。看見我回來，小蕭縮回了身子，跟隨拿來蠟燭的服務員進屋去了。我進房時，屋裡已經燃起了那半截燃燒過的紅蠟燭。小蕭發呆地凝視著紅燭，在搖曳的燭光映照下，她那秀眉長目，明眸善睞，朱唇皓齒，顯得秀氣文靜，算得上是一位少有的漂亮姑娘，惹人憐愛。我心中突然產生一股莫名的沖動，隨即竭力抑制自己。

「小蕭，我拿了熱水來給你。蠟燭不多了，你收拾一下先睡下吧，明天天不亮就要開車。」說完，我便在熱炕的另一邊單獨睡了下來，一忽兒便呼呼地進入夢鄉。

睡到半夜，我被小蕭叫醒了。她把鋪蓋搬到我的旁邊，身子朝我的被窩裡鑽。我睜開眼一看，那支紅燭光舌搖曳。我接觸到她溫暖的體溫，心裡噗噗地跳個不停，我的雙手，微微發顫。小蕭雙手抱緊我。我無意間觸到她滑膩的肌膚，渾身熱血沸騰。小蕭用她溫柔的小手在我的胸前輕輕地撫摸，讓我鎮靜。

我本能回應她的擁抱，伸出手輕撫小蕭的頭髮，觸摸她那發紅的圓臉。

　　她對我說：「小余，我要對你說真話。我就是那個從飢餓中跑出來的右派蕭媛。」

　　我沒有過分感到意外，答道：「我心裡犯嘀咕，懷疑他們找的是你，可我內心卻希望千萬別是你。你準備怎麼辦？」

　　「我想設法回老家，躲到窮鄉僻壤改名換姓，出家當尼姑。如果有機會，設法到香港去找舅舅。你能幫我嗎？」

　　「惻隱之心，我也有，但是，我生性膽小怕事，走路也怕踩死螞蟻。我不是你想望的那種偉男子。此刻，我只能勸你謹慎行事，千萬不要讓自己陷入更深的泥沼。」

　　「我好不容易才跑出來！」

　　「可你朝哪裡走？沒有證件，寸步難行！明早過檢查站，萬一查到你，那會更糟。我說，你還是回去。」

　　「回去？我會受懲罰。」

　　「我送你回去。就說你走出衛生院上街買藥，暈倒了，被我救過來。我可以為你作證。遇到你是我的幸運。希望你堅持到那一天，讓我們再相聚。」說著，我親吻了蕭媛。她的嘴唇發燙，像一團火。

　　「我也翻來覆去考慮，難以合眼。看來，也只能往回走。感謝你給了我幸福的一天，世上畢竟還有你能給我溫暖。你知道我為什麼哭泣嗎？我看到你讀鳴鳳投湖，想到自己。」她平復了片刻，又緊貼我說道，「小余，我想現在就把我的珍寶給你！好嗎？你可知，我們今生今世也許難有相互擁有的機會了？」

　　我電擊似地回抱她，親吻她，撫摸她。倏地，一陣冷風襲來，我讓自己冷靜下來，猛爬起身，對她說：「好姑娘，來日方長，花開自有時。讓我們等到那一天吧！」

　　桌上的紅燭淚，滴落到盤子裡，燃燒的燈芯化為灰燼。淩晨，我倆攔住回程客車。路上，我留下了聯絡地址。當晚，我把

她送到農場，為蕭媛作證。分手時，我把身上所有的糧票和鈔票都留給了她。蕭媛久久凝視著我，我回以鼓勵的眼色，向她告別……

之後，我僅收過她的幾封信，便中斷了聯絡。兩年多過去，農場的右派分子全都返回到原單位，我卻收不到蕭媛的半點消息。有一天，一位女士來找我。這位蕭媛的農友告訴我：蕭媛回農場後成天拼命幹活，希望早日能再見到我，後來累得病倒了。臨終時，她寫了這封信給我。我打開信封一看，信裡只寫了波蘭作家顯克微支的一段話：「愛情是兩個人的靈魂結合起來飛向上帝的天使，這個天使將把世上的光輝帶給上帝。」

我低吟著這意味深長的話語，仿佛看見那在搖曳的燭光中隱去的倩影，忽然生出一對翅膀，朝著遙遠的地方飛去。我的淚眼倏地模糊了。

（發表於《澳華新文苑》第184期）

依舊聽風聽雨眠

讚《吟唱在悉尼海灣》

譚達先

　　當《吟唱在悉尼海灣》剛出版時，振鐸即惠贈一冊。待我閑暇慢慢細讀，頓覺這本書思想敏銳、風格新穎、創造性強，內心不由得稱贊：這是澳華文壇中一朵香氣濃鬱的鮮花，值得推介。

　　振鐸深厚的文學修養經過長期的蘊積，到近年來已更加深化。他從少年時代開始與文學結下了不解之緣。青年時代，他更為熱愛文學，長期堅持練筆，非常難能可貴。他當時十分刻苦鑽研中外文學名著和創作理論，特別悉心研讀林紓的文論和《文心雕龍》等著述，這對他的寫作基本功的提高大有助益。當年，他把大學寫作課程學到的知識，在創作實踐中靈活運用，在上個世紀六十年代前後已在創作上初露頭角。四十多年來，他嘔心瀝血，堅持寫作；來到澳洲，年過花甲，寫作水平已具備一定的功力，《吟唱在悉尼海灣》一書即是明證。

　　我覺得，振鐸書中的短篇小說和散文、遊記等作品，概括起來，具備下列的特點：

　　一曰生活實感濃鬱。振鐸十四歲便離家當兵，青年時代便經歷了各種艱苦坎坷環境的磨練；過了不惑之年，社會方才給了他發揮才幹的舞臺。振鐸大半生，都是在生活的最底層摸爬滾打，心靈上經受過各種異於常人的情感衝擊，體驗過各種感情波瀾起伏的煎熬，直接感受過社會的急劇變遷，生活積累較為豐富。他走過的人生道路，有挫折，有奮鬥，有歡樂，有追求，真是一步

一個腳印，艱難地走了過來。到了近十多年來，他又有不少海外訪問的機會，這有助於他觀察世界各地的人情世態和風光勝景。這些人生經歷，都有益於他的創作，並從他的書中反映出來。

此書中的各種題材、人物、事件、故事，都來源於他豐富的生活經歷。特別是一些反映新移民生活的短篇小說，大多取材於他身邊熟悉的人或事，細節描寫富於真情實感，人物栩栩如生，恍然似曾相識，讀之十分親切。他掌握的素材經必要的文學加工後，更凸顯出藝術升華的效果。

書中作品的背景，或中國，或澳洲，或海外，四面八方。他筆下的各種人物，各種風物景觀、名勝古蹟、史蹟民俗，方方面面，刻畫入微，涉筆成趣。閱讀他的作品，如身入畫圖之中。他所描寫的東京、京都、神戶等地，筆者也曾到過，讀振鐸的遊記，儼然再次遊歷，引發種種遐思。

二曰史實價值強烈。作者描述重要人物、史實和名勝景物，大多經過仔細研究和推斷，寫得具體得當。《川繞嵐山水悠悠》一文中，作者在介紹京都摺扇時，特指出非如人們所傳說摺扇系日人所首創，也非自朝鮮傳入。他引用北宋大詩人蘇轍的摺扇詩歌，又提到宋代畫家赴日傳藝等史實。他根據史實斷定摺扇祖籍在中國，源於中華文化。在《神戶華埠》一文中，他介紹了日本華人熱心華文教育，用中文向華人學生進行中國文化、歷史、地理的教育，啟發學生對祖籍國的熱愛。《橫濱中華街》一文，追述了當地華僑追隨孫中山的歷史，敘述了當地華人的歷史境況變遷，還著重介紹了中華街的美食特點。讀其文章，好像在聽一位新聞記者的報道，對於人、時、地、事和因果等敘事要素，一一涵蓋，從而顯示了史實價值，表現了他行文一絲不苟的精神。

三曰藝術想像壯闊。作者善於以藝術的眼光觀察事物，在嚴謹的佈局中常能展開壯闊的想象，收到意境深邃的效果。最典

型的例子是《誰染楓葉醉》一文，作者展開了時空壯闊的豐富想象。他從被北悉尼希爾頓森林邊緣的楓葉美景迷住說起，追溯到少年在江畔讀《西廂記》，特別欣賞「曉來楓林醉，總是離人淚」的名句。然後寫古今文人眼中的楓葉，成了詩人墨客飄零生涯的寫照。作者到此又以詩句「霜葉紅於二月花」為起筆，筆鋒一轉，描繪中國川西北的紅葉美景，繼而談到未睹蘇州天平山楓葉的遺憾，再描寫觀賞加拿大楓葉的意外奇趣。作者先後對各地楓葉在日照和氣候差異條件下的千差萬別，作了如畫的藝術描繪，然後再回應開篇對悉尼楓葉的描寫，把古今中外的楓葉奇觀交織在一起，抒發感情。這篇作品與其說是敘事散文，不如說它是抒情詩，內涵豐富，想象壯闊，啟人深思。其他想象豐富的例子也見於作者其他的作品中，舉不勝舉。

四曰藝術個性鮮明。作者有其獨特的視角。他觀察事物，往往別具情趣和幽默感，看似信筆寫來，卻往往通過婉約含蓄的寫作手法表達出一定的人生哲理，發人深思。《偶遇》這篇短篇小說，寫一位自鳴高貴的老婦人因一次偶然的路遇，去除了偏見，終於獲得良醫治癒痼疾。最後點出題旨，勸人把握機遇，勿錯過機緣。小說《霑露雨燕斜飛遲》結尾時，作者默念：「飛吧，雨燕！你將會在這塊美麗的土地上重新找到你的歸宿。」作者以象徵的手法給那些遭遇過生活挫折的人以鼓舞，寓意深刻，表露了猶如感情豐富的詩人般的同情心，極富人情味。短篇小說《幸福的麗人》結尾處，有一段對幸福的獨特理解的獨白，點明旨意，引人思索。

振鐸對古典詩詞、民歌、傳說、中外著名小說和散文嗜愛頗深，十分熟悉，加上他喜愛彈琴，愛好音樂和繪畫，喜歡觀劇，並時時處處從中吸取文藝養分，這些因素都加深了作家獨特的藝術個性。

自然，振鐸的作品仍有繼續提高、提煉的餘地。作為一名作家，對語言的凝練、謀篇的嚴謹，仍需精益求精。我們期待他繼續磨練手中的筆，寫出更好的作品。

（發表於《澳華新文苑》第186期）

依舊聽風聽雨眠

▲悉尼環形碼頭一景。

圓的藝術　中國風味
—— 讀振鐸《吟唱在悉尼海灣》

馬　白

▲馬白（中）與振鐸（右）及冰夫（左）合照於家中客廳。

　　振鐸散發油墨清香的新作《吟唱在悉尼海灣》放置在案頭，其中一篇篇有情有致的短篇小說時時吸引我不斷地揣摩、玩味。感人的力量在於隨著作者不緊不慢的鋪敘，作品起承轉合的行文，主人公悲歡離合的命運遭際，強烈地撞擊著我們的心靈，使我們對人生、對社會增添了新的認識和啟示。

　　振鐸在後記中自述，在寫作中曾借鑒過許多文學大師的寶貴經驗，鑽研過力求有波瀾、有曲折、有懸疑、有伏應、有巧合、有情趣的寫作技巧。這是他的作品有較強可讀性的淵源所在。他特別提到契柯夫和莫泊桑這兩位文學大師。我的確在振鐸的作品

中依稀能窺到契柯夫和莫泊桑的影子。契柯夫以簡練的筆觸勾勒人物肖像以及交代故事情節的手法，莫泊桑在從容中顯示張弛有度的格局以及著意渲染環境和氛圍的技巧，這一切都被振鐸應用自如地融會到自己的創作之中。

　　然而，在閱讀中，一個更加強烈的印象在告訴我們，振鐸作為一名澳華作家，他更多浸染的是中國文化的底蘊，他的思維方式仍然帶著十分中國文化特色，他的作品的突出特點之一就在於從屬於圓的藝術的範圍。

　　中國傳統文學多數是圓的藝術，其特徵是：儘管主人公經歷過千難萬險，命運跌宕起伏，其結局中以大圓滿收場。公子落難到金榜題名，正是這些人物的共同經歷。振鐸的短篇小說儘管描寫了不同的人物，人物經歷了不同的命運，然而，最終都有大團圓的結局。有的是親屬的重聚（《幸福時光》），有的是親人的重逢（《上天的恩賜》），有的是有情人終成眷屬（《十五的月亮十六圓》），有的是婆媳矛盾的圓滿解決（《天倫之樂》），有的是疾病的治癒（《偶遇》），有的是命運的轉折（《絕處逢生》），如此等等。總之，在振鐸的筆下，一切都可以逢凶化吉，一切能如願以償。

　　這也顯示了中國民族思維方式的特徵。與西方人長於分析、長於思辨、長於對事物進行具體化、精密化的解釋有所不同，中國人的思維方式具有整體化、綜合化和直覺化的特徵，它擅長於渾然一體的生命觀點，打破時間與空間的界限，追求古與今的相通。英國科學史家李約翰在《中國科學技術史》中稱此種思維方式是「聯想的或協調的思維概念結構」。中國審美範疇的包容性、豐富性及多義性、模糊性與此種思維方式有關。中國文化的圓的特徵也是此種思維方式的產物。

　　回到振鐸作品中來。振鐸小說的大團圓結局，從闡釋學或接受美學的角度來考量，它既然顯示的是中國民族文化與民族思維方式的特徵，當能更容易也更多地激起廣大讀者的認同感和親切感，能最大限度地發揮作品感染力、影響人的藝術力量，從而使作品在社會中產生應有的作用。正是從這一意義上，我為振鐸作品取得藝術成就，感到歡欣鼓舞。我相信，廣大讀者也會首肯的。

　　當然，如果允許我提出更高的要求，從文學大師中去尋找某種範例，單從結局的寫法來說，美國小說家歐·亨利的作品具有某種啟示意義的，歐·亨利的作品之所以吸引人，結局部分是一大亮點。它的結局五花八門，其共同特色是「合乎情理之中，出乎意料之外」，正是這出其不意，激化了讀者的想象力，產生遐想的空間，使作品增添了作品吸引人的藝術魅力。由歐·亨利的作品的結尾，我進一步聯想到中國傳統美學對於文學創作的要求：「狀難寫之景如在目前，含不盡之意見於言外」，它追求的是氣韻生動和意境的創造，要求作品具有不同的層次，使象內之境與象外之境得到完美結合；要求作品留下更多能使讀者產生聯想的空間，虛實相間，以少勝多；要求作品具有更多的韻味和情味，經得起讀者反復咀嚼，從而產生繞樑三日的藝術效果。我想，振鐸若能從中西文化、中西文學中吸取更多滋養，他的創作定能攀登新的高峰，取得新的成就！

（發表於《澳華新文苑》第157期）

悉尼春訊故園情
——《吟唱在悉尼海灣》序

黃雍廉

　　是一份文學勝緣，讓我在悉尼結識了陳振鐸先生。他在悉尼定居已經六年多，由於一心潛修英語課程，加上一份「大隱隱於市」不求聞達的心情，這些年來，他除了家居、讀書和親朋小聚以外，很少參加社交活動，因此，文友們原先知道他的名字的不多。

　　最近一年多來，在悉尼華人報紙的副刊上，他的大作連連出現，文筆典雅，情韻迴蕩，筆力雄厚而樸實。他所寫的大多是他平居與親友宴酬雅集，閑話家常，帶著溫馨友愛、文采飛揚的精緻作品，另有他遊歷澳洲、美洲、日本和俄羅斯等地名勝古蹟的寫實紀事遊記，還有一些反映華人生活的短篇小說。

　　由於描寫生動，敘事細膩，詞藻富麗，視野廣闊，他的作品受到眾多讀者的注意。筆者就是其中的讀者之一。因此，我很想結識這位文壇崛起的新朋友。

　　在華人日報張奧列副總編輯的安排下，我們終於在悉尼唐人街茶樓見面了。傾談之下，相互相見恨晚。

　　振鐸君比我年歲略小，但是，我們同處在神州大地風雲激蕩的年代，所思所感，乃至呼吸的空氣，都能品味出當年狂歌當哭、戰馬嘶風的氣氛來。

　　他年輕時，曾在海峽彼岸的大陸從事部隊電台工作；我在海峽這邊，擔任過台灣一份雜誌的主編。如今在悉尼相遇，我們

握手笑談，「大地春風人意好，山河故國兩家親。」大夥以茶代酒，暢敘生平。

原來振鐸君是一位多才多藝的文人。除愛好文學寫作外，他還喜愛彈琴，欣賞音樂、繪畫和吟誦古典詩詞，藝術素養很高。他的老伴、兒女，也都很愛好文學藝術，鐘情山水，非常念舊，也喜歡結交朋友，可說是一個充滿溫馨和藝術氛圍的家庭。

移民悉尼後，振鐸君過著無職一身輕的閑雲野鶴生活。一方面含頤弄孫，閑暇時間，喜歡遊歷各地的風景名勝。振鐸君曾有過漫遊東瀛和美洲等地的機會，藉以鬆弛戎馬倥傯、勞碌半生的緊張。振鐸君本著「行萬里路，讀萬卷書」的學而不倦的精神，每到一地，不只是飽覽風光，吸取山川之秀，他還用心靈錄像，將景物立體化，人物鮮活化，溯源追遠，將與名勝古蹟相關的歷史典故如實記錄。

讀他的遊記散文，令我們瞭解到，有的地方是因人傑地靈而聞名於世；有的地方則是因山水甲天下，蘊含無限秀色華光，成為人們的觀賞景點；有些地方，是人傑地靈和秀色華光兩者兼而有之。作者都一一以山水的代言人的身份詳加描繪述說。

由於作者觀察深入，描繪生動，加上雋永的文筆，穿插歷史風雲的興衰浮沉，因此，讀他的遊記，你的耳際會有弦歌之音，你的視覺會有鳶飛戾天、魚躍於淵、繁花怒放、大雪紛飛的實感。作者將其多方面的藝術素養和感情，鑄溶在字裡行間，使得讀者如身歷其境，與作者的視野和感受構成一條直線，相接相連。遊記能夠寫到這種境界，不是高手也成為高手了。

振鐸君約我為他準備結集的作品寫一篇序，他特地將近年來創作的二十餘萬字散文、小說稿件送交給我，我原想翻一翻，看看提綱，看看要點，就可以動筆了。沒有想到，我看了頭幾篇便不忍釋手。厚厚的一大疊密密麻麻的打字原稿，我花了兩天時

間，一口氣把它讀完。我的第一個感覺是，這是一首精緻典雅、以真情實感譜寫成的長卷詩篇。

他的大筆縱橫馳騁，帶領我遊歷了神州大地的名山勝水。介紹了許多我不曾知道的歷史掌故；更引領我東遊日本、加拿大、美國及南美諸多國家的美麗風光，令我瞭解了那兒曾經為世人流連、興嘆的歷史背景。

遊歷世界，受到金錢和時間的限制，並非人人都有此良機，但人世間的江山勝跡也不可不窺。因此，我認為振鐸君的這些散文風格的作品，可帶領讀者免費在視覺上遨遊世界，享受精神上的心曠神怡，並廣增見聞。如《川繞嵐山水悠悠》，寫日本京都近郊嵐山的櫻花勝景。《情人的眼淚》寫巴西與阿根廷邊境的伊瓜蘇瀑布群的壯觀瑰麗。《星光還在心中閃耀》寫莫斯科紅場的百年滄桑。《崇山峻嶺中的城堡》，寫南美小國秘魯山城中古堡之神奇。《神戶華埠》寫日本華僑常懷故土的故國風情。《誰染楓林醉》寫悉尼北郊希爾頓森林中楓林的千姿百態。《葡萄美酒夜光杯》寫中國古長城盡頭嘉峪關下的戈壁曠古荒煙和祁連風光。《列車東去》寫西伯利亞的北國寒林。《風光綺麗濱海城》寫加拿大溫哥華市郊楓林的吒紫嫣紅和唐人街的舊貌新姿。《璀璨寶石放異彩》寫巴西名城裡約熱內盧的桑巴狂歡舞娘豐姿。《浮光掠影看紐約》寫曼哈頓的如夢如幻和自由女神的傳奇。《吟唱在悉尼海灣》寫海灣的旖旎風光。將「江山展白帆，虹橋如織夢」的美景譜寫成為一闋曼妙的圓舞曲；將悉尼伸向海灣的玉臂纖指，塗抹上碧藍的蔻丹。如果你來悉尼旅遊，請千萬別錯過乘艇遊河的機會。

這批作品的精華，上述列舉僅是其中部分。文采更為奪目的篇章，有的描述與近年來相繼從大陸移民來澳洲的舊雨故交在海外不期而遇、相逢如隔世的喜悅心境；有的展現作者在澳洲新

依舊聽風聽雨眠

環境中所結識的新朋友以及他筆下各種人物的流光歲月、浪漫詩情、生涯趣事等澳洲華人生活縮影；有的是作者「詩聲朗讀窗前月，撫琴坐看後庭花」的家居散記。這些用親情友愛、歡聲笑語、詠哦唔嘆所構成的「浮世圖」的美麗畫卷，強烈地映顯了一位作家的文心詩意，每一篇作品都會使人讀後神馳物外，有感於心。作品中的諸多篇章，可說美不勝收。讀者如有機會閱讀這些作品，相信你會目不暇給地為作者筆下描繪的各色人物、美麗山川和傳奇風物所吸引，而想儘快把這些作品一口氣讀完。

振鐸君在神州大地風雷閃擊、石破天驚的大變動中，在大西北河西走廊、祁連山下的風沙蔽日的苦寒中，在文化大革命的風暴中，踏著沉重的步履一步一步走了過來。如今在悉尼白雲悠悠的藍天下，回顧前程舊夢，自是既興奮又感慨，自然而然將他深沉的情懷，傾注在這些作品之中。

經過大風大浪的水手，會加倍珍惜他在風平浪靜港灣中停泊的時光，尤其會珍惜在患難中、在無助的坎坷中結下的那份生死不渝的愛情、親情和友情。作者對與之含辛茹苦的老伴秋霞，對他的兒女，對他的老師譚達先博士，還有往昔患難與共的友人，著墨頗多，歌頌了愛情和親情，也為真摯的友情感恩。

尼采說過，「一切文學，余最愛以血書者」。作家寫作嘔心瀝血，讀者閱讀始能蕩氣迴腸。振鐸君的作品有引人入勝的可讀性，正因為他是以真情實感轉化為文字，以慧心慈願看待人間煙霞，這樣的作品，自有其文學的生命力，也會獲得讀者的喜愛。

（二零零三年九月十一日中秋節於悉尼靜園）

（發表於《澳華新文苑》第157期）

孟芳竹

▶孟芳竹攝於奧克蘭。

依舊聽風聽雨眠

　　孟芳竹，先聞其名，後見其人。可能因為是在高度的文學氛圍中相見，一見就在腦海裡固定了一個詩美的形象。

　　少女情懷都是詩。芳竹十七歲開始創作，那時是在她的出生地中國北方遼寧。從此詩心蕩漾，詩情流瀉，詩才迸發，寫下一行行美麗的詩句。第一本詩集《玫瑰冷飲》於一九九三年八月在瀋陽出版發行。在中國大陸，她的詩作曾獲得過市、省及國家的獎勵。一九九八年底移居紐西蘭後，寫出《把相思打開》。這本詩集於二零零一年三月由臺北的出版社出版，並很快地就在同年在台灣獲獎。

　　詩是她的生命，她的靈魂。她說：如果詩是為了營造家園而降臨人世的，我就是那個看守家園的癡心女人，連靈魂也滿是詩的碎銀。她的詩是唯美的，於是一下子便震動我那顆也崇尚唯美主義的心靈。

　　當然不只我一個。

　　例如若缺，前南開大學教授。他多麼細緻而又動情地為我們展示芳竹情有獨鍾的詩境啊！順便說，我

▲孟芳竹攝於雲南麗江古城。

是第一次見到孟芳竹的那年第一次見到若缺本人。但是，幾十年前，準確說是上個世紀的一九六四年，我已知其人。他一個中文系的教師成功地娶了外文系我班上出眾的學習委員——這個開風氣之先、近乎英雄美人的故事後來一直是老校友中的美談。

又記得二零零二年十二月初，離第七屆國際詩人筆會大會在南京召開只有兩個多星期，我把評論芳竹詩集的文章「她把今生的相思一一打開」傳給筆會主席犁青先生，而犁青先生立時——竟然還來得及——把它收進於大會開幕同日（二十三日）出版的筆會會刊《詩世界》，並對我說，快把紐西蘭那位孟芳竹小姐請來！

孟芳竹第二年出席國際詩人筆會大會，是第八屆，在珠海召開。這位經驗豐富的電台節目主持人，在許多活動中，就像一隻美麗的蝴蝶，引人注目……

又過了差不多三年，芳竹有一次來信，說她很喜歡我那篇評論，而且是這樣的喜歡：「我都不敢多看，看了會心痛，或許，我們都是內心太柔軟的人吧。」

美麗是緣

在那最亮的一束火上安放心情
以一種步履踏響水的聲音
愛情的聲音　當年的聲音

想你如何牽我的手躍過清晨的微雨
讓我的美麗一寸寸綻放愛情
讓每一粒細小的塵土開滿花朵
那一刻　讓所有年輕或老去的
回到我多夢的枕邊
在落花的燈盞下
梳理你如歌的名字
許多心情的小鳥就這樣飛翔成幸福的姿態
當我趕著青春的馬車
從你遙遠的心中駛出
在明淨嘹亮的天空下
用什麼樣的感動渡過比時間更長的日子

而我一直相信
在通往愛情的小徑
必有流水輕繞

1
6
2

它通往美麗和緣分

以及你我白玉的心靈

（發表於《澳華新文苑》第15期）

孟芳竹

千種風情

孟芳竹

依舊聽風聽雨眠

你款款而行的樣子讓人心動
如雪片飄搖一些想像
在我的面前純潔著美好
輕歌　淺唱　清晨和傍晚
兩朵不同節令的花
有你的地方就有因你而生的夢境
秋千　月亮　一隻短笛
塵埃落地　月亮從海面升起
一扇窗推開過許多心情

你古典的情意從南山悠然而來
純銀的腳鐲撞開滿山的花朵

每一步都照亮一些日子
每一步都有些夜晚開始飛翔
那些藍色的記憶　流淌的音樂
在霧散之前　在鐘響之後
你擺動的身姿生長在春風的枝頭
我的孤獨是一隻低飛的小鳥
從一顆星到另一顆星

橄欖枝翻讀讚美的詩篇

你顧盼的眼神明媚了千種風情

這是一生的邀約　一生的迷惑

（發表於《澳華新文苑》第15期）

臨風說愛

孟芳竹

沒有什麼比風走得更輕
比你的微笑更迷漓
當秋天的馬車疾馳而來
我鋪開溫柔的紙
挽留一張芬芳的玫瑰的臉

一個相似的夜和許多相似的牙痛
我聽見相思在清白的身體裡奔跑
取出一些露珠　幾莖草葉
和一縷細小的靈魂
我想知道那曾經的歲月在哪裡

是不是你曾擁有過的那種氣息
留在四季水邊的舞蹈
西風相送時的一巷月光
還是你一直保有舊日子的美好馥鬱

說過了一些人去了　就永遠地去了
一些碎了的也成了別的什麼
相思的花園一閃就過去了

我用怎樣的言辭纔能感動你

賜我以風吧
吹散一些夢　吹暖那遲放的花朵
當懷抱的清晨臨風而開
讓我說出使我一病多年的那句話

（發表於《澳華新文苑》第15期）

孟芳竹

月下聽竹

孟芳竹

在月光下滋生出來的竹

和別的竹一樣

永生的顏色

無數幻像的旗幟

靜默而孤獨的靈魂

披掛著銀色的葉片

河流在腳下蜿蜒著殘夢

一雙手緊握著西風相送的調子

溫熱的淚敲打著月光

茫然地站立

茫然地注視

徒增的懷念埋在深深的歲月裡

一樣的小樓明月

一樣的竹影搖拽

蒼涼的蕭聲啊

流淌不盡疼痛的命運

因為愛了　　所以傷了

因為傷著　　所以還將愛著

（發表於《澳華新文苑》第32期）

黃玫瑰

孟芳竹

琴弦與短笛的和聲讓你
在一朵花裡看見月亮
那夢的水晶和少女的初戀

藏在一本黛色封面的書中
這美艷　透明的花朵
羸弱得像一聲道別

追憶往事的夜晚
這水中傾訴如斯的花朵
像一顆小小的詩歌的頭顱

我心中最多情的花朵
你嬌弱的身姿　相思了多久
在我觸摸的一瞬　一病不起

（發表於《澳華新文苑》第32期）

雨夜丁香

孟芳竹

站立成一種情感
　　　一種期待
一種揮也不去的雨夜情節

停留在時間深處
以我百年芬芳的樣子
等待你的籠罩像層層的雨霧
密密的穿透我無比的脆弱
今夜　是什麼使我安靜地開放
在時間的那端　淌盡情淚

讓我擁有你的溫情
把夜雨隔開
在你晴朗的手掌上寫下
從前的從前　以後的以後
和今夜雨水的柔情

（發表於《澳華新文苑》第32期）

午夜花園

孟芳竹

孟芳竹

我該不該這樣生活
白天是一盞燈
夜晚是一座花園
我飲用的水流著蜜糖的芬芳

想那些從土地裡生長出來的
樹木　花朵是不是和我一樣
有著浸過淚水的沉甸甸的心情
平凡的日子樸素走過
好久了　我就這樣
在燈下寫字
留連在午夜的花園
看那些美好的事物
一一地走過我　不留痕跡

多少次　我都在想
要不要走出那片繁華
花開花落　自生自滅的景像
想我那無辜而羞怯的面容
將如何面對那漫如長夜的猶豫和緘默

海水在山的那一邊喃喃低語

思想的白馬飛行在天上

一陣風便催眠了這夜

我又是那迷途不返的人了

（發表於《澳華新文苑》第45期）

依舊聽風聽雨眠

往事無邊

孟芳竹

月亮升起來時
往事就搖漾成一片銀亮亮的水了
一隻蘆笛吹出的音符飄飄渺渺
觸摸往事的手指溫柔地開出一朵朵梅花

像從一首古詩中走出　翻讀更古的韻律
想像不出從前的迷霧有怎樣的風將它吹散
那水中的植物兀自地抒著情
讓我柔軟地走進多年以前的感動

往事的河水一塵不染　藍了又藍
回望的目光蟬翼一樣晶瑩而閃亮
那渴望歌唱的心情依然燦若菊花
讓我不忍錯過每一個多情的秋天

一再地涉水不歸　一再地滑動記憶的槳
內心火熱的部份從未熄滅
我想知道　那最初邂逅的少年
是否還是一隻不繫的舟子

（發表於《澳華新文苑》第45期）

今夜　讓我在懷念中睡去

孟芳竹

從白天到黑夜的腳步越來越慢
我看見星辰從大河的一端升起
之後　那河就莫名的憂鬱了
櫓聲搖過片片帆影
跳動的漁火遙望隔岸的景致

在不曾告別的歲月裡
有誰穿著想像的衣裳
挽留我在離愛情不遠的地方
深情的痛哭與相擁
哪一種情境更接近別離
那伸出右手搭救於你
又用左手與你道別的人
為什麼會在音樂的水面遁逝
那雨絲一樣的戀情又遺落了哪裡

不可預言的未來和沒有結局的故事
都晾曬在回憶的窗口
躲在花朵深處悲傷的根莖
走不出來自土地的探尋

今夜　一首老歌鍍亮了天空
請讓我在懷念中睡去

孟芳竹

飄流的午後

孟芳竹

午後　我看見生長出來的清草
那寒意的掙紮　那愛戀的狂想
那處女般閃亮的綠
那張開的與命運有關的希望

在這片漂移的土地上
無數相似的面孔不曾相識
當我藉著河流將過往相送
你又會向誰傾吐心聲

是什麼　從前如何　將來怎樣
生命長得只是一瞬
世界大得只是一步之遙
而走不出的卻是一寸目光

太陽駕馭著光輝的車輪
循環著不變的路徑
而我們連同這漂流的午後
將永不再來

（發表於《澳華新文苑》第445期）

九月，憂傷的相思

孟芳竹

一次揮手便放逐了一生
一滴淚便陰霾了九月天
是什麼
給月光塗抹了顏色
給花影賦予了命運

又高又遠的天空
明亮亮佈滿憂鬱的言辭
我隱隱地聽到一種聲音
遠隔千山萬水地奔走
並將落葉寫進思念的脈絡

從清晨的鳥啼到日落的回眸
我無言傾訴　心頭長滿清苔
在流淚的地方跳支舞吧
每一次旋轉都歷盡纏綿
每一次跳躍都有星光隕落

從離別到更遠的相思
我忍耐著眼裡的痛

胸中洶湧著的淚
在滾滾而來的時間裡
感受著它嘶啞的痛

（發表於《澳華新文苑》第76期）

依舊聽風聽雨眠

穿越聖歌的蝴蝶

孟芳竹

夢的開始僅僅是一次飛翔

在死亡與重生的縫隙

在水晶與箴言的恩澤裡

不要說　翼翅收攏就是前世今生

不要說　時間的褶皺裡都是懷念和淚水

那是行走於天空的晴朗的願望

不要問　天空不在了　飛翔是否還在

不要問　生命不在了　愛是否還在

當晚禱的鐘聲彌漫著深秋的黃昏

當黃昏的晚唱搖動樹的指尖

她是那樣輕輕地銜去我靈魂的葉片

擺放在月光的深處並被清輝覆蓋

有誰會在睡眠中清醒地眺望

唯一的燈盞籠罩著聖靈的肅穆

在接近天堂的地方　暖意而祥和的風裡

鴿子像嬰兒的笑聲潔白地落下

這時　黑夜散去　歌聲響起

我翩然的身姿一路追趕靈魂

仙瘦的孤獨披著千年的長髮

坐在大地隱沒的邊緣　放聲長嘆

是什麼在天地間貫穿

是什麼在血脈中穿行

又是什麼使那些佈滿傷痕的土地也佈滿鮮花

我從盛產憂鬱和詩的東方而來

在尋找道路時　被道路所迷失

在尋找命運時　被命運所放逐

而在一針一線紡織一首挽歌時

又刺痛了孕育思想和雪的故鄉

（發表於《澳華新文苑》第76期）

依舊聽風聽雨眠

離秋天不遠的傾訴

離秋天近了，我需要靜下心來
草葉的心情一點點黯去　並將被風帶得更遠
想起你在的那些日子
明媚如花的笑容
有一種快樂純淨地行走

好想念你呀，季節卻遠隔著一場雪
多麼猶豫遲疑的秋　燕子也將飛去了
疼痛而幸福的悲傷紛紛墜落
落到秋霜　落到無聲
只是更加想念你，在一萬次地想念之後

眼看秋天就要來了
我疲憊的心徘徊得太久
那些怒放的玫瑰一點點老去
這樣的季節和心碎相距多遠
那些清涼的淚又是怎樣洶湧在路上

（發表於《澳華新文苑》第144期）

夜雪如歌

孟芳竹

白色的絲綢　舞出晶亮的火焰
漫不經心的雪　花開著清明的世界
將歌聲含在口中　用身體去傳唱
這是我鐘情的年輕而又衰老的雪
孱弱而執著的抒情像詩歌的源頭
我用光陰數著下雪的日子

雪花一朵朵落下　優柔的夜輕輕上升
這是童話故園裡始終的夢境
亙古的憂傷　更深的懷念
以及落雪一樣輕柔的嘆息
這樣的情景離天堂有多遠
我並不曾牽誰的手　山崗卻已在腳下
無羽的靈魂綴滿精靈的蝶雪
幸福地擁有並被冷冷地灼傷
雪粒懸掛在睫毛上折射著月光
她的容顏一閃便滿是水意
銀亮亮的虔誠在天也在地

（發表於《澳華新文苑》第144期）

記憶的雪

孟芳竹

臨走的時候我的身後是一場雪
每一片飄落的雪就像心情的小鳥
濕潤且美麗著
把一顆紅果留在那場雪
雪的這邊是陽光
雪的那邊是寄生相思的土地
收割過金黃的糧食
寫滿祖先叮嚀的話語

我是在那場雪後上路的
歸期是無法選擇的詞彙
遠方在一杯青稞酒裡醉了方向
夜夜都會在一封家書裡跌倒
經過三年的春天
我知道生命中有一種東西細水長流
知道那纏綿清瘦和想念著的是誰
也知道那在心底落了又落的是什麼

其實我能看見的風景並不遠
傷心的事也從未更改

也總會在一個人的時候

不由自主地哼唱童年的歌謠

只是離故鄉遠了

雪只有飄落在夢裡

聽著那簌簌的聲音溫暖地響在耳邊

心裡便有了些難言的安慰

（發表於澳華新文苑第229期）

停留在蒼秋的邊緣

孟芳竹

（一）

我懷著怎樣抑鬱的心情，停留在十月的風中。用長髮遮掩潮濕的面孔，說哀愁與否，獨對一種思念。

日子就這樣一天天過去了，遙遠的呼蘭河水靜靜地流淌著逝者的魂歌。河面上綴滿天空金黃的落葉，流也不去的卻是一種蒼涼，使我依然能感覺到河水在我心頭輕輕地流漾。

還記得你走遠的那個午後嗎？那個北方邊陲一個陌生的午後，一個節氣微寒的午後，一個讓我欲哭不能的午後，揮揮手你就走遠了。

我們相識是如此的相知，如此的投緣又如此無緣。更深的秋意吞噬了你的背影，使我漸生迷亂的情感找不出來路與去路。

如此徒勞地呼喚你的名字在漫長的白天和黑夜，用我羸弱的心、暗啞的喉嚨為你愁緒而歌。

冥冥中感知你落寞孤寂的身影，讀你凝眸時漆黑的眼神以及眼神裏的夢幻。我知道在某個不眠之夜，你一定剪影在無語的燈下承接我思念的蝶雨，表情溫柔祥和。

沒有了你輕聲的呵護，我的心便空落落了，還是原本我的心就是茫茫然？

（二）

秋天漸漸深了，秋雨兀自淋濕我風中的長髮。

該躲在怎樣的夢裏尋一種緣，該怎樣在陽光下行走忘記一種生活。

也許我真的不該去那座小城，不該在碰杯對飲時，飲下惆悵，飲下淚光，讓我久久地去感受心靈。

常說，人的痛苦來源於記憶。讓我埋葬關於你的回憶，這又分明是一種不能夠。

北方的秋夜，天很冷，星很寒，我如此心甘情願躲在沒有生息沒有陽光的小屋裏，守著一部暗紅色的電話機，期待的腳步在時間中輕輕走動。當聽筒裏傳來綿綿的呼喚，你那清爽高貴的聲音足以使我神情古典，柔情似水了。你的真誠，你的善良讓我怯意孤寒的心充滿歉意和感激。

蓮花燈映照的日子裏，縱然我擁有青鳥般飛行的翅膀，卻不知該掠過哪一片藍天，停靠在哪一扇門楣下，等待你輕輕開啟。

你走得太遠了。

獨自放舟於海上，揮舞著紅帆爍爍前行，到很遠的南方去了。

讓我隨海妖柔曼的歌聲祝福你。

讓海鷗翩然的舞蹈化去你一路風塵。

你將佇立成隔岸的一株菩提，在一片風景中昭示神靈。

（三）

思念潮汐一樣漫上心頭，我們輕聲細語的早晨在哪裡？

繁華現代的都市裡，你會透過燦爛的霓虹燈注視那一顆星星，晶瑩我莫名的憂傷嗎？

在我的案頭定格著一幅晚秋的風景，蒼茫中，那空中飄舞的黃葉和大地上滾動的葉片都象黃蝶一樣充滿靈性，讓我的內心油升一種情愛。

不知道人類的愛戀是不是也經歷著四季。春日有愛，秋日有緣。在經歷的幾種戀愛中流盡心痛，為一種夢想付出我們蹀血的情感。

愛是不需要被驗證的童話。

當我再一次站在原野，站在沒有流雲的天空下守望遠方，依然可以看見天空有鳥兒飛過的痕跡。

依然可以聽見遠處湖水輕輕泊動的聲音。

遙遠的一片寧靜

遙遠的一種溫情

常常感謝你留給我的那份關懷，讓我容顏安詳地躲在更深的秋天，想念你。

（四）

你真的走遠了，走回你遙遠的家了。我怎樣才能感知你繁忙的姿態安睡的模樣以及信步穿過亞熱帶風景時的一種妙不可言。

在寂寞長長的夜裏，我又一次回憶起你注視我的樣子和往日柔情的笑意。

夜深了，寒意慢慢地湧向我。我已搖著月亮船負載著我們的情感停留在蒼秋的邊緣。用我年輕的美麗和眼睫一樣輕盈的微笑裝飾你傷感至深的容顏。

今夜無歌，思念是流向遙遠的水了，濕濕地觸動我一下又一下。很想握你冰涼的手指，並讓我一一吻暖，讓心花一瓣瓣綻放。今夜你就這樣安睡吧。

　　我要獨自前行，穿過冬天白茫茫的冰河，穿過滴血的梅花林。化作三月的蝶吻在細小的草尖，等你在前行的路上。

　　而你，一定要在秋天的另一個路口等我。

　　蒼天在上，神靈恩澤無邊保佑你。

　　不要生病

　　不要老去

（發表於澳華新文苑第229期）

依舊聽風聽雨眠

她把今生的相思一一打開

──讀孟芳竹詩集《把相思打開》

何與懷

一

聽說海那邊來了一位懷有絕妙詩情的才女，那晚不經意遇上了。

緣因參加大洋洲華文作家協會第二屆年會以及華文文學研討會，我回到故地紐西蘭的奧克蘭市。白天開了一整天會，大家似乎興猶未了，傍晚時分，在酒店走廊說話。兩位女子迎面而來，竟主動向我打招呼。一位是陳甡圓小姐，墨爾本代表。另一位自我介紹：孟芳竹，本地的，特來參加研討會。她手上拿著一本粉紅色的書，她新出版的詩集，遞給我看，書名就那麼情意纏綿：《把相思打開》。她說要送我一本。也許白天會上我比較活躍，她看來對我印象不錯，這使我心裡很是發慌，發覺自己形如欺騙。

過了一段時間，我早已回到悉尼，孟芳竹送來伊妹兒，說：好久沒有聯絡了，並不是無話可說，因為學習還沒有結束，現在是假期。也不知我郵寄給您的書是否收到？看過之後有何感想？還望前輩您能夠多多指正和幫助。先謝謝您。最近也寫了一些詩歌，並創作了幾首歌詞。不多聊了，擔心您收不到我的中文郵件。送上一千個祝福！！！！！她言詞懇切，我可不敢當。但她楚楚動人的樣子，我是看見的。

書終於收到了。我急切切翻看，又細細回味。她對我說：世界其實是一本書，人生終究離不開緣。我對她說：我會仔細欣賞你詩句的美麗與情意，看你在風花雪月之中，把相思一一打開。

二

起風了，第一枚的落葉是秋天的一滴淚。她走在異鄉的街頭，感受風中繾綣著的一份不捨的柔情。易感的心竟像天邊舒卷的雲朵，飄過那片海、那座山，回到那年，那月⋯⋯

天一點一點地暗下去，地卻一點一點地亮起來。雪夜。她在北方的城市踏雪而行。曾經有過的那一個時辰，一切都在雪之下寧靜悠遠著。她置身於茫茫天地間，聽有一種祈禱，溫暖、祝福的聲音縈繞著她⋯⋯

月亮升起來了，又亮又憂傷的樣子讓人心醉。那麼多碎銀一樣的月光散落在心頭，讓她喜極而泣，對月焚香。她是一個喜歡在月下說心事的女人，等待有緣的人和她的靈魂相約⋯⋯

花開了，滿山的花朵是春天的嫁衣。那像春風一樣年輕，像花朵一樣輕盈的心事，裝點著有夢的季節。一枚被風遺棄的石子破碎了那樣的情景，於是，她的筆下冒出了一行行美妙的詩句⋯⋯

風花雪月，春夏秋冬，南洲北國，季節走動。自然非常奇妙。在北半球的北方飄雪的季節，南半球蔚藍色的海岸邊可以看到旖旎的風光濃縮成一顆聖誕紅。人事也難以捉摸。越是孤獨，越生思念，不能自拔，猶如淹沒在無底的黑夜裡。常常地，她相思的心情氾濫成一種鬱鬱的情緒。她跌入記憶的迴廊。她要在夜的最深處觸摸無盡的慈愛的往事和那些有緣的朋友重逢。這個時

候，詩成了她生命中不可或缺的慰藉，每一首詩都是一次精神的涅槃。

就這樣，她在風花雪月之中，把今生的相思一一打開。

三

觸景生情，以物託情，於多情的她，是自然而然的事。因為心裏充滿愛，所見所思的都是愛。正是「以我觀物，故物皆著我之色彩」。雨夜丁香，在她眼裏：站立成一種情感／一種期待／一種揮也不去的雨夜情節。

她繼續這樣描畫她眼裏看到或不如說她心中所想到的雨夜丁香：

停留在時間深處
以我百年芬芳的樣子
等待你的籠罩像層層的雨霧
密密的穿透我無比的脆弱
今夜　是什麼使我安靜地開放
在時間的那端　淌盡情淚

讓我擁有你的溫情
把夜雨隔開
在你晴朗的手掌上寫下
從前的從前　以後的以後
和今夜雨水的柔情（「雨夜丁香」）

她這樣描畫黃玫瑰，她心中最多情的花朵：你嬌弱的身姿相思了多久／在我觸摸的一瞬一病不起（「黃玫瑰」）。

她這樣描寫雪的煙花，或者是以雪的煙花寄情她的愛戀：

> 失音的粉蝶　桂樹的天堂
> 比花語更輕　比寂寞更美
> 我九死一生的愛戀呵
> 比天地更蒼茫
> 灰色的身影　冷艷的唇
> 我傾訴的話語一朵朵落下（「雪的煙花」）

雪飄來了，她的心卻躲閃不及，於是：覆蓋的是記憶蘇醒的是靈魂／多麼深的季節呵河流靜靜地睡去（同上）。

當她從六月遠道而來，她發現：花事已是夢中的花了／而葉子還懸掛至今／在不歸的遠途上／寫下一行行淒美的黃昏（「二月是靜止的河流」）。

孟芳竹的詩，字字珠璣，佳句如雲，隨手可得，美不勝收。如：看黃昏一步步深入夜色／看失眠的月光敲打生長的故事（「黃昏星和等待的夜晚」）；如：當夜晚放牧著群星（「祈禱詞」）；如：相戀是不是命定千年的一次花開（「春暖花開」）；如：我在佈置好的夜色裡幸福守望（「你是我久等的情人了」），如：一曲蕭聲便可點亮所有的夜晚（「永恆之約」）；如：一陣風便催眠了這夜／我又是那迷途不返的人了（「午夜花園」）；如：浪子的深情與緘默／就是那一陣難眠的

月光（「梅花去了」）；如：月亮升起來時／往事就搖漾成一片銀亮亮的水了（「往事無邊」）。

她的詩處處洋溢著豐富的人生體驗。令人驚訝的是，於她，這似乎和年齡無關。除上面所引的外，再如：從白天到黑夜的腳步越來越慢／我看見星辰從大河的一端升起／之後　那河就莫名的憂鬱了（「今夜　讓我在懷念中睡去」）。

又如：不可預言的未來和沒有結局的故事／都晾曬在回憶的窗口（同上）。

又如：遠方在一杯青稞酒裡醉了方向／夜夜都會在一封家書裡跌倒（「記憶的雪」）。

又如：那一刻　讓所有年輕或老去的／回到我多夢的枕邊／在落花的燈盞下／梳理你如歌的名字（「美麗是緣」）。

這些人生體驗迸發出哲理的閃光，使人長久地回味。例如，這是月下聽竹的感受：

一樣的小樓明月

一樣的竹影搖曳

蒼涼的蕭聲啊

流淌不盡疼痛的命運

因為愛了　所以傷了

因為傷著　所以還將愛著（「月下聽竹」）

關於生命、世界和人的局限，這是哲學家、社會學家討論不休的話題，她只以短短的三句詩，竟然就闡釋得很清楚了：生命長得只是一瞬／世界大得只是一步之遙／而走不出的卻是一寸目光（「漂流的午後」）。

又如：是否那些最美的事物／總會急速地跌進記憶（「紫玫瑰」）。

又如「傾聽秋天」這首詩，以女性所特有的細膩、敏銳，寫盡了一種難以形狀又分明揮之不去的秋天的氣息、秋天的心境。古今中外有多少描寫秋天的佳作，而這首詩我相信也可以列入其中。請傾聽她的秋天：

> 此刻　那憂柔的聲音散落於
> 充滿落花的蕭瑟
> 充滿黃昏的晚禱
> 充滿內心的水意和遲疑
> 在說與不說的瞬間
> 我曖昧的眼神將你一閃掠過
>
> 這是怎樣的節氣
> 使我的聲音忽明忽暗
> 讓我牽掛的心落下或者上升
> 讓我的故鄉在一縷炊煙中風景如畫
> 而一種記憶梳理著碧綠的河水
> 讓我前行不得　後退不能
> 多麼不經意的日子
> 綴滿微睡的手指
>
> 靈魂靜泊的蝴蝶
> 無法說清的內心
> 將話語掛滿枝頭
> 聽　那走過春夏的幻念

是不是還在一路奔跑

那遠途的信鴿

　苦戀的舟子

都有著怎樣千年不老的傳說

而我嘹亮的哨音要變成一片的哨音

讓遠行的人們聽見　幸福地哭泣

秋天已經上路了

請等一等　等一等

讓我們穿過季節像穿過豐滿的人生

聽　誰在呼喚

讓我們走向要去的地方

那幽藍幽藍的聲音像一盞燈

　　孟芳竹的詩實在太美。我不必再談論她用字的講究、精美，不必再談論她的想象，她的隱喻，她的意境，不必再多引用她的詩句，因為除非把全書抄下，是談不完的。她唯美主義的詩，像評論家所說，如雨後閃亮繁星，如出岫飄逸山霧，如春寒迎風新枝，美得令人意外，美得令人悸動。纏綿婉約的詩句傾訴著未寄的相思與惆悵，也有風鈴搖曳般的美好和祝福。讀她的詩，麻木的會變得敏感起來，庸俗的會變得優雅起來，無情的會變得多情起來。對這樣的詩，我想我只能拜服，只能欣賞，而不能、也不忍心把詩句如同把芬芳鮮麗的玫瑰花瓣分解。鍾嶸說：「使味之者無極，聞之者動心，是詩之至也。」我讀孟芳竹的詩，常有某種移情的感覺。

　　你我所有有緣人，都可共同享用孟芳竹這本一百四十頁的詩集裡的六十首詩。也如論者所說，人世間，有一種稀品，稱為才

女。孟芳竹便堪稱這樣一個才女。而一個人，特別是一個男人，一生只要碰上一個這種才女，他的生命便會忽然柳暗花明、脫胎換骨、自成格局、從此自覺不虛此生。這好比一個普通庭院，一旦長出芳香綠竹之後，便滿園生動，清雅脫俗了。或者，更如她詩裡所說，她——

顧盼的眼神明媚了千種風情

這是一生的邀約　一生的迷惑（「千種風情」）。

《把相思打開》這本詩集中，不少篇章是情詩。少女情懷總是詩。她的愛情從春天走來，哭也動人，笑也繽紛。她說：

賜我以風吧

吹散一些夢　吹暖那遲放的花朵

當懷抱的清晨臨風而開

讓我說出使我一病多年的那句話（「臨風說愛」）

無限柔情，情深意切，純潔冰清。這是年輕的愛情的記憶：

當節日的玫瑰在手掌上開放

我柔軟的心被一疊露水淋濕

你無聲無息的影子便幽藍在記憶裡

……………

我無法想像

春天的雨水是怎樣
浸透我們年輕的愛情
有謠曲漾過月亮船的夜晚
那從風的中間吹過的是
我美麗千遍的容顏（「從風的中間吹過」）

相思苦。心裡相思有誰知？她感嘆：

幾千種的相思／幾千次的愁腸百轉／和月亮一起守候夜夜的潮水／而愛情的花樹卻不曾盛開（「心塵舊事」）。

十年一夢，那夢夜夜重疊。她以多重的意像，透露她相思的心境：

不要說這夜只有雨了
還有我在心事的簷下
細聽雨落殘荷

落寞的紅　玲瓏的淚
一脈水流載著夜行的船
一隻單漿搖動著相思

遠離夢巷的愛情也遠離了天色
一壺陳酒溫了又溫
醉了的卻只有那滿窗的傾訴

冷冷地從夢中醒來
雨水回望著茫茫人世
迢迢相思有著水一樣的蒼涼（「相思迢迢」）

愛情至堅，便不問此是緣還是劫：

> 從星際的邊緣我看到你夢的睫羽
> 飄逸如朗月的身姿　清清白白
> 你的盟約是北去南來的雁陣
> 歲歲年年飛翔成一種祈盼
> ……………………
>
> 是不是地越老　天越長
> 最深情的傾訴是最無言的守望
> 與我永恆相約的有情人
> 不要問　此生是緣還是劫（「永恆之約」）

這位充滿無私愛情、又為愛情所煎熬的女人，只願奉獻，只願犧牲。對於他，她懷著這樣的感覺：心酸處風依然拂過你的八月／我依然是你故鄉一樣溫暖的女人／是你生命中的最後一杯酒／在你啜飲時聽到／我一生都未停止的疼痛（「聲音的飛翔」）。

這是她愛的誓言：

> 你魅人的靈魂和脆弱的心
> 是夕陽裡脈脈相守的一株木棉
> 我請求　黛藍的夜色只在遠處
> 你呈現給我你摺疊的故事
>
> 別說　太多的遺憾無法彌補

別說　滄桑已過就不想擁有

別說　話別天涯就不再重逢

在我寫給你的詩裡

有太多愛情的靈感

別遲疑　把手伸給我吧

讓世界上最清柔的風

吹過我也吹過你

然後化我成水　成淚

在風中閃亮　只感動你（「風之淚」）

五

　　也許她相思對象真有其人？如果是，他真是天地間最有福的人了。我忽然想起一百五十年前英國文壇一段令人萬分讚嘆的韻事，那就是伊麗莎白·巴雷特（Elizabeth Barrett）與羅伯特·勃朗寧（Robert Browning）這兩位詩人的愛情。在他們相愛期間，巴雷特瞞住勃朗寧，將隱藏心底的萬縷情思，透過細緻婉轉的筆觸，偷偷地寫成了四十四首十四行詩。這四十四首看得出有連續性的抒情短詩，就像一條愛情之溪，在輕輕地流淌，在輕輕地歌唱，那麼清新，那麼甘甜，那麼感人肺腑！小溪所至，是整個宇宙，其間有幽谷，有苦海，有陣雨，有陽光，有濃蔭，有燭影，有山巒橫梗，有百合聖潔，有墳地的濕霧，有天堂的露珠，過去和未來，生命以及死亡，仿佛一切之所以存在，都是為了解釋她這純真的感情。

　　臨近收穫的時刻，巴雷特對自己的愛情進行了一次總的估量，結果她發現：

我是多麼愛你？讓我算算看。

我愛你的程度，其高其深和其寬

只要我的心靈能觸及，當我尋探

那看不見的神韻和風範。

我愛你有如每日最渴需的恬靜的時間

無論是麗日當空的白晝或是燭光搖洩的夜晚。

我愛你宛如人們維護正義而努力，奮不顧身；

我愛你宛如人們避諱別人的讚譽，潔白純真。

我愛你，用我舊愁裡的熱情

和孩童時代的忠誠。

我愛你用那似已隨仙逝的親人

失去的愛，──我愛你用我一生

所有的呼吸、微笑和眼淚！──而且

只要上帝諭令，我愛你在死後只有更深。（劉巍思譯）

　　當代中文新詩和英文十四行詩的形式非常不同，中國文化和英國文化也千差萬別，我不想把孟芳竹和伊麗莎白‧巴雷特作太多相比（現實裡她們確有太多的不同），但孟芳竹詩裡所表現出來的愛情的真摯、奉獻有如巴雷特；在藝術上，她的詩集《把相思打開》也和巴雷特的情詩一樣，都能分別在中英詩壇上佔據某個位置。

六

　　孟芳竹，出生在中國北方，一九九八年底移居紐西蘭。她原是遼寧人民廣播電臺記者、節目主持人，現為紐西蘭中文電臺節目主持人、紐西蘭華文作家協會會員。她十七歲開始創作，從此

詩心蕩漾，詩情流瀉，詩才迸發，寫下一行行美麗的詩句。在大陸她的詩作曾獲得過市、省及國家的獎勵。《把相思打開》這本詩集前年在臺灣出版（臺北漢藝色研文化事業有限公司出版），很快地就在同年在臺灣獲獎。詩是她的生命，她的靈魂。她說：「如果詩是為了營造家園而降臨人世的，我就是那個看守家園的癡心女人，連靈魂也滿是詩的碎銀。」

對這位癡心女人，我能說什麼呢？我只能對她說：不要說

日影西斜　樹木疲倦地傾聽
泣不成聲的往事越走越遠
於燈下　我一針一針地縫補時光
纔發現　我在以憂傷的速度老去（「微涼的九月」）

「落木千山天遠大，澄江一道月分明。」詩才不滅，詩心不老。時光無情，時光也有情。時光將會讓她更有收成，她的詩章將更為綺麗，更有內涵，更加成熟，更使人愛不釋手。衷心祝願孟芳竹詩情與美麗天長地久，相映生輝！這樣，我們這個大千世界便多一份美好，我們芸芸眾生對美便多得一份享受。

（發表於澳華新文苑第229-230期）

走近芳竹秋天的詩（讀詩筆記之一）

若　缺

　　我吟誦著「起風了，第一枚的落葉是秋天的一滴淚」的詩句，逐漸走近芳竹詩歌的境界。

　　芳竹的詩是來自她心靈的涓涓流水。

　　當她的詩句流淌到心田你會心醉，會被那憂傷的芬芳、期盼與持守的真情所震撼；芳竹的詩不是「大江東去」的「豪放」，卻有著從她厚重心底裏叩問蒼天、大地，傾訴靈魂心曲的委婉與細膩。讀芳竹秋天的詩，讓我想起中國詩歌史上第一篇悲秋賦《九辯》的開篇：「悲哉！秋之為氣也。蕭瑟兮，草木搖落而變衰。」宋玉賦的這個開篇，歷來被人稱頌為「模寫秋意入神，千古言秋之祖」，因為呈現在讀者眼前的是那宇宙空間的整體氛圍，籠罩著「秋風蕭瑟」的一種宏大意境；芳竹的現代詩《風》中的「起風了」，「第一枚落葉」，「秋天的一滴淚」，表面上看，僅僅是寫了不能再局部的局部和瞬間，然而，令人讚歎的是詩人敏銳地捕捉到秋風起的「第一枚落葉」，更迸發出詩人感受到那是「秋天的一滴淚」，暫且不說她那不著痕迹的誇張與貼切比喻手法，就從寫得如此細膩，觀察如此細微，比如說詩歌的蘊涵是「悲」？是「喜」？都給讀者留下不同角度的思考、品味的空間和餘地，所以我說，從詩歌的風格而言，無論是「豪放」或是「婉約」，稱得起上乘的，總應該是令人震撼與耐人尋味的。

　　讀芳竹的詩，總覺得她對秋天的意象有著一份情有獨鍾的天然。當我讀她「一枚紅葉就覆蓋了山林」的時候，覺得美極了！玩味良久，體味到它絕不是簡單的漫山紅葉或者說是那紅葉遍山的一葉抒寫，而是作者心中動態的視覺想象和對秋天充滿喜悅之情的自然流露。我曾一遍遍搜尋，我曾一次次思索，詩人對秋天為什麼如此鍾情?!噢！原來如此！你仔細聽：「那渴望歌唱的心情依然燦若菊花／讓我不忍錯過每一個多情的秋天」（《往事無邊》）；「又是秋天了／寫滿祝福的葉子紛紛揚揚／我不知道撿拾哪一片／才會有你親愛的叮嚀／」「沿一莖葉脈走回故里／小小的樂器吹著懷舊的歌／那兒的人們在夢裏微笑著」（《親愛的，我們上路吧》）；「徒增的懷念埋在深深的歲月裏／一樣的小樓明月／一樣的竹影搖拽／蒼涼的蕭聲啊／流淌不盡疼痛的命運／因為愛了　所以傷了／因為傷著　所以還將愛著」（《月下聽竹》）在這些優美的意象和境界裏，我似乎找到了原因，或許說有了我「這一個」的頓悟與體味：原來自然界秋天的萬象已經融化為一種真正的詩人的審美意識，在芳竹的詩歌裏，更多的已不是客觀世界描摹，不是回答外在「客體」是什麼，而是超越了「主客」之分，進入到更高一個層次的「天人合一」的境界。我以為，在這詩的境界裏，蘊涵著詩人對生命中的缺憾與痛苦敞開心扉地傾訴，也浸透了在這潔淨、安謐的「多情的秋天」所給予她心靈上的慰藉！無論是從心底裏迸發出來的「鄉愁」（向往生命的安頓），還是在生命飄泊中對真情與愛的不捨的追尋，都可以在芳竹秋天的詩歌裏品味得淋漓盡致。「又是秋天了」，一個「又」字，詩人似乎唱出了僅僅是平淡，可在這平淡的詞語裏，隱秘了熱血沸騰期待的又一次來臨，因為「那渴望歌唱的心情依然燦若菊花」。那「燦若菊花」的歌聲，有的是「寫滿祝福的葉子紛紛揚揚／我不知道撿拾哪一片／才會有你親愛的叮嚀」——

尋覓愛的渴望與真誠；有的是「因為愛了　所以傷了／因為傷著　所以還將愛著」──對愛的執著，等等，讀者可以從中得出多層次的體認。芳竹的許多詩，你可以體察到她那沐浴在「山明水淨，數樹深紅」大自然懷抱中的「秋天」情結。

　　詩人的「秋天情結」，並非全然傳統詩歌中「何處合成愁，離人心上秋」的「悲秋」主題，更為主要的還是詩人對秋天的精魂──成熟與執著──的癡迷眷戀。從詩人淡淡的憂傷或沉痛的懷念、相思的詩思的抽繹中，完全可以體認出一種強烈的幻想憧憬和對生命成熟與成熟生命的企盼。「我聽見所有的玫瑰在歌唱／我是一個多情而又充滿幻想的女人」（《宇　看我剪一枚紙月亮》），也許這是詩人秋天的歌裏不僅是低沉的吟唱，更是傾訴韌性憧憬與幻想的最直白的聲音。再者我所以固執地確認她確把秋天大自然成熟的季節的喜悅，和自己追尋生命成熟的企盼恰如其分地融為一體，熔為一爐，還是從芳竹最近剛剛發表的兩首新作《九月，憂傷的相思》、《穿越聖歌的蝴蝶》得到啟示。

　　《九月，憂傷的相思》陡然開篇的詩句就令人震撼：「一次揮手便放逐了一生／一滴淚便陰霾了九月天」，在讀者的吟誦和品味過程中，可以意會到從語言到意蘊都有別於詩人過往那些緩緩細膩道來的憂傷淡淡的抒情。通讀全篇更可領會：正是詩中主人公自己情願地「放逐」了自身的「一生」，使自己成為一個遠遊飄泊的靈魂，去追尋心靈壁畫上心心相印的愛人，去固守和梳理埋藏在內心相思縷縷的情絲。這裏，我們更可以確信：在詩人抒發的「憂傷的相思」情思應該包容男女之間鍥而不捨的愛情，也應包容一份「仁者見仁，智者見智」的人間最美好、最可珍貴的情愫。而只有「生命成熟」才可能把這種美好情懷，錘煉提升到人的精神境界的高度；這一切又是通過詩人情有獨鍾的秋天意象淋漓盡致地展現在讀者面前。正因如此，當我讀到詩人：「從

離別到更遠的相思／我忍耐著眼裏的痛／胸中洶湧著的淚／在滾滾而來的時間裏／感受著它嘶啞的痛」這樣的詩句時，不僅感覺到沉甸甸的感情的厚重，更為詩人「在天地間貫穿」，「在血脈中穿行」，「尋找道路」，「尋找命運」（引自《穿越聖歌的蝴蝶》）的那份摯熱、執著和真情深深震撼與感動！

　　前人說「詩有可解、不可解、不必解，若水月鏡花，勿泥其迹可也」，我完全讚同。上面我所說數語絕非是對芳竹詩的解析，只是自己讀詩的一點體會，恐怕有話還要說，所以稱其「讀詩筆記之一」是也。

（發表於澳華新文苑第144期）

記憶的雪已成永恆
——讀芳竹冬雪詩

若　缺

每個人都有難忘而純真的年少記憶。

寒風刺骨，漫天飛舞的鵝毛大雪中，坐在雪橇板上從高坡上滑下的刺激；在那溫柔細無聲雪花的飄落裡溜冰場上飛馳的少年狂氣，永遠是自己一種難忘的人生記憶和欣慰！即便暮年來臨，它依然在你心靈扉頁上歷歷在目，一塵不染，清新可見。這是讀給你自己的詩，每個人都有這樣美麗的詩篇，從這個意義上說，我們每個人都是詩人。

可是，只有在真正的詩人眼睛與心靈的關照下，才可能發現和揭示自然美與力量的真諦，也才會賦予人與大自然心靈相通的神韻。那詩意化的言語就是詩人的眼光——那是令人溫馨、或令人震撼的眼光，不僅把人們生存世界詩意化地呈現，更會讓人們在詩人神工鬼斧的意象表達和意境構建中，或回味，或認定，或頓悟，或升華到一種精神境界藝術美的享受之中。把玩和品味芳竹「冬雪」的詩，就給了我這種享受。

讀芳竹詩集《把相思打開》十五首「冬雪」詩（外兩首），我浸泡在一股清澈的鄉戀清泉之中，更被那沉鬱淒婉的詩風所震撼！

我佩服詩人把人性中最基本形態的情感，撲捉得那麼細膩，那麼柔情，那麼真誠，那麼熱烈。請看《記憶的雪》開篇：

在臨走的時候我的身後是一場雪

每一片飄落的雪就像心情的小鳥

濕潤且美麗著

把一顆紅果留在那場雪

　　這裡每一詩句都清晰明白，可要讀懂它情感的蘊涵又並非是件易事！而且即便理解了，認知了，不同讀者，甚或相同讀者在不同感情際遇中也會產生不同的解碼！

　　初讀這首詩，在我腦海裡浮現出的是一幅鮮活的、跳躍著戀鄉生命情感的北國風光的畫面。

　　「情、景名為二，而實不可離。神於詩者，妙合無垠。巧者則有情中景，景中情。」在這幅圖畫裡，你可以想象出或許是抒情主人公──一位青春少女即將遠離家園，踏上尋夢征程的那一刻的真實心情；也許是多年以後海角天涯夢中流淚或溫馨的一刻。詩中那廣袤宇宙空間動感的「濕潤且美麗」的「每一片雪花」都化作詩人心中的「小鳥」，再形象不過地展示出主人公出走時的細膩而複雜的心緒；在這幅現代「離鄉圖」中，詩中更把留下的「那顆紅果」和漫天蓋地的大雪，形成了「雪白果紅」的色彩鮮明的對照。這裡顯然是一種並非生活真實的象徵的景物描寫，卻令人震撼，讓人產生遐想，可以斷定是：它委婉也鮮明地表達了詩人「這一個」不可替代的「鄉戀情結」。

　　「鄉戀」題材和主題在中國傳統優秀詩篇裡，實在是美不勝收。讀芳竹《記憶的雪》，令我想起南朝時期山水詩人謝朓的《晚登三山還望京邑》。在那首詩裡，是寫謝朓外地赴任，就要離開而尚未離開家鄉京師時，就泛起了難以遏止的鄉戀情思：「佳期悵何許，淚下如流霰。有情知望鄉，誰能鬒不變」，「佳期」者，歸期也，是說他尚未離開之際就濃烈地期盼歸來之時。

謝朓的詩是直抒胸臆地流淌出對家鄉的愛戀不捨，述說著離鄉的刻骨銘心的苦痛，按傳統的詩評這是現實主義的表現手法。它在情感抒發和表達手法上的特點是：直接抒情，奔迸出詩人「戀鄉」之情的深沉和厚重；那麼，芳竹詩裡「心情的小鳥」，「濕潤且美麗著」，「把一顆紅果留在那場雪」，在這系列的意象組合且構成的情與景的交融中，並不能一眼看穿，或直接與詩人的情感達成交流，然而它卻可以給讀者以充分的想象和品味的時空！當你梳理作者的情感——或者說詩中主人公的「真實心情」時，很難一下子說清楚——是寫出走時的喜悅？是對北國家鄉風雪的戀戀不捨？還是情感複雜的結合體？應該說，這些不同體認都有一定道理。可是，我卻覺察到了詩人自己靈魂深處無法須臾離開生身故土，又心懷理想踏上征程的那份矛盾心理，那是何等的又一種深沉與厚重啊！這種「戀鄉」情結，在芳竹的另一首詩《雪以及懷念》裡，倒有著詩人近似直接的迸發與傾訴，然而那已是經歷了「離恨恰如春草，更行更遠還生」歲月洗禮後的靈魂告白了：

> 讓我飛升到天際吧被雪喂養的孩子
> 將上天慈愛的花朵一一親吻
> 多麼美妙月光映著雪的舞姿
> 看歲月在風中吹拂疾馳
> 最美最澀的日子是日出和日落
> 鄉愁竟是那樣茫然而一觸即痛的愁
> 在淚的花朵裡將月光擦得亮亮

詩中那「茫然」而又「一觸即痛」的「鄉愁」，是與《記憶的雪》「心情的小鳥」一脈相承；然而在這裡，《記憶的雪》

中那蘊藏在字裡行間的歡快韻律已不復存在，取而代之的卻是一種沉鬱鬱的，經歷了歲月滄桑後的「心思不能言，腸中車輪轉」從心底裡抽絲出來的對故園的思念──那思念是痛楚，是無法平靜，更是無時無刻。詩人在這裡所描繪出來的，是一種令人震撼又淒美的、以樂境寫哀情的情景交融──「飛升天際」「被雪喂養的孩子」；「親吻上天慈愛的花朵」；「月光映著美妙的雪的舞姿」，何等浪漫想象和誇張的歡快與美的世界！然而就是這位被上天關愛的，「被雪喂養的孩子」內心世界卻承擔著載不動的思念與痛楚。「最美最澀的日子是日出日落」──在這看似平淡，直白，然而卻精煉的語言裡，在這「最美」、「最澀」和「日出」、「日落」的對稱符號組合裡，我們聆聽到了詩人發自心底無法化解的「鄉愁」，蘊涵著人類情感中最本質的一種期待─破滅─期待，那種無止境重復的肝腸寸斷的悲痛！古人云：意貴透徹，不可隔靴搔癢；語貴灑脫，不可拖泥帶水。詩人的意深詞淺的語言駕馭能力，來源於對生活敏銳的眼光和體驗！

「人必先有芬芳悱惻之懷，而後有沉鬱頓挫之作」，也許真的是因為詩人來自北國那份天然深沉的故園之情，加之以女性詩人所獨特的委婉細膩觀察的敏感，使芳竹的詩歌形成了一種沉鬱淒美的風格。讀芳竹「冬雪」的詩篇，你不時都被這種情感所震蕩：

> 是什麼／讓我眺望那片土地／在細密溫暖的一束光裡／默念一個心動的名字／折疊一陣解慢的風／揮灑一片祝福的雨絲（《在一盞燈光裡眺望》）

「解慢的風」和「祝福的雨絲」不僅「風」、「雨絲」人格化了，且用「折疊」、「揮灑」，強化著詩人內心世界的一種深沉的期待和委婉的心靈傾訴。讀芳竹的「冬雪」詩篇，有時一

不留神，又會被那似乎情人之間生死之戀的癡癡情語所吸引。在
《回到時光之後》一詩中就說：

> 你有沒有記住我的容顏／躲在細小的針芒上／看冬天最後一
> 顆雪粒／在光芒裡燃燒上升／……／告訴我在這之前／你會
> 擁有怎樣的女子／你會擁有怎樣的愛情／躲在風裡濕濕地／
> 夢你想我／癡愛的這些日子／我希望你的眼睛裡只盛滿我的
> 愛情／我的傷痛和我純美的樣子。

　　然而，這絕不是一般意義上的情詩，因為這裡的「雪」不再
是愛戀抒情的一般背景，而是詩人直接傾訴的對象。這種含蓄蘊
藉的詩歌表達有時又會變成詩人的直接抒情：

> 這是我鐘情的年輕而又衰老的雪／孱弱而執著的抒情像詩歌
> 的源頭／我用光陰數著下雪的日子（《夜雪如歌》）
> 雪的煙花是那個季節／最簇然的情感／純潔的幸福漫天飛舞
> ／上蒼的親吻柔軟地接近心靈
> 失音的粉蝶　桂樹的天堂／比花語更輕　比寂寞更美／我九
> 死一生的愛戀啊／比天地更蒼茫（《雪的煙花》）

　　吟誦著這裡的每一句詩，甚至體驗這裡的每一個音節，都是
發自詩人肺腑，甚至是滴血的真情！
　　我是把芳竹「冬雪」詩當作詩人抒發「故園之情」的作品。
詩人在這裡，把人類那種思鄉，念鄉最美最真，刻骨銘心的情愫
抽繹得淋漓盡致，那「記憶的雪」，那「雪的煙花」，那「我九
死一生的愛戀」已融化成一種精神，一種永恆！

　　　　　　　　　　　　　　　　（發表於澳華新文苑第229期）

莊偉傑

　　二零零三年夏天，莊偉傑拿了博士頭銜又拿了教授職位。適逢當時我和他應國務院僑辦邀請，一起在中國大陸東南西北各地參觀訪問，一路上我常笑言他碰上「莊偉傑年」，可謂「春風得意馬蹄疾，一朝看遍長安花」。

　　莊偉傑，這位閩南青年，生肖屬虎，工詩文，善書畫，從他筆名「莊燁」、「詩燁」、「怪聖」，從他素有「南方抒情詩人」、「閩南書怪」之稱，等等，人們對他似乎就可知一二。在大多的場合下，莊偉傑並不是一副謙卑恭謹的樣子，他絕對不想做那種謙謙君子。正如他自己說，他「喜歡我行我素、喜歡刪繁就簡、喜歡標新立異，又是一個地道的邊緣人類……」莊偉傑生命空間有多種元素，但激發他生命各種元素因而決定他就是「這一個」是他的詩性。他整體是個詩人氣質。莊偉傑的詩章帶給人們的藝術美感是多元的。於莊偉傑，詩是一種特殊的生活方式，詩為人們展現一段悠遠而神秘的夢幻，也把莊偉傑真實地呈現在世人面前一

莊偉傑攝於書展上。

海峽文藝出版社全新推出
澳澳華文文學作品

莊偉傑

一個閩南才子，既狂放，又多情。

人的生命的基本狀態，或者說，生命的本質，就是流動。這種流動不免引發悲傷。另一方面，更重要的是，生命因這種流動而美麗，而獲得意義。在抒發這些人類共同面臨的、也是永恆的主題時，莊偉傑可以自信，可以自傲，因為他經歷了大跨度的人生漂流，他既付出了巨大的情感投入，又獲得了大悲歡的人生體驗，因而激發他的哲理思考並讓他的詩寫進入一個新的境界。據說，從泉州走出來的文人，大都有濃濃的流浪漢的品性，而世上最徹底的流浪漢，閱盡人生，也深入人心，大智，大勇，大仁，大德。流浪漢，現實的也好，精神上的也好，也就是邊緣人。相信泉州人莊偉傑是這麼一個「精神放逐」的、「始終都在路上」追求的「邊緣人」，總是保持他所推崇的「恆久的前傾姿態」，永遠堅守他所推崇的「自覺的邊緣意識」；相信他的文學研究和文學創作因此將會更上一層樓。

且讓我們拭目以待。

無詩的時候

莊偉傑

無詩的時候
思想　一片虛空
無雨之田　乾渴躁熱
心如一座城堡　堆滿廢墟
那支久遠的歌　無聲地休眠
面對蒼涼　即使聲嘶力竭
依舊　蒼蒼涼涼

無詩的時候
也是一種真實　存在
那是一種情感　飢餓
荒野　殘垣斷壁
想像的種子
　　無　法　萌　發

無詩的時候
有淚　竟流不出來
燙得眼睛　疼痛渺茫
灼得燈光的身段　冒出煙霧
以全部憂思　瘋狂

生長　一株憂鬱草
整個背景　色彩黯然

無詩的時候
世界　塗滿殘酷的血腥
那是　精神的匱乏
前路　卻無法拒絕
疲倦的旅程
　方　向　迷　離

（發表於澳華新文苑第236期）

來與去

從家園走出去
又向家園走回來

飄洋過海去圓夢
美麗的風景不屬於我
現實的苦難卻留給我秋風秋雨
居然成為一筆意外的財產
夢想輾轉的無數碎片
飄蕩為頭頂的雲朵

向家園走回來
又從家園走出去

踏水翻山去尋根
鄉土的田園不再屬於我
童年的小河不願留住我
婉轉的身段回贈我婉轉的寂寞
爬過的山浸過的水不願與我對話
村口的古榕斑駁刺眼的陽光

2
1
6

不要問我從哪裡來

不要問我到何處去

（發表於澳華新文苑第213期）

莊偉傑

遊子吟

莊偉傑

南半球的風

把我的靈魂　吹得皺皺的

牛奶和可樂

像濃酒烈漿　陶醉

我的感官　成為

每天的　精神鴉片

莫名的歡愉　在懸崖邊

開花　幻像的天堂

依稀可辨　有時

我感覺自己很基督的

故土的山川

天然的胎記　烙上一種顏色

很中國　那是烏龍茶汁

內涵縷縷的　純情色素

驅使我　每天花功夫浸泡

悠悠然　泡出

自然人生　浸出道家氣味

湧流　不同的知覺

非常慧根的佛性

把我的東方　迷住

穿梭於　二度時空
正如生育有賴　性的二元交媾
加上我的碰撞　構成三維的
或多維向度　無所適從

（發表於澳華新文苑第213期）

我的筆就像我的居所……

莊偉傑

一

南來北往
天地間
一隻沙鷗
以鳥的方式
存在或者生長
我向時空
拋出無數弧線
世界回應我
許多感嘆號
生我養我的村莊
母親的家稱老家
成家立業的那片天
支撐為安樂窩
遠方袋鼠的誘惑
流浪成一個家
歸來的那個邊緣
屁股兒也算家
晃來晃去的地方

找一個臨時的巢穴
包裹著自己的身段
（不算家的家）

世界像原始圖騰
一隻沙鷗滑翔在波浪上
無須指認來歷和身份
翅膀刺破時空的瓷瓶
那些碎片飄滿絲綢的大地
因為飄飛而化成雲朵
因為飄搖而風生雨驟
我像鋼琴上彈出的音符
降落在邊緣區域
地址　是一串未熟的葡萄
酸酸的　甜甜的　澀澀的
就像經常變換的
移動通訊號碼

我不能也無法在裂變的
天空下消失　或者逃遁
向世界　張口狂吼
俯仰天地　直搗南北東西
讓世界在自己的掌心
不停旋轉　就像
我手中的筆　在
光滑的紙面上
黑色的蝴蝶翩飛著

二

我將筆插入
指定和未指定的方位
像握緊一枝槍
對準宇宙的心臟
忽兒形而上
忽又形而下
鷗點是發射的詩句
水花噴濺成散章
思想痕跡為鷹擊長空
子彈穿越心房激揚文字
在線條的律動中指向彼岸

有時　我必須換一副面孔
用手指策劃一種引力
抵達生存的某一領地
或者自為地推向
某個空間　叫喊
像塵埃落定
我花崗岩的腦袋
在不同的視角和側面
寫著不同的紋理

我的筆　其實就是我的居所
我是主人　棲息在筆管裡

筆尖像小狗一樣搖頭擺尾

有這種特殊關係

我自然方便了許多

我的居所是晃來晃去的世界

筆自動在體內踱來踱去⋯⋯

（發表於澳華新文苑第242期）

相識青島（三章）

莊偉傑

青島觀山

登山則情滿於山，觀海則情溢於海。

先賢如此形容，是否皆然，就看每個人的感覺了。人的感覺不同、視角不同、閱歷不同，審美感受自然不同。

就說青島觀山吧。那些海上山巒，蜿蜒多姿，就像一幅山水長卷畫幅，垂掛在城市背景上。

聽人說：「到青島而未觀嶗山，等於白來一趟。」是否當真？

沿著起伏無垠的山路，我們驅車前去觀覽嶗山。這是一座被人譽為「天然雕塑公園」的名山。

我一邊用目光翻動著時間的冊頁，一邊整合著放飛的想像，傾聽山風擂響樹木的濤聲，驚嘆於天工的精湛與巧妙，仿佛看到山石組合的嶗山風光，正為這座城市增添了一種氛圍、一種神奇、一種詩意。

山借海色愈顯青，海因山光更覺碧；高山與闊海相映，嵐氣與雲霧渾融，這是大自然匠心獨運的傑作。

這裡有幽邃廣袤的夢境，有深澗幽泓的情韻，有宗教文化的色彩。

在山與海之間，抬頭可見山色，俯首可觀海景；我讀到一個個神奇的傳說，蕩入山光海色之中，仿佛融入神話般的境界。

在山與城之間，側耳能諦聽山的呼吸，觸目能領略都市自然生態；此時，凝神靜思或飛翔思緒，天地驟然變得寬廣，我生命的視野也驀然寬廣遼闊起來。

觀山是醉人的。那些起舞的山巒，內蘊著多少神秘和傳奇，尤其在嶗山。

這裡的每一塊岩石都潛藏著自己的故事，這裡的每一棵樹木都牽動著莫名的情結。那隱匿在歲月背後的歷史文化內涵，豈是今天的造訪者隨便都能讀懂或悟透？

青島讀海

我喜歡觀山，也愛讀海。

仁者樂山，智者樂水。如果以這兩種東西來象徵人格的話，我更傾向於那種能將兩者完美結合融匯的人格。然而，魚和熊掌豈可兼而得之？何況這世上根本就沒有絕對完美的東西。

青島這個城市非常特別，城在海中，海在城中，城中有海，海中有城，城海相依，縹緲海市，當然還有那山，組合成一幅幅瑰麗動人的風景。

我驚訝於造化的妙合巧設，驚訝於它存在的同時，若以地域時空來判斷，她極像南方秀麗明媚的大都市；若以種族性別來形容，她應是中西交媾、外秀內慧、獨標風韻的混血模特兒。

我深知比喻是蹩腳的。當我佇立海邊讀青島的海，竟說不出那景那情那別樣的心境。

煙波浩渺，海天一色，帆影濤聲，鷗鳥翔集，近者清晰，遠者模糊。我的心弦，被某種奇妙與神靈之力牽引和彈拔著。

由此，我想到漫漫滄桑、悠悠歲月，想到這座城市的歷史與現實、遠古與現代，她的悲壯、她的閱歷、她的傳說、她的變化、她的崛起，不也是這樣深遠、這樣奧秘、這樣撼人心魄？

我想到那些討海的漁夫，招展在藍色的天幕裡，顛波浪跡與風波無常的環境搏鬥，去換取收獲與代價。人生不也是這樣艱辛地闖蕩出來嗎？

我想到那些沖浪者在藍色之上犁出的浪花，像牛奶的顏色，或者像茉莉花在盛放，給人帶來多少幽思和遐想。青春、生命、拼搏、快感，仿佛隨聲附和，與海引起共鳴。

我想到海在深遠中潛伏的危機，寧靜柔和中蓄蘊的兇猛吼叫。儘管悠遠平靜的海是美的，然而，那沸騰激蕩的海，不也能讓人鼓蕩起激情和莊嚴的美感嗎？而海的奔放和豪邁，同樣可以引領人們進入一種自由自在的忘我之境。

我還想到，正是海那如濃酒如乳汁的滋養，才給予人類生機、活力和信心；我還想到，正是海給這座城市帶來了財富，帶來了靈氣，也帶來了文化。

倘若沒有眼前這汪海洋，青島之城或許將失去特色。是海托舉這座城市的經濟與文化；托舉這座城市的過去與現在；同樣托舉這座城市的未來前景。

大海啊，不就是青島的血脈嗎？

青島閱城

閱城得有心境，就像翻閱一部圖書。

如果把廈門喻為充滿溫潤靈秀、精緻玲瓏的南方女神，把大連看作是動人可愛、浪漫清馨的北國佳人，那麼，青島就是南北融匯、剛柔並濟的奇女子。

俄國文學大師屠格涅夫有句名言:「一個城市有著怎樣的歷史,就有著怎樣的文化。」青島是一部內涵豐富的圖書,每個人都可根據自己的閱讀目光讀出她的體溫、性格和韻致。

我帶著好奇,懷著新鮮,在一個特定的時日走向青島。我像讀書一樣打開她的封面,開始翻閱這座城市,我讀出這座城市的關鍵詞,並用一句詩提煉出其脈絡——藍綠紅交相輝映與山海城渾融一體展示青島姿彩萬千的城市風景線。

這就是青島:有顏有色,有情有景,光波流彩,魅力四射;有山有海,城連山海,山海映城,明亮耀眼。

過多地訴說歷史,可能顯得過於沉悶;盡情地寄託未來,或許未免流於虛幻。我喜歡閱讀這座城市的現在,閱讀城市今天如何從太平洋西海岸、祖國東海岸崛起的身體語言和生動故事;閱讀這座東方「翡翠城」透發無盡活力、令人鼓舞頓生激情的最新資訊和每日新聞……

說青島詩情畫意共有,不如說更像人間天堂。然而,能撞響遊子心靈的,應是那蘊含著大海之壯闊、高山之奇美、藍天之高遠的無聲韻律,否則,怎麼會令人如此癡迷地陶醉在她的身旁,久久不願離去。

山有山的英姿,海有海的性情,城市有城市的風格。山、海、城交相融匯,構成青島中西合璧的萬種風情。

無論是細細品讀駐足沉思,還是匆匆翻閱來去回味,在對每個城市的靈與肉的閱讀或書寫中,我們只能是其中的一個字符。

讓我們一起在內心默默地祝福青島吧!

(二零零三年秋日匆就)

(發表於澳華新文苑第90期)

品茶情趣

很久以來就蠕動著一個意念，寫點與茶結緣或有關品茶的文字。我曾經寫過一首《酷愛品茶》的小詩，表明自己「酷愛品茶正如學會品詩吟歌／血管裡平平仄仄著如歌的河流／靈魂的成長好像烏龍茶／內蘊色香味俱全的鄉愁」。由是看來，品茶是需要「功夫」的，甚至是隨著特定的地域因素和文化氛圍而生發的。

我生長在出產烏龍茶的閩南大地。故鄉泉州安溪的「鐵觀音」在我很小時就耳熟能詳。因為家父有個嗜好，經常晨起時就沉浸在茶香中，而在我們老家，只要有客人光臨寒舍，泡茶請茶或敬茶是免不了的一道禮節。置身在這樣的氛圍，對茶自然產生了一種莫名的親近感，而品茗啜茶則漸漸地隨著歲月的遞增，成為自己生活中一泓揮之不去的情韻，即便是走出國門四處流浪，我依然以品茶的方式來悠然舒緩緊張而繁忙的日子。

可能因為自然地理環境等因素的影響，我們老家的人大多喜歡烏龍茶，尤其「鐵觀音」，而蘇杭一帶的人則愛喝清純的綠茶，尤喜龍井和碧螺春。同是南方人，喜好竟有這麼大的差別。我自然也不例外，而今，一年四季幾乎傾情於對鐵觀音茶的品嘗。鐵觀音茶葉的韻味悠長且特別耐泡，不像龍井茶沖泡三兩回已脫去茶色，儘管它是藏於青葉碧水間。鐵觀音的妙處是很難用一句來表達的。假如你有幸到茶鄉做客，品嘗那好客的家鄉人特別珍藏的歷經名師精心製作的上好茶葉，再用甘甜的山泉烹煮沏

出的金黃清澈、香鮮味溢的鐵觀音茶水，回味那清雅幽芳、令人怡然清爽的鐵觀音神韻，你定然會禁不住發出由衷的讚嘆，並欣羨造物主恩賜的如此馥郁芳香的靈味。當茶香繞齒不絕時，你也會深受感染且激蕩起與唐代詩人盧仝唱「七碗茶」的感受而引起相似的共鳴：從「一碗喉吻潤」到七碗「惟覺兩腋習習清風生」。

與茶相遇結緣，其實也是生活中的一種追尋和情趣。我喜歡在靜處中獨自品飲，也喜歡邀三、五友人一邊海闊天空地宣泄，一邊品嘗幽幽的茶韻，讓時光在不經意間淡淡地流駛；有時我的思緒，亦隨著撲鼻而來的茶香興起一波波漣漪。當想到現實中那些不如意、想到已成雲煙卻無法忘懷的往事，我發覺如此靜觀自得地與茶香繚繞交混在一塊，仿佛在與大自然面對面交流。這時，沏一壺新茶聞之有一股持久的嫩香，猶如口含著鮮橄欖，能意會到茶家所說的「通仙靈」或「肌骨輕」而臻於一種「茶不醉人人自醉」的忘我之境。

當然，茶是否真能通仙境，就要看品茶者的心境了。如果說佛家自然的有其仙氣，那麼凡夫俗子間的飲茶也應有無限的樂趣。魯迅先生說過：「有好茶喝，會喝好茶，是一種清福。」好茶難得，有了好茶還得有個會不會品味的問題。北宋彭剩在《墨客揮犀》中記述到一樁蔡襄與王安石品茶的趣聞，相傳作為品茶行家的蔡襄，特地選取絕品好茶，並親自洗盞候湯烹點，希望能得到王安石的賞識。不料，王荊公偏偏不識好茶，不懂品嘗，大概是嫌其茶淡無味吧。竟然取出一撮消風散放進茶瓶之中，白白糟蹋了名茶甘泉，將蔡襄精心構築的幽雅氣韻和情調全給破壞了，弄得場面十分尷尬。從這個傳聞中可以說明：茶是供人品嘗的，而品茶的情趣，一半在於茶，一半在於品茶的人。只有懂得和學會品茶之道，方能領略到茶的色、香、味，享受到茶給人帶來的韻趣和美感。

我說不上是品茶高手，僅略知一、二。深知一杯香茗在手，需先觀其色，聞其味，然後小酌輕飲一口，慢慢尋香嚼味，煞是賞心悅目。聽行家傳經而言，茶味得徐徐啜吮而體會。喝一口茶湯，要用舌尖讓茶湯邊吮邊啜邊打轉，使茶水充分與舌尖頭、齶、咽等處的味蕾接觸，方可細品出茶的強弱、甘醇、濃淡、苦澀、活性等不同感覺，「俟甘津潮舌，方得真味。」若一飲而盡，連進數杯，難以辨其真味，何談品嘗？看來，欲得茶的精髓，是需下一番功夫的。

說起「功夫」，閩南人、潮汕人還有台灣人恐怕最講究，而且把泡「功夫茶」視為一種學問或生活藝術。閩南民間茶諺有此傳誦：趁熱打鐵，趁熱品茶。飲至趣味，茶三酒四。文章風水茶，識貨無幾個。不喝過量酒，不飲隔夜茶。品茶評茶講學問，看色聞香比喉韻。泡茶也有經：先「關公巡城」，後「韓信點兵」。如是，所泡的「功夫茶」，應以水色明淨金黃，味厚而甘，香氣四溢，不苦不澀方為恰到妙處。「功夫茶」還要現沏現喝，飲後方能喉底潤澤，齒頰留芳，回味甘醇。

在我而言，有好茶一定放不下，非先品為快不可。不然，心裡總是搔癢癢的。即使沒有上好的茶也不去刻意尋求，只是沒有茶則受不了。我從茶中發現到一塊屬於自己的天地。閑餘之時，清茶一杯，不知不覺中有「兩腋清風幾欲仙」之感。茶不僅提神醒腦，還偶爾給我帶來靈感，我的許多作品包括書法，是與茶聯手打造出來的，或者說，我的靈魂是在與茶水（還有煙酒）的互動中醒悟的。無庸諱言，品茶常常與自己的寫作、讀書或休閑是分不開的。

因為茶，也因為品茶，更讓我結交了不少朋友，身心也獲得某種放鬆。在許多時候，人們總以為現實中的價格，超過精神上的價值，或把兩者劃上某種等號。如果，價格代表了物質性的尊

貴，價值則體現了理想性的崇高。人們往往太重視價格而忽略了價值，殊不知沒有價值的原創，那能產生價格的意義？我想這恐怕是現實中的茶與精神上的品茶的價值之所在。宋代大詩人黃庭堅曾動情地把茶當作萬里歸來的「故人」，燈下與之相對成影：「味濃香永，醉了鄉路，成了佳境。恰如燈下故人，萬里歸來對影。口不能自言，心下快活自省。」多麼有情有趣。這不就是作為「遊子」的我，常有的一種心境嗎？

　　與茶結緣，自古已然。我同樣為之欣然傾倒，似乎這是命定性因素使然。否則，自己為何會如此激奮和動情呢？

（發表於澳華新文苑第172期）

酒　緣

莊偉傑

　　生活中，有許多事是無法說清的，有時也沒有必要說清。譬如，本人與煙茶酒早已結下的不解之緣。這種關係雖說不上是「至交」，也並非什麼「知音」，但的確也算是一段緣。這是人與物之緣。因此，煙茶酒已然成為我生活中不可或缺的元素；如果說生活如枰聲局影，那麼，它就像是三張「玩牌」。

　　就說本人與酒之間的「交情」吧。記得小時候，我們老家的土產酒「地瓜酒」和「五加皮」，最為叫響和暢銷。一來具鄉土風味，二來價錢便宜，故甚獲鄉下人青睞。家父那時是一位普通的農村幹部，為建家立業，終日奔波忙碌、勞累，常常喜酌三、五兩地瓜酒以消解疲乏；逢年過節，在廈門工作的舅父常托人捎來幾瓶當時頗負盛名的廈門高梁酒，家父則如獲至寶，盡情品飲。我讀小學之時，在歡渡春節的年夜裡，父親一邊津津有味地暢飲著，一邊勉勵我們兄弟姐妹要在新的年頭裡好好學習，立志成才，我邊聆聽教誨，邊欣賞著家父的興奮神志，不禁咂起嘴來。父親看在眼裡，心有靈犀，特地為我斟了一小杯，作為長子的我能得到父親的特殊待遇，我真有點受寵若驚，端起酒杯仰起頭學著大人們舉杯的樣子，大膽地呷進嘴裡。這60度的高梁酒又嗆又辣，卻頗為刺激，我竟一飲而盡，雖也發出咳嗽聲來，母親見狀為我輕輕地拍了幾下後背，父親即忙夾上菜肴讓我解酒，過了老半天我方才平靜下來。想不到父親還誇口讚我：「不錯嘛，

還能一口氣喝下，好樣的！」我滿懷喜悅，平素嚴厲到酷的父親，突然溫柔起來了，真是莫名其妙。後來，才知道家父因為朋友多，常常以酒款待親友，需要有一個「接班人」候補；直至中學時代，親鄰辦喜事父母親常讓我作「代表」赴宴，這種場合免不了要輪番飲上幾杯，有時還要比劃猜酒，從此我便被酒的奇妙醇香熏染著，自然而然，也就喜歡上酒這玩意兒。

當然，真正學會品酒，以求享受一下那醉人芬芳的酒香，是在我走上社會以後。有時，酒為我助興，為我帶來樂趣，帶來靈感，帶來激情，詩化了歲月；有時，酒能為我解憂消悶，也帶來了麻煩或節外生枝，尤其是酒醉時，我會因此喪失理智，信口開河，以致得罪了朋友。這種教訓，深刻到讓人難忘。

也許是應了我母親的一句話：「這孩子走到哪裡吃喝到哪裡。」母親當時的預言可真靈驗。尤其是當我漂泊到異域之後，人在旅途，思鄉殷切，所謂「孤客一身千里外，未知歸日是何年」，有時只能藉杯中物燃化消解千般寂寞、萬種愁緒。人在這種境況常以酒為友，或者可說是剪不斷、理還亂吧。當然這並不完全是曹孟德所謂的「何以解憂？唯有杜康」，平素的高興或節日的喜慶同樣可以沉浸於酒香之中。

我雖愛酒，但酒量並非人們誇獎的「海量」，我心中有數，由於天性使然，從不甘示弱，老爭強好勝。碰到強手，想一試高下；逢到對手，則兩敗俱傷；遇到弱手，只敷衍應酬。而在公共場合，有時只能是淺斟慢飲，逢場作戲罷了。凡與哥們友人歡聚一起，我的酒興最高，也最帶勁，這時往往能把（潛在的）酒量發揮到極致，因此也會成為酒鬼。記得那年我拿到「綠卡」時擬返國探親，我在悉尼結識的一位情同手足的朋友，特地在他家裡為我舉行一個歡送Party，數位來自大江南北「同在天涯」的遊子因交情甚密，當晚幾乎「傾巢」而出，暢敘大吃豪飲一通，除

了幾位女同胞和小孩例外，其餘「男同志」皆盡情飽飲，儘管大家酒量大小不一。結果，把幾瓶五糧液喝個精光，至此，大家覺得尚未盡興（其中有三、四位來自北方的哥們特別能喝），只好拿來「二鍋頭」，非來個一醉方休不可。那次我真是碰到高手，我暗知自己「表現」程度已趨於極致，想想大家是為我祝願餞行的，應堅持到底，再想，滿腹經綸的李、杜哪一個不是酒中豪傑？念及於此，胸臆間又充瀰著堂堂男子漢的豪氣干雲來。其實，當時我已覺得有點暈了，為堅守陣地，裝作若無其事，欲作氣定神閑狀，額頭上已掛滿涔涔冷汗之珠，庶幾虛脫之感。好在敝人「睡功」一流，於是，乘機溜之大吉，「顛」至客廳的大沙發上靜坐瞌睡。約十分鐘後，我被這幫哥們「發現」了，又重出「江湖」，輪番對飲。略一點數，每人平均喝了一瓶多。而我總算領略到老杜的「白日放歌須縱酒，青春作伴好還鄉」的意境了，不亦樂乎哉！

「酒逢知己千杯少」。我在悉尼的好朋友中，以畫家兼商人、在唐人街素稱「三叔」者最善喝。他不僅酒量豪，酒品也好，故而他周圍的一幫朋友自個兒「組織」了一個「悉尼太白酒會」，公推三叔為會長。三叔喜歡收藏字畫，且常對我說：「好酒要留給善飲會品的人喝。」他對敝人的書法情有獨鐘，有一次他利用週末特地在悉尼北區新購置的別墅裡，精心備了一席豐富晚餐，邀來親朋好友一塊進餐暢飲。他端出我最喜歡的五糧液及干邑人頭馬XO名酒。前者芬芳馥郁，醇厚剛烈，堪稱國人白酒典範；後者酒質天然，格外純和，乃干邑中妙品。與良朋共聚，前後品味感受兩種中西名酒的風格，頓覺高雅超然，情趣倍增。那次，我真有點貪杯，儘管我們是在品酒。好啊品吧，一杯、兩杯；喝吧妙啊，你敬我一杯，我回敬一杯；……似醉非醉，漸入佳境，那種莫可名狀的快感，令人油然生起飄飄欲仙之意，仿佛

依舊聽風聽雨眠

進入「漫捲詩書喜若狂」的境界。三叔見狀，忙吩囑其夫人備來文房四寶，邀請本人當場即席揮毫。我鋪紙試穎，興致勃發，心境雙忘，鋒發韻流，一連揮寫數幅與酒有關的詩詞，其中李白的《將進酒》與蘇軾的《水調歌頭》（明月幾時有……）橫幅，頗獲大家喜歡。有朋友們的捧場助興，敝人總算嘗到古人所說的「酒中趣」了。

自古以來，詩與酒留下了許多精彩的故事。上下五千年的華夏文化史，一直流溢著濃濃酒香；千年塵封的典籍，也因酒的滋潤而芬香馥郁。可謂詩也滋潤，心也滋潤。先賢聖哲，曾把酒尌進美妙的神話和民間傳說裡；而擅長詩詞書畫的騷人墨客，則用酒來刺激自己的靈感和激情，他們大多與酒結下不解之緣。也許，中國文化的精緻處、內蘊處、深層處、高遠處大多在酒杯裡潛藏著哩。從某種角度上看，酒也是打開人們天性的鑰匙。但由於愛好、習慣、涵養、學識、氣質不同，人們對待飲酒的態度與意欲達到的企求也不盡相同。有人只能獲得生理上的愉悅，有人則需獲得精神上的享受，再有人想既可獲得生理上的陶醉，又能獲得精神上的陶醉。看來，飲酒確實是一門深奧莫測的生活藝術。

面對著「望之柔而即之屬」的美酒，從王孫貴族到潑皮流氓，都可能為之心旌蕩漾。我若然真的與酒有緣，即使修不成「酒仙」，也不願當「酒鬼」，這全取決於個人的造化。還是讓我當一個「酒糊塗」吧，面對世間萬象，難得一番糊塗。

為人生乾杯，朋友！

（發表於澳華新文苑第148期）

母愛如燈

1．

窗外的風雖然帶著初春的濕潤，但依然夾雜著一絲寒意。

靜靜坐在燈光下，翻讀著那些對我顯得特別珍貴的相片。

那是我出國留學數載首次歸來探親時，特地為我母親拍攝的一組照片。

這也是我為母親（在世時）拍攝的最後一組照片。

我母親一生中拍攝的照片屈指可數。這一刻，我讀著這些定格的鏡像，眼前依稀浮現出她的音容笑貌，目光緊緊地追逐著那些潛藏在照片之後的難忘往事。

我輕輕翻開，又輕輕疊合，頓覺湮沒了一段平淡無味的日子。

風，在窗外搖墜一樹星辰；雨，淅瀝成一整夜的心緒⋯⋯

2．

清明節前的一個黃昏，我接到從小在一起泡大的好友從遠方來電。

「讀著你寄贈的詩集《從家園來到家園去》，很受感動。書名起得不錯，來來去去家園，意味深長。你把詩集獻給你媽媽，母子情深遊子意濃啊！」

「我理解你對她的愛。你媽媽給我們的印象特深特親，她有一種質樸親和的美，一種賢淑大方的性格，也是一位不可多得的女性。就像鄉村那古老的歌謠，音符樸素的花瓣，覆蓋成家園的美麗。」

3.

陽光。田野。莊稼。故鄉。

四年前的一個秋日，我約來幾位文朋詩友，從廈門驅車趕到老家參加一個民間傳統節日。

我的老家座落在東南沿海泉州灣邊的一個鄉村裡，地瓜藤的影子拉長了純樸的日子，起伏不朽的風景清新怡人，莊稼的旗語飄香著家園的生活方式。

母親的素雅與熱情，尤其是對我的關愛與呵護，令在場的朋友十分欣羨。那天，他（她）們看到懸掛在客廳四周牆上的有關我們一家子的生活照，好奇地問這問那。驀然間，他們發現一幀我父母結婚時的合影，驚訝地說：「你母親年輕時真美，想必是大家閨秀吧？」

4.

我被母親突然撒手人寰而哀傷感嘆。

一生躬耕田野，用堅韌的脊梁隆起家的屋脊，支撐一方晴空，為家的溫暖遮風擋雨，正當可以好好頤養天年的鄉村女性，為何如此匆匆地走了？

不是說好人一生平安、健康嗎？面對命運的玄奧，我百思不得其解。

我想，應尋找一種最合適的方式以表達我對母親的懷念。

為此，我曾來到素有「石雕之鄉」的故鄉的一家石雕廠裡，這是一位朋友的堂弟開設的。

我把自己的想法與石雕廠的主人交換意見。他以為我想為母親製作一塊墓碑。

我說還是用你們的「絕活」——惠安的影雕工藝，用我母親最美的照片製作一塊影雕座像。

因為墓碑只能供放山野間母親的墳墓前，而影雕可以隨時跟我飄遊四方。

母親在世時，走的地方非常有限，儘管她到香港探過親，也到過福建幾個主要城市，但畢竟少得可憐。有母親的影雕伴我走在旅途，也許還能讓她老人家的靈魂遨遊更多的地方。

廠裡主人瞧我一副虔誠的樣子，答應只要我選好母親的最佳照片，一定會精心認真地按我的意願照辦，讓我滿意。

這時，我好像聽到母親在秋韻飄香的田疇發出收穫的微笑……

5·

回來之後，我翻箱倒櫃地把母親那些為數不多的照片盡量找出，細細掂量應選取哪個時期的照片作為影雕的素材。

如果選擇母親年輕時的照片，固然美麗，但難以從照片中默讀母親飽經霜風的閱歷。

倘若選擇中年時母親的照片，由於那時僅存的照片較小，皆用老土的「海鷗」照相機拍的，有點模糊。

假如選擇步入老年時母親的照片，也許更能表達想表達的主題，更能理想地體現母親含辛茹苦的精神和博大深沉的母愛。

其實，母親是一部大書，任我怎樣挑選一張照片，也無法描述和反映母親的一生。

6·

小時候，我們家每頓的基本食糧是地瓜。

可以說，我們兄弟姐妹都是吃地瓜長大的，把「地瓜」說成「甘薯」，也許好聽點。

母親為了撫養我們長大，培育我們讀書擺脫貧窮出人頭地，終日操勞，節衣縮食。

生我二妹那年，我剛好七歲。那時我家好不容易建造一棟兩間一走廊的平房小石屋，據說是母親變賣嫁妝等稀有物品換來的。

為此，我的父親曾在「文革」前即所謂「社教」的那種不分是非的年代挨過罪，吃過苦。就因為我父親是一個連小芝麻官都靠不上邊的生產隊會計。管賬目的嘛，能建一套小房子，不是貪汙哪來的錢？愚昧的、眼紅的、無聊的眼光開始對我父親進行大「圍剿」。

好冤枉啊！可到哪裡去申訴？

與我們相依為命的母親，含淚吞恨，卻不墜青雲之志，表現出一種堅強與非凡的生活勇氣。每當父親受到人家的欺凌，她總是奮不顧身地站出來，用她女性的身軀去擋住所有的流言蜚語。

在我小小的年紀裡，好像讀到母親臉上寫滿著無數的煩惱心事，她目光裡常常流露出憂鬱，卻從不輕易掉淚。

7.

翻開案頭上的這些照片，好像翻開我的童年、少年和青春。

如果說家是陽光照耀在我的心頭，那麼母親就像一盞燈，她用生命的全部，照亮家的每一個角落，溫馨家的每一顆心。

當我的視線被那張我讀初中時的全家照吸引時，我的腦海裡又映現了一幕幕難忘的鏡頭……

8.

記得生我小弟弟時，是七月的頭一天，大熱天坐月子，對於平日老閑不住的母親似乎不太習慣。

她一會兒起來洗尿布、做家務；一會兒照料我們，或念叨著田裡的農活。

九歲的我傻乎乎，什麼事都不懂，也幫不了母親的忙。但我已學會做全家的飯，還學會打掃衛生。

那時在鄉下，坐月子的婦女一日三餐能有米粥吃算是一種福氣，尤其對於三餐啃地瓜的惠安婦女。我母親賢慧會理家，村裡頭尾皆知，好在自家裡飼養了不少的雞鴨。平常連一個雞腳鴨翅也捨不得吃的母親，因為坐月子非有營養不可，才會「迫」著自己進補。

我這個人天性有點嘴饞好吃。每當父親專門為母親做好的米飯和補品端上房時，我尾溜跟著進去。

母親看到我直勾勾的雙眼，怕父親惱怒。待父親出去後，就給我好吃的，讓我一起分享那美食。

我至今還記得母親為我撿好吃的那隻勤快的手。

9·

讀小學和初中階段，恐怕是我最搗蛋玩皮到最「酷」的時候。

我家幾乎每天有人登門告狀。昨天張三剛來告我與其兒子吵架，要我父親好好管教；今天李四又上門告我與小夥伴摘了他家的葡萄；父親見狀，為了一示威嚴，表明自己的態度，總是隨地抽起木棍或竹扁狠狠地把我揍一頓，還常勒令我站在他指定的地磚上（劃地為牢），有時一站就是幾個小時。

這時唯一能為我解脫「痛苦」的只有奶奶和媽媽。

有一次，鄰居又來告狀，說我把他兒子打了，還砸壞他家的竹筐。其實那竹筐是他兒子自己搞壞的。至於打架嘛是因為他兒子以大欺小，把我弟弟給打了，還無理取鬧大罵我的祖宗，下三流地把我母親連名帶姓胡編亂扯地叫罵。

誰沒有媽呢，每個人就只有這一個。你罵我可以，但只要罵到我母親，就是「地主惡霸」俺也敢跟你拼。然而，不明真相的父親卻不由分說地把我捆綁起來，打得我遍體鱗傷，叫苦不迭。還吩咐奶奶和媽媽不要給我飯吃。

母親其實是看在眼裡，疼在心裡。

她等父親外出之時，悄悄地把準備好的飯菜弄好，叫我趁熱吃了。餓得肚子直咕嚕的我邊噙著淚邊狼吞虎咽地猛吃起來，在母親的關心和循循誘導下，把事情的原由和委屈統統倒了出來。

望子成龍是每個作父母的最大期望，也是一種心結。

然而鄉村環境的惡劣貧窮，教育制度的落後，客觀的制約加上主觀上無知，我這個貪玩愛打抱不平的「野孩子」，在村莊裡是「眼中釘」，在學校裡是「頭上刺」，按我父親的說法是「朽木不可雕也」，誰都認為我有點小聰明，但都不看好我。

恢復高考時，我正在讀高中。對於農村家庭來說如能有個兒子考上大學，那可是喜從天降，光宗耀祖。

我的不安份、不勤奮和不乖巧，想躍過「龍門」談何容易？高考一試，第一回我是「關公走麥城」，名在孫山之後。這百裡挑一的「殿試」，能輪得我這類人嗎？

母親雖然懂得知識不多，但在教育孩子方面卻有「絕招」，她能曉之以理，動之以情，相比父親的強硬措施更有效。

就在那年中秋節晚上，母親為了激勵我立志發奮成才，在全家大團圓吃飯時，講了一個催人流淚的故事。

「孩兒，要學會珍惜時間、珍惜生活。今晚我們全家能歡聚一起過節，有好飯好菜是一種幸運。在你們小的時候，想過好一個節日的機會都沒有啊。有一年的中秋夜你父親因為蒙受冤枉，被人強拉帶揪抓去批鬥。家家戶戶在過節，唯有我要以淚洗臉，哪來團圓的日子過……」

那個時候的中秋節是否烏雲密佈，那輪圓月是否躲閃了，好人壞人是否分辨不出呢？已經在青春的十字路口徘徊尋找出路的我，聆聽母親的訴說，一下子燃醒了眼睛，淚水撲簌簌地往碗裡的飯菜上掉，一切的酸痛就像一把利刃在捅著我青春的心葉。

為一些無辜的傷害而悲傷，我青春的滿腔熱血在沸騰。

在沉思中我暗下決心，我在一夜間仿佛變得成熟了許多。

我終於在高考戰場上馬到成功。八十年代的第一個金秋，以一個大學生的名義，我堂堂正正地跨進省屬重點大學的校門。

我從來沒有看過母親這麼燦然地微笑。

之後，老二以優異成績，邁進名牌大學復旦校門，再後來，二妹也上了大學，大妹當小學教師，最小的弟弟進了縣農業銀行工作⋯⋯

我仿佛看到母親一下子年輕了許多。

11·

我喜歡在夜闌人靜時，獨自品味記憶中的生活情節。

燈光下，我面對母親的照片，思念如綠樹般揚花拔節，而心頭卻在平靜中燃燒。

透過燈光映照的這些相片，激動了一顆驛動的心，我仿佛看到在鋤頭的奮力揮動下，母親在她耕讀一生的土地裡跋涉著永恆。

她的腳步穿越每一個早晨和黃昏，用生命演示著自己化作山林的故事。

誰能走出一生辛勞一生清貧的困惑、誰能播種金黃的種子，誰就能生長金黃的力量、收獲金黃的太陽。

我展開稿紙，穿過歲月的籬笆，來撫慰我難言的苦痛，來治癒我千山萬水的懷念和憂傷。

12·

母親對我們兄弟姐妹的疼愛與關懷無微不至。

有好吃的或營養品，她總是留給我們。由於長年累月的奔波忙碌，她身體突然變得很虛弱，醫生交代要多吃點營養東西，但媽媽捨不得。她老說，你們正在長身體，更需要營養。

那年高考前，我的頭額上長了一個小瘡疤且發膿，挺嚴重的，加上備考的煎熬，身體素質一下降了許多，媽媽心急如焚，一來擔心我這條小命有危險，二來又恐影響我參加高考的情緒。

媽媽說：「孩兒，身體要緊，能考就考，不能考也沒事，明年再參加吧！」

高考一結束，媽媽每天一大早就買來半斤豬肝，親自煮好要我好好吃。媽媽總是把我們的身體健康看得比什麼都重要。

有時，我看著媽媽忙裡忙外的，日出而作日落而息，就懇求她吃一點營養。她說：「我年紀大了，營養不營養不要緊。只要你吃了，不就等於我吃了嘛。你們身體好，我什麼都好！」

母親的愛，甜透了我們的日子，縱使有苦，也會被母愛給淡化或中和……

13.

世事滄桑，獨處靜思，任季候風用多情的手指梳理繽紛的思緒。

我點燃一支香煙，如哲人般想從這些不同時期的照片中領悟到某種啟示。

驀然，對面書架上某本書籍的封面上，一位面容慈善安祥、內心清純的女性，正抬頭擦汗的畫面映入我的視野裡，就像我那終日勞作在田間的母親。

一曲悠遠深情的牧歌，一幅色彩明淨的圖畫。

　　我揉了揉迷亂且有點疲累的雙眼：哦！那本書籍封面上的女性是我的母親。

14．

　　母親出生於沿海邊一個村名叫蓮內的林家，排行居中。

　　就像童年的記憶，那裡的一草一木，在季節的起伏裡沉積成我一生無法解脫的心事。

　　列祖列宗開墾的土地啊，讓我在這片薄地裡紮根生養；我母親好比是那輕吟細語的水裡生長的亭亭玉立的蓮花。

　　母親的身上有一種自我犧牲的品質。她孝順父母，護兄愛弟，為了成全兄弟姐妹出人頭地，母親自願放棄了可以繼續上學的機會，在家裡幫忙料理農活，人稱「小家婆」。傳統的家教和習俗使然，母親從懂事起就通情達理，明瞭人情世故。

　　母親青春花貌不貪富貴，不嫌貧窮，心甘情願與我父親締結連理（父母自由戀愛的故事在當年的鄉村裡曾是喜好說三道四的人們談論的焦點），知難而進創家立業，為溫飽拔亮神聖的火焰，母親有著泥土一樣的淳厚與質樸。

　　一朵出淤泥而不染的蓮花。在春秋更替的年輪裡滿懷夢想與光榮，讓我激越的歌聲穿透濃稠的風雨到達幸福的天地。

15．

　　對於糧食，生長在城裡的同輩人是難以知道它的由來的，而我小時候就知道糧食的來之不易。

　　「鋤禾日當午，汗滴禾下土。」母親常常天未亮就打落晨星上山，早餐時間幾乎都在九點之後，有時為了把手中的活做完，

加班加點，吃早飯時城裡人已在用午飯，而且常常冷飯再熱，尤其是冬天。母親是一個勤快好強的女性。

我很小就跟著母親下地種田，參加過莊稼的播種、耕耘和收獲的全過程。站在禾苗之間，我像一株嫩綠的植物在慢慢拔節生長。

母親常常早出晚歸下地種豆栽菜，初一、十五等大小節日挑著重擔到三村五里賣豆腐做點小生意，以創收入以安家計。

為了敦促和寄望我們兄弟姐妹立志成龍成鳳，母親心明如鏡，嗜好書香，嚴格要求我們讀好書做好人。

為了讓我們兄弟姐妹五人都能專心順利地在學校裡念書，再苦再累的活母親都願意做，從不怨天尤人。

七十年代初期，貧困的影子像幽靈一樣老纏著中國大地。作為一個普通的家庭主婦，要承受多大的壓力啊！有一年，米價猛然高漲，各種糧食緊缺，面對著家庭開支龐大、而收入甚微的境況，母親捨不得吃米，只好把米出糶了，她無奈地說：還是吃地瓜可靠實在。

母親把賣米的錢積攢起來，逢年過節時為我們每人買了過年新裝、新鞋、新襪子，還有很多好吃的年貨等等。

我們全家總算能歡歡喜喜地歡度新的一年。

16．

母親愛美愛打扮愛整潔，年輕時尤甚。

每次到外婆家探親，媽媽總是穿得漂漂亮亮、大方得體，如新娘子回娘家一樣。

外婆家就在鄰村，與我家僅一里之遙。

媽媽經常把我帶上，但有一個要求，要我穿著乾乾淨淨，講究禮貌，學會尊重大人們，學會主動向大人們打招呼或問好。

有次說好放學後一起到外婆家吃午飯，我在學校貪玩，回家時已是滿臉江河滿身山川，媽媽見到我這副模樣，要我把臉和手腳洗乾淨，換上新衣服。

媽媽也愛面子，希望我有一技之長。她帶我到外婆家，還有一個目的就是讓我三舅父教我書法作文。

那時舅父已是一位頗負名氣的青年書法篆刻家，而且能寫一手好文章，尤其是雜文。

後來我的寫作和書法能有所長進，乃至今天有所收穫，三舅無疑是當之無愧的啟蒙老師。

17·

母親從來不做生日。母親生於哪月哪日至今還是一個謎。多神秘的血緣。

對於我父親和我們兄弟姐妹的生日，母親卻特別在意。她不會輕易讓這一天擦肩而過或跑過去。

在我讀大學以前，每逢我生日的那天，母親就要早早起來，煮好一小鍋的長壽麵湯，配上兩個專門給我的雞蛋（特別交代要自己吃）。奶奶、父親和弟妹們也有份，算是為我的生日共用一份快樂。

母親忙著上山種田，顧不得「分享」。但她用心用愛用母性的恆溫和渴望為我的生日而虔誠祈禱。

母親說：「只要你懂事、愛家、今後有出息，我就體面了。」

我出生於夏季。夏天的南方很溫熱很湛藍，我像夏天裡的一首詩，母親與父親是創作者，在南方描繪了愛與美的畫面。

18．

母愛是無法用言語來加以表達的。

二十世紀八十年代末期，我想自費出國留學，但需要數萬元。

在大學執教的我一個月僅有一百多塊的收入，這天大的數字怎麼湊齊？

天下恐怕只有母親最會瞭解、疼愛和鼓勵自己的兒子。我把想法告訴母親，她知道我願意丟棄來之不易的「鐵飯碗」，到外面世界去闖一闖，便欣然同意動用多年積蓄的「血汗錢」並找親戚協助，送我出國留學。

在父母、全家和親友們的鼎力支援下，我如願以償了。

去國離鄉揮手告別的那一天，我看到母親的眼眸裡流溢著一種溫情、期冀和愛意，閃爍著一脈祥和的深幽的光芒，凝注著一片透澈的依依的眷戀。

懷揣著媽媽的深情囑咐和殷切期望，我踏上了新的旅程……

19．

我永遠也不會更不敢去想像母親會突然不別而走，而且走得那麼匆匆。

母親住進醫院，每天要靠輸氧來正常呼吸，增加心臟的活力。我以為不會有事，也相信好人當有好報。但事實不是我們想像的那樣。

一星期之後，她突然感到四肢無力，咳嗽得沒完沒了，她無法喘息了。經過極力搶救，醫生說，她再也不會醒來。

當我趕到母親的病榻前，看著那支插入母親鼻孔的氧氣管殘忍地延續她走到世界盡頭的生命，我的心像有萬千根針芒刺割著。

落木蕭蕭，她羸弱的脈搏好像草木榮枯了千萬次，然後像水仙花瓣似的隨風飄落在流水中……

在弟妹們發瘋般的哭泣嚎叫聲中，我像昨夜裡放行的紙船因迷失了航向而擱淺在岸。

我傻愣愣的。母親走的那個夜晚，天色突變，風刮雨疏猛地襲來，好像引起老天的垂注，天堂的那邊正在為母親專門舉行著特殊的「招安」儀式。

媽媽啊，你臨走時無法跟孩兒說上話哪怕只是一句，已成為我人生最大的遺憾。你知道嗎？你是我至親至愛的唯一——媽媽！

20.

我再次翻閱母親在世時那些珍貴的照片，我用心選擇著一幀最能體現母性氣質瀰漫母愛恆溫的照片，希望把母親堅強、靈秀、嫻淑的形象凝聚而鐫刻成一面影雕、一座豐碑，漢白玉般放射出獨特的光澤和風彩，高聳在我的心裡我的靈魂裡。

我知道永遠也無法丈量母親的天空，我知道至今依然走不出母愛的河谷。

母親啊，我想再說一句話：我是你懷裡老長不大的孩子！

21.

清明節又要到了，母親逝世快一年了。

記得有位作家說過，母愛是一部讀不完的書。

想到這裡，我仿佛看到眼前有一座高山，一座母性的高山，繁衍生長著樸實的人生，湧動著深厚而永恆的親情。

我在讀著一本厚實而溫馨的書。

我發現母親從書的封面向我走來，我一下子撲向母親的懷抱裡。

22

母愛如燈，永遠不會熄滅⋯⋯

（二零零二年初春於泉石堂）

（發表於《澳華新文苑》第231-232期）

依舊聽風聽雨眠

振翅高翔抑或落地喧嘩

——讀詩集《精神放逐》致莊偉傑

冰　夫

偉傑：

　　承蒙錯愛，囑我作序，深為感謝。但面對這厚達二百六十多頁的詩稿，我幾經思索，幾番躊躇，幾多顧慮。說實話，我一次次凝視電腦螢幕，真不知如何按動鍵盤。我自知詩性愚鈍，思維與目力漸衰，尤其是對近年來風起雲湧流派紛呈的詩壇，幾乎一無所知，說出話來難免不是瞎子摸象，不著邊際，於你，於我，似乎都會給人留下笑柄。

　　然而，想起你真誠信任的目光，想起我們夢魂交流的友誼，我又不能沉默無言、無動於衷。

　　首先，在澳洲眾多的文朋詩友中，除了原先大陸來的作家外，你我相識最早。最難忘十多年前在艾絲菲爾（Ashfield）的會面。那是我初來澳洲探親，正感到生活寂寞，對澳洲許多事物充滿新奇而又欲探尋究竟的時候，無意中發現你任社長兼主編的文學雜誌《滿江紅》。這本內容豐富裝幀印刷堪稱精美的刊物，在精神上給了我一種滿足和填補。初次相見，品茗暢談，真有「神交心契，把臂入林」之感。這是緣份。原先你在福建師範學院中文系讀書時，主編的《南風》詩報及之後在黎明大學任教期間與人主編《名城詩報》，與我們上海作協詩歌組有交往，而且你說曾讀過我與鄭成義主編的《海岸詩叢》，特別是那本《著名詩人推薦的青年詩萃》給你留下較深的印象。所以悉尼初晤，一

見如故，喝著你從家鄉帶來的鐵觀音烏龍茶，歡語移時，飲醇自醉。雖然彼此年齡相差三十有餘，卻未曾妨礙我們成了忘年交。談詩論文，聲應氣求，親而不比。

其次，《精神放逐》這部新詩集，無庸置疑，是你繼《從家園來到家園去》之後推出的又一本力作。確實值得慶賀。但在這裡，我不想具體而細緻地剖析這部詩集的藝術成就，以及話語轉換的成功。坦率地說，以我淺薄的學識，要對你這樣的詩人做出一個價值上的判斷，實在力不勝任。下面我只想說幾點閱讀後的直感。

一

詩是心靈流淌出來的聲音。詩的感悟來自生命。人們總說，一個有深度的詩人，應該是生活態度嚴肅、性格豁達的人，在人生的搏擊中時時會遇到不可躲避的矛盾，在理想與現實的永久衝突中經受考驗，矛盾愈深則體會愈深，生命的境界也愈益豐滿濃郁。

我相信《精神放逐》正具備上述特色。它整體表達了你作為精神放逐的流浪者在浪跡天涯中的心路歷程，有你個人獨特烙印的生命體驗，有你對人類社會、自然風物、古今歷史的思考與詠嘆。特別是你對漂泊者的心理刻畫是深刻而富有哲理的。在詩中表現出生活的悲壯，顯露出人生與世界的「深度」。而這一切都浸潤著東方風韻之美與現代意識的話語魅力。我猜想，這正是你以具體的詩作實踐你在《國際華文詩星書系》序言中所闡述的主張：「詩人應該以一種最為平常的恬淡心態，去獲得一種漸入佳境的閃爍著人性光芒和對命運終極關懷的最佳效應，在普遍缺乏心性呼喚、思維原創和人文理念的當代詩壇，從時代的低矮屋檐下走出來，在走向多元生態的景觀中自覺去擁抱世界和擁抱自身，釋放出獨特的精神能源和話語亮點。」

我這裡所說你詩集呈現的深度，既不是如今某些詩人那種裝腔作勢，故作深奧；也不是所謂學院派的引經據典，以示博學；更不是狂妄者的自創流派，耍弄玄虛，嚇唬讀者。而是如美學大師宗白華所說，「積極的人生態度，以廣博的智慧，燭照宇宙間的複雜關係，以深摯的同情，瞭解人生內部的矛盾衝突。在偉大處發現它的狹小，在狹小裡也看到它的深邃，在圓滿裡發現它的缺憾。但是缺憾裡也找出它的意義。」

二

你這部詩集給我第二個最深的印象，是對漂泊者內心世界的全面深刻的揭示。

偉傑，你我都是浪跡天涯的遊子。我卻比你遲鈍。你在南半球飄泊多年之後的感悟：「流浪　原來就是一種宿命」。說得太好了。古今中外，一個真正的詩人，誰不曾在人生的征途上流浪，在命運的海洋中漂泊。正是在這人生的流浪中，你獲得了豐富多彩的詩的生命。而你在這生命的感悟中更深層地體驗「豪情充溢於胸中不能自抑／像春潮由衷地泛濫／漂泊的青春　夢之組合／而質是痛苦」（《體驗》）。痛苦幾乎是詩人的孿生兄弟；幸運兒歷來不是詩人的代名詞。

痛苦的原因，固然很多。但最關鍵的是命運之神，將你遣至「另一個星球　那裡／居住眾多膚色不同的／族群　語言的魔障／讓我仿佛步入深淵……」（《感悟的光華》）你說，「一個人固然能用語言、用思想去創作心靈中的精神世界，卻無法不去面對現實生存世界。」眼前的世界是「現代社會的高度商業化、經濟的全球化、高科技互聯網、意識形態變革」，等等，一切是如此嚴酷：「活著是一種無奈／活著欲望隨塗隨抹／活著是一種本

能／隱秘喘息的歷史河流／活著是一種尋求／認同空間的春花秋月／活著是一種掙扎／宿命的悲劇籠罩陰影」（《活著》）。

遠離故國、故土、故人的你，在海外漂泊多年之後，深知詩人向時代與人類輸送血液的同時，個人常常要忍受著孤獨的落寞與無助的煎熬，必須為此付出沉重的代價。

不是麼？比之普通人，流浪的詩人具有一種敏銳的感受性，具有更多的熱忱和溫情，具有細膩而脆弱的感觀神經，因而極易嘗受痛苦。你「側身於南半球的一隅／獨自　觀望這個世界／頓生某種莫名的／煩憂」。（《走向遠方》）「每個人都是一個匆匆的過客，在無情的時間面前，把如許亮麗的真誠和寄託，培植輪回的季節裡，以此安慰那顆騷動欲念不安分的心。」（《從家園來到家園去》後記）

在當今生命貶值、競爭激烈的社會中，作為一個漂泊在海外以漢語寫作的詩人，你只會備受折磨，只能在自我放逐的流浪中，吞咽孤獨與寂寞。

當然，孤獨能使人頹廢，但也可以使人深刻。一個沒有孤獨感的人，不可能是一個思想深邃的人。更不可能成為真正的詩人。因此，那難耐的孤獨（儘管好友眾多）與寂寞（宴飲不斷）總是像影子似的伴隨著你。你的「嘩嘩翻過的歲月像河流／攔不住的是那痛苦的滑行／飄泊的靈魂總無法平息／總找不到依戀的渡口」（《疲憊或者瀟灑》）。記得你當年慨嘆過「從出發的那一天我就開始孤獨／開始幽幽長長久地把我東方的淚眼看穿」（《出發》）。

其實，真正的詩人莫不如此。一千多年前，李白不是感嘆「自古聖賢皆寂寞」嗎？十九世紀浪漫派詩人雪萊也說，「這倒不是因為虛榮心受到壓抑，而是詩人的性情本身所致……在這個世界中，除了沒有感受力的人以外，誰也不會得到滿足和安寧。」

在《泅渡》這首短詩中，你將生命的醒悟與體驗，升華至一種涵蓋人生的哲理：

在難耐寂寞的河道
久久地　泅渡

……獨坐　獨思　獨看
任憑感覺的根鬚四處蔓延

整個世界好像都在變形濃縮
一個又一個的怪圈接踵而至
時間似乎失卻了依託
生命被擱置在定格的旅程

多堅實的詩句，平白、生動、樸素而有張力，仿佛從肺腑流出，無一字虛設，無一點雜質。可謂擲地有聲，發人深省。你那一連串的三個「獨坐」、「獨思」、「獨看」，看似隨意寫來，實則匠心獨運，入木三分，充分反映了詩人的行為方式與內心世界。

（誰不知，你是澳洲鼎鼎大名的「獨行俠」。記得著名作家奧列在《澳洲文壇百態》中曾說「在悉尼文壇，偉傑不屬於某個圈子，而是獨來獨往，獨闖天下。他辦報辦刊，辦公司辦書展，受益了那些渴望芳草地的文化人。現今活躍於各中文報刊的作家，有不少是從《滿江紅》起步的。」如今十多年過去了，人們在談起這段往事的時候，誰也不會忘記拓荒者的形象。）

三

眾所周知，詩歌最為人詬病的是晦澀難懂，故弄玄虛，有的人以為似乎用詞越是艱深，或越是粗俗，越能顯示自己的學問。其實，這樣寫只能離讀者愈來愈遠。詩歌最感人的魅力，是詩人的內在靈性與藝術品格，以及生動活潑、平實而有親切感的話語。

在讀你這本詩集的時候，我總覺得似乎正與你同行。跟隨著你的身影，跋涉群山，暢遊大海，指點江河，徜徉街市，看著你有時仰天長嘯，大筆淋漓（《自言自語》《我的筆就像我的居所》）；有時撫首低吟，孤寂徬徨（《死亡或靜止》《夢的過程無因果性》）；而你的狂放與豪情，在這部詩集恰恰是以真實親切的藝術魅力感染了我。有幾次，我閱讀至深夜，在家人都已入睡之後，屋裡靜靜的，一縷月光鑽過金銀花的枝葉，棲息在書架上，光影斑駁陸離中，我似乎看到你也在舉頭望月，你「憂傷而驚喜地眨動眼神」，企盼「所有的夢和記憶，飄進故鄉牧歌的炊煙裡」。這時的我，再也無法抑制思鄉的心潮，與你一起開始作夢的遠遊。

有人說，你用冷眼觀察人生，也用熱心體會人生。你追求革新與創造，卻不失對傳統的尊重。你是中國的，也是現代的。有時你也遊戲文字，但不違反語言的規範，也瞭解語言運用的分寸。例如你在三十五歲生日時寫的《生日自嘲》，既是一幅生動鮮明的自畫像，也是坦率得可愛的自白書。你借母親之口而說的「多麼痛苦和不幸啊／人世間又多了一個小壞蛋／多麼美麗和幸運啊／這世上又多了一個大怪才」。看到這裡我不禁笑出聲來。眼前浮現出你那憨厚專注的眼神，以及說話時那種眉飛色舞、滔滔不絕、容不得別人插言的一付卓爾不群的表情。

顯然，你是一個表裡如一的人，你對詩人的命運多舛早就有所準備。在我們相識的十年中，幾番風雨，幾多溝坎，你總是急流勇進，從沒有知難而退。你始終不渝地堅持自己的選擇，感受「生命放逐，自己餵養苦難」際遇，寧願在東西方文化的撞擊下備受折磨，也沒有或者無法失去詩人的本真。你說，「無詩的時候／有淚竟流不出／燙的眼睛疼痛渺茫／灼得燈光的身段冒出煙霧／以全部的憂思　瘋狂」。

你有強烈的愛憎，嫉惡如仇，眼裡容不得半粒沙子。對於社會的罪惡懷有詩人的極度憤怒，然而你對於未來又有充分的樂觀。你相信「世界　除了歲月永恆歷史永恆／還有夢裡夢外浪跡的跫音」；而當「燭光吹滅所有的不幸／新世紀的凱旋門　有你／鷹的高度　雄姿英發」（《鷹的高度》）。你寫「珍珠是大海溫順的族裔，眨動如星光的眼眸構成勝景」，「在洶湧的濤聲中孕育／在藍色的海水裡生成⋯⋯／以夢的方式長久地蠕動／由此感知自然的呼吸⋯⋯無意間搖曳一首歌謠／演繹成一種高貴和尊嚴⋯⋯讓人的思戀越飄越遠／讓回憶與憧憬充滿誘惑」（《合浦珍珠》）。這些優美的意象，色彩紛呈的詩句，就曾經在我的腦海裡引起如波如濤的聯想，帶給我的藝術美感是多元的。

四

總體說來，你是屬於引亢高歌的狂放派詩人，但也有淺吟低唱的婉約佳作。你的《睡蓮醒來》當初在北京的《詩刊》發表時我就讀過，這次重讀仍然令我心蕩神馳。「滿身素潔　依然沉浸／於水的酣夢中／雙眼如月鉤雲鉤情懷萬種／開始細雨般呢喃／消失的夢　綴含淋淋的珠光／透徹　一夜橫生的故事」。這是「一種來自天籟的聲音／飄在唐宋詩詞的旋律裡／迴旋在夏天的

母腹」的浪漫曲，演繹著夢幻般多情的江南才女愛蓮的閩南才子「燃燒著激情」的奇遇，纏綿悱惻，餘音繚繞。對與否，我不知道，只是讀詩時的聯想。

　　我還想說一點，你有高遠的志向。你也狂放不羈。你喜歡自己的意志和熱情，你內在的活力使你比人快樂得多。所以，在《都市的氣息》與《欲望的拋物線》這兩輯中，你身為異國的邊緣人，徜徉南半球的山川海洋、城鎮鄉村，欣然揮毫珠玉地寫悉尼歌劇院，寫海港焰火，寫往日的淘金者；漫遊祖國大地，你的思緒似行雲流水，寫夜色裡的上海，寫眷戀中的三亞，寫北海癡戀，寫合浦珍珠，寫長途電話，寫餐桌上的螃蟹，幾乎所聞，所見，所思，無一不引起你詩的遐思與構建，而你這些詩中的意象又跳蕩多變，既傳統，又現代，有些讓人捉摸不定。我想這也許正應了美國詩人桑德堡所說「詩是一扇門的開啟和關閉，讓曾經透視其內的人去猜想瞬間所見為何物」。當然，我這裡也許有些牽強附會。

　　有人說你「寫得苦，活得累，但卻有滋有味。」我想，這話無疑很中肯。但如果透過表象，更深一層地去看，可能你的苦與累是緣於你的高遠志向與剛毅性格。性格決定命運。你多思好動，富於幻想，總想幹出一番轟轟烈烈的事業，很少有安分的時候。所以，有時候朋友們難免為你擔心，「偉傑有很多設想，很多創意，但忙忙碌碌終歸難以實現。」然而，就在去年，當你主編並承辦印刷的現今海內外第一套《澳洲華文文學叢書》五卷本、洋洋灑灑一百五十多萬字的書運抵悉尼時，人們才知道擔心是多餘的。其實，你的創造力遠遠超出人們的想像力。這次你同時並進地帶回來你的新詩集《從家園來到家園去》與詩論集《繆斯的別墅》，更讓人們刮目相看，肅然起敬。無論人們怎樣評

價，見仁見智，但有一點是可以肯定的，那就是你對詩歌事業的一往情深。

最後，這文章題目，緣於你的詩句：「我是一隻飛鳥，俯仰於海天之間」，如今在你「以一隻鳥的姿態／抖落滿身塵埃」的時候，未來的你，振翅高翔，抑或是落地喧嘩，啄洗自己美麗光鮮的羽毛，享受榮耀？愛你者，正拭目待之。

拉拉雜雜，寫了些辭不達意的文字，是否能作為序言？請予「裁定」。借用你的「如果能讓讀者（行家）們一瞧，並博得一粲，即使膚淺乏味也算是一樂」。

冰夫　二零零四年八月二十四日，於悉尼筱園

（發表於澳華新文苑第172-173期）

汪洋灑落的旅程

——莊偉傑其人其詩其文解讀

何與懷

一

莊偉傑，這位閩南青年，生肖屬虎，工詩文，善書畫，從他筆名「莊燁」、「詩燁」、「怪聖」，從他素有「南方抒情詩人」、「閩南書怪」之稱，等等，人們對他似乎就可知一二。

他於福建師範大學中文系畢業後，曾任教於泉州黎明大學中文系。一九八九年底，那年他二十七歲，作為一個留學生，從海上絲綢之路的中國泉州古城走到南十字星下的西方世界現代都會悉尼。他不甘寂寞，出任國際華文出版社社長兼總編輯和澳洲華文詩人筆會會長，在異國他鄉創辦雜誌《滿江紅》和《唐人商報》，熱情地為澳華文壇開闢一塊園地，也為自己打造一片新的天地。他好做大事，雖然不無煩憂困苦，雖然有時也讓人擔心。到了世紀之交，在澳洲度過十年之久的莊偉傑，又作了人生一個重大決定。他回到中國，在北京大學作訪問學者，在母校福建師範大學攻讀文學博士學位。二零零三年夏天，他拿了博士頭銜又拿了教授職位。適逢當時我和他應中國國務院僑辦邀請，一起在中國大陸東南西北各地參觀訪問，一路上我常笑言他碰上「莊偉傑年」，可謂「春風得意馬蹄疾，一朝看遍長安花。」

現在，幾年又過去了。莊偉傑每年回悉尼一兩次，每次見到都是精神抖擻，碩果累累。屈指一算，他已出版了好些著作，數量極其驚人，重要的有：

新詩集《神聖的悲歌》（中國國際廣播出版社，1997）、《從家園來到家園去》（國際華文出版社，2001）、《精神放逐》（中國廣播電視出版社，2004）、《東方之光》（國際華文出版社，2004）、《莊偉傑短詩選》（中英對照）；

評論集《繆斯的別墅》（國際華文出版社，2002）、《尋夢與鏡像——多元語境中澳洲華文文學當代性解說》（博士論文）、《智性的舞蹈——華文文學、當代詩歌、文化現象探究》（百花洲文藝出版社，2005）、《澳洲華文詩人12家論》（即將出版）、《邊緣文化與生態視野——華文文學‧華文教育‧華文傳媒》（即將出版）；

散文詩集《別致的世界》（成都時代出版社，2004）；

散文集《夢裡夢外》（文化藝術出版社，1999）、《邊緣人類》（即將出版）；

書法集《莊偉傑書法欣賞與書藝文集》（澳洲滿江紅出版公司，1998）。

主編著作：《澳洲華文文學叢書》五部、《澳華文學方陣》多部、《國際華文詩星書系》多部、《世紀獻禮》、《新生代詩人100家》……等等。

他有大量文學作品、評論文章和書法對聯發表於海內外一百多家報刊雜誌，作品入選《華人畫家書法家詩人作品聯展大獎典藏集》、《2001中國最佳詩歌》、二零零二、二零零三、二零零四、二零零五年《中國年度最佳散文詩》、《21世紀書法：天津論壇優秀論文集》等數十種版本。曾獲中國第十三屆「冰心獎」、二零零四－二零零五年度全國文藝理論與批評徵文一等

獎、第三屆「龍文化金獎」優秀論著獎、二零零六年「首屆中國高校詩歌大獎賽」教師組優秀獎等多種文學藝術獎。

現在莊偉傑受聘為國立華僑大學華文學院教授、華文文學與華文教育學科帶頭人，係目前中國文壇獎金最高文學獎「華語文學傳媒大獎」三十名推薦評委之一。今年十月，他被選為「中外散文詩學會」副主席。在這之前，八月，莊偉傑又將開始「博士後」生涯，入駐復旦。在諸多競爭「對手」中，只他一人獲得錄取，成為享有國際聲譽的陳思和教授的門生。「學問之道的確遙遠而漫長……」他感嘆，他歡呼，滿懷信心，迎接新的挑戰。

莊偉傑曾在一首詩中說：「我是一隻飛鳥，俯仰於海天之間」；「以一隻鳥的姿態／抖落滿身塵埃」。冰夫先生因而在前兩年為莊的詩集《精神放逐》寫序時問道：「振翅高翔，抑或是落地喧嘩，啄洗自己美麗光鮮的羽毛，享受榮耀？」（冰夫，「振翅高翔抑或落地喧嘩——讀詩集《精神放逐》致莊偉傑」）現在看來，莊偉傑並不屑於落地喧嘩，他繼續振翅高翔當不容置疑。或者在他題為「虎」（《精神放逐》）的詩中，莊偉傑多少也為自己作了一幅自畫像：

> 不願長久地　呆在／狹窄而生態鱗傷的／荒山野林　卻喜歡／在懸崖絕壁上／彫鑿夢想／孤傲地懷抱春雲／冷眼蔑視世界／／洶湧冒險的衝撞力／在植物吐芽的季節／躍動一串火花　獨放／異彩　縱然周遭一片漆黑／絕不後悔　獨斷獨行／往可縱橫千里萬里／返能折騰萬里千里／…………

或者，也可這樣比喻，就好像不經意出現一場造山運動，在我們澳華文壇舊友面前，莊偉傑驀然崛起，令人十分驚喜！

二

　　還記得，他調侃自己志大才疏。甚至「志大」也有「疑問」，當人們驚訝他的名字叫「偉傑」時，他總是風趣地說：「是裝出來的。」

　　所謂「裝」是「莊」的同音，而「莊」是他的本姓，那是千真萬確的，那麼，他志在「偉傑」，便絕對不是「裝」出來的了。至於「才疏」，於他更是一個謙辭。事實上，說到莊偉傑，人們自然想到這兩句成語：「多才多藝」、「年輕有為」。雖然這些讚詞有點用爛了，但用在莊偉傑身上，卻是恰如其分的，上文簡略所述的成就就是根據。

　　在大多的場合下，莊偉傑並不是一副謙卑恭謹的樣子──不，他絕對不想做那種謙謙君子。正如他自己說，他「喜歡我行我素、喜歡刪繁就簡、喜歡標新立異，又是一個地道的邊緣人類……」下面他自己的兩段話多少點出了他寫作特點，也點出了他性格特點：

> 我主張在寫作上要敢於張牙舞爪，性情使然，本人的寫作空間維度說雅些呈放射狀，其實是既多且雜，這恐怕與自己不喜歡單一或單向維度有關。因此，忽而寫詩吟對，忽而作文評論，忽而揮毫書畫，至於散文詩，只當作個人漫不經心的一種思維散步，飄忽不定如雲彩，撒落的雨點如音符……
> 也許，我的生命空間是由多種元素組成的，並由此生發形成了多維度的寫作空間。（《別致的世界》「後記」）

按照我的觀察、理解、分析，莊偉傑生命空間當然有多種元素，但激發他生命各種元素因而決定他就是「這一個」是他的詩性。他整體是個詩人氣質。就說他的書法吧。如論者所說，字如其人，書為心畫。莊偉傑宗師自然萬物，主張悟性靈性，追求線條的靈動與張力、佈局的動靜錯落和諧有序，以及個性鮮明獨標風彩的神韻。他隨情而發，揮灑自如。多變靈活的用筆，不斷創新的意念，如八面來風，酣暢淋漓，迴腸蕩氣，恣肆汪洋，其中的審美體驗是「書韻、詩情、畫意」。他這樣總結自己的心得體會，書家詩家簡直渾然一體：

> 空氣被墨香渲染得醉醺醺的／流瀉出涮涮點點的柔情萬千／一撇一捺一勾一挑一折一豎／構築著一方搖曳多姿的空間／書聖王羲之父子露面了／唐宋四大家亮相了／懷素顛顛狂狂地跑來了／褚遂良則小心翼翼地走來／難得糊塗的鄭板橋並不糊塗／……其實，在這個天地中／角度不外是三尾魚／一尾在墨海遊動／一尾遨翔於歷史的長河中／一尾嬉戲在書家的夢裡（「角度是三尾魚」）

莊偉傑多維度的寫作空間中有散文更有散文詩。他陸陸續續寫散文或隨筆或雜文等，大多是在走出國門到了澳洲之後。一九九九年八月，他把這段時期的散文作品結集出版，最初定名為《遠行的跫音》，意即在異國漂泊浪跡的漫漫旅程上下求索而留下的跫然之音，出版前更名為《夢裡夢外》，倒也似乎更能表明作者這段期間的狀況與心態（「世界　除了歲月永恆歷史永恆／還有夢裡夢外浪跡的跫音」）。此後，在回中國大陸之後，莊偉傑寫的散文，將在《邊緣人類》收集出版，我閱讀過一些，很覺得文字瀟灑，詩意洋溢。例如，二零零二年初春寫於泉石堂的

近六千七百字的「母愛如燈」，簡直就像一首感人至深的長篇散文詩。而當我打開他於二零零四年十二月出版的散文詩集《別致的世界》，便禁不住為他「個人漫不經心的一種思維散步」所深深讚嘆了。也像別的散文詩集子，《別致的世界》中有許多關於「感悟」、「懷念」、「情思」的篇什，但莊偉傑以散文詩的式樣來解剖自己，洞察世事，感悟人生，特別真誠，特別睿智，其哲理深度，不是一般淺薄為文者所能相比的。散文詩是莊偉傑鍾愛的一種文體。作為文學家族中的另類，作為一種特殊的邊緣文體，散文詩這種性格特別感動他。在某種意義上，他的散文詩創作給他帶來的掌聲和收穫，可能是其他文體所難以達到的。「其實，我不也是一首散文詩嗎？」（「《別致的世界》後記」）莊偉傑發自內心的欣喜的認知，已經說明一切了。

莊偉傑從事最多最為投入的當然是他的新詩創作。關於他的詩寫，我自然要從他當年素有「南方抒情詩人」之稱說起。如果說莊偉傑擔當得起這個詩名，那麼，他第一部詩集《神聖的悲歌》中那首長達十一節一百六十行抒情長詩「南方之沉吟」，可視為一個標誌。

……南方，我溫暖而廣袤的故鄉／低垂羞紅的頭，舉行隆重的典禮／在沉思，沉思……

這是長詩開頭第一節。這樣一開頭，生發開去，便不得了。如論者所說，上下幾千年，縱橫幾萬里，尋古探幽，訪賢拜師，呼喚吶喊，一路行吟一路歌，一路沉思一路詩……所謂「惜誦以致潛兮，發憤以抒情」（《楚辭・惜頌》）；所謂「詩緣情而綺靡，賦體物而瀏亮」（陸機《文賦》），「南方之沉吟」是充分緣情抒情的。這首詩寫於一九八四年夏天，當時莊偉傑是多麼

年輕啊；即使以此詩定稿於一九九三年夏季，詩人也不過三十一歲。這裡有一點值得注意，他寫完這首長詩後第五年到澳大利亞留學，而修改定稿時已居澳近四年，這個跨度經歷了他人生一個重大變化。「發憤以抒情」，信然。

「南方之沉吟」這首詩以「南方」作為背景，寫得相當大氣，結尾終於能夠這樣豪邁地宣告：

> ……哦！那時／我將和南方一起／和新興的太陽城一起／和所有綠色的生命一起／驕傲地走向哲學的長廊／走向成熟的季節

「詩者，志之所之也。在心為志，發言為詩」（「毛詩·序」）。「詩言志」（「尚書·堯典」），顯然，莊偉傑在這裡預告了他的理想，他的抱負。

對於詩的本源，古來有兩大理論，其一是原於「心」，其二是原於「道」。對於我，「心」「道」並非絕對衝突的。周作人說過一句非常精闢的話：「言他人之志即是載道，載自己的道亦是言志。」（周作人，「中國新文學大系·散文集導言」）最緊要的是看是否出於自己的本心，自己的真心。清人袁枚曰：「芳夫詩者，心之聲也，性情所流露者也。從性情而得者，如水出芙蓉，天然可愛；從學問而來者，如元黃錯采，絢染始成。」（袁枚，「答何水部」）詩必須為「心聲」，為性情的自然流露。莊偉傑是一個性情中人，他言志抒情，均是出於真心，豪放如「南方之沉吟」這類詩如此，婉約如他的「合浦珍珠」、「睡蓮醒來」這些詩章更是如此。請看：

> 以夢的方式長久地蠕動／由此感知自然的呼吸／詩意了所有

大海的歲月／表達南國的魅力／珠還合浦的美麗傳說／仿佛
淡藍淡藍的記憶／無意間搖曳一首歌謠／演繹成一種高貴和
尊嚴／…………（「合浦珍珠」）

請看：

滿身素潔　依然沉浸／於水的酣夢中／雙眼如月鉤雲鉤情懷
萬種／開始細雨般呢喃／消失的夢　綴含淋淋的珠光／透徹
一夜橫生的故事／…………（「睡蓮醒來」）

這些優美意象，既傳統，又現代，跳盪多變，色彩紛呈，讓
人心醉神迷，捉摸不定，這別有一番情趣恰好顯露了莊偉傑的本
性。

的確，莊偉傑的詩章帶給人們的藝術美感是多元的。於莊偉
傑，詩是一種特殊的生活方式，詩為人們展現一段悠遠而神秘的
夢幻，也把莊偉傑真實地呈現在世人面前──一個閩南才子，既
狂放，又多情。

三

在二十世紀八十年代末九十年代初中國大陸移民大潮洶湧澎
湃之下，這位閩南才子「仰天大笑」跨出國門，到了澳洲悉尼。
可是，不久以後，他感受到一個世紀末浪跡天涯的遊子所能感受
到的全部的孤獨困惑、徬徨、焦灼騷動不安了。他像他們那一代
新移民文化人一樣，面臨著生存制約、文化衝突、語言焦慮、
自我挑戰等等困境。從大學講壇轉化而「流放」到一個陌生的、
一切都必須從零開始、都必須靠自己去創設和尋找自己位置的空

間，其中經歷的痛楚是難以言喻的。而且，遠行的路沒有盡頭，流浪異國故土已漸行漸遠……

這是「一年四季都在流浪」的內心感受：

> 我聽到了什麼　應該說些什麼？／關於冬季、寒冷抑或喟嘆／關於命運、孤獨加上懺悔錄／或者道出那珍貴的語句／其實統統沒有必要　反正／一年四季都在流浪……（「精神的夢魘」）

他失落精神家園的孤獨和痛苦竟達到這樣的程度：

> 既然千年前的心事／在瑟縮之時發了脣／可海依舊是海／天依然還是天／憂思狼煙般滾滾而來／指頭燃著一枝孤獨／我將所有的傷痛所有的回味／統統地擲進　靈魂傷口／洞開的深淵（「我是一個弄潮兒」之二）

面對著這樣的命運歷程，他禁不住發出一個「天問」：我們為什麼流浪？他發現，我們放蕩的符號，都深藏著無數歲月的童話：

> 孤獨的時候／無舟橫渡　情感／至今依然　漂泊／在一個陌生的城市／流浪多年的夢，尚未醒悟／／那些記憶中的初衷／雲一樣流放於天空／注滿著　我們放蕩的符號／怨恨或者渴望／困惑或者思念／在每一個角落裡／在每一條繩結中／都深藏著無數　歲月的童話……（「依然飄泊」）

他對孤獨感驗至深，獨特地獲得「獨坐、獨思、獨看」的感覺：

> 在難耐寂寞的河道／久久地　泅渡／……獨坐　獨思　獨看／任憑感覺的根鬚四處蔓延／整個世界好像都在變形濃縮／一個又一個的怪圈接踵而至／時間似乎失卻了依託／生命被擱置在定格的旅程（「泅渡」）

漂流的日子，蒼茫的季節。莊偉傑感受到無可奈何的、沉重的煎熬。幸而，他聽到在遙遠的天國繆斯的呼喚。他後來回憶道，倘若再沒有詩的陪伴，沒有詩的慰藉，他真不敢想像自己在異國的生活將會是怎麼樣。他曾這樣表白：

> 無詩的時候／有淚竟流不出／燙得眼睛疼痛渺茫／灼得燈光的身段冒出煙霧／以全部的憂思　瘋狂／生長一株憂鬱草／整個背景　色彩黯然（「無詩的時候」）

在歷史哲學的深層次追問下，詩人面臨一個有關文化、民族之類的難以擺脫的迷茫。在那異國他鄉：

> 沒有誰能讀懂我／沒有誰讀不懂我／不設防的人生／有形或無形／透明或朦朧／最悲哀的是／讀不懂自己（「流向遠方的遠方」之二）

…………

多麼震撼心靈的詩句！特別對於那些曾經或正在生活在類似境況的人。

莊偉傑這些「自我流放」體驗和感悟在他迄今出版的幾部詩集中鮮明而深刻地呈現著。一九九七年他第一本詩集出版，他就把它命名為《神聖的悲歌》，他說這不僅是自身生命體驗的真實寫照，更是他們流浪海外的同代人生命的真實寫照。一位論者形容得好，「這是尋找感覺的真實體驗與精神夢囈的無題詠嘆，這是繾綣思緒的一杯誘惑與靈魂渴望的一種禪宗，這是無法抗拒的神聖悲歌與懷古對話的世紀憂思，這是黃昏細語的別離心畔與穿越靈界的梅花心緣，這是悉尼之夜的海濱斷想與鼓浪之嶼的海潮印象，這是體驗人生的南方沉吟與記憶角度的三尾遊弋⋯⋯」（謝幕，「翻閱命運的奧秘與浪跡天涯的孤寂——旅澳詩人莊偉傑詩集《神聖的悲歌》試評」）

　　《從家園來到家園去》是莊偉傑二零零一年十一月出版的另一本詩集。這本詩集從「作品01號」到「作品21號」，總數近二千行，是作者的「孤旅遊思」（詩集原定的書名）——以詩的形式系統地展示海外學子心靈的苦難歷程。莊偉傑企冀很為宏大。他企圖把他們這群在異域奔波闖蕩多年的同輩者，在實際的存在狀態中陷入無家可歸或有家難歸的困惑，用史詩式的壯闊加以表達；他企圖透過某些特殊的語境，對自身生命進行觀照，對二十世紀末「世界大串聯」乃至對生命作全方位多角度的審視，並多少體現帶有美學的趣味與宗教的情懷。

　　二零零四年八月出版的《精神放逐》，莊偉傑起初取名為「感悟的光華」，過些時候覺得不太滿意，又命名為「孤獨的另一面」，儘管這兩者皆從精神層面上闡釋，但始終還是覺得缺點什麼，反復思量，遂取現名。他希望因為有這個符號，能泛起這些詩作所散發的自身的氣息，讓人在閱讀過程中感應到一片氛圍，一縷感悟，一份心跡，一種姿態，然後，進入一種特定的文化語境中。詩集整體表達了莊偉傑作為精神放逐的流浪者在浪跡

天涯中的心路歷程，有個人獨特烙印的生命體驗，有對人類社會、自然風物、古今歷史的思考與詠嘆。進而論之，詩集對漂泊者內心世界富有哲理深度的揭示，浸潤著東方風韻之美與現代意識的話語魅力。

從這幾部詩集的立意可以看到莊偉傑相當大的「野心」──而且他的「野心」可以預期在不久的將來更會蓬勃地展發開來。

我之所以敢於這樣說有一點是因為我在這幾部詩集中看到莊偉傑的詩藝有所提升。我非常同意莊偉傑的老師孫紹振教授的看法：莊偉傑「在藝術上最為成功的地方就在於他能夠比較自然地超越了抒情的浪漫，把他深沉的智性的深思化為詩性的沉思」。（孫紹振，「智性話語與詩性沉思──莊偉傑詩集《從家園來到家園去》序」）的確，莊偉傑最為精彩的詩章，不是僅僅抒發某種浪漫情懷的激情，而是來自激情的反面──那種具有深沉力度的冷峻。這些詩章的語言是感性和智性平衡的語言──不但有感性的象徵，而且有智性的概括。再讀讀本節前面所引的詩句吧，如果誰喜歡歸類的話，它們也堪稱為具有無限性、超越性、靈性等特點的「智性詩歌」。例如《泗渡》這首短詩中，那一連串的三個「獨坐」、「獨思」、「獨看」，如冰夫所指出，看似隨意寫來，實則匠心獨運，入木三分，充分反映了莊偉傑的行為方式與內心世界。整首詩平白而堅實、生動，樸素而有張力，仿佛從肺腑流出，無一字虛設，無一點雜質，可謂擲地有聲，發人深省，將生命的醒悟與體驗，升華至一種涵蓋人生的哲理。（冰夫，同上）

再舉莊偉傑這兩首在《精神放逐》中的五行詩：

潛伏的憂患來自歷史的悲愴／毀滅歷史遠比創造歷史容易／讀懂今日遠比讀懂昨天艱難／／穿行在荒原上　時間傷痕累累／無言的憂患　一方苦澀的良藥（「憂患」）

今日的現在從過去走向我們／明日的現在從今日的迷津橫渡／一切的事物又漸復歸於原形／／過去　現在　將來／輪迴的終點也是起點（「現在」）

可以看出，莊偉傑在表達某種人生哲理的時候，也形成了他一種風格。或者倒過來說，莊偉傑喜歡以一些悖論性或同語反復之類的句式表達他的哲理思考。《從家園來到家園去》也有許多例子，在不經意間滲透著一種禪理神機，讓人啟發心智、回味無窮：

自己是自己的深淵／自己是自己的造就（「構置自己的風景」之六）

世人皆醉我獨醒／世人皆醒我獨醉（「我是一塊活化石」之七）

辦公室是用來辦公的場所／自己是用來孤芳自賞的風景（「皓首凝望著蔚藍」之三）

沒有誰能讀懂我／沒有誰讀不懂我（「流向遠方的遠方」之二）

置身今天又遠離今天／親近家園又遠離家園（「親近又遠離家園」之六）

天堂就是天堂／人間就是人間（「我是一塊活化石」之十）

活著的死者，血已凝固／死去的活者／六弦如瀑（「構置自己的風景」之六）

一切都誕生於零／一切又歸縮於零（「浪跡天涯的創傷」之九）

　　我個人非常欣賞也特別看重詩性的沉思即在詩章中呈現某種哲理的升華，因此我認定這是莊偉傑詩寫的重大收穫。那麼，人們會問：如果莊偉傑沒有澳洲十年的生活，他能大面積地寫出這些詩章嗎？

　　不知是否可以這樣說，莊偉傑在澳洲十年的「自我流放」，對於他的人生感悟也許具有至今尚未完全揭示的重大意義。試縱觀古今中外所有文學史，一個真正的詩人，有誰不曾在人生的征途上流浪，在命運的海洋中漂泊？孤獨、流浪、磨難，對一個真正的詩人來說，是煉獄，也是一種財富，一種天意。正所謂矛盾越深則體會越深，生命的感悟也越為豐富沉實。

　　「從家園來到家園去」；「精神放逐」。誠哉斯言！的確，正如新詩理論家謝冕教授所言，人的生命的基本狀態，或者說，生命的本質，就是流動。這種流動不免引發悲傷，這就是莊偉傑詩中頻頻出現「創傷」、「無奈」、「追尋」這些詞語的原因。另一方面，更重要的是，生命因這種流動而美麗，而獲得意義。（謝冕，「簡單幾句話──序《從家園來到家園去》」）因此，我想指出，在抒發這些人類共同面臨的、也是永恆的主題時，莊偉傑可以自信，可以自傲，因為他經歷了大跨度的人生漂流，他既付出了巨大的情感投入，又獲得了大悲歡的人生體驗，因而激發他的哲理思考並讓他的詩寫進入一個新的境界。

四

　　莊偉傑不但是一位詩人，而且是一位學者（他以澳華文學的總體論述取得博士頭銜），一位詩論家。他幾年裏已經主編出版了好幾套叢書、方陣、書系之類，自己的評論集更出版了厚實的

幾部。莊偉傑真正涉足文學理論研究與批評，是近幾年讀博士之後的事，但也像他的詩創作一樣，是精神的豐收。

在莊偉傑所主編的多種著作中，我要特別提到二零零二年十月出版的《澳洲華文文學叢書》。這是海內外第一套五卷本澳洲華人作家作品選集，可視作一百五十多年以來澳華歷史上具有知識價值、美學價值和數據價值的真實檔案，也是近十餘年來澳洲華文文學異軍突起的一個縮影。它不僅是研究澳華文學的第一手資料，而且是人們認識澳洲華人生活、現狀和文化的一面鏡子。當時我就在我主編的《澳華新文苑》上為這套《叢書》的出版作了兩期的專輯。我滿懷喜悅地稱其為「澳華文學史上的一塊豐碑」！

關於文學評論，喜歡標新立異的莊偉傑自然有自己一套想法、寫法。他雖然科班出身又在大學教書，卻最忌諱學究式的、掉書袋的東西。在他看來，理論批評雖說是理性的冒險之旅，但到底還得讓人喜歡讀願意看，所以應是一種智慧的高蹈，一炷思想的香火，一台出色的演說，一席觀點的律動。也許是性情使然，也出於個人境況因素，他喜歡站在邊緣處獨思獨想，多從自己的立場或姿態出發，去闡述屬於個人的自我之感、自我之道、自我之見，而不太理會是否可能會有悖於傳統學術研究的框框。他力圖讓他的評論顯示「鮮活而溢滿理性之光，靈動而不失文彩意蘊，大度而充盈厚實豐贍」（莊偉傑，「走自己的路——評論文集《智性的舞蹈》後記」）。莊偉傑這種志趣，深得我心，我也因此更加關注他如何身體力行。如果比較一下二零零二年五月出版的《繆斯的別墅》和二零零五年五月出版的《智性的舞蹈》，讀者大概會同意，莊偉傑「走自己的路」是越來越有信心，越來越得心應手了。

不過，這裡不打算全面評論莊偉傑文學評論的成就，倒是想通過他某些評論，繼續前幾節描述，進一步鮮明其人。

其實，所謂文學評論，在很大意義上，甚至可以說在最終意義上，也是自我評論，是自我文學觀念的一種折射。故此，探究一下莊偉傑那篇題為「靈魂的珍珠項鏈」的余光中詩歌討論是很有意思的。這是二零零三年九月他在余光中出席的「海峽詩會」上的發言。莊偉傑認為，正如古今中外一切大作家大詩人一樣，余光中的生命境界和精神世界是立體多元而又充滿矛盾的，同時也保持其微妙與和諧的統一。他展現的世界具有多重的美學內蘊和多維路向。作為一個真正的詩人，他總是保持恆久的前傾姿態，在人格上確立一種自覺的邊緣意識。

什麼是「邊緣意識」？余光中的個案表明，這是走出中心，在邊緣地帶反觀整體生存背景，同時表明詩人突破自我邊緣而通向人類的內在心象。詩人唯有堅守自己的心性堅守邊緣姿態，堅守個體寫作，堅守更新自己的觀念，一方面才能保持創作主體的個體獨立性或真我風彩，另一方面才能打破「自戀」心理，保有一顆博愛之心、靜觀自得和總體性超越乃至指向人類的終極目標。誠如余光中所言：「從小的一面看，尚有個人生活與自我的所思所感、所夢所欲，從大的一面看，尚有大自然與無限的時空，也就是一切生命所寄的宇宙。個人的一面，近而親切；自然的一面，遠而神秘，其實都是人生的經驗，也都是現實。」（余光中，「談新詩的三個問題」，《連環妙計》，上海文藝出版社一九九九年八月版）

由此看來，余光中以邊緣的姿態切入的詩歌寫作，是他在自我與中心意識形態、個人生活與大千世界的相互對應的切點上，將個體與群體、主體與客體，自我與人類加以鏈接，企冀表現出對人類的終極關懷。莊偉傑發現，當余光中從邊緣立場出發，至

少在兩種向度上同時展開：一是既能作為個體生命獨特的心靈圖景與創作主體的生命感受；二是又能作為表現出人與超自然兩個層次的契合上，發出關於人類生命終極意義的追尋和關注以及體現出文化與歷史傳承的真義。

余光中的詩歌對當代華文詩歌寫作有著重要的啟示和意義。作為有一個具有強大說服力的例子，余光中的成就為「邊緣文學」展示美好的願景。事實上，正如余光中所說，「從文學史的發展看，邊緣文學未必不能成為強有力的支流，更進而影響主流。」余先生進一步說：「在我國古典之中，楚辭對於詩經本來也是邊緣文學，但是現在早已成為傳統的基石。……政治短暫而文化悠久，今日的邊緣文學將成異日的一股主流。」（余光中，「邊緣文學」，《憑一張地圖》，台灣九歌出版社1988年12月版）

不難發現，莊偉傑在評論余光中的同時，也為自己吸取了信心和力量，透露了自己的企望。

作為一個澳大利亞華人，作為一個享受澳大利亞多元文化主義的華文詩人和學者，莊偉傑似乎意識到自己文學創作與研究的道路和可能的前景。

何謂澳大利亞多元文化主義？澳大利亞政府多元文化事務部制定的《澳大利亞多元文化全國議程指南》這樣闡明：一、所有的澳大利亞人均有權表達和分享他們自己的文化傳統，信仰他們自己的宗教及為自己的母語而自豪；二、不論種族、宗教、語言和出生地，所有澳大利亞人均有權享受同等待遇和機會；三、澳大利亞在現在比以往更需要發展和依賴它所有的人民（不論他們是屬於哪種人種）的技能與才幹。從澳洲多元文化存在的事實，可見澳洲社會豐富的文化構成，在澳洲的華文文化作為其重要的一員，已經爭得一角天空。置身於中西文化衝擊中並在雙重意義上作為邊緣族群的澳華作家，不僅積累了豐富的人生感受，同時

在人文精神方面享有高度的心靈自由，他們不斷尋求人的個體生命價值觀念，在邊緣地帶中創生了另類文化或第三文化，為「大中華文化圈」搖旗吶喊，添磚加瓦。

在這樣的背景下，作為一個澳華詩人，不難理解莊偉傑推崇余光中那樣的堅守寂寞永遠立於風中的邊緣詩人。他說，詩人唯有堅守自己的心性，堅守邊緣姿態，堅守個體寫作，堅守更新自己的觀念，在浮躁的時代和令人目不暇給的世界中保有一顆博愛之心、靜觀自得和總體性超越，才能真正堅守現在並獲得某種程度上的超越。莊偉傑也自稱是「邊緣人」，或者如楊匡漢所指出，準確地說該是「於邊緣處站立的人」。（楊匡漢，「追尋沉默之美——序《繆斯的別墅》」）他清楚無論是地理空間上或精神空間上自己都身處邊緣。他說，「邊緣」，在某種意義上，其實像是兩個圓的交叉地帶。如果說中國文化是主情的、西方文化是主知的，那麼，站在中西文化的交匯點上就注定了他的邊緣角色。莊偉傑顯然也想像余光中一樣做一個「總是保持恆久的前傾姿態，在人格上確立一種自覺的邊緣意識」的「真正」的詩人。成為這一類詩人不容易。他們既不投其懷抱於主流，也不願將自己畫地為牢而歸於某個派系或類型。他們從邊緣出發，永遠立於風中，走在永遠的路上。他們行走於意識權力話語與商品權力話語交織的領地，在政治和商品的雙重擠壓中依然堅守寂寞、寧靜致遠，對當下的生存憂思或困惑加以揭示，因此堅持詩歌的邊緣化成為這些詩人的目標。無論是展示自己精神歷險的新的表述空間，還是進入到當下現實生存狀態的日常生活中，他們總是在不斷的肯定和不斷的否定中前進，並對漢語思想、漢語寫作和自我創造力加以呼喚，既有詩意的潛質也有傾訴的衝動。他們的詩不是做出來的，而是內心流出來的，「那是詩人人格的投影，心靈

歷史的樸素表達。」（莊偉傑，「當代詩歌流變與詩壇六種類型詩人透視」，《國際華文詩人》，2002年秋創刊號）

行文至此，談了那麼多「邊緣」、「邊緣意識」，也許我們應該進一步探究一下「家園」的意義了。

讓我們又回到莊偉傑關於「家」的一首詩。這個新時代的遊子，面對茫茫天地，對於「家在哪裡」的問題，不但只是以感慨繫之，而且已深加思考。他發現他到處為「家」：

南來北往／天地間／一隻沙鷗／以鳥的方式／存在或者生長／我向時空／拋出無數弧線／世界回應我／許多感嘆號／生我養我的村莊／母親的家稱老家／成家立業的那片天／支撐為安樂窩／遠方袋鼠的誘惑／流浪成一個家／歸來的那個邊緣／屁股兒也算家／晃來晃去的地方／找一個臨時的巢穴／包裹著自己的身段／不算家的家／……／我的筆　其實就是我的居所／我是主人　棲息在筆管裡／筆尖像小狗一樣搖頭擺尾／有這種特殊關係／我自然方便了許多／我的居所是晃來晃去的世界／筆自動在體內踱來踱去……（「我的筆就像我的居所」，《精神放逐》）

莊偉傑真切地知道，他還有另一個家，那是用來滋養自己，喚醒靈魂的家，它不在別處，而是構築在他的心裡。這是一個神聖而不可褻瀆的家。他的心裡始終裝著這個美麗的家。這樣，「家」或「家園」的概念，便獲得了神聖的升華；這個「精神家園」，在他心裡始終戴著崇高的光環。儘管在困境面前，他曾經說過「去國離鄉，忽經十載，夢醒還鄉，來去家園，令人頓生無盡感慨」（「《別致的世界》後記」），但他知道，「土地家園」並不等同「精神家園」，他的精神永遠在放逐中，他始終要

尋找「那屬於燦亮的渾圓，能感應芸芸眾生的企望／能昭示萬物的精靈」（莊偉傑，「孤獨地向前衝去」之一，《從家園來到家園去》）。

　　我曾經在一篇文章中說過，作為一個澳華作家、詩人，或者學者，我們似乎不必在「原鄉」、「異鄉」的觀念中糾纏，不必為「在家」「不在家」或「有家」、「沒有家」的感覺所困擾而不能自拔，不必因為「土地家園」不是「終極家園」而極度懷疑而灰心喪氣。作為一個「世俗」的人，我們應該有平常心也應該擁有積極的人生觀和廣闊的歷史哲學視野（何與懷，「精神難民的掙扎與進取──試談澳華小說的認同關切」，《精神難民的掙扎與進取》，香港當代作家，2004年5月）。人們檢視一個世紀以來某些重要的哲學家、神學家、詩人、小說家、藝術家、音樂家的精神意向，已經獲得一個很有意思的發現──他們的精神意向都是流亡性的！卡爾‧巴特和海德格爾均頗為入迷的「途中」概念以及昆德拉小說中的漂泊性主題是很好的例證。值得進一步考慮的是：也許人本來就沒有家，家園只是一個古老的臆想觀念，人永遠走在回家的途中──《舊約‧創世紀》早告訴過這一點，而人過去總以為自己在家，二十世紀的思想不過重新揭開一個事實而已。

　　「人始終都在路上」，不管你當下身處何處，是棲身於生你育你的故國家園，還是浪跡於世界某一個角落。而一個「始終都在路上」追求的華文作家或詩人，應該相信「中華文化就在我的身上」，甚至認為「我就是中國」，就以這種態度去擁抱世界，去寫作。我傾向認為，澳華作家、詩人、學者，應該就像一百多年前梁啟超所說的那樣，歡迎「世界大風潮之勢力所顛簸、所衝擊、所驅遣」，做一個「世界人」（見梁啟超，「《汗漫錄》序言」），特別在今天全球化已是大勢所趨、「大中華文化圈」也像大海浪潮一般湧現的時候。

莊偉傑

這是否就是「總是保持恆久的前傾姿態，在人格上確立一種自覺的邊緣意識」的深層意義？

　　是否可以說，只有獲得這種靈悟的澳華作家、詩人，他們的寫作才會「更進而影響主流」，才具有或者接近永恆的價值。

　　據說，從泉州走出來的文人，大都有濃濃的流浪漢的品性，而世上最徹底的流浪漢，閱盡人生，也深入人心，大智、大勇、大仁、大德。所謂流浪漢，現實的也好，精神上的也好，也就是邊緣人。相信泉州人莊偉傑永遠做一個「精神放逐」的、「始終都在路上」追求的「邊緣人」，總是保持他所推崇的「恆久的前傾姿態」，永遠堅守他所推崇的「自覺的邊緣意識」；相信他的文學研究和文學創作因此將會更上一層樓。

　　且讓我們拭目以待。

蕭蔚

蕭正輝

▶悉尼文友在蕭蔚家中舉行文學集會後合照。

　　在一個文學集會上，我曾發了點議論，說，「窮困潦倒」不應該是今天澳華文人的形像。我甚至極端地說，社會寧可少了一個文學天才，也不願看到這個天才因文學而不會生活，而貧困潦倒終生。蕭蔚聽了很受用。事實上她是我觀點的身體力行者，而且非常成功。她平時的安排是工作第一，生活第二，而寫作僅為業餘的一種愛好。她覺得人活在世上除了寫東西以外，總要有點生存的本領，讓自己活得好一點。另外，蕭蔚還想到，我們這一代澳洲新移民是創業者，要有一定的經濟實力讓孩子們得到良好教育。

　　因此，這位賢妻良母的寫作動機不是要成為一名「著名」作家，目的或是與大家交流在澳洲生活的經驗和體會；或是娛己娛人，講述她遇到的趣事，與大家分享。讀蕭蔚的散文小說，跟隨著她的人生視野和體驗，順著她的心河從「此岸」走向「彼岸」，讀者可以不斷感受到一種人生現實感和歷史感的存在，感受到一種堅韌的生命力的湧動，

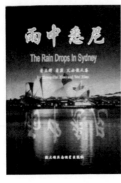

一種生活理想的貫徹與流淌。「風格即人」，蕭蔚
是一個樂觀主義者，文風清新明朗，風趣幽默。

悉尼詩人雪陽有一句詩：「人怎樣地選擇世
界，世界就怎樣地選擇人」，蕭蔚是一位本色的作
家，文品人品高度統一。她選擇了明亮的世界，用
誠懇培植相通，善良正直的本性也因此顯得更具張
力，更豐滿，而世界也給了她得來不易卻是恆久的
快樂。

蕭蔚這一切，可以說深受高級知識分子的父母
親的影響。蕭府一門俊傑，蕭正輝教授是世界知名
的科學家，文學功力也是上乘。最近，他們父女聯
手合集，一起出版《雨中悉尼》，亦可謂澳華文壇
的一段佳話。

蕭蔚今年當選為新州華文作家協會會長。謹祝
她事業、生活、文學三豐收。

雨中悉尼

悉尼是個四季如春，風調雨順的地方，不同的季節沒有嚴格的區分，不會留下過渡的明顯痕跡，春夏秋冬似乎只是在商店廚窗中悄悄地溜來逝去。不論人們的衣著、沿街樹木、房前的花草，似乎對四季都沒有多大反應。

在北京，春秋兩季很短。嚴寒剛過，幾場春風吹綠了大地，不久便烈日炎炎；秋季來臨，幾番秋雨便又林木蕭瑟，一切都失掉生機；冬天則風沙撲面，寒風刺骨。四季的景物都有明顯的差異，迥然不同。

要說悉尼有什麼特殊？那就是她的氣候引得雨也特殊。不論春夏秋冬，這雨說來就來，說停就停，絕對沒有「黑雲壓城城欲摧」和「山雨欲來風滿樓」的徵兆。

雨來了，有時突然大雨滂沱，卻又瞬間變成絲雨、牛毛。馬路高差越大，路面越陡，馬路兩旁的水流像明渠、像小河，那水急急匆匆、爭前恐後、川流不息，真讓人有「歲月不居，時節如流」的感覺。但在馬路中間，那雨水卻又緩緩地、懶洋洋地向前移動。飄浮在水面上的落葉似走又停，好像對那美好的大自然還戀戀不捨，不願潛入地溝，流歸大海。在平坦的馬路上，雨小時水流平緩，積聚在路面上，像錦、像緞、像綢。

　　更美的景色是，雨中馬路兩側建築物的屋頂，紅的、藍的、褐的，被水沖洗得一塵不染，恰似妙齡少女剛剛梳洗打扮，光彩照人。倚窗小憩，雨點打在院中芭蕉葉上，沙沙——，蔔蔔——，嘭嘭——作響，與我心扉中的廣東音樂《雨打芭蕉》組成美妙絕倫的二重奏，為悉尼的雨增添了無窮的神韻。

　　馬路兩側的樹木，有高、有低、有粗、有細，更有的聳入雲霄，尤其那滿街的桉葉樹，梢頭頂著新綠，枝間掛著紅色「小燈籠」，低垂的葉片在密雨中隨風搖曳，恰似活潑的少女們跳著南國風情舞，舞姿婀娜，美不勝收。各家各戶前院裡的奇花異草，爭相鬥艷，有的黃、有的白、有的紫、有的紅，雨點打在花枝上，頻頻點頭，又恰似伴舞孩童向行人招手致意。這條條修長的馬路，酷似碩大的舞臺，讓人們盡情地欣賞。

　　那天，我興之所至，與家人在雨中泛舟港灣，又一次大開眼界。那風聲、雨聲互相交織，雨點打在水面上，激起層層水花，發出啪啪聲響，恰似大珠小珠落玉盤。雨勢轉小時，那雨點又變成長的、短的、斜的、尖的細絲，織成一幅巨大的紗帳，使萬物在眼前迷迷矇矇。

　　極目遠望，港邊悉尼歌劇院的貝殼屋頂和插入雲霄的高樓大廈，以及橫跨港灣的悉尼大橋，好似畫家一支巨筆勾畫出的一幅奇景。此時仰視天際，船不行駛，隨波蕩漾，無絲竹之亂耳，無車流之喧噪，心曠神怡，寵辱皆忘，不知老之將至矣。

　　忽而天朗氣清，海上空氣清新涼爽，那朵朵白雲點綴在藍天之上。水面上平如明鏡，那雨暫時歇了，又蘊釀著另一幅新的景觀。

　　人們多喜歡日出，悉尼雨後的落日卻更有一番氣勢磅礡的情趣。遊船離開港灣行入內河，太陽從烏雲中掙脫出來，四週迸發出萬道霞光，大地即刻披上艷麗的服裝，上下天光，一碧萬頃。

就在這時，也許會出現西面太陽東面雨的奇觀：太陽已經普照大地，但整條內河卻仍是細雨矇矓。遊船繼續前行，河道逐漸狹窄，突然叢林橫空，真是「山窮水盡疑無路」但船到盡頭卻是天地豁然開朗，「柳暗花明又一村」，又展開一個新的世界。

我還有餘興，隨船漂泊在港灣，待夜幕襲來，高大建築物燈火輝煌，氣象萬千，比起那慶典的禮花，有過之而無不及。碰巧駛來豪華巨輪，那燈光絢麗璀璨，光怪陸離，像皇冠上的珠寶玉飾閃閃發光。船上和岸邊高樓的燈影倒映在水中，水面上呈現千變萬化、萬紫千紅，宛如人間仙境。只是此時雨勢加大，那些燈光倒影卻又被雨點打得粉碎，似一簇簇珠璣，又組成一幅新的不同的畫面。

雨中的悉尼是美的，不論春夏秋冬，不論白天夜晚、不論是在天空、水面、街旁、庭院，都有不同的旖旎景色，並且隨著雨勢千變萬化，她把千姿百態的美景呈現在我們的面前。

（發表於《澳華新文苑》第174期）

大衣的故事

蕭正輝

　　解放以前，中國男人傳統的服裝是長袍馬褂。冬季，一般人是穿棉袍，裡面套一件對襟白布衫，經濟條件更好的則穿皮袍，外面加一件馬褂或坎肩兒。只有勞苦大眾不穿長袍，他們穿的是長不及膝的空心短棉襖，腰間繫一條「搭布」，既可便於勞動，又可阻擋寒風。北方有句諺語：「家趁萬貫穿不起棉襖套布衫」，指的就是他們。

　　我生長於小康之家，九歲的時候穿著一身長袍馬褂到離家六公裡的Y鄉縣立中心小學寄宿讀書。這樣一件拖到腳面的長袍穿在身上很不方便，尤其在上廁所的時候，我總是提心吊膽的，生怕衣角落到茅坑裡。這年寒假我回到村裡，偶然遇到比我大兩歲，正在B鎮讀書的W君，我發現他忽然變得比以前風度瀟灑起來，仔細一看才發現，他在藍色制服外面套了一件人們俗稱大氅的黑色布制大衣。這件大衣前邊是雙排扣，左右各有一個大兜，領子上還襯著黑色的絨布領頭。我聽他說，這種大氅比起長袍來可是穿脫方便得多，既可把它披在肩上，也可蓋在身上，又實用又好看，我真羨慕，也想更換一下自己的服飾，脫掉那長袍。

　　以後，我考入了C縣的中學，那是一座教會學校，教師多半是美國人，他們當然都是西服革履，中國老師的穿著是半中半西，他們穿西裝大衣是常事。個別同學也有穿件大衣的，穿新大衣的同學固然令人羨慕不已，穿舊大衣的同學則更使人另眼

相看，因為大衣越舊，表示人家穿大衣的歷史越長。後來我才知道，正經八本的大衣應該是毛呢做的，毛料的大衣穿起來挺括、合體，顯得神采奕奕，氣度不凡。但我又聽說那樣一件毛料大衣很貴，約是農村一般家庭賴以為生的一頭老牛的價格，我要得到這樣一件大衣不啻是一種幻想。所以我雖然上了中學，仍然身著長袍，處於大衣的幻想階段。

到了大學二年級，正值日本無條件投降，救濟總署發下來一批由外國捐贈來的救濟物資。分到我們班的有一件舊毛衣、兩件舊西服，居然還有一件舊大衣，此外，就是很難搭配成雙的高跟女皮鞋等等。班裡多數男同學對衣服，尤其是對那件大衣非常感興趣，經過協商，大家決定採用「抓鬮」的辦法進行分配。幸運的時刻終於到來，我竟在眾目睽睽之下，在全體同學的喝彩聲中得到這件大衣。那是一件藍格加綠條，毛呢料子製成的半長不短的大衣，前面單排扣，左右各有一個暗兜，只是前襟和兩袖已經磨成光板，從外觀依稀可見它的經歷。同學們馬上把它披在我的身上，它不長、不短、不肥、不瘦，恰似量身定做，對於一個窮學生來說這無疑是十分難得的。

從此以後，我便成了這件舊大衣的新主人，它一直伴我在大學裡度過了三年。冬天的夜晚，我把它蓋在被上，白天穿在身上，一年裡我差不多要與它廝守六個月。我穿著它參加過幾次慶典，同學們有什麼喜慶大事也借去穿用。直到我參加工作的第一個春天，在它完成了最後的職守，兩個袖頭已經破得沒有辦法再縫補之後，我戀戀不捨地把它送給系裡的一位工友。

參加工作的第二年，妻提議給我買一件大衣。我們跑遍了半個北京城，最後用了我倆幾個月的積蓄買了一件美軍舊大衣，這件大衣是用綠色卡其布製成，裡面是羊剪絨，活裡活面，前面左右各有一個大兜，後面還背有一個軟帽，天冷時緊扣拉鎖、戴上

軟帽活像一隻猴子，北方人把這樣的大衣叫做「皮猴」。穿上這件大衣可以擋風禦寒，也方便於下工地，這是一件經濟實用、當時頗受科學技術幹部喜愛的外衣。我對它愛護備至，一到工地，既怕釘子扎破，又怕油漆弄髒，生怕它有個三長兩短。

可就在我穿上那件大衣的第三天，中國開展起「三反運動」。所謂「三反」，即是反貪汙、反浪費、反行賄受賄。那時真是人人過關，小到多吃多佔，比如用了公家的信紙、信封；大到行賄受賄的「大老虎」，都一樣要做檢查。我那時是一個設計單位的負責人，設計單位的權很大，除了搞設計以外，還要編製概算、發包、決標，這可是運動中最令人懷疑的職務。運動開始不久，核心組的負責人便找我談話，瞭解這件大衣的來歷。不論我怎樣解釋，他們也不理解在我們這個家庭一個是低工資，另一個是供給制的窮大學畢業生，怎麼能置辦起這樣的服裝。更離奇的是，有一位核心組的成員竟然提出一個古怪的推理：解放區的老百姓最恨國民黨和美軍，當然也恨這軍綠色的美軍大衣，而我竟然無顧忌地穿著這樣一件遭人忌恨的大衣。這樣一來，我這件大衣又從經濟問題轉而成了政治問題、思想感情問題了。這個「三反」運動搞了一年多，當時也真弄出了一些「大老虎」來，可是慢慢地也就煙消雲散，不了了之。那件大衣我仍是照穿不誤，它陪伴我度過了十幾個嚴寒，一直到它「告老退休」。

80年代後期，我們家庭在各方面得到了改善，不但經濟條件好起來，政治狀況和社會地位也不同以往。我開始接待來訪的外國專家、參加政府召開的高級會議以及出國考察，妻提議，做一件像樣的大衣來應付這些場面。我們用了幾年的積蓄，訂做了一件質量最高的雪花呢襯毛大衣，穿在身上大家都說「夠派」，我對它真是愛不釋手。但畢竟接待外賓、出國考察不是經常事，再加以平時捨不得穿，又唯恐太「派」了而脫離群眾，只好把它

放在箱子裡，只是妻在整理衣服拿出晾曬時，我對著鏡子試穿一下。後來，年齡逐漸大起來，老年人穿這樣一件大衣份量重，行動不便，它又沒有我那件羽絨大衣保暖、輕便、實用，我便對它逐漸淡漠起來，這樣一放便是十幾年。

上次從悉尼回中國時，我決定把這件大衣送給兒子。我從箱子裡把它找出來，鄭重其事地交給他，沒想到，他漫不經心地接過這件大衣，看也沒看一眼。我馬上明白，他有羊絨大衣、羽絨大衣，長的、短的各式各樣大衣好幾件，這件沉重的呢子大衣對他來說顯得太多餘了。我又想：這件我最最喜歡的大衣，說不定在什麼時候也會作為募捐物資，更宗易族，到了哪個窮學生的身上呢。

（發表於《澳華新文苑》第174期）

歐文先生尋找大白貓

蕭　蔚

　　歐文先生起了個大早，他邊打著哈欠，邊拉開垂地半透明的薄沙窗簾和窗子。悉尼昨晚的那場大雨把院子清洗得乾乾淨淨，一股春末的暖風從喬治河上徐徐吹來，後花園那棵盛開著的茉莉花樹的清芬香氣也隨之飄溢而來，歐文先生伸著那高高長長的大鼻子深深地吸了一口氣，實在是沁人心脾。

　　「多麼美麗的早晨哇！」歐文先生自言自語地感嘆道。他匆匆地披上一件亮光絲睡袍，健步來到樓下，一頭鑽到游泳池裡，先游了幾個回合的自由式，之後仰面朝天靜靜地躺在水面。唉，給人家看了一輩子的病，行了一輩子的醫，終於退休了，如果老伴還活著的話，哪裡會像現在這樣孤獨呢！好在家裡有一隻老伴留下的毛毛茸茸、乖巧討人愛的大白貓，要不這日子過著更是無聊了。他這樣想著，胸前那堆卷卷的灰白色的胸毛像水草一樣在水中漂浮，來回晃動著。

　　歐文先生沖好澡，來到後院的涼棚下，準備在那裡的野餐桌上食用早餐，好天氣的時候，他喜歡在後院和大白貓一起用餐。他為大白貓準備了一條罐頭魚和一碗鮮橙汁。他搖起手裡的銅鈴招呼著大白貓，「叮噹，叮噹……」，這鈴聲有節有奏，有板有眼，大白貓的名字也就是因為這銅鈴聲叫做「叮噹」。叫了半天，不見它的蹤影，他低頭搜尋了一下桌子底下，然後用餐刀在吐司上抹著人造黃油，漫不經心地自語道：「按理說我的叮噹可

是訓練有素，聰明絕頂的貓，每次它聽到這銅鈴聲，不論是在哪裡，都能立即跑來，這是巴普絡夫條件反射定律的最好實例，今天是怎麼了？」說完之後他把雙手一攤，雙肩一聳接著說：「不管它，一會它肚子餓了自己就會來的。」

歐文先生吃完了早餐，同往常一樣，在後花園漫步賞花，也順便找找他的寶貝大白貓。「叮噹——，叮噹——，親愛的，你在哪兒？他又憐愛地叨嘮著：「叮噹，小寶貝，你快出來呀，別跟我藏貓貓啦，出來吧，回家吃飯去呀。」要是往常，大白貓聽到歐文先生的叫聲，肯定會箭步竄出，爬上他的肩頭。

一直沒見到大白貓。當歐文先生仔仔細細看完了報紙的每一版面之後，開始沉不住氣了。平時，當他坐在沙發裡看報的時候，大白貓總是趴在他的腿上撒嬌耍賴，要不就睡大覺，今天是怎麼的了？他放下手裡的晨報，先給朋友打了個電話，儘管他已經換好了高爾夫運動衫，還是取消了午飯後去打高爾夫球的計劃，他走出書房，來到前院。

他看見園藝師正在那裡修剪著一棵球形松樹。「今天這天真不錯啊。約翰，打擾你，我想問一下，你看到我家的那隻大白貓了嗎？」園藝師說他沒看到大白貓，然後詭秘地笑著小聲說道：「你不如去你右手的鄰居家打聽一下，那是一家中國人，他們在中國城那兒經營個餐館，也許……」歐文先生聽後，忽然感覺到心裡一陣絞痛。呃，也許，也許我那小寶貝已經成了中國人的盤中之餐了?!他不知道是受著哪根神經的支配，按響了那中國人家的門鈴，開門的是中國太太。

「嗯，早晨好，夫人。噢，是這樣，我來您這裡是為了我家的大白貓。今天這一早都沒見到它，我想會不會是跑到您家裡騷擾來了？」他彬彬有禮地問道。

　　中國太太告訴他沒有看到那隻大白貓。可歐文先生還是不甘心，依然耐著性子繞著圈子搭訕著：「您看看，咱們相鄰這麼久了，大家出來進去的都開著車子，誰也見不到誰，也沒機會和您聊聊天。您家餐館的生意可好？聽說中國餐館裡有賣狗肉吃的，不知那味道怎麼樣？有人說，貓肉更為細膩，味道更勝一籌。」歐文先生昧著他的真心這樣說道。

　　聰明的中國太太微笑著回答說：「我一家人信佛吃齋，腥葷不沾，我家開的也是個素菜館。我想，您聽說中國人吃狗肉，如同我聽說澳洲人都吃袋鼠肉和鱷魚肉一樣，那只是聽說，耳聽為虛。不瞞您說，我還沒聽說過誰吃貓肉，更不知味道會怎樣。您找不到大白貓，心裡一定很著急，我建議您到我右手的鄰居那裡問一問，那是一家印度人，開著一個獸醫門診，那裡有不少小動物，也許您的貓串到那裡找伴玩去了。」

　　不見大白貓，歐文先生的心裡開始發涼，「呵，現在我的小寶貝也許已經成了印度獸醫刀下的解剖標本了吧。他愁眉鎖眼地來到他們家，開門的是印度太太，她說印度獸醫正在做手術。

　　「呃，夫人，您好，好久不見了。嗯，這個，這個，是這樣，我家的大白貓不見了，我想也許它實在是悶得難受，到您這裡找小朋友玩來了。您看看，我們真的是不該給您添這樣的麻煩。」歐文先生的聲音開始有些發顫。

　　印度太太說，這一上午只來了一個急診患者，是一隻摔折了腿的大白馬，還在手術室裡，這一早就沒看到大白貓。印度太太忽然想到《瑪麗有一隻小羊羔》的小故事，講的是瑪麗新買的一隻小白羊羔失蹤了，她到鄰居家去問，誰都說沒見到她家的白羊羔。鄰居說，他家也新買了一隻羊羔，是黑色的。剛巧這時天下起大雨來，那隻小黑羊羔在雨水中站了一會竟變成了一隻小白羊羔，染上去的黑色全被雨水沖洗掉了。印度太太為免嫌疑，特邀

請歐文先生進她家參觀，以示那大白貓沒在她家。印度太太送歐文先生出門時說：「前幾天聽我右邊鄰居猶太商人說，他要做一筆什麼動物生意，你去他家看看，是不是你的大白貓跑到那裡湊熱鬧去了。」

我的天吶！猶太商人整天都是在錢眼裡鑽來爬去的，我的小寶貝肯定是讓他像人販子那樣拐走賣掉換錢去啦！此時，歐文先生的心涼得快成冰塊了，他六神無主，一步三晃地來到了猶太商人的家，開門的正是猶太商人。

「忙什麼呢？老朋友。」歐文先生強打著精神問道。

猶太商人眉飛色舞地告訴歐文先生，他已經由電腦網絡裡蒐羅到資訊，得知英國在鬧瘋牛病，他剛把他的一個連鎖自選商店賣掉，打算買進一個牧場，出口肥牛。等將來哪兒鬧雞瘟時，他再把牧場賣了買養雞場，出口肥雞。猶太商人說：「誰像你喲，老實巴交的就會給人家看病，那才掙幾個小錢？要想發財，就得做買賣，就得投機呀！」

歐文先生強裝著一絲笑容說：「唉，老弟噢，我今天真是沒空聽你的生財之道，我來你這是為了我的大白貓，牠不見啦，我已經到處找了一大早，快把我給煩死了，那可是我的心肝寶貝喲。牠到你這來了沒有哇？」猶太商人仍是喜在眉梢地說：「沒有哇。我這陣子不做貓的生意喲，等哪兒鬧瘋貓病的時候，我一定得明媒正請，用轎子把你家漂亮的大白貓抬來配種，出口大肥貓！哎喲，你的大白貓真的不見啦？我說，要是我把腳印給丟了，我就站住不動，然後按原路往回走。想想，你最後是在哪兒見到它的？」歐文先生的腦子木木呆呆的，什麼話也聽不進去，他只陪著猶太商人乾笑了兩聲便轉身往回走，送他出來的是猶太商人友善的聲音：「老兄，你這可是貴人的煩惱喲，著那麼大的

急幹什麼？值得嗎？有那份閑心趕快做點生意去吧，賺了錢可以買無數隻漂亮的、討人喜歡的好貓哇。」

哎，商人就是認錢，沒有一點人情味。這老弟，把他的情感都搭到錢上了，你說，那真的就值嗎?!要是哪天他像我丟大白貓一樣把錢丟了，你看他吧，比我還痛心，他就不懂這大白貓是我的情感寄託物嗎？歐文先生一邊往回走，一邊想著。進到自家的院門，看到所有的花樹已經被園藝師打理得整整齊齊，他正在那裡轟轟隆隆地推著割草機割草，清潔鐘點工爬在梯子上擦玻璃，歐文先生朝他們沒精打彩地搖了搖手算是打了個招呼。歐文先生看看手錶，噢，都到了吃午飯的時候了。他神情沮喪地進到餐廳裡。

他拿起刀叉切了一塊盤裡的烤雞送到嘴裡，實再是食之無味，他又勉強地喝了幾口湯盤裡的南瓜湯，便離開了餐桌。

他在後花園裡漫無目標地踱來踱去，而後又百無聊賴地拾階而下，一直來到河邊，那裡泊著一條他的私家汽艇，在水中飄飄蕩蕩。恍惚地，他聽到一陣陣貓的喵叫聲，再側耳細聽，這叫聲又隨風飄去，只有河水拍打著船幫嘩嘩的響聲。

那不可能是我的叮噹的叫聲。唉，人在受到巨大刺激的時候可以患「一過性精神病」。他往回溜達著。

走著走著，他對猶太先生的那堆話開始產生反應：「想想，你最後是在哪兒見到它的？」這句點穴的話這時才令他突然開竅。啊哈，我的天吶！我的小寶貝可能還在船上呀！他三步併作兩步奔上了那搖搖晃晃的汽艇，重重的腳步踩到甲板上咚咚直響。這次他是真真切切地聽到大白貓的叫聲：「喵——，喵——那聲音是那麼的微弱。他想起昨天，開著汽艇帶著大白貓一起出海釣了一天的魚，下午回來的時候趕上瓢潑大雨，他只顧自己往家跑，把正在酣睡著的大白貓鎖到船上。

「叮噹，叮噹，寶貝兒，我來了。叮噹，實在是對不起你了。」

他打開船艙的門，一下子把大白貓抱到懷裡。「喵，喵—大白貓有氣無力，扯著嘶啞的嗓音訴說著這麼長時間在船上飢渴交迫之苦。「我的寶貝兒，我的心肝，我的甜心，我親愛的，我沒打算把你丟到這裡，你是知道的，對吧？對不起了，你能原諒我嗎？」他用臉頰親著大白貓說著。

歐文先生抱著大白貓往家裡奔，邊跑邊叨嘮著：「快，快！先給叮噹洗個澡吧，瞧這小傢夥，好髒啊。噢，要不先吃點東西吧。啊，不，不，還是趕快補充點水份吧，小寶貝兒已經快二十個小時沒進水了，這樣很危險，容易發生脫水性休克的。」大白貓貪婪地喝著盆裡的橙子水。「能喝就好，情況還不太壞，不必到印度獸醫那裡輸液去了，親愛的，多喝點吧。」他撫摸著失去光澤的毛髮愛憐地說著。

大白貓幾口就喝完橙汁，又用舌頭把盆子舔乾淨。它仰起頭看看歐文先生，又低下頭舔著他的大手，它似乎是在安慰他，原諒了他。「我的寶貝兒，我再也不會幹出這種糊塗事了，你不知道我是多麼的愛你，我不能沒有你。」

他喃喃地細語著，差點流出淚來。

歐文先生又拿來一盤吃的東西，當他看著大白貓狼吞虎嚥地吃著盤裡的小魚和沙拉時，他嘿嘿嘿愉快地笑了起來。

很快，歐文先生無比興奮地把找到大白貓的消息告訴了園藝師和清潔工，告訴了中國太太、印度太太和猶太商人，他還打電話告訴了所有那些他覺得關心著他的人。

（發表於《澳華新文苑》第72期）

港大叔─黃師傅

蕭　蔚

一‧討價還價

　　我和蓋房子的黃師傅在電話裡講話特費勁，他淨瞎跟我打
岔。說了半天他才明白我是港太介紹給他的，請他給我們這座纖
維板的老房子外邊圍上一層磚，變成磚房，翻新一下。可是當他
一說到價錢，我就傻住了，怎麼也搞不清楚他說的是什麼：買磚
多少錢，買沙多少錢，買水泥多少錢，換水槽多少錢……分不清
他說的是「十千」還是「四千」塊錢。

　　「黃先生啊，我聽不懂了，您再說清楚一點好嗎？」我求他
道。這價錢的事可是大事，一出手就是成千上萬的澳元呢，不說
清楚還行？「啊呀呀，不好意思啦，我狗語講得不好，鷹語又不
通，實在是不好意思啦。這樣吧，我現在就去你家，大家當面講
清楚，好不好？」他講的是廣東話，管國語叫「狗語」，管英語
叫「鷹語」。怪好玩的。

　　黃師傅終於來了，本來到我家開車十分鐘的路，他卻跑了一
個小時。他把車開到高速公路上，一口氣轉到了利物浦。

　　在悉尼，你準沒見過像黃師傅那麼瘦的人，他瘦得特像是一
根陳年的、風乾了的廣東臘腸，黑黑的，乾乾的，筋筋道道的，
還冒著油光。他的嗓門特大，一股股氣壯山河之音由豁牙子的空

隙擠出，還沙沙拉拉的，特像是一把拉開了弓弦的破胡琴。大概我們這條街的人都能聽得見他講話：「好，好哇！你們這纖維板的房子圍上磚就好嘍，就會像新房子一樣的啦！我聽港太介紹過你們，她說你們都是好人啦。我同港太是朋友來的，她又是你們的朋友，我們大家就都是朋友啦！嘿嘿……」黃師傅一邊哇啦哇啦地說，一邊搓著兩隻手上的水泥渣渣，弄了一地。

「黃先生啊，您真的別要我們太多的工錢好嗎？太多了，我們就湊合著這樣住，不圍磚了。」這是孩子她爹教我說的話，說是必要的時候出這麼一句來，先將他一軍。

黃師傅沒有回答我的問題，而是說：「啊呀呀，你不必跟我客氣啦，不要叫我『犧牲』，稱呼我『黃西服』就可以啦。」他說著，唾沫星子從豁牙子的洞洞裡噴了出來。

什麼？管他叫「黃西服」?!還是「黃龍袍」、「黃馬褂」?!哈哈……哦，哦，他是不讓我叫他「先生」，是要稱呼他為「黃師傅」就行了。

「嗯，好，黃師傅，那您給我們一個大概的數，我好讓我老婆到銀行貸款去。」孩子她爹半天沒開口了，他在那兒假裝深沉。

「蕭犧牲啊，你別急嘛，港太同我講啦，你們不是什麼大富大貴的人家，這我是清楚的，你們人都很好，這我也是知道的。放心，我不會多收你們的工錢的。」

咦，我姓蕭，這是我的姓。我對黃師傅說：「您也別叫他『犧牲』了，還是讓他好好活著吧，叫他阿邵就行了。孩子她爹姓邵。」

黃師傅看著孩子她爹，眨巴眨巴眼睛，好像沒聽明白。他把頭轉到我這邊說：「噢，阿蕭啊，你先給我弄點什麼東西吃吃啦，我剛放工回來，還沒來得及吃飯就跑到你們這裡來啦。」他咽了一口我給他端來的濃濃的、釅釅的、苦苦的烏龍茶。

　　哇，都快九點鐘啦，這麼晚了，他還餓著肚子呢？肯定是給餓扁了。對，快，快拿點吃的去。「黃師傅，您吃肉包子嗎？我們北方人愛吃的肉包子呀！」我想他一定愛吃。

　　黃師傅兩隻眼睛勾著我還沒端到桌子上的包子說：「啊呀，就是水滸傳裡講的那個人肉包子啦？沒有關係嘍，我什麼都可以吃，湊合一下啦。」

　　「湊和一下？」我好不容易包的，自己還沒捨得多吃呢！

　　黃師傅抓了一個包子放到嘴裡接著說：「六二年的時候在廣東老家，肚子餓，沒的吃哇，野菜都給挖光了。我後來游水偷渡到香港，那裡什麼都有的吃了，可人再也胖不起來了。嗯，這包子的味道不錯。」他一邊說，一邊把一個個包子往嘴裡塞，七個包子已經填到肚子裡去，還有三個在嘴裡來回來去，滾來滾去地嚼著呢。

　　黃師傅半天沒法說話了，他的嘴給塞得鼓鼓的，特像澳洲人的香腸，肥不嚕嘟的。

　　這會兒，他肯定是吃飽了，這不，還打了個大飽嗝呢。他用手掌抹了抹嘴角然後對孩子她爹說：「阿蕭啊，走，帶我到外邊看看房子去啦，我好告訴你價錢哇。」

　　我姓蕭，孩子她爹姓邵，我已經告訴他了，還是分不清！

　　孩子她爹衝我嘟囔了一句：「湊和著吧！」

　　黃師傅在房子周圍轉了兩圈，又用右手上上下下，左左右右一截一截地在牆上量了量，然後斬釘截鐵地說：「二十五千，連設計費，全包嘍！」

　　「什麼？兩萬五千塊錢？太貴啦！不圍啦，不圍啦！我們就湊合著住這纖維板房吧。」我聽人家說，和包工隊的一定要討價還價，別什麼都聽他的。

「噢，噢，不圍啦？哇，不好意思啦，我吃了你們這麼多的包子，實在是不好意思啦。」黃師傅好像是試著要把包子都吐出來還給我們，他一臉的尷尬，起身要走。

「黃師傅，這麼著，您看看，兩萬三千塊錢怎麼樣？少兩千塊錢！」孩子她爹在和黃師傅討價還價。如果能省下兩千塊錢，夠我買一個大餐桌的呢，幹嘛不討？

黃師傅兩隻小眼睛一轉，馬上說：「好，好哇，就兩萬三千塊錢，就這樣。不過，設計費可不包在內，要價錢公道嘍，好吧？」他的嘴一張一合地，那齙牙露齒的兩排牙，特像豬八戒的九齒大釘耙。

孩子她爹站在黃師傅的身後衝我擠擠眼，意思是：就這麼著了。

哇！兩萬三千塊錢，這可真是好便宜的價錢了。我早問了，找西人圍磚要價三萬元，人家還不愛給幹，說是不如蓋新房省事，麻煩得慌。不過後來我們才知道，和黃師傅是一分錢也沒討下來，因為設計費不包在內，自己還得另外再花兩千塊錢找人畫圖設計。

二‧買磚路上

圍牆的地基快刨好，就要開始圍磚了。黃師傅拿來了磚樣，可真難看，要是用這顏色的磚圍牆，那還不是和天安門城樓一個樣，等將來你往陽臺上一站，那還不成當年老毛檢閱紅衛兵的那個鏡頭？太政治化，太歷史化了。不行，不行。

給這纖維板的房子圍磚，如同人要穿衣服。我對衣服本來就特挑剔。那時，我媽大老遠地從北京給我寄衣服來，我看不上眼

的都送到救世軍的衣服收集箱裡救濟天下的窮人去了。氣得我媽差點和我斷絕母女關係，說了句「刁民」，總算出了一口氣。

有位偉大的女作家說過：有的女人挑起衣服來比挑老公還嚴格。那肯定是說我呢。我當時連想都沒好好想一想，就糊裡糊塗地上了孩子她爹的鉤，可我挑起衣服來，跑遍了全悉尼的購物中心，上十趟八趟街也買不回來一件喜歡的衣服。現在要給這房子穿衣服了，我能不挑嗎?!我對黃師傅說：「我要去磚廠，挑選我喜歡的顏色。」

「好，好哇，你不喜歡這樣的磚，我帶你去磚廠挑嘍，以後再不喜歡，可不要怪我噢。」

去磚廠，幹嘛要你黃師傅帶我去？「黃師傅，給我地址，我自己去就行啦。」

「呃……呃，不是啊，對不起啦，我沒有地址噢，我不懂英文啦，有地址也沒有用嘍。這悉尼的地圖像一本書，那麼厚。哪篇接哪篇，哪頁連哪頁，搞得人家糊裡糊塗嘍。」黃師傅說著，自己不好意思地嘿嘿笑了兩下，又習慣地搓搓手上的水泥渣渣接著說：「那天晚上第一次到你家裡來，你告訴我第三條路口向左邊轉，我就這樣一路開下去啦，一直開到了利物浦。這不該怪我噢，是你自己講錯嘍，應該是第四條路口向左邊轉才是你家，要不然我是不會錯的了。」

黃師傅的話說得我怪慚愧的，當時我根本就沒用心去想該是第幾條路口，順口說了句「第三個路口左轉」，誰知道他老先生還不會查地圖呢。

好，那就一塊去吧，黃師傅堅持要開他的車。

你別看他黃師傅那模樣不提氣，可他的汽車特「酷」，特漂亮，大紅色最新款式的「奔馳」。你別看他黃師傅不會查地圖，可他開起車來特帥——如箭離弦，似電腦遙控，馳騁飛奔。

黃師傅邊駕車，邊塞上了一盤CD光盤。都是輕音樂，怪好聽的，不是三步就是四步舞曲，讓人聽得飄飄欲仙。

黃師傅邊駕車，邊跟著樂曲的節奏，左腳往前伸一下，右腳踩一下油門；左腳往回縮一下，右腳踩一下閘。他嘴裡還「呀、咿、嗓」，「呀、咿、嗓、嗟」不停地數著拍點。

我本來就喜歡聽音樂，這盤樂曲更是令我陶醉，來澳洲十來年，不是忙這就是忙那，沒跳過一次舞。這會兒看黃師傅那興致，我的腳也不由得癢癢上了。可我沒跟著他跳，我的心給提到了嗓子眼的地方，忐忑不安。

忽然，一個急轉彎，離心力把他的腦袋像巨浪一樣打到我的肩膀上，他又猛然一腳急剎車，說是超速了，差點把我從前車窗扔出去。一路上就是這樣瘋瘋狂狂，顛顛簸簸地朝磚廠開去。

哇，港大叔，黃師傅！您還是留著點勁，好好開車吧，行嗎？您的孩子都大了，您給老婆掙夠了錢，任務完成了，這輩子也活值了。可我，我家裡還有個不大的小丫頭呢！再說，如果我今天陪著您死於這車禍，我們那座辛辛苦苦修完了的房子不是得歸另一個女人了嗎？將來這圍好磚的新房子不就是等著給孩子婆新媽了嗎？

「呀、咿、嗓，呀、咿、嗓……」黃師傅又跳上了。

哎喲，我求求您，黃師傅，您老人家可別跳啦！可還沒等我把提到嗓子眼的那顆心咽下去再說這句話，黃師傅已在環形五岔口那兒又來了一個更精彩的動作，他說是開過了頭，轉了三百六十度的大圈—往回開。他轉得飛快，我又被甩到了他的身上，像一塊大年糕一樣，粘著他整整轉了一圈。

黃師傅倒挺得意，雙手握著方向盤，像是摟著個大姑娘。這大紅色的小汽車如同是一個穿著紅舞裙的舞娘，在馬路上旋轉，狂舞，飛奔，SHOW OFF！

謝天謝地，我們選好了磚樣，訂了貨，都活著回來了。不過我發誓：再也不跟黃師傅一塊兒買磚去了，太危險！

三・笑話百出

黃師傅每天來我家幹活，漸漸地，他的國語說得不錯了，我對他的港味國語也懂得差不多，不過，還是鬧出了許多的笑話來。

這天，近黃昏的時候，他們正準備收工，黃師傅低著頭到處尋找，說是「孩」不見了。

「要死啦，我的孩不見了，我的孩上哪兒去啦？沒有孩怎麼回家見老婆哇！看他的樣子還真挺著急的呢。

「孩」？他不是有一對兒女，一個嫁到香港去了，另一個已經上大學。他黃師傅那麼老了，也不至於有那麼小的孩子讓他低著頭滿地找哇！

當黃師傅從車房裡提溜出那雙沾滿水泥的耐克名牌運動鞋時我才明白：他管鞋叫「孩」。太好玩了，快把我的肚皮笑破了，哈哈……

另一天，黃師傅風風火火地來了，他一見我就說：「阿蕭哇，我到處找，到處問，都搞不到你家需要的鴉片，還是一位朋友幫了我的忙啦，從他家的房底下找到了幾塊，收藏了許多年啦。」他的樣子挺興奮，好像已經抽了一鍋子大煙葉子。

「什麼玩藝兒？鴉片?!」我家現在窮也好，將來富也罷，永遠和這玩藝兒沒緣。聽說有的哥們在幹這份生意，那是犯法！把腦袋別在褲腰袋裡幹「革命」，那不是鬧著玩的，您黃師傅還是讓我們好好地多活兩天吧。

可當我看到黃師傅打開他那特酷，特漂亮的小汽車的後蓋往外拿瓦片時，我才恍然大悟：他說的不是什麼「鴉片」而是「瓦片」。嘻嘻……

和黃師傅一起圍磚的一個徒弟叫阿林，和我老公是同年，同月，同日生的，這也沒什麼新奇的，可黃師傅總是像發現新大陸一樣哇啦哇啦地這樣說：「嗯，阿林同你老公一樣，他可是同你老公一樣噢！」

我老公聽了以後酸溜溜醋兮兮嘟囔著一句：「哼！就這麼一句話，他給你換了個老公。」

悉尼夏天的太陽火辣辣的，黃師傅他們頂著烈日砌磚，這如同澳洲人在那燒紅了滾燙的鐵板上鐵板燒——燒肉，烤腸子。黃師傅這根黑褐色精瘦的廣東臘腸也往外一滴滴地滲著油脂一樣的汗珠。

我勸黃師傅他們先下來涼快涼快，可是他說不下雨就是好天，他們要趕活，又有一個大工程等著開工呢，不能放掉掙大錢的機會。

我一方面隨時準備有誰中暑暈倒時撥電話叫急救車，一方面為他們煮了一大鍋綠豆湯，放在冰箱冷凍室裡速涼。為了防止由於出汗過多失水失鹽而造成的體內水電平衡紊亂，我又往綠豆湯裡抓了一把糖和鹽。

黃師傅蹲在陰涼地，端著一碗綠豆湯咕嚕咕嚕地喝著，邊喝邊對孩子她爹說：「嗯，好妻，好妻喔！」

可我老公卻不以為然地說：「還好妻呢，好什麼呀，我沒覺著她哪兒好。」

你不覺得我好？你忘了當初你和我好時，人家說你拾到了一塊閃閃發光的大金子了嗎?!好女不和男鬥！我沒理他。不過我想著黃師傅誇我的話倒覺得有點不自在了，臉上熱乎乎的。

黃師傅一個指頭指著碗裡冰涼的綠豆湯，還是那樣說：「嗯，這綠豆湯很好妻噢。」我這才醒悟，他根本就一句也沒誇我，只是一個勁地說「好吃」呢。哼！

有了這次「好妻」的經驗，以後我總算是不再冒傻氣了。

那天，黃師傅又對我說：「阿蕭哇，你的腸子可真好吃。」

我知道這又是什麼東西好吃了，可一時沒弄明白為什麼我的腸子又讓他愛吃了。直到發現我們買的一箱子橙子只剩下幾個時才搞清楚：這「腸子」即是橙子。嘿嘿……

四・風水迷信

黃師傅不但會蓋房子圍磚，還會給這房子看風水。不過，我覺得還是少從他那裡學點風水為好，否則，要擔心的，要做的，要改的，要花的錢太多太多了。

我們住的是25號，黃師傅說以後買房子不要買25號，說這只是小福小順的意思，「要買288，888啦，這樣，你們才能大發，特發，成倍地發喲。」

我也知道這種號是好，可這種大號的房子大都是在主要的街道上，不要說買不好買座凶宅，就是那公路上的噪音又叫人折壽多少年呢。

黃師傅說，我們的廚房居於整套房子的中央，被睡房、飯廳、客廳環繞，風水不好。「在房子的中央燒火做飯，那要火燒心啦，心裡就會上火噢，不舒服的。」他說唯一的辦法就是改。要把廚房裡的碗櫥、爐竈、冰箱、洗碗機、水池子……所有的家什，通通地都移到屋子的最邊上來，移到飯廳的位置，把飯廳移到全套房子的中央，和廚房掉換一下，這樣就不會上火了。

我問他這麼一折騰要多少錢？

黃師傅把一個手指頭搭到另一個手指頭上對我說：「阿蕭哇，十千嘍，全包，不多啦。」

　　這麼挪一挪就要一萬塊錢?!這錢不是白花？我學著他的樣子說：「有沒有搞錯哇？算了吧！我們北方人怕冷，講究心裡要有一團火，總是熱乎乎的。」

　　黃師傅說我們房子的前門太小，不像大戶人家，朋友來了看上去不大氣派，他建議改成雙開門。

　　我知道他黃師傅不是沒事幹了找活幹，非動員我們改這改那的不可，他早說過，把我們這活幹完了好去幹那件大工程呢，是吧？看上去他還真是好心好意的呢。可是我們那孩子她爹不善於交往，也從來不願意我和別人接觸。我們家向來是冷冷清清的沒有朋友，真的花幾千塊錢把門改大了值嗎？給誰看呢?!

　　我對黃師傅說：「我們從大陸來的人也有講究──興『走後門』！只有『走後門』才能辦成事。你看啊，我們開著車子先進車房，再由後門進到屋裡，根本就用不著前門。」

　　黃師傅是六十年代離開大陸到香港的，他不懂「走後門」這詞是什麼意思，眨巴著小眼睛，他看我在那格格地笑，也呲著九齒大釘耙笑了起來。

　　只有一件事我依了黃師傅：我們房前豎著的水槽原來是安裝在正門右側的牆上，但從視線上剛好擋住了門。黃師傅說：「阿蕭哇，這水槽可是擋住了你家的風水啦，要移噢！」

　　誰不願意自己家的風水好呢？反正黃師傅說是順便的事，不多加工錢，我決定移，一定得移！

　　這水槽移到哪兒去了呢？如果把這座房子中間的前門看成是一隻大鼻子，兩邊的窗戶看成是兩隻眼睛，那麼這座房子的正前面就可以看成是一個漂亮的大臉蛋。這個水槽給移到了這張臉蛋最光滑，最誘人，叫人忍不住一定要親吻一下的臉頰那部分去了。

我知道，這房子還有風水不對的地方，比如家具怎樣擺，床怎樣放，沙發是不是要上下兩層擺起來，電視機是不是要放到洗澡間裡，馬桶是不是要擺到廚房……

那天，我女兒問我：「媽咪，書上說在梯子底下鑽一次要有七年的壞運氣。可是為什麼黃師傅老是鑽來鑽去的呢？」

這又是西方的迷信說法了，如果鑽一次就會有七年的壞運氣，那黃師傅在一天裡就不知道要鑽多少次，算下來他還沒出生就該倒楣了，可人家還不是過得滿開心的嘛。我沒有告訴黃師傅這個外國人的風水，就像我不再讓黃師傅告訴我他所知道的風水一樣，少知為佳。

五·富有階級

這天，從動工開始，黃師傅就是滿臉的「舊社會」，他一句話也不說，全世界都變得靜悄悄的。

太陽又出來了，曝曬著。我給黃師傅倒了一杯冰涼的可口可樂，他擺擺手，我又給他倒了杯甜甜的橙子水，他指指嘴搖搖頭。

「怎麼啦，黃師傅，有沒有搞錯哇？」我問他。

「啊呀，要死啦，我的牙好痛啊！」黃師傅終於開口了。他用粘滿水泥的手指頭晃晃這顆牙，又搖搖那顆牙，滿嘴的牙一個個都像是醉鬼，東倒西歪的。

「哇，你這堆破牙早就該拔了，怎麼挨到了這年月？」看得出他現在是慢性牙周炎急性發作期，下頦都紅腫起來。「喲，你看你的牙都腫起來了，快看醫生去吧。別幹了，幹嘛這麼玩命！」

「不是啦，阿蕭哇，不是我怕去看醫生，沒有時間去嘍，還是趕快把這裡幹完，要去做那個大工程，掙大錢嘍。你給我幾粒止痛片好啦？」

止痛片，消炎藥我都有。「看清楚這上面寫的是『止痛片』，那個是消炎藥，吃拉了肚子可別說我害你，說我給你下耗子藥啊！」這話我必須講清楚，免得他日後找我打官司。

這藥對黃師傅真是管用，不到十分鐘，他便被「解放」了，變成是滿臉的「新社會」。

他喝著我給他倒的橙子水，又哇啦哇啦地說上了：「阿蕭哇，你看你對我們工人這樣的好，等將來共產黨來了，我們一定不會說你們的壞話，也不會分你家的房和地的，這你放心啦。」

啊呀，他把我當成是僱傭工人的資本家了，我像嗎？「黃師傅哇，你一個人一週掙的錢可是比我們倆人掙得都多啊。你看你開的是什麼車，你家住的是什麼房子，你還是無產階級?!等共產黨來到澳洲，我一定得帶著他們先到你家分財產去！」

黃師傅呲呲牙，爭辯著說：「我們是工人階級，是無產階級嘍，你僱傭工人，當然是剝削階級噢。」他是六二年從大陸逃跑的，還懂這麼多的名詞？

「好，就當你是無產階級，我是剝削階級，如果我不給你發工錢，你找不找我來要？」我問他。

「當然要嘍，那是我的工錢噢。」他答道。

「好，如果你是大年三十到我家來要債，弄得我家孩子她爹還不上，一時想不開，喝了鹵水去尋死，那可又要演一場惡霸地主黃世仁逼死人命的《白毛女》了。」說完這話我挺得意，我看他是沒得說了。

「那你去貸款哦，現在利率那麼低，慢慢還噢。你老公沒那麼蠢，他才不去尋死呢！」他說話的樣子還挺認真的。

他的話把我逗得格格地笑起來。你別看他沒有多少文化，沒學多少馬列的著作，可他特現實。我鬥不過他。

關於誰是剝削階級，誰是無產階級，真是掰扯不清了。可是從我心裡說，如果讓我幹他黃師傅這份苦工，掙這份大錢，我去嗎？如果叫我不顧烈日當頭，忍著牙齒劇痛來拼這命，我幹嗎?!他是在拼命呢，難道他不該得到他應該得到的嗎?!

在澳洲有無產階級嗎？有。澳洲的無產階級是那些領著政府救濟金，去吸毒、下酒館、泡賭場的人。物質上他們最窮，精神上他們最頹廢。

在澳洲有富有階級嗎？有。在澳洲，除了那些以錢去賺錢，以知識去賺錢而發財致富的人以外，還有以體力去賺錢的工人階級。如果馬克思還活著的話，他老人家一定會這樣說：澳洲的工人階級不是無產階級，他們是富有階級。他們是憑藉自己的雙手和渾身的力氣來美化周圍環境，改善自己的生活，充實內心精神世界的階級。

黃師傅就是這樣一種富有階級，有誰活得比他更瀟灑，更快活的呢?!

我們家的活全部完工了，原來那座纖維板房老房子全部都圍上了磚，變成一座新房子。當我把最後一筆款項交到黃師傅粗糙的手裡時，我千遍萬遍地謝過他。

黃師傅還沒有抽出時間去拔牙鑲牙，他不好意思地豁著他那九齒大釘耙，一張一張地數著手裡的十張鈔票：「呀、咿、嗓、噻、哖、嘍、嚓、叭——狗屎！」

黃師傅笑了，他笑得是那麼的開心。

（發表於《澳華新文苑》第97-98期）

東八樓

（謹將此文獻給「文革」四十周年紀念）

蕭 蔚

那年回北京，我順路探訪了東八樓，那是爸爸機關家屬宿舍大院中的一棟樓，是二十世紀六十、七十年代，我兒時居住的地方。那時，樓裏住著十二戶人家，湊巧聚集了一群「牛鬼蛇神」，這些人可憐的人們，共同上演了一出時代的悲劇。

我們家和當年北洋政府大總統徐××之姪同住一個單元。徐家夫婦一個忠厚老實，一個大大剌剌，因為我們兩家都是天津人，孩子們的年齡又相仿，因此關係比較親近。我哥哥經常和徐家的兒子下圍棋，我則和徐家的女兒一起玩娃娃家，一個當爸爸，一個當媽媽。那時，徐家夫婦剛從美國回來參加建設，帶有十足的洋氣，就連他們家的玩具都是從國外寄來的洋玩意兒，電烤箱、電爐子等實物都是許多年之後，我來澳洲時才真正見到和使用。上個世紀六十年代初的「困難時期」，我們兩家一起在院子裏開出一小片菜地，徐太太踩著雙紅色高跟鞋，昂首挺胸地到馬路上拾馬糞、澆菜園，十分招眼，出盡洋相。一九六六年文化大革命一開始，徐家成為東八樓裏第一個被「破四舊」，抄家的對象。紅衛兵揪著徐家夫婦在東八樓前，各自站在一個小板凳上，審問開始：

坦白交代，徐××和袁世凱是什麼關係?!

——是結盟兄弟。

說，你知道不知道，袁世凱是個什麼東西？

——他是個倒行逆施，妄想恢復帝制，做皇帝的壞東西。

那麼徐××為什麼還和這種人結拜兄弟?!

——我不知道。那時候我還小，再說他們結拜的時候，袁世凱還沒有稱帝。

樓前站滿了看熱鬧的人，聽到這裏，大家都笑了起來。

徐家被抄了家，連電烤箱、電爐子、洋娃娃等玩具都給抄走，更不要說徐太太的那雙紅色高跟鞋。

抄家之後，大院裏的孩子開始欺負徐家的兒子，按諧音，給他起了外號叫「希特勒」。他一出門，孩子們就跟在後面叫道：「希特勒，屁眼多」。他從來沒有受到過這樣的辱罵，回到家裏哇哇大哭。一天，徐家的兒子放學上樓回家，後邊尾隨著幾個孩子嬉笑叫罵，正逢我哥哥下樓，見狀，把欺負他的那幾個孩子一腳踹到樓下，沒有想到，此舉為我家種下禍根。

我們東八樓裏真是「藏龍臥虎」，慈禧太後重臣李××的嫡孫也住在這裏。由於國人早已蓋棺論定：「賣國者秦檜，誤國者李××」，李家在文化大革命前就已家徒四壁，聲名狼藉。紅衛兵來抄家時進門看看，見沒有值得查抄的東西，甩下幾句革命口號走人。大概是因為家族的敗落和這位滿清大臣嫡孫本人的無能，他所娶的老婆是一個其醜無比，庸俗不堪的市井婦人，大家叫她「胖葫蘆」。這個女人好串門，生性好東家長，西家短，兩頭傳閒話，樓裏和院裏的是非不夠她搬弄的，難免遭人之恨。雖然李家躲過了紅衛兵，可卻沒有躲過樓裏十多個孩子。在那個混亂，無政府主義狀態的年月裏，孩子們和李家玩過不少的惡作劇：白天，拿個小鏡子在太陽下對著李家的窗戶晃；半夜三更，敲開李家門，再一溜煙逃跑；要不，就點著炮仗扔到李家的大門裏……

孩子們自然也把李家的獨子當作「小賣國賊」來對待，模仿照片上李××的樣子，在他嘴週貼上一把白棉花當鬍子，又用黑紙糊了一頂清朝官帽，再套上一件黑布大氅，大家玩「鬥爭賣國賊」。「小賣國賊」只有六、七歲，還不大懂事，看著孩子們哈哈大笑，也跟著傻笑，還不斷地做怪樣逗大家，他晃著大腦袋，拉著眼皮，嘴裏念念有詞：「准大清國再賠洋人四億五千萬兩銀子──」。胖葫蘆拉長耳朵聽著，又氣又急，臉憋得像個紫茄子，從屋裏跑出來，一邊罵著「你這個小兔崽子，還不快給我滾回家！」一邊揪著兒子的衣領往回拉，從此，胖葫蘆再也不讓「小賣國賊」出來給大家當笑料。

文革初期有一年學校停課不上學，樓裏的孩子們整天聚在一起玩。夏天，爬大樹，摘桑葉養蠶寶寶；冬天，在院子裏打雪仗；要不就藏貓貓，或在院子裏跳跳繩……唯有劉右派家的兩個孩子不能加入大家的行列。

劉右派原來是設計院的工程師，只因為發表了幾句保護北京舊城牆的言論，一九五七年被打成「右派」，發落當雜工。據說，他老婆劉瘋子原來有一個非常體面的家庭，父親曾是北京輔仁大學的教授，她自己原來是美國人辦的八年制協和醫科大學畢業的內科醫生，她理當是一位高尚人家的太太，然而這殘酷的「從天而降」的事實使她無法接受，於是患上精神分裂症。劉瘋子總是把頭夾在兩個肩膀之間，從不抬頭看人，她上下樓時，一陣輕飄飄，不願引人注意到她的存在。劉瘋子在東八樓孩子們的心目之中如同陰間的鬼神，哪個孩子淘氣不聽話，大人們最後一招就是說「別鬧了，要不然劉瘋子該來了！」嚇得孩子夜晚做惡夢，亂叫嚷。

劉瘋子懷孕時正趕上「反右」和患精神病，樓裏人傳說這種病可以遺傳後代，因此當她女兒剛呱呱落地時，大家就自然地在

背地裏喚她「小瘋子」。劉瘋子的兒子長得極像爸爸劉右派，再加上那個年代，人們認為人的劣質秉性也可以遺傳，於是他被稱為「小右派」。

每當「小瘋子」和「小右派」怯生生地過來要求加入我們玩耍的行列時，大家便像是躲避瘟疫一樣，叫著「不加，加減，不乘除」（不多加人，也不減人之意），一哄而散，換個地方再接著玩。於是，他們倆只好趴在窗戶上，幽靈一樣，露個小腦袋看著我們玩。劉瘋子家裏肯定沒有玩具，這兩個孩子的童年就是這樣，是在看著別的孩子玩耍中度過的。

三樓住著末代皇帝溥儀老師的嫡孫女，按說，她也是舊社會留下來的遺少，然而，她的運氣極佳，總是禍從身邊過，從不進家門。究其原因，有三：一是這位溥儀老師的嫡孫女是個一心投入在學校裏的小學教師，為市教育系統優秀人物，紅衛兵沒敢動她；原因之二，是這家有三個虎頭虎腦的大兒子，為樓裏和大院小孩們的指揮和統帥人物，當然，誰也不會欺負這家人；原因之三，是他們有一個不但全權代理家政，而且管理樓裏雜事的保姆。這可是位人前一套，人後一套，當人說人話，當鬼說鬼話的人物，樓裏人對她是既恨又怕。通常大家稱呼保姆為「阿姨」，可唯獨尊稱她為「王大媽」。

王大媽比胖葫蘆精明之處是會使陰招。比如，分配樓裏人清掃院子時，她總是派給劉瘋子家和徐家最難掃的地方，明明是欺負人，可她卻裝作一副無可奈何的樣子對他們說：據群眾反應，這地方是你們家孩子經常玩耍弄髒的，所以就請你們幾位多多代勞吧！然後再呵，呵，呵地乾笑幾聲。不過，那年月，除了王大媽，劉瘋子家和徐家還真看不到別人的笑臉。諸如此類，王大媽說話辦事精明得讓你說不出，道不出，找不到什麼毛病，乾受一口窩囊氣。

一九六八年，更加恐怖的年月到來，文化大革命進入「清理階級隊伍」階段，如同連鎖效應，大院裏不斷發生服安眠藥、熏煤氣、上吊、跳樓等自殺事件。

一天，大院裏的積極分子提審樓裏一個寄居在外甥家的孤老頭，說他是反動教徒，證據是一件教袍。這個老頭的確入過什麼教，當他看到大院裏有很多人受到審查，便偷偷地將自己的「贓物」──教袍，撕成一條一條，扔到垃圾箱裏。沒想到這事被王大媽發現，她將教袍又一條一條地撿回來，重新縫製好，交到大院居委員會手裏。王大媽立了功，可是那老頭卻丟了性命──他抵擋不住逼供，也無法澄清事實，又不願意死在外甥家裏，只好跳樓自殺。

那天清晨，樓裏人聽到孤老頭喊了聲「我罪該萬死！」然後就是重重的落地聲。那個年月，大家說你入過什麼教就是「反動分子」，連你自己都覺得確實是有罪，沒臉再活下去。這樣的自殺稱作「畏罪自殺」，家裏人不敢收屍。鮮血四濺的孤老頭只是招徠眾多的蒼蠅瞻仰遺容和向遺體告別，屍體在樓前擺到下午才被火葬場拉走焚燒。

孤老頭是從三樓的女兒牆上跳下的，樓裏的孩子們也跑到三樓的平臺上體驗自殺前的心態。夕陽斜下時，女兒牆上小孩子們的身影在院子當中晃動，樓裏的大人透過窗戶，看得清清楚楚。誰不明白，哪個孩子稍有失足，就會同那孤老頭一樣，摔個粉身碎骨！各家的大人從樓裏跑出來，喊著自己孩子的名字。我姥姥更是急得團團轉，那天我遭到了姥姥前所未有的嚴厲訓斥。

終於，「清理階級隊伍」也清到我爸爸頭上，機關來人抄了我家。

我爸爸是被他的同學揭發檢舉出來的。在讀大學的時候，有一個假期他曾經在國民黨機關裏幫忙抄寫文件，打工掙飯錢，於是，他被當作「國民黨反動派的殘渣餘孽」揪了出來。

　　那天我放學回家的時候正趕上抄家，看到東八樓前站滿看熱鬧的人，以為是別人家出事，同往常一樣，也擠在人群裏踮著腳尖看熱鬧。奇怪的是大家都扭過頭來異樣地看著我，可誰也不說一句話。過了一會，劉瘋子悄悄走過來，好心地對我說：先別回家了，他們正在抄你們家呢！真的，我看到爸爸機關裏的人整箱整箱地把我家的東西往外搬，最後由兩個工人帶走了我爸爸。

　　回到家裏，一片狼籍，連我睡覺的小床都給翻個底朝天，我哇地一聲哭起來，屋裏空蕩蕩，居然還響起回音。後來聽媽媽說，他們花很多時間尋找和國民黨有關的證據，實在找不到，就拿走了家中的細軟、爸爸媽媽的書籍和日記本。

　　如同是一種默契，第二天早晨我出家門去上學，見到樓裏的小朋友，大家像陌生人一樣，沒有人願意理睬我。那些經常到我家來向爸爸請教技術問題的叔叔阿姨也是怪模怪樣，他們縮著脖子，扭著身子，將視線越過肩膀頭，咧一下嘴，勉強地和我點一下頭。真的，風水輪流轉——這回該我家倒楣了！以前，我從來都不和小瘋子、小右派講話，徐家被抄以後，我也不再願意和徐家的女兒玩娃娃家，他們家搬走前，我竟連聲「再見」都沒有和她說一句，有誰願意和壞人、壞孩子同流合污呢?!可是，就是在一夜之間，我居然也變成一個「小反動派」！

　　學校裏的同學大多也是機關大院裏的孩子，他們都知道我家被抄，誰都不願意和我講話，同桌的女孩，把課桌拉得好遠，說是要和我「劃清界限」。放學回家的路上，我身後邊尾隨著那幾個曾經被我哥哥從樓上踢到樓下的孩子，報復的時機到了，他們叫著「打倒小國民黨反動派」。

　　我哭著向姥姥訴說這一切，姥姥摟著我疼愛地說：「騾子大馬大值錢，人大了不值錢！別怕那些孩子，誰都不知道誰會有倒楣的那一天。」

爸爸託付機關裏的同事帶來便條，說是要接受「隔離審查」，很長時間不能回家。機關停發爸爸的工資，存款也被抄走，全家只靠媽媽一個人的收入維持生活，姥姥不得不用白麵、大米等細糧換回價錢便宜的玉米麵等粗糧。看著家裏生活拮据，我拿出自己過去積攢下來的，僥倖沒有被抄走的十幾元嶄新的紙幣，交給姥姥買菜用。姥姥的眼圈紅了，說我一下變成一個懂事的大姑娘。

冬天來了，桑樹的葉子被西北風吹光了，再也沒有小孩有心思去養蠶寶寶。大院裏堆滿的積雪開始溶化，再也沒有人打雪仗和堆雪人。大孩子都到農村插隊去，樹倒狐孫散，東八樓昔日熱鬧的景象不復存在，剩下的小孩子誰都不知道哪一天，哪一戶又要變成大壞蛋。我默默地呆在家裏，聽著收音機和姥姥講故事，拉著心愛的手風琴，孤獨地度過了剩餘的童年……

時移俗易，時變境遷，大家終於熬過那些可怕的日子。東八樓的孩子們長大以後都很有出息，劉瘋子的女兒現在是教授級內科醫生，兒子在設計院任高級工程師；徐家兒女移居美國，一個搞科研，一個開中醫門診；聽說「小賣國賊」念的是政治經濟學，當然，現在他走的是治國，而不是祖爺爺的賣國之路。我哥哥成為一名有實力和資本的企業家，聊起當年把院子裏小孩從樓上踹到樓下的事時他說：真的不知道，我當時哪來那麼大力氣和膽量？給人家孩子踢傷殘了怎麼辦?!我則來到澳大利亞定居，小時候的經歷，使我對權勢和地位漠然置之，我學會憂人之憂，人亦憂其憂的處世哲學。

人去樓還在，如今，老住戶全部搬走，粉刷一新的東八樓給我一種「此東八樓不是彼東八樓」的感覺，我記憶中的「東八

依舊聽風聽雨眠

樓」早已經成為這出悲劇中的一個標誌，成為我所經歷的那個特殊年代的縮寫符號。

吟詠著古人崔顥的詩句：「昔人已乘黃鶴去，此地空餘黃鶴樓，黃鶴一去不復返，白雲千載空悠悠」，我告別東八樓，但願這段記憶中的故事永遠隨歷史而去，不再復返！

（發表於《澳華新文苑》第214-215期）

一本聖經，一個民族

誰是摧而不毀，殺而不絕的民族？
誰是堅強智慧的族裔？
無論是它的敵人還是朋友，
全世界所公認：猶太人！

猶太人幸福的家園

讓我們將中東地區歷史舞臺的序幕拉到三千多年以前，在今天以色列境內的耶路撒冷，有一座雄偉壯觀的聖殿。這裏，就是猶太人永遠的上帝所在。

那時候，那個地區是猶太人的家園，他們在那裏居住生活。直到西元第七十年，古羅馬帝國一把大火，燒毀這座聖殿，從此，猶太人不再是用筆墨，而是用軀體飽蘸著鮮血和眼淚，寫成一部部被驅趕、被排擠、被殺戮、遷徙、遊走，悲愴不屈的歷史。

時光如梭，轉瞬又是一千多年，一九四八年，猶太復國主義者侵佔大片已經屬於巴勒斯坦人一千多年的土地，於現在的以色列復國，致使大批巴勒斯坦阿拉伯人流離失所，淪為難民。從此，又一粒復仇的種子被種下，這半個多世紀以來，巴勒斯坦阿拉伯人與以色列猶太人互相之間，一直不斷地進行著慘烈的逐鹿。

　　千百年來，大批猶太人被迫逃散到歐洲、南非、南美、中國……全世界各國、各地，他們也漂洋過海，移民來到南半球的澳大利亞，尋找新的家園。

　　在澳大利亞，在這個多元文化的國家裏，除珀斯發生過一起澳洲「新納粹組織」成員塗抹猶太教堂的個別案例外，猶太人與穆斯林、阿拉伯國家的移民和睦相處，相安無事。在這動盪不安的世界裏，澳大利亞，不愧為猶太人以及所有外來移民追求安定、和平的世外桃源，幸福生活的新家園！

　　我駕車沿著悉尼地價最為昂貴的區域——東海岸至北部海灣環遊，這一帶是從全世界移民悉尼的四萬猶太人集聚生活的地方。當初，猶太祖輩高瞻遠矚，捷足先登，一開始就選擇最有發展前途的海灣地區安居樂業。

　　邦地海灘被譽為全世界九大美麗海灘之一。我仰臥在她那金黃色的沙灘上，環視著周圍大自然的恩賜和匠心獨具的人工雕塑，那些點綴海灘鱗次櫛比，古典式、西洋式和現代式不同風格的建築物，不能不令我感慨猶太居民們對這裏的貢獻。

　　「邦地」這個詞，是澳洲土著的語言，其含義為「海浪拍打岸邊的聲音」，我被忽進忽退，溫暖的浪花輕輕地撫摸。我仔細聆聽，這嘩嘩的海浪聲猶如一曲曲猶太人在澳洲幸福生活，自強奮進的讚美歌：

　　一七八八年，一月二十六日那一天，從英國運往悉尼「第一船隊」的一千多名犯人中，有十六名英國猶太人，換句話說，從澳大利亞建國的第一天起，就有猶太人的存在。從此，「澳大利亞猶太人」——一個新的人種分支，添加到人類學的字典裏！

　　在這「第一船隊」上，猶太犯人哈萊斯是因為偷湯匙而被判刑，從英國運往澳洲，但後來他改邪歸正，獲得自由，成為澳洲第一批警員；也是在這「第一船隊」上，五名猶太女犯人之一的

阿布拉哈瑪斯太太，與派到澳洲的英國官員結婚，成為一屆省總督太太。

作曲家奈森先生，是十九世紀四十年代移民澳洲的猶太人，被譽為「澳洲音樂之父」。此外，在澳洲歷史上還出現過很多政界、軍界人物；更有數不清的富商、房地產生意人、醫生、律師等等高尚職業者。

澳洲建國兩百多年來，幾次移民大潮：從十九世紀五十年代起，三十年的「淘金時代」引來大批德國猶太人，隨即，東歐猶太人聞訊紛紛起來。第二次世界大戰時期，湧入澳洲的多為納粹和法西斯手下虎口脫險的猶太人。而戰後至二十世紀六、七十年代，那些由蘇聯逃到中國上海、哈爾濱的猶太人再次遷移而來。至此，從全世界聚集澳大利亞定居的猶太人達十二萬！

雖然大多數移民已經融入澳洲社會，但是，幾乎所有的猶太人依然保留著自己的宗教信仰、文化傳統和風俗習慣。在悉尼，有五所猶太子弟中學；有許多按教規「清潔」的食品店和餐館；有猶太人的私立醫院。澳洲的「SBS民族廣播電台」為猶太人而設立的節目是以英語、希伯來語和依地語廣播；「澳大利亞猶太人新聞周報」是澳洲報業經營最久，也是澳洲猶太人唯一的一份報紙，可見澳大利亞猶太人的凝聚力和團結力——只有一個喉舌，發出一個強有力的聲音！

悉尼猶太紀念館緬懷

為了追溯猶太人的歷史和尋找他們昔日的萍蹤，我來到「悉尼猶太人紀念館」。門口的警衛員說：「這裏可是遭到國際恐怖分子恐嚇的地方，你們不害怕嗎？」「炸彈不是沒有爆炸嗎？有

什麼可怕的?!」我回答著，隨其他十多名海內外參觀者通過了安全檢查關。

「悉尼猶太紀念館」建於一九九二年，坐落於悉尼東部的百靈頓地區。館內分別介紹了猶太人移居澳洲的歷史、他們在悉尼的早期生活，以及第二次世界大戰時期德國納粹黨、希特勒開始動手迫害猶太人的經過和他們在歐洲其他國家遭受屠殺以及集中營內的情況。紀念館內還設有「兒童紀念館」和「匈牙利紀念館」等分館。

紀念館內有一個角落，從佈景、裝飾，到噠噠的馬蹄聲響，逼真地展示了十九世紀中期，英國猶太人在悉尼喬治街謀生的情況。

另一個角落，佈置了一個溫馨的家庭。這裏，詳實地介紹了猶太人傳統的婚俗，生活習慣和猶太教規。

餐桌前，我仿佛看到老祖母端來熱氣騰騰、香噴噴的飯菜，她疼愛地召喚孩子們快來就餐。西方人稱在餐桌上不斷夾菜，添飯的人為「猶太老奶奶」，可見得她的慈祥。

據說，猶太人每次在被迫遷移的時候，一定要帶上祖上傳下的經書。玻璃櫃中展示的早期移民帶來的泛黃經書，使我仿佛看到幽幽的燭光下，孩子們朗讀《聖經》的情景，仿佛聽到「安息日」裏他們背誦《摩西律》的聲音……

隨著紀念館內的燈光從一部分向另一部分逐漸變暗，其內容也變得嚴肅恐怖起來。我看到這樣一幅照片：一個德國女人的脖子上掛著一塊牌子，上面寫著「我是一頭母豬，就會和猶太佬睡覺」。旁邊，那個男人掛著的牌子上寫著「我是個猶太佬，就會勾引德國女孩」。他們的身後是幾個端著長槍，殺氣十足的德國兵。

倔強的猶太人，從來就不迴避自己的血統和身世，有這樣一個畫面：他們排著長隊登記備案，並自己親手縫製六角星佩戴，醒目地告訴大家：我是猶太人！

德國的納粹黨人和法西斯分子隨著他們元首希特勒的瘋狂，對猶太人的迫害逐漸升級。「水晶之夜」不但砸爛了猶太人店鋪的玻璃，也砸碎了他們的心。隨後，以德國為中心，反對、迫害猶太人的浪潮波及至匈牙利、奧地利、捷克和波蘭等其他歐洲國家。各國法西斯分子使用槍殺、活埋、毒氣等刑法對猶太人進行人種滅絕，被殺害的猶太人竟達六百萬人之多，佔當時歐洲猶太人總數的三分之二，這比澳洲人抱怨「人口太多」的悉尼還多兩百萬。

實在是令人毛骨悚然！

在「大屠殺和集中營」部分，我聆聽了劫後餘生，當年僥倖從「集中營」裏活著走出，八十多歲的勞拉太太的親口敘述：「大屠殺使我失去了所有的親人，我常常在夢中見到他們。對親人的思念折磨我一生……」勞拉太太悲憤的控訴提醒著人們，「悉尼猶太紀念館」是這樣一座永遠的記憶儲存庫：它記載了猶太人對悉尼和澳洲貢獻的歷史，它也為在澳洲幸福生活的猶太後裔、學生和所有參觀者提供了當年歐洲猶太人受迫害活生生的歷史資料。它還告誡澳洲的種族主義者和澳洲的新納粹組織成員：請勿重蹈歷史的覆轍，否則將會成為歷史的罪人！

悉尼猶太中央大教堂拜謁

猶太人種何以留存至今?!

受好奇之心驅使，我來到面對著名的海德公園，坐落於伊麗沙白街的「悉尼猶太中央大教堂」。

大教堂被掩映於便道旁法國梧桐樹濃密的闊葉之中，仔細端視，我才看出它的輪廓。可以想像得出當年它在這條大街上鶴立雞群的風姿，不過現今，在這寸土寸金的地段上，在歷經一百二十多年時間的雕琢之後，這座老態龍鍾的大教堂和緊密相鄰的摩登大廈排立在一起，形成了鮮明的時代反差。

由於巴勒斯坦和以色列關係的緊張，由於國際恐怖分子的猖狂，澳洲政府出資，在教堂內外設立了嚴格的保安措施，參觀者必須從設有掃描裝置和保安人員的後門進入，而且照相機、錄音機、攝像機等凡是帶「機」字的物品和書包不得隨身帶入。

剛邁入教堂大門，我便體驗到猶太人的經濟觀念，這裏是我在悉尼參觀的所有教堂和廟宇中，唯一收費的地方。

那天，除二十多位海內外參觀者外，還有五十多名本地男子私立中學上高中歷史課的學生。所有參觀的男人，即使不是猶太人，也要按規矩戴一頂稱作「kippa」的小帽。我們被安排坐在教堂的長椅上，與其說是「參觀」，不如說是「觀視」，參觀者不能在教堂裏隨便走動，只是坐在長椅上隨著錄像影片的解說，環顧教堂的四週。

悉尼猶太中央大教堂的最初構思來自法國建築風格，目的是盡顯貴族的豪華和技藝的精湛，不過，最終它是模仿「倫敦猶太大教堂」建造而成。當年，為確保悉尼猶太中央大教堂與其相似，設計師還遠渡重洋，親自到英國倫敦參觀，不但如此，許多建築材料也是由英國海運而來。悉尼猶太中央大教堂終於一八七八年落成，它為後人留下悉尼猶太宗教的歷史和寶貴的文化遺產。

從悉尼猶太中央大教堂內部的藝術結構和風格已經體現了猶太教與其他教派的區別。我仰望著那高高的拱形頂棚，深藍底色上繁星密佈的穹隆象徵上帝所在。根據聖經故事，出賣耶穌的是

個猶太人，大概是此原由，猶太人迴避提及耶穌，不認為他是上帝的兒子。雖然猶太教和基督教、天主教一樣，同是信奉上帝，但沒有十字架和受難的耶穌，沒有聖母瑪麗亞，確切地說，沒有被崇拜的人物偶像──猶太人完全是精神上信奉上帝。

錄像的畫面上出現了悉尼猶太中央大教堂做禮拜的鏡頭：在這個可容納八百人的教堂裏，男人一律坐在樓下，頭上戴頂小帽；女人坐在樓上，圍巾包著頭髮。教堂裏的坐位，是教徒捐款買下來的，每個坐位上都貼有名牌。有一個坐位標著四個名牌，那是老少四代相繼捐款，共用同一個坐位。

在猶太中央大教堂裏，無論從世界的哪個角落來的猶太人，他們通用的語言是希伯來語，所念的經書是《聖經》的《舊約》。猶太男孩們從小就開始在家裏學習希伯來語，半吟半唱，背誦經書。到十三歲「而立之年」時，他們在莊重神聖的樂曲伴隨之下，參加成人禮儀式，當眾宣讀並講解聖經。

我問大教堂裏的義務工作者：女孩是否要學希伯來語和背誦經書？回答是「不一定」。看來，猶太男性比起女性受教育程度高，內容豐富，他們在學習中所走的道路也比較艱辛和正規，難怪有成就的猶太人多為男性。

有人說猶太人是世界上最聰明的人種。確實，在猶太人當中出現過許多的思想大師、經濟巨人、科學奇才和藝壇驕子，諸如：馬克思、畢加索、愛因斯坦、海涅、蕭邦、卡夫卡、孟德爾頌、卓別林等，不勝枚舉。猶太人在世界幾乎所有的領域都取得過出類拔萃的成績。可不可以說，這些成績的得來，應該歸功於幼兒讀經？所謂「五歲，始讀《聖經》；十歲，始誦《密施拿》；十三歲成人，始受誡命；十五歲，始背《塔裡木》」。我想，孩子大腦的記憶力和儲存容量如同電腦，是在強化背誦經書的過程中不斷擴大和升級。當然，在學習經書的同時，也培養了

孩子專心致志的學習態度。依我之所見，如果一個人的記憶力不壞，再加上刻苦學習和做事專心的態度，這個人雖然不見得是天才，但已經比一般人聰明，已經具備做學問的條件和成功的因素。我想，這就是為什麼自一八九二年設立諾貝爾獎以來，約三分之一的獎項為猶太人所領取的原由吧！

猶太教堂除了造就人才以外，還是培養下一代「我是猶太人」強烈民族意識的地方。自從西元第七十年，以色列被古羅馬毀滅，猶太民族失去自己的祖國以後，他們不得不遷移分散到英國、德國、波蘭、匈牙利、西班牙及南非等國家和地區。在這漫長的一千八百多年裏，猶太教經歷了被基督教和伊斯蘭教等其他教派的排擠，可是，這個經歷了那麼多磨難的人種和教派，依然不屈不撓地存在，並沒有在地球上消失！

猶太人是可以和其他民族通婚的，那麼，在這一千多年裏，融入到各國的猶太人卻沒有被當地的婚俗和其他生活習慣所同化，當今，在世界各國，依然有一千三百多萬的猶太人，按照教規行事，按照典章和戒律保持著自己的生活習慣，這在人類學史上，不能不說是一個奇跡。尋其緣由，當然要歸功於教堂！

英文中，「教堂」通常稱為「church」，而「猶太教堂」則特稱為「synagogue」，其原意是「大家聚集的地方」。在那麼多年裏，漂移到世界各國、各地的猶太人經常、規律地聚集在自己的教堂裏，享受著「祖國」的溫暖。「synagogue」——猶太人祖國的象徵！

參觀悉尼猶太大教堂，除四十分鐘看錄相外，其餘二十分鐘聽一位老者講解和答疑，他告訴大家：從明年起，政府斥資，將用兩年的時間修復悉尼猶太中央大教堂。這個計劃體現了澳大利亞是一個多元信仰和包容的國家，以及對不同教派沒有厚薄，對歷史文物更是盡力保護的政策。

悉尼猶太大教堂不但使我看到一座具有歷史、人文和藝術價值的建築物,而且也看到了猶太民族的骨氣和他們永遠的未來。我明白一個道理:猶太人不僅僅信仰上帝是精神的,而且「祖國」的概念也完全是精神的。「祖國」在希伯來語和猶太教堂裏;「民族」在猶太《聖經》和他們的心目中!

（發表於《澳華新文苑》第239-240期）

試談蕭蔚作品的特點
——在「蕭蔚作品討論會」上的發言

馬　白

我之所以出席這個會議，一個主要的原因是一年多以前我曾經寫過一篇評論蕭蔚新書《澳洲的樹熊澳洲的人》的短文，最近我又反復地看了一下，又有一些想法。我的發言也是對冰夫兄剛才精彩發言的一點補充。

首先，蕭蔚的作品在我們澳華作家當中，其中包括女作家當中，有沒有她自己的特點？我反復琢磨有下面四個方面：

第一個方面是從內容上講，幾乎我們所有的女作家都寫過愛情題材，唯獨蕭蔚在她的作品裡，其中包括散文和小說，沒有寫過愛情題材，而是寫親情和友情，我覺得這是一個很大的特色。那麼為什麼這樣呢？我也反復思考了，為什麼她偏偏不寫愛情，而是寫親情和友情？這個在《澳洲的樹熊澳洲的人》這本書的最後一篇，蘇玲作品討論會上的發言《讀者的期望值》裡能夠找到答案。她自己在這篇文章裡曾經提到：寫愛情的人太多了。那麼說明蕭蔚是有意識避開這樣的題材，另劈蹊徑，重點放在親情和一些友情上。我覺得她對親情和友情的體察是非常細緻入微的，寫得也是幽默風趣，富有生活氣息。

第二個特色是蕭蔚具有一般作家的基本素質，對具體的事物，感性的事物特別是細節，特別敏感，同時善於運用一些具體的形像的比喻來加以描寫，這一點我覺得比較突出。比如，她把澳大利亞肥胖的婦女描寫成是「紅色的郵政信箱」，來形容她們

沒有腰窩，上下一般粗；把有的人頭上禿頂，比作像燈泡一樣發亮光；她把港大叔黃師傅描寫得像一根臘腸一樣，油光光的，乾瘦乾瘦。這樣的描寫，是因為她善於運用一些形像的比喻來準確地把握住人物的特徵。

第三個方面是剛才冰夫兄所講的，就是她的幽默，她的藝術風格上的基調就是風趣幽默。那麼這種風趣和幽默是從哪裡來？我覺得有兩個方面，一個方面是從情節上，比如散文《生手免問》一文，從一開始老闆找工人的「生手免問」，到後來他要找老婆也是「生手免問」，這是在情節上對應，產生的一種幽默感。另外是在語言上，這個大家看得很明顯。蕭蔚善於運用一些諧音來造成文字上的生動活潑和詼諧，比如「國語」和「狗語」，「英語」和「鷹語」等等。

第四個方面是蕭蔚很善於描寫心理狀態。我剛才講她重點放在親情和友情上，而對於母女之情和朋友之情的內在心理狀態寫得細緻入微。我覺得難能可貴的是她對動物心理狀態的描寫，比如《我的名字叫凱茜》中對貓的心理活動描寫得非常細膩，當然，對動物的描寫實際上也是反映人的心理狀態。

蕭蔚作品的特點我覺得有以上四個方面。當然她的作品不是已經達到爐火純青的地步了，恐怕還需要上一個新的台階，需要有一個新的提高。我這裡也提出兩點：

第一個就是在她的《港大叔——黃師傅》這篇作品當中，最後一節的「音聯意聯」部份跟前面整個形像不銜接，多少給人一種畫蛇添足的感覺。問題是在什麼地方呢？我覺得是沒有正確地處理好形像和議論的關係。議論在文學作品當中能不能出現？我覺得完全可以。比如大家知道，在列夫‧托爾斯泰的《戰爭與和平》當中，有大段的議論；在詩歌中，我國宋詩有「以議論為詩」的特點，西方的哲理詩也含有議論的成份。這說明文學作品

中可以有議論，但問題是，這種議論不能脫離形像，脫離了形像就會給人一種游離的感覺。

第二個問題是關於她的記實小說《在天堂的前驛站裡》，我覺得多少有一點枝蔓需要加以精煉，就像一棵樹一樣，需要修整一下，修掉一些不必要枝蔓的東西，可以使作品更加集中，更加精煉。這裏我覺得有一個多與少的關係問題。我國古代美學往往提倡空靈，這就是說不要寫得太滿，過份的滿，讓人沒有想像的餘地；給讀者留點餘地，這樣反而能更多地去體會到作品的內涵。這就是《周易》和《文心雕龍》裡所講的「以少總多」的問題，看起來文字上少了，而實際上內容更富。所以有人講孫犁晚年的作品越寫越短，越寫越精煉。當然不是所有的作品都要求這樣，不過我想有些西方的作品也是這樣，比如法國新小說派的代表人物格裏葉的《去年在馬里昂巴特》就是這樣，它沒有太多的細節，不是那麼太具體，但是給人留下了想像的餘地。如果能夠考慮到藝術上的這種規律的話，恐怕藝術的表現力和感染力就會強烈得多。

我就談這麼多，謝謝大家。

（發表於《澳華新文苑》第72期）

時代的縮影，亮麗的人生
——《雨中悉尼》小序

黃雍廉

依舊聽風聽雨眠

　　悉尼女作家蕭蔚，日前邀我到唐人街飲茶，說她和老爸西窗秉燭，忙裡偷閑，整理了一些舊作新章，準備父女聯手出書，是想將飄蓬萬里的片斷生活鱗爪集結成冊，作為人生旅途的紀念，他們望我寫點文字放在扉頁上作為序言。

　　我對蕭蔚的這一囑託頗感惶恐。因為蕭府一門俊傑，蕭正輝教授和他的夫人鄭慧篋女士，都是早年北京大學中文系出身的才子、兼世界知名的科學家。蕭蔚又是澳洲女作家中的佼佼者，其散文小說行雲流水，品味很高。要想為這樣一對父女作家的著作寫序言，真的感到力有不逮。

　　好在我與他們父女都是以誠相見的朋友，既蒙抬愛，也就以一位讀者的心境，對這部散文集的內容，作一鳥瞰式的賞析。

一‧坎坷途中燃燒著希望之火

　　《雨中悉尼》這部散文集（包含傳記、報告文體、雜記、譯文），內容包羅萬象，五彩繽紛，大抵以祖國大陸、台灣和澳洲等地為作品素材和時空背景，像是一座播散花香的大觀園，其中有許多風趣、幽默、益智、談玄、健身、惜愛、勵志等景觀看點。作為散文應有的功能，已足夠使它成為一部為讀者喜愛的著作。

但「雨著」的骨髓內層和精神價值，不在它敘述人物景觀的品類萬端、文詞暢達、敘事明快，以及它提供的中國故有國藝介紹（如《大紅燈籠》、《漫談皮影戲》、《中秋月餅》等），而是蕭正輝教授夫婦身處大時代洪流的滾滾波濤中，抓住心中的一葉浮萍，排除險阻，度過逆境，無怨無悔地，向著明日中國強盛的朝霞曙色奮進的立身處世的自強不息精神。

相信當讀者讀到著述中的《憶恩師許世瑛》、《妻子的錢包》以及《大衣的故事》等篇，定會強烈地感染到蕭正輝先生「半生離亂數悲歡」的處世哲學，他這種家國連在一起的堅貞情操，值得頂禮敬佩。一個國家的強盛，一個民族的復興，往往要從血泊中才能站起來，更要有無數的無名英雄來持撐。

「夜闌臥聽風吹雨，鐵馬冰河入夢來。」這是南宋偏安局中詩人陸游的心境。作為現代的中國人，尤其是出生在上個世紀二三十年代的中國老一代知識分子，可說無時無刻不在「臥聽風吹雨」。那時國土分裂，強鄰掠地，外侮日急，軍閥橫行，一種「新亭對泣」的悲憤，像烈火一樣，在每一個有志救亡圖存的青年人心中燃燒。正輝先生就曾想從日偽統治欺壓下的北京城逃過日軍的封鎖線，投入大後方的抗日行列，惜因關卡難越，未能成行。

《憶恩師》這篇文字跨越的時空很長，由日偽統治到抗戰勝利，由小學、中學到大學畢業，以及往後獻身社會事業，其間很多敘述與當時的國脈民命息息相關，可說是時代的縮影，也可視為作者青年期的奮鬥史。其懷抱家國的大愛，正代表了那一代知識分子興邦救國、捨我其誰的自強精神。

中共建政後，一連串的政治運動，他們夫婦身處其中。《妻子的錢包》一文，道盡了其中的甜酸苦辣，也報導了作者夫婦勤儉持家，逆來順受，在民族求發展的「孵育期」，奉獻自己的一

份心力。終於迎來了「改革開放」雨過天晴的大好風光。這也說明了沒有忍耐，便沒有成功。作為一個現代中國人，不能不慶幸中國人真的在世界舞臺上站起來了。這不是天上掉下來的喜慶，而是血與汗凝成的花朵。

「落紅不是無情物，化作春泥又護花」，蕭正輝夫婦在《妻子的錢包》一文中談到，當年為了尋找遺失「一斤米」的糧票，全家翻箱倒櫃折騰了幾個晚上，其生活窘境可知。但他們彈奏的生活曲調是苦中有樂，看好明天。他們這種辛苦自甘，克盡職守的那份忠貞，正是千千萬萬中華兒女為民族的復興，化作春泥又護花的寫照。這篇文稿平實無華，但有一種沉重的力量敲打著我的心扉，這大概就是文學的震撼力吧！（《妻子的錢包》一文曾是澳洲報告文學徵文的入選作品）

《定居前後》這篇文稿是作者離開祖國，移居澳洲的抒感。道出了離人的心境和移居的複雜心情。筆者是由台灣移居澳洲的移民，因此頗有同感。記得當年在百無聊賴中寫過這樣的一首小詩：「出國方知祖國香，雲程萬里路茫茫。新歡舊夢憑誰訴，一彎新月照西窗。」這也正是正輝先生的感觸。

初來澳洲免不了有失眠之夜。但生活要自我調適，要轉憂為喜，要忘故樂新。正輝先生這篇文章所講所敘，就是寫得憂樂適時。他現在是既愛祖國，也喜歡澳洲的生活。近年他還以所學之長，為澳洲的水利工程籌謀獻策，真的是一位興利忘憂的實行家。

《雨中悉尼》是一篇文字娟秀，以寫景為主體的散文，與其他各篇比較，描述的細膩，寫景狀物的生動，修辭的艷美，都蓋過其他篇章，是一篇文勝於質的純文學作品。由於抒情多於述事，讀來靈巧順暢，別具風格。其他作家寫悉尼港灣的景致風情，多取其外在的繁華，瓊樓高聳，長橋臥波。正輝先生筆下卻多添一景，那就是華表之外的天籟之音。他欣賞到悉尼港灣深一

層的幽靜，體會到「不必絲與竹，山水有清音」的禪境，遊記文體要寫到山水內層的面貌，方屬上乘。

二·澳洲天空的燦爛陽光

以下的文字，是就蕭蔚的作品作一文字上的巡禮與推介。

蕭蔚是澳洲才華出眾的一位作家，散文、小說、遊記、劇本她都寫。筆耕很勤，在海內外報刊發表了許多作品，並出版了《澳洲的樹熊澳洲的人》小說、散文集，受到文壇重視。尤其是她的短篇小說，頗具有莫泊桑（Maupassant）之風，寫來絲絲入扣，情節動人。《雨中悉尼》文集收錄她多篇散文、遊記與譯作。主要是敘述她在澳洲陽光燦爛的日子裡，香汗淋漓地奔忙生活，及從事一些詩情浪漫的文學活動。人在澳洲，筆下也自然附帶地報導了澳洲的風土人情。

她來澳的初衷，原是想在這裡鍍金，拿個碩士、博士學位，回國幹自己的醫科本行。沒想到一種好奇爭勝的心理，萌生了男孩子闖蕩江湖的豪情，自己在心中說，留下來吧！

白居易初到長安，他的前輩詩人說「長安居不易」，同樣地，澳洲雖是自由的天堂，要在這塊土地上撐起一個理想的門戶，絕非坐享其成可以濟事。

蕭蔚從小就受雙親的呵護，出身書香門第，可以說是未經風雨的暖室花朵。雖然中學時代在農村插過隊，但畢竟不是肩挑大梁。來到澳洲要赤手空拳打天下，就得咬緊牙關，面對朝來寒雨晚來風。

十六年的移民定居，極富挑戰性的生活過去了，如今家成業就，華屋高軒，女兒進了精英中學，先生診所營業順暢，可說是無憂王國，幸福家庭。但成功的背後有一條汗珠流成的長河。

作品中的《養育是情》、《千金晚會》、《略談課外補習》、《我家的小寶貝》等篇，敘述了作者「三更燈火五更雞」為操持家務、撫育子女無償地付出。其中談她到：「我一直是七天裡打八天的工」。這短短的幾個字，正是她銜耀自己戴在頭上的桂冠。如果不讀其文，你絕看不出名門淑女型的蕭蔚，曾經長期過著汗水代脂粉的生活。

三·人文風土，多彩多姿

作為一個作家，生活中除了嚴肅的一面外，必然另有藍天飄白雲、清風拂綠柳的瀟灑情懷。蕭蔚的散文與小說擁有眾多的讀者，就是因為她能抓住生活輕鬆的一面，注重趣味性、幽默性，她以全新的現代語言，傳情達意。即使是說理的文字，也能雲淡風輕，使讀者看得順暢，心生喜悅。如集中的《鄉音鄉情》、《東洋小屋的主人》、《舊上海灘的夜晚》、《狗兒汪汪叫》和《搗蛋大王蘭泊》等篇章，都是幽默、輕鬆、有趣的散文。不唯文字優美，也展現了人在澳洲的生活面貌。

尤其《舊上海灘的夜晚》和《鄉音鄉情》兩文，寫一群年青作家為澳洲電臺編劇寫稿，並親身參與演播。這顯示了華文文學已經進入澳洲的主流社會，作家們走出了作家屋，致力於動態文學和向空中的推展。

俄國大文豪托爾斯泰在其《復活》一書的結尾說：「心靈純潔的人，生活充滿了甜美與喜悅」。這也可以作為蕭氏父女愛己愛人、磊落人生的寫照。我想，這本包羅萬象的散文集，會獲得讀者的喜愛。

（二零零四年九月四日於雪梨靜園）

（發表於《澳華新文苑》第174期）

劉

虹

▶劉虹與郭路生合照（二○○四年七月於郭在北京的家裏）。

也許最初是由於我的介紹，劉虹小姐現在好像和遠在南半球的詩壇結了緣。她的作品很為悉尼詩壇甚至奧克蘭詩壇所熟識。她的成就，有目共睹。

生長於北京軍隊大院的劉虹，因「文革」中家庭命運的動蕩，少年起基本就是一個人在面對社會。她有太多的與世俗格格不入的思想。在痛苦和矛盾中，她從來不缺的更是率真的天性。她從不關注主流社會的拉抬。她身體病弱，卻靈魂強健。

可以說，痛苦是她詩歌的源泉。那麼，社會的回應是否會是悲劇性的呢？她對我說：我在相當長一段時間裡的寫作姿態其是……絕望。或者說，是害怕面對絕望。

她宣佈：「一個人之所以選擇詩，首先來自於他歷萬劫而不泯的率真與求真的健康天性；其次是超乎常人的敏銳的疼痛感，和一顆樸素靈魂對世界深切而悲憫的撫觸。對於我，寫作最直接的內驅力，則來自於對異化人性的傳統價值和中心文化的不認同，是自覺地邊緣化精神生存下人性的持守與

抗爭，是自我放逐中對豐美生命的積極籲求和無奈唱嘆。」

於是，以少見的業餘作者的身份，她最近又被評上中國一級作家。

無論如何，這是值得高興、值得祝賀的。畢竟在今天的中國，詩寫的意義幾乎降到冰點的時候，劉虹的詩寫不屈不撓地閃爍著意義的光芒。

致乳房

我替你簽了字。一場殺戮開始前的優雅程式。

你恣肆得一直令我驕傲，可裡面充塞著
到底幾處是陰謀，幾處是愛情
你為陰謀殉葬仍然可憐人類：從現在起
生還是死，對於你已不再成為問題

也許愛情已虛幻得塵埃落定，你才絕塵而去
要麼全部，要麼全不，你和我一樣信奉理想主義

你旖旎而來的路上有太多風光但誰又敢誇口
景色？人人一睜眼就攝入心底並使英雄
雄起又跪倒，口中喃喃嬰語的──是誰？

這個女人的夜晚，我送行女人的美麗。

二

都說你是美在夜晚的修辭，你白天的修辭是乳罩
你是史詩是大詠嘆，與這小家子氣的浮誇關係緊張
你有你的硬道理：哪裡有壓迫哪裡就有反抗
也善於退居一隅安貧樂道，謝絕調情小令叩訪
不經意間，你撞癟了多少慌亂的目光

你只為悅己容，對白璧無瑕的事物保持自戀和景仰

明天，手術刀將為你作最後一次修辭──
先是刪繁就簡，索璧留瑕，且拒絕誇張
讓激情臥成伏筆，痛感打通通感
傷痕從暗喻走向白描，讓尖叫的思想俯身於跌宕

然後，讓女人與驕傲反諷──挺起謙虛的胸膛

三

都恭維你像月亮，不逢十五也能集合
溫馨、柔潤、圓滿……等等粉飾太平的意象
誰知道漫漫長夜你自給自足，也是自焚自戕

何況走過今夜，你將永遠定格在殘缺上

讓我用倒計時，丈量你最後的豐足
和愛情膚淺的淚裡，你脫水的形象

不要告訴我，月亮從來是情感天空的一塊傷疤
不要告訴我，我是疤痕體質，像這個國家

而你是歷史，終要把心底的創傷移民到皮膚上
且保留雙重國籍，以便在哪兒都有疼的義務

從此，面對貪婪的世界敞開你砳手的安詳

四

都把你當醉人的一杯，注滿陽光月光和淚水
即使摔碎，也躲不開自己的光輝

盈滿或是空虛，永遠在提示生活的渴意
五千年政策傾斜，以極盡懸賞
或垂憐的姿態，一次次慨然傾盡自己

在索取與給予之間，有過什麼樣的落差
慫恿杯中水位，等待一聲心跳從懸崖啟程
為趕在情欲到達之前，作一次真正的傾倒
等待夢中那雙虔誠的手，把盞你的盈溢……

有奶就是娘的年代你仍決定等下去，並以空得
心滿意足的樣子，等待命運的　一次失手

五

都說黃河自你而來　長江自你而來
有關高度被低處的揮霍　歌裡沒說明白

在語言競相虛胖的時候　只有你把塌瘓當歸宿

對於許多人包括男人　你是圖騰是宗教
是世世代代的審美敘事　也是功用是家常
是一生的外向型事業　和不絕如縷的下流之歌
是被榨取被褻瀆也奈何不了的　慷慨

一個詞因而借你還魂　今夜之後哪個詞還能
挺身而出　在你交出的位置號稱──母親？
在小路趔趄撲往家園的方向　虛位以待？

你在刀刃上謝幕　又將在我的詩中被重新打開……

（寫於三月八日手術前夜。）

（發表於《澳華新文苑》第58期）

女詩人

劉　虹

誤入韻轍的纖足再也走不出
呻吟，有病或沒病
衣衫否認過的曲線被風輕薄著
僅僅一跤，就流產了
你與世界的愛情
跌斷的筆尖天天經血來潮
稿箋貪婪的網從汨汨的藍色血裡
捕撈你生命的碎片

一夢醒來，已來不及生兒育女
只在燈下把孤獨孵得鮮活又美麗
自報刊的天窗零零星星地贖自己
緣薔薇之刺，放逐最後的性徵
忽有消息趕在死亡之前到達，說是
你已被追認為：女人

（發表於《澳華新文苑》第46期）

夜讀郭路生

——謝林莽惠贈《詩探索金庫·食指卷》

劉　虹

打開這個夜晚就知錯了：需要躺下放鬆的時辰
失眠者最怕周圍有動靜。此刻的巨響卻源於
我自身。交出這個夜晚或更多的夜晚
就可不走漏一個朝代碾過詩人的聲音？

誰在眼底恣肆千古蒼涼？妥協還是分裂誰在威逼
剛啟程的青春？誰塑你為驚世悲情卻極盡
漫不經心的指紋？鐵冰之間洶湧熱血為詩只能翹起
文學的天平？一次徹底放逐為恪守徹底的真誠？

擁抱粗野命運用你的優雅忠直和純粹
這是天賜還是不幸？齒輪打磨血肉模糊
仍不肯變形為螺絲釘。祈禱陽光的自由歌者
開疆辟域後只把福利院一個小小角落占領

撫過你詩行滴血的柔指從此再難彈琴
哭訴或讚頌。你用筆尖釘牢我自戀
到自戕的過程。人們沉睡時你奮起預言
如今人們喧囂，你卻如歸帆穿過風暴靜靜靠停

是啊，你抒寫苦難先把自己變為苦難本身
你憧憬壯美赤著病號服追隨心中的十二月黨人
流星般祭上自己欲填平濃稠夜色的坎坷追問……
一部真人寫著的詩：你不屑於只做一個寫詩的人

……再也合不上這個夜晚。有什麼洞開我的靈魂
預支我來世的失眠和疼痛。一個生命邊緣殉道的身影
怎樣令紅塵中所有快樂的呻吟者，包括我們
這些認真寫詩的人，像是在苟且偷生……

（發表於《澳華新文苑》第46期）

依舊聽風聽雨眠

劉
虹

重慶三題（組詩）

劉　虹

之一：回重慶

重新睡在生我的地方，今夜
長江最溫柔的一段
糾纏我鏽滿風塵的視線
只需一個停頓，我的眼窩
就要決開堤岸……

相隔四十年
該大的大了，該老的老了
永不老的是濤聲
長不大的是搖籃──
任怎樣輾轉，都擱不下
我今夜的睡眠
此刻，仿佛漲潮的鐘擺
怯生生泊在夜的外邊
而回憶，像失事的纜車
直抵生命的低處

與厚處，呼嘯而過的坎坷
將一座城市顛簸於我的血脈

重新站在生我的地方，祈望
這個停頓長江一樣長
此後我的每一步踉蹌都不再是
東流的江水迷戀遠方
不，我是倒行逆施的湍漩
江底的湧，要用餘生作一次
率性的回流——
回到起點
回到起點
以便在淚水的上游，重新找到
感動
出發的帆

之二：遊重慶

我一直在爬　　從它的坪到壩
坡到岩　　仿佛從緩到峻從低到高
就能追上歷史　　那雙小腳

周公館到白公館　　坡越來越陡
南山到歌樂山　　風越來越峭
大轟炸的餘響擦痛遲到的目光
之後　　恐怖從白色到紅色——沙坪公園

令好色之徒　也會突發色盲

一百多座墓碑！像詰問的手指
直指蒼天　平均二十歲的死亡在這裡
騷動為一處諱莫如深的　風光
紅衛兵墓旁　如今的人們正忙著
休閒　走投無路的青春預約在
我的底片戛然而止　且始終不肯
顯影於城市導遊圖上……

紅色經典一日遊遊不出山城
坎坷深縱的眼神　誰卻執意漏網
誰在走神時才看清：被兩條江捧著
它左右逢源的姿色　以及
被兩個黨抻著時　四面腥味的風
幸而多霧　可以任人稀薄……

我們的腳一直在爬　就像我們的手
一直在握拳鬥爭　是繃緊向上
把自身陡峭為高處新的不平　還是鬆弛
三點成一線的目光　讓它軟著陸於
階級的底座　讓這個連景觀
也格外激烈的城市　把我作為它
最緩的坡度吧　為了再將瀑布
逼上絕壁之前　掌控好激情的步伐……

之三：別重慶

……是不是，舊情的線頭
又在尋覓
我全身心的疼痛這根
越用越鋒利的針
企圖將我殘缺的生活
縫合成刺繡的模樣

它對底樣上匍伏多年的預約
針針見血
以顯出親情之外，我與一座城市
更切膚的藕斷絲連
以及某一雙眼睛那含笑的
櫥窗，再不必公然慌張
我的告別

可是朝天門，我朝天祈禱的虔誠
留不住一片歸帆靠岸
裝運還是卸下？放逐心倉的往事
即使用我一生的詩篇
也贖不回一次失之交臂
走丟的碼頭

如今，我們各自飄在天上
各自對靈與肉實行直轄
都以為瀟灑，自以為瀟灑
其實是，沒有可降落的地方

與這座城市在逼仄的機艙裡
來來往往
這與一個人在寬敞的夢裡狹路相逢
如出一轍──它的失重、失真
和失望⋯⋯哦，我已自信得
不敢輕易說出
所有告別，殊途同歸的真相

⋯⋯這是白天，從飛機往下望
溝溝坎坎的城市，坎坎坷坷的心事
這不像夜間燈火滿頭簪釵的嫵媚
這是告別，遠不像赴約時
黃昏朦朧，晚霞涵納夕陽⋯⋯

（二零零三年十一月於重慶）
（發表於《澳華新文苑》第98期）

上岸的時刻（外一首）
——諾曼底登陸六十年紀念

這是上岸的時刻——諾曼底。

這是正義與邪惡最後攤牌的時刻。
那個慘烈的凌晨，把血雨腥風
這樣的詞送進詞典
也把悲壯與豪情，刻在海灘

海灘早已恢復了平靜
只是周圍總有不平靜的聲音傳來
戰爭曾在這裡退卻，和平在這裡
浴血站起——可它六十年中
走得步履蹣跚，甚至幾度退到
血紅的海水裡……

此刻，我不停地更換電視頻道
追逐著你的盛典，我看到
全世界的鮮花和橄欖枝向你招搖
遮住了層層漣漪爬上你六十歲的額頭
你的聲聲嘆息，被擋在了
觀光的墨鏡之外……

3
5
0

這仍然是上岸的時刻──諾曼底。

回到諾曼底

讓我們從不同的路徑回到諾曼底

從六月六日慶典的枝頭。垂掛著
老兵的勛章，首腦們伸出的手和笑容
從禮炮轟開的花蕊，花蕊上站立著的
阿羅芒什祈禱的鐘聲

讓我們從不同的路徑回到諾曼底

從二十世紀的鐵血和泥濘。奧斯威辛
珍珠港，兄弟連……六十年中拔刀相向的
朝鮮雪峰、越南叢林、海灣沙漠，和二十一世紀
巴格達痙攣的街頭

讓我們從不同的路徑回到諾曼底

從非洲母親乾癟的乳房，約旦河兩岸爆啞的
孩子的夢。從南京大屠殺紀念館
靖國神社……從剪去黃金時段的電視暴力

語言暴力精神暴力，和所有暴力的花名冊

讓我們從不同的路徑回到諾曼底

從《聖經》、《太陽城》、《動物農莊》
《人權宣言》，西方的鮮花廣場東方的文革
從《戰爭與和平》角鬥場上，滾落《神曲》
煉獄中奄奄一息的文明

讓我們從不同的路徑回到諾曼底

從這樣一段距離：槍支到橄欖枝
炮火到禮花；從這樣一些時刻：七七
八一三，八一五到九一一，以及永遠的
六月六日……

讓我們從不同的路徑回到諾曼底

從聯合國憲章，從諾貝爾和平獎或者
更早：從創世紀，從盤古開天地乾脆
——回到魚。讓我們在諾曼底重新下水
以便卸掉武器重新登陸——成為人！

（二零零四年六月六日）

（發表於《澳華新文苑》第122期）

依舊聽風聽雨眠

打工的名字

劉　虹

A．

本名　民工

小名　打工仔／妹

學名　進城務工者

別名　三無人員

曾用名　盲流

尊稱　城市建設者

暱稱　農民兄弟

俗稱　鄉巴佬

綽號　遊民

爺名　無產階級同盟軍

父名　人民民主專政基石之一

臨時戶口名　社會不穩定因素

永久憲法名　公民

家族封號　主人

時髦稱呼　弱勢群體

B·

打工的從名字中接生自己，從泥土深處
搖曳而出。一棵草，舉著風中的處境
與一坡拔出泥的兄弟，趕往被命名的路上
傳說中的興奮和遠方，把他們提前充滿

他以抓鬮躲避命運，小小心願一藏再藏
不知道將為怎樣的手所傾注
他用俯身來仰望，從忍不住的汗滴裡
看到一天的藍，不是為自己搖晃

進入城市的賭局，賭注就是自身
名字是惟一的本錢。扣留，抵押，沒收
所有防範和懲罰都離不開交出身份證
打工的惶惶如喪名之犬，作為名字的人質
他時常感到，名字對自己的敲詐

他是被拖欠工資，又被拖欠名字的人……

C·

打工的名字像成年期拐不回來的兒歌
在語詞上響亮，在語法裡曖昧

它作複數，被稱作人民
君臨於許多報告，屬於客串性質
它作單數，就自稱老鄉

穿過城市的冷與硬，以便互相認領

它發高燒打擺子都在媒體
高興時，被擺在「維權」的前面作狀語
生氣時，又成了「嚴管整治」的賓語
過年最露臉，在標題上與市長聯合作了一天主語

此外，它總是和魚建立借代關係──
車廂裡的沙丁魚，老闆嘴邊的炒魷魚
信訪辦緣木求魚，醫療社保的漏網之魚
還有美夢中總想翻身的鹹魚……

它在外科截肢內科祛毒急診清創婦科打胎
常常被寫成簡化字異體字和丟了偏旁部首的錯字
使它在病歷內外都搖搖晃晃站不穩

D·
打工的名字被烈日和冰雪輪番擦拭
來不及過渡頻頻錯位的表情

它濕得擰出水，年初民工潮弄濕大半張地圖
年尾擠脹郵局的匯款，是它乾燥的一種方式
它平時不乾不濕，像一塊來自冷淚的玻璃
清清醒醒地，隔開別人的風景

它頑強地浪漫過，把「打工詩人」的雅號

插活在《詩刊》，光長花朵不長飯
它有時鋌而走險號稱亡命之徒，不過是
把自己扔下樓頂，為討討不回的工錢

它在新聞熱線的投訴名，是屢遭侵權者
而「嚴打」的槍口，曾把它圈入預備役罪犯
是居委會不屑造冊的——暫住人口
是城管辦早就瞄準的——髒差亂

你在他鄉還好嗎？常回家看看……
打工的名字擠在電台點歌節目裡互相取暖

E·
此刻，打工的名字好奇地從這首詩裡往外看
天還是這樣藍，水還在照樣轉
只是各色人物的名字與時俱進有了改變——
先富起來的，精英或高端的，領子白的
經濟犯罪或政治腐敗的……最後還有
性服務工作的，都在小康花名冊上堂皇就座

打工的名字，為找不到座位暗自羞慚

它決定對內作一次機構精簡，首先去掉
那些好聽但沒用過的學名尊稱和封號
重新起用曾用名，至於臨時戶口名悄悄地
暫時別報，當務之急是把討厭的時髦稱呼n次方

再乘以負數，算算最後值是梁山泊還是
梁山伯——哦，如果所有傷心都能化蛹為蝶⋯⋯

打工的，在改名字之前做著最後的盤點。

（二零零三年三月）

（發表於《澳華新文苑》第118期）

白色隨想

劉　虹

一

白天越來越短，生活爭著向夜敞開。白色越來越害羞，擠不進霓虹燈、熒光屏、廣告招貼，和欲望燃燒的臉上奔走的紅顏。

被流行曲反復嫁接又覆揭發，連傷心，也顯得花團錦簇——這是色彩爆炸的年代！它色瞇瞇的眼中，還能不能捕撈到安靜的白、內斂的白，清高又拙樸、不為所動的白？

一次命名，猶如一次無望的委身。如今，我們還能不能把白，說明白？

二

月光是白色的，淚光也是。和平是白色的，投降也是。醫院是白色的，死亡也是——從產床到墓床：由白送出的，又由白接回來。人的一生，也許就是與白相關的兩點一線？所有妖冶斑斕，都在身外。可久違了白的人們，正忙著獵艷與喝彩。

當花圈用碩大的句號匆匆結束白的喜事，是否還要耐心指認：人心最初的白，在戰爭、鬥爭、競爭、紛爭血污的繃帶上，已成為被流放的色彩？

三

這是我們曾經嚮往過的白——白璧無瑕，白頭偕老，白衣天使，白手起家；青天白日，月白風清，一唱雄雞天下白……

我們心中柔曼舒朗的一切，都會請出白，來做形象代言。至於祖輩格外看重的清白，曾是我們做人的底線。如今它升值了——或者，是我們變矮了：它已成至高境界！

我們曾坐在夏夜高高的穀堆上面，不僅僅聽媽媽講那過去的事情，我們還擁著白蓮花般的月亮，靜享潔白的事物所具有的從容，溫馨，和——慢。

四

白鴿、白鹿、白天鵝——人類粗糙心情的邊上，優雅徜徉的白，但願它們與我們的胃口緣慳一面。

另一些白與時俱進，和心成反比越長越白：白饅頭、白魚翅、白酒、白奶粉……白得誘人，白得……叵測！讓人不能不對市場那隻手想入非非。

而白得精緻、繾綣、貴族氣，仿佛紳士的傢夥，叫毒品。白粉，是它清秀的小名。它親近你超過所有情人，居忠誠排行榜之首，真正對你活到死愛到死——當然是，白死。

沒有比白吃白佔不拿白不拿，更便宜的白；

沒有比一輩子白活了，更昂貴的白！

五

最讓人惦記的，是那些中途失蹤的白——飛雪、流雲、瀑布，不顧一切俯身向下的姿態。它們最終和泥土攪到了一起，卻把小草鋪遍天涯，鋪成潤澤於春天嘴唇的綠色獨白。

最讓人暗羨的，是特殊時期風生水起的白——比如白領，之於小康或婚介所；比如白醋，之於非典的初級階段；比如白話，之於五四，和如今淹在口水裡的詩歌；比如白癡，之於反右、之於文革糾纏上的知識分子。

最讓人血脈賁張的，是那些有組織的白——白軍、白黨、白區、白色恐怖、白旗、白匪、白狗子、白磚道路……當然，革命是暴動——需要雲南白藥。需要白刀子進。需要階級鬥爭或階層鬥爭白熱化……的最後一把火——白條！

需要白條白皙的手，把陳勝吳廣重新扶上馬。

幸好，人民更多的時候只需要一瓶白乾，任白的液體牽著紅的體液，在暗啞失聲的喉頭走得深一腳、淺一腳……

六

至於匕首寒光一閃的白，交相輝映於嚴打槍口；至於賣花女死乞白賴的白，逼出另一種人文風景；以及白線隔開乞討區，白針頭疏通愛滋區——這城市臉上的白癜風，和權力腐敗的白黴斑一樣，是治理不力還是咎由自取？

冰是個意外，白得斬釘截鐵終不能自圓其說。像所有在髒水裡現形的計謀，經不起陽光解構。

而白得遲疑不決，又總怕趕不上時尚的，是新聞紙，賣笑生涯需要粉面含春——紙的本白，從良無望啊！

最纏綿的白，是月下彼此的表白；最堅硬的白，是向弱者睥睨的眼白。最豐滿的白，是水墨畫上的留白；最謹慎的白，是碑文上蓋棺論不定的黑底反白。最理直氣壯的白，是嬰兒初啼叩響世界的開場白……

最僥倖不得的白，是人心那桿秤上的明明白白。

七

其實我們對於白，又知道多少？

荷塘月色，暗香浮動白的古典情懷；白楊擎天，腰脊挺拔白的盛唐時代。慼慼然的我們，哪有這樣的大家氣派？

我們不停地對白、辯白、搶白。可到了臺上，只能在規定的角色裡，囁嚅著背誦別人擬好的道白。

其實我們對於白，又做過什麼？

為了什麼時，我們曲意逢迎從不直白；沒什麼可為時，我們任靈魂空虛蒼白。萬不得已乞求從寬活命，我們才坦白。自詡為無神論者，心無敬畏，從不懺悔，時不時譏笑常識的淺白。

我們還自恃中庸，常常不分是非，不辨青紅皂白……

八

有一種暫時未能暴露的白，你不能輕佻地說它不存在，即使它被終生掩埋，比如——真相。有時藏在法院後門，有時藏在良心的背面。惶惶不安者怕它大白於天下那一天。

還有一種白深諳辯證法：詭辯白馬非馬。串通白道黑道。善唱白臉紅臉。混淆白貓黑貓。甚至無須量變質變就直接到了自己的反面，比如洗錢。錢洗白了，手，肯定黑了。另一些例子則更直接——還有什麼比空手套白狼更妖蛾子的白？還有什麼比白色污染更顛覆自身形象的白？還有什麼比不白之冤更黑的——白？

哦，這些悖論之白！這個白的悖論時代！

自從白被批評為潔癖，一些怕站錯隊、長相白淨的詞頓生曖昧色彩：白面書生、奶油小生、小白臉兒……漂白處理後的情欲，又被去了勢。白能不羨慕它的兄弟——黑麼？

眼看滿社會懸賞黑話、黑哨、黑幕、黑箱操作乃至——黑社會來當壯陽藥，男貼黑胸毛是雄起，女搽黑粉底是性感；打黑槍下黑手是謀略，研讀厚黑學是時尚……白，能不自慚形穢麼？

何況，有些姓白的名聲早就趕不上黑市價格了——白皮書！精神清汙讓人最不放心的源頭；白眼狼！市場經濟大海游得最歡的傢夥；白日夢！早先藏變天賬現在藏不義之財的地方；白加黑！對付人的、禽的流感和政治傷風的偏方……

黑夜給了人黑色的眼睛，人卻用它尋找墨鏡。

我們又黑又滯的視線還能否抵達——童話、詩歌與星光？

十

銀白的星光，最先牽引人從物質中抬起頭來。浩渺長空，浩茫心事，生命終得神啟。白，是信仰的顏色，也是想像、創造以至德行永恆的底色。

　　飄逸的形而上的白，尊貴聖潔大喜大悲都不可缺席的白：天意高不可問，讓人頻頻仰首；

　　日常的安分守己的白，讓人天天俯就：一日三餐白米白鹽的白，終身體貼棉花的白。

　　白是空闊，是虛靜，是原初的洪荒宇宙。白是天的顏色，水的顏色，做人的本色。

　　白可以是空是無，也可以是一切色彩的總和。

　　有高蹈、悲憫、虔誠的白作精神的底子，有低調、樸實、淡定的白作德性的裡子，人類靈魂的皈依之路，也許才能走得更遠更快？

　　雖然，白天越來越短了，白色越來越稀罕了⋯⋯

　　　　　　　　　　（發表於《澳華新文苑》第162期）

痛苦是她詩歌的源泉

——試談劉虹人生與詩品

何與懷

一

　　試想像這麼一個場面：在澳大利亞這個位於南半球、遠離中國的英聯邦國度，在悉尼這個西方城市中的一間中式酒樓，幾十位華裔詩人聚會，兩位本地電台漢語主持人和一位悉尼大學漢語教師，以朝聖般的虔誠，共同朗誦一首詩，全場屏息傾聽，結束時熱烈的掌聲經久不息，大家無不感動、欽佩，甚至肅然起敬……

　　這是澳州《酒井園》詩社二零零三年初冬（在中國是初夏）某天舉行的活動，朗誦的詩是劉虹的《致乳房》。

二

　　二零零三年三月四日，我收到劉虹的電郵，告訴我她大約一週後動手術。她說：我患乳腺腫瘤多種，先取出一個最危險的（當時被深圳和廣州幾家醫院疑為乳腺癌——筆者注）。我主要是身邊無人照顧，加上體質太差，心裡有點害怕。還有報社正在合併動盪時期，不宜住院請假；正在籌劃的詩歌活動也騎虎難下。最主要的，是女人對這種手術都有拒絕心理。我的身體從小

就多災多難，常常要承受病痛煎熬。她對我淒然地說，再給我一點勇氣吧。謝謝。又說，可以談談審讀我詩稿的意見嗎，感覺也行，這真是我的精神寄託啊。

第二天，我又收到一封題為「劉虹致謝！」的電郵。信上說，我會記住你的鼓勵，願上蒼保佑我——手術提前了，再聯繫。

此後，我一直預感劉虹有好消息給我。三月二十日一早打開信箱，果然！這是劉虹前一天發來的電郵，告訴我她已動了乳腺手術，萬幸是良性的，上蒼保佑！剛剛出院，今天提前上班了——工作環境壓力大，不敢休完病假。

她隨信附了一首詩，就是《致乳房》。

她問我，敢發麼？

我說，這正是我最想發的傑作。

她說，《致乳房》若真能發出，說明你們報紙夠開放。謝謝你對我的理解！

這是澳洲的報紙，談論是否「開放」有點奇怪，或者她那時對自己這首詩所達到的成就還未有足夠的把握？當《致乳房》發在《澳華新文苑》第五十八期上（二零零三年四月十二／十三日）時，我特地加了這樣一個「編者按」：

三月八日，劉虹於乳腺手術前夕，寫下《致乳房》這首詩。多麼淒美、蕩氣回腸的詩句！多麼深刻、真誠而又獨特的感覺！面對人生難關，她竟然能夠寫出這樣一首詩！也許正是處在嚴峻的生命體驗下，在惶恐中，又在極度的虔誠執著中，才能寫出這樣具有思想深度、又閃爍文彩的詩章。在眾多關於女人乳房的詩中，《致乳房》無疑是上乘的一首。

我自信我的見解不錯。

後來，劉虹告訴我一連串的好消息：《致乳房》在《星星》二零零三年六月號發出後，立即被國家最高級別的《中華文學選刊》推舉選用，以最快速度發在第八期扉頁上了。接著，又被《詩刊》十一期選載了。陸續還有《詩歌月刊》、菲律賓《世界日報》、美國《亞省時報》、馬來西亞《清流》雜誌。此詩並在當年的全國詩賽中獲獎。劉虹一再強調：「我永遠記得是你慧眼識珠首發的，你是這首作品的真正伯樂！再次謝謝你！」

我對「伯樂」的讚謝沒有什麼感覺，只是我希望所有讀到《致乳房》的人都能感受作者的痛苦以及她在痛苦中對自己精神疆域的堅守。這首詩現在譽滿海內外，但它是在一種多麼可怕的狀況下寫成的啊！

回到二零零三年三月八日那天。

劉虹那天上午還在堅持上班，下午獨自去醫院辦理住院及手術的繁冗手續，晚上回到形影相弔的家，備感孤淒恐慌無助，自哀自憐中又心有不甘。她拼命壓住自己的軟弱、絕望的念頭，或者相反——絕望的念頭正在打垮她：以為一生在絕望中掙扎，現在可能真的走到盡頭了。一個單身女性孤獨無助地承受也許是癌症大手術的身體重創已經夠慘，何況又要痛失女性美的標誌！何況痛失之後還要面對生死難定的生命掙扎！她想到即使僥倖不死於癌，但她純情至性付出血淚代價、守望了大半生的愛情從此更加遙不可及！即使能苟延殘喘，可生命的質量此後再也談不上了。她懷疑自己還有活下去的理由和現實能力……

死到臨頭的感覺，又不甘心就此了斷，此時她突然想到必須用一首詩，記錄這種痛苦的生命高峰體驗，也許這首詩就是她給這個世界最後的生命留痕……

這是三八婦女節之夜。《致乳房》在淚中急就——

依舊聽風聽雨眠

我替你簽了字。一場殺戮開始前的優雅程式。
你恣肆得一直令我驕傲，可裡面充塞著
到底幾處是陰謀，幾處是愛情
你為陰謀殉葬仍然可憐人類：從現在起
生還是死，對於你已不再成為問題

也許愛情已虛幻得塵埃落定，你才絕塵而去
要麼全部，要麼全不，你和我一樣信奉理想主義

你旖旎而來的路上有太多風光但誰又敢誇口
景色？人人一睜眼就攝入心底並使英雄
雄起又跪倒，口中喃喃嬰語的──是誰？

這個女人的夜晚，我送行女人的美麗。

…………

都說黃河自你而來　長江自你而來
有關高度被低處的揮霍　歌裡沒說明白

在語言競相虛胖的時候　只有你把塌癟當歸宿

對於許多人包括男人　你是圖騰是宗教
是世世代代的審美敘事　也是功用是家常
是一生的外向型事業　和不絕如縷的下流之歌
是被榨取被褻瀆也奈何不了的　慷慨

一個詞因而借你還魂　今夜之後哪個詞還能

挺身而出　在你交出的位置號稱——母親？

在小路趔趄撲往家園的方向　虛位以待？

你在刀刃上謝幕　又將在我的詩中被重新打開……

　　這首詩可以看作是一個理想主義者的絕筆。它差不多是被當作遺囑寫的。所以，劉虹回憶說，當時的心情凜冽、決絕而又澎湃，基本是一氣呵成。又恰逢婦女節，全世界關注女性的時刻，但「這個女人的夜晚，我送行女人的美麗」，她卻只能淒哀地泣血而歌，自有一種諷刺的意味，充滿了生命的悖論！

　　《致乳房》全詩共五章，每章十一行，形式上比較整齊。以劉虹當時的心境和緊迫的時間，她根本來不及考慮詩歌形式的問題，可以說是自然流淌（只在十天之後作了輕微修改）。現在人們都一致指出，這首詩的形式是其主旨的非常恰當、完美的載體。劉虹謙虛地說這屬於「歪打正著」，事實當然不是這麼簡單。

三

　　許多論者都贊同，《致乳房》可以視作深度詩寫的成功範本（對比之下，當代中國大陸詩壇泛濫一時的下半身詩歌作者應當羞愧得無地自容——如果這些詩人尚存羞愧之心的話），體現了劉虹堅定的理想主義詩寫立場，她要傳達出：在這塊土地上，一個心地高潔、精神豐富、有靈魂持守的女性深刻的自我認定之上的對痛苦宿命的擔當。當然，以劉虹的人生觀和精神疆域，她不可能局限於一己的命運悲哀，自然流淌出的是高標於世俗之上的一個大寫的人，對生命和世界的審視與浩歌。

就以《打工的名字》為例吧。

這是劉虹另一首重要的作品，動筆於二零零三年元月，三月修改定稿，五一節她在家寫詩，把這首詩又稍改了一下。一年之後，二零零四年二月，劉虹告訴我，此詩近期引起了文壇的關注，幾家報刊發表和轉載，包括《中國雜文選刊》，但她並不以為然──文學媒體也是跟風，跟中央「關注農民工弱勢群體」文件精神之風。而這首詩遠遠早於此風之前寫成──之前幾個月投稿卻無人搭理。一國家級大刊物在投稿八個月後、「風」盛之時，才又翻出來，說詩好，要發，責怪（！！！）劉虹已轉投《綠風》發出了。

《打工的名字》第一節整個是「名稱」的排列：

本名　民工
小名　打工仔／妹
學名　進城務工者
別名　三無人員
曾用名　盲流

尊稱　城市建設者
暱稱　農民兄弟
俗稱　鄉巴佬
綽號　遊民

爺名　無產階級同盟軍
父名　人民民主專政基石之一
臨時戶口名　社會不穩定因素
永久憲法名　公民
家族封號　主人
時髦稱呼　弱勢群體

真是不動聲色卻意味深長的排列。誰都可以看出其中的巨大的諷刺意味：農民工名實不相符、名字與名字演進的自相矛盾、和歷史更迭中被欺騙的命運。

下幾節都是農民工命運的討論的展開和深入。詩這樣結尾：

打工的名字，為找不到座位暗自羞慚
它決定對內作一次機構精簡，首先去掉
那些好聽但沒用過的學名尊稱和封號
重新起用曾用名，至於臨時戶口名悄悄地
暫時別報，當務之急是把討厭的時髦稱呼n次方
再乘以負數，算算最後值是梁山泊還是
梁山伯──哦，如果所有傷心都能化蛹為蝶……

打工的，在改名字之前做著最後的盤點。

劉虹說，之所以修改了好幾遍才定稿，就是想讓自己的熱血走到筆端時冷凝一些，不是直接為打工者「熱呼」，而是「冷嘲」社會的自欺欺人，喚起打工者對自己命運的真切認識和權益意識，並警示官府不要把人「逼上梁山」。

在書寫形式上，《打工的名字》保持了劉虹一貫的風格：追求情緒的內在節奏感、語言內核的張力，以及詞語質地的強烈對比與碰撞……但正如一些詩評家所稱讚，這首詩的特點是寫得比較「智性」。劉虹自己調侃說，她的邏輯思維（理性思維）大大強過她的形象思維（直覺思維），如果被傳統詩論判定，當為一個「不適合寫詩」的人。但始終她看重詩裡所傳達的思想──這塊土地上啟蒙的使命遠未完成。

依舊聽風聽雨眠

　　劉虹的創作表明，她確實一貫重視作品的人文關懷和悲憫情懷——這是一個自由知識分子、一個詩寫者起碼的社會良知和道義承擔。她之所以能在中央文件之前寫出此詩（她此類關注底層群體的作品還有多篇），除了她一直堅持要用一顆樸素的靈魂傾聽大地痛苦的呻吟、絕不切斷詩寫者與現實存在的血脈這樣的寫作觀念之外，還因為她在新聞媒體工作多年，前幾年還負責過新聞投訴熱線，經常接觸到底層打工者的不平之聲、呼救之聲，聲聲讓人不安：這社會真是太黑了！簡直有官逼民反的勢頭！劉虹在工作中盡力幫他們向上投訴以解危難，但這並不足以平靜她的良心。正如她自己所說：

　　　　若我不寫出來，我的筆也會不安的。這個時代仍需要鐵肩擔道義的、正直的、有熱血的詩人，社會的「痛點」也是自己生命之痛！一個詩人的痛感神經麻木，就不配寫詩了。所以我一直不能認同讓詩歌回到內心，只抒一己小悲歡的寫作姿態。

　　前不久，劉虹來信說她正在編輯新詩集，出版商催著交稿，但還是要等我的回音——她叫我看看哪一輯排第一、第二？看看那首詩排第一、第二位置？她說是「求教」，我可擔當不起，但我毫不猶豫地告訴她，就按現在第一輯排第一，而且，第一首應該改為「打工的名字」，第二首為「一座山——致鐘南山」……這樣更突出這部詩集與眾不同——更注重其社會政治意義。

　　如她在新詩集《劉虹的詩》的自序中所強調：對於她，寫作最直接的內驅力，是來自於對異化人性的傳統價值和中心文化的不認同，是自覺的邊緣化精神生存下人性的持守與抗爭，是自

我放逐中對豐美生命的積極籲求和無奈喟嘆。在這個消費主義時代，應警惕將詩歌淪為喪失心跳的把玩物，乃至狎褻品。作為女性詩寫者，她秉持「先成為人，才可以做女人」的存在邏輯，不在詩寫中把自己超前消費成「小女人」。她追求大氣厚重的詩風，貼地而行的人文關懷，理性澄明的思想力度和視野高闊的當下關注……

劉虹講得真對：其實，一個人之所以選擇詩，首先來自於他歷萬劫而不泯的率真與求真的健康天性；其次是超乎常人的敏銳的疼痛感，和一顆樸素靈魂對世界深切而悲憫的撫觸。

四

三十年來，除中間斷了十三年（！），前後兩個時期，特別後期最近這幾年，劉虹詩緒猶如豐富的噴泉湧動，寫出一首首令人矚目的詩章，也奠定了她在中國詩壇的獨特位置。只算算她自己較喜歡的代表作，就包括有：《向大海》、《故鄉》、《夜讀郭路生》、《歡樂》、《探月》、《西部謠曲》、《一座山》、《致乳房》、《打工的名字》、《說白》、《我歌頌重和大》……閱讀這些詩章，誰都會有所覺察：顯然，劉虹選擇了一種「用生命寫詩」的詩寫姿態，而她選擇了這種詩寫姿態，肯定就是選擇了生活的冒險與苦難。

那麼，是什麼造就了這樣一個劉虹呢？

我第一次見到劉虹是在二零零二年十二月，當時我從遙遠的南半球來到中國六朝古都、歷史文化名城南京，參加第七屆國際詩人筆會。開幕前一天下午空檔，同是詩會代表的劉虹和香港的海戀來約我去拜訪南京的《揚子江》詩刊社──該刊剛剛發表了劉虹的作品，她已經與子川主編約好。於是我見到一位年近中

年的女子，身穿火紅的大衣，整潔自愛；性格也很火紅，熱情大方，一見如故。

這就是劉虹。她送我一本她新出的詩集，書名是《結局與開始》。我說怎麼是北島的味道，她說她開始寫詩並在詩壇小有名聲的時候正是北島的時代，《結局與開始》的確是仿用北島一首詩的標題《結局或開始》，是概括她當時生活的「臨界狀態」——希望舊的結束，新的開始，雖然無論在生活還是寫作上，至今都難以對這一狀態有效突破，她說是作為一種積極的自我期待吧。

與結局、開始相關，劉虹迄今經歷了她生命中兩次流浪。

第一次流浪，是「文革」後期。剛讀中學的她隨軍隊總部的父母發配，從北京赴新疆。四天四夜，再加三天長途汽車，天蒼蒼，野茫茫，越走越荒涼。但西出陽關、有所隱忍的大悲壯，和第一次看戈壁日出、撞擊心靈的大感動，無疑為她五年後在邊陲戈壁開始詩的塗鴉、直至十年後參加《詩刊》社主辦的全國青春詩會，這一段與詩結緣的歷程，鋪就了她人格的最初底色；而被大西北廣袤襟懷和浪漫激情的深刻熔鑄，則注定了她詩的今生今世。

一九七六年她開始在《詩刊》發表作品時，跟朦朧詩一代人北島、舒婷他們的創作主題比較接近，有對傳統的叛逆，但她那時主要是批判的角度，而個人生存的痛切感遠遠不如後來在深圳那樣深切。在北京解放軍總部優越的環境長大的她，那時還沒有真正體驗過底層的東西。最早讓她受震動、開始思考是一九七一年的林彪事件。還有上大學以後接觸到被打成「5‧16分子」逃到西北的、思想解放比較早的紅衛兵，他們對她影響比較大，這也部分解釋她為什麼跟朦朧詩思想淵源比較近。

一九八七年底，劉虹傷寒重症初癒、不待好好休養，卻草草收拾行李：右手一隻小皮箱（內藏一本《里爾克詩選》），左手

一隻編織袋（裝有一個300W小電爐），茫茫然登上南下的飛機直闖深圳，開始了她生命的第二次流浪。

這樣，時代與社會就在劉虹身上製造了一個奇特的現象：自上個世紀九十年代以來，市場經濟大潮空前釋放人的欲望，出現大面積的人心失守，道德淪喪；而她恰恰在深圳這個人性大實驗場的地方堅持她那種詩寫，好像在跟商業社會唱反調。她說，這既是出於無奈，也是一種奮爭，更多的是和自己較勁——看與商業社會格格不入的她，能活出多少能量來。

隻身闖蕩深圳的第二次流浪，所贈予劉虹的生命體驗，可謂五味俱全，她覺得至今還很難說已梳理清楚。但有一條可謂最大的收穫，就是自己的人格經受住了「破壞性試驗」。像她所自我調侃的，她是個「徒有其名的深圳人」——多年來世俗功利上無所求獲，她只能按自己的價值觀，在世俗利益上有意識地自我放逐，以保存有限的心理能量來調節身心平衡，追求人格健康。她對精神生活有著非常強烈渴望，如果有半口飯吃，就會想著精神生活上的要求。她苦苦思索：文化人在這個遠未合情合理的境遇中，如何找到存在的座標，在物欲橫流、價值錯位中守望靈魂、完善人格、不迷失自我？她發現，這不僅僅是當今文化人面臨的問題，它也程度不同地體現著各色人等、包括「成功人士」的永恆惶惑——你是誰？你到底要什麼？你如何要？這是正常人性最深處的疑問，也是人類亙古以來面對自身的永恆追問——這便是人類開啟心理健康、人格健全之門的鑰匙。社會轉型期、商品經濟大潮中出現的道德淪喪、精神委瑣和人性異化的所謂「現代病」，就是在滾滾紅塵中弄丟了這把鑰匙。而劉虹堅定地緊握著這把鑰匙，拒絕名利物欲誘惑，拒絕把淺近的目標當作歸宿，拒絕把手段當成目的。

劉虹回顧，她一生基本都是一個人在面對社會。十五歲就參加「革命」了，太小就嘗到了生活的潮暗面，長期的孤獨感，又

一直過得非人化（特指作為單身女性），加上一生體弱多病（原來心臟就不太好，這是繼承了父親的家族病，七年前她父親就是為此去世的）。總是在疾病中煎熬的她，有時真是把寫作當成與生命賽跑，活一天，寫一天。如寫不動了，生命也就失去了意義。她看重生命的尊嚴和質量，不能想像重病纏身、苟延殘喘、乞人憐憫、不能思考和寫作的日子是不是需要過下去……總之，多病甚至也成為她目前寫作的動力，懷著很強烈的緊迫感，要只爭朝夕。她又有太多的與世俗格格不入的思想，骨子裡極悲觀，而她本來的天性是開朗活潑的。這樣，劉虹一直有一種悲哀：健碩的靈魂追求，與病弱的肉體之間，構成她生命的矛盾衝突。對此她曾報以苦笑——也好，否則她可能早就成了行動上的革命黨人了。

在痛苦和矛盾中，劉虹從來不缺的更是率真、率直的天性。正如劉虹自己所說，求真欲，是人類的基本本性，也是脫離動物界的人性的基本文化。對宇宙、對自身無休止的發問，對大道、對真理百折不撓的尋找，對破譯客觀和主觀之謎的永恆渴求——這種精神化的、形而上的求索，是人類改造客觀世界、創造物質文明的動力，也使人自身在主觀世界裡不斷得到升華，不斷被更高地文化著。求真欲在很大程度上決定著價值觀（她自己的經驗證明了這一點）。只有具備強烈求真欲、身心潔淨的人，才不會為一時一地的世俗功利所羈絆，才能在物欲世界甚囂塵上時有自我放逐的勇氣……

五

劉虹曾在詩集《結局與開始》後記中，把到深圳之前和之後的詩歌創作作了一個盤點：前一階段可稱為廣闊些的「大地憂思」，後一階段則更多的是切近的「存在之痛」。抒情的熱與冷

轉換，同具生命的真誠和質感，只是後階段更多一些欲飛折翅的無奈與惶然。

「大地憂思」正如當時的朦朧詩那樣，主要指憂國憂民的意識，包括對民族劣根性和文化傳統的反思，對「文革」和中國苦難的反思。

從一己的生存感受推及到大家的窘境，從過去輕飄飄的生存優越感到觸摸切近的存在之痛，這是劉虹的一個很大的轉變。「大地憂思」好像更多一些居高臨下、悲天憫人，她那時是跳出來客觀地觀察比較多，有些「隔」；而她更直接的、切身的是在深圳，走到了「存在之痛」，置身其中。如論者所說，如果把她的《致乳房》與同時創作的《打工的名字》放在一起考察，就可以更容易地把握她的人文關懷，這也是她的後期創作主題「存在之痛」向前期主題「大地憂思」的重生性疊合與深化。一個理想主義者，肯定是有著更多自尋的痛苦，所以劉虹為什麼會寫到「臨界狀態」、「刀尖上的舞蹈」這樣的詞。由小我的一己之痛深化到轉型期的中國社會、民族的痛苦——從痛感出發，她覺得就抓住了寫作的本質。而以前多是從「思考」出發，現在走到了「痛感寫作」，詩人主體意識更強，更加直接進入詩歌。她說她的詩寫經驗若縮為一句話，就是魯迅那句名言：噴泉裡流出的是水，血管裡流出的是血——好詩必須和詩人的靈魂一起熔煉；詩是活出來的，不僅僅靠舞文弄墨。

劉虹聲稱她特別為「苦難中堅守的高貴」而感動和震驚。她說，如果不能活出智慧和幽默的風格，那麼守住悲壯和沉鬱也是一種大美，一種有力度的美。她詰問：一個不願堅守與擔當、不在乎自我形象、唯權是仰、唯利是圖的民族，何來高貴？苦難可以造就出悲壯，也可以造就出鄙俗——就看什麼樣的民族精神作底子了。

　　但在苦難中堅守高貴是要付出慘重的代價的，不單是生理上的代價；作為一個理想主義者，對痛苦宿命的擔當必然要在思想上、乃至生存上均要承受殘酷的而且無窮的煎熬。

　　今天中國大陸，在當今社會的價值座標上，太多的人趕著歌頌「盛世」太平、炮製「主旋律」還來不及，或者與時俱進，投合商業需要，及時以文字換取物質利益；而劉虹卻恪守「精神邊緣主義」，追求前瞻性和由此而來的批判性，嚮往堅持自由思想、作為社會良心的知識分子的永不合作的姿態，希冀自己永遠能為社會指出新的標高！冥冥之中，生命的走向似乎遵循一條堅韌的、內在的軌跡：劉虹在上個世紀七十年代中期十多歲時就已朦朧感到「社會肯定」與「自我肯定」在她身上可能永難一致。當然，她更看重的是後者。無論生活還是寫作，她都只聽從內心的呼喚，忠實於生活賦予她的真情實感。那麼，既然劉虹不圖見容於主流社會，主流社會怎麼會特別惠及於她呢？

　　可能在深層的、也許是永恆的意義上，對劉虹更為殘酷更難解脫的折磨還不是社會政治問題，而是人性問題。

　　劉虹歷來反感從太生物學的角度談兩性寫作的差異。她說，女作家、女詩人、女性書寫、女性意識、女性視角……等等，無論是他人評判還是女詩人的自我觀照，都應該首先把自己當作一個「人」，然後才能做女人。不能過分標榜女性詩歌、女性寫作，要跳出「小女人」的圈子，首先追求活成一個大寫的人，寫出真正的人話，以促進社會的更加人化。基於這種觀點，在二零零三年九月「第八屆國際詩人筆會」珠海詩歌論壇上，當廣州一位女詩人強調女性生理、心理、情感上的特點，強調女性詩歌在藝術風格和審美取向都有別於男性，並呼籲男士們更多地關注、評論女性詩歌時，劉虹提出了不同的意見。她這幾年還反復強調：一生反抗「被看」意識，是成為真正的現代女詩人的一個重

要前提條件。劉虹對那種給詩塗口紅、穿露臍裝,甚至塗上經血的所謂「女性意識」更是絕對不屑與為謀。這樣,劉虹是佔據了某個詩寫理論的高地──或者擴大一點說──某個文學理論的高地,但這個高地在當今中國大陸社會的經濟大潮的包圍、衝擊下,周邊已出現許多流失;而站在這個高地上的劉虹不免顯得煢煢孑立,形單影隻。

　　劉虹的「精神的潔癖」的極致是她對愛情的真諦的堅守;作為反面,是對愛的缺席的憤激和悲哀。這是她近期詩歌的一個核心主題。早在寫於一九八七年八月《詩刊》社第七屆青春詩會的早期代表作《向大海》一詩中,劉虹就已經淋漓盡致地抒發她對理想對象的追尋、張揚她理想主義的愛情觀了。值得注意的是,她當時就已經有了預感,這種理想境界決不容易達到,甚至不能確定:這是「你我共有的高貴,抑或悲哀」;而假如這種理想境界無法達到的話,「將是我一生的──慘敗!……」在詩中,甚至出現這些不祥的哀嘆:「在死亡之上,部署切膚之痛的──愛」;「每一次撲向你,都是向你訣別」!顯然,有一種超越時空的災難,藏在劉虹靈魂深處;而人性中永遠無法完全徹底擺脫的動物性,便是製造這種災難的罪魁禍首。當我看了劉虹寫於二零零四年三月題為《找對象》的關於愛情哲理的隨筆後,我就對她說:「猶如徹底的人道主義只有在文學藝術中才能實現,完全理想主義的愛情在生活中很難找到。你起碼早生了三百年。」

　　如論者所言,劉虹在當代中國詩壇絕對是一個引人注目的「個案」。劉虹拒絕承認「完美」的非現實性(客體的或主體的,在文學、社會學、生物學等等意義上的),像赴深淵一樣獻身於愛情,獻身於詩,又寫出深淵一樣的女人,深淵一樣的詩,使她的詩成為愛情的絕唱,也成為女人的絕唱。又說:今天中國詩歌不景氣,不是因為沒有詩人,中國詩人天天有增無減,但

是，中國缺乏像劉虹一樣純粹的詩人。類似下面的雄論也是正確的：越是理想主義者，越是在靈魂深處潛藏著悲哀，也正是在悲哀的生存境況中，才使得理想主義更加光彩奪目……

　　但是——聽聽劉虹自己痛苦的訴說吧：

　　　　苦！寫詩，亦是蘸著心血熬生命……
　　　　我以前很少寫這類（諷刺）詩，以後可能會多些，因為已經活到了這個份上——很怕冷，很絕望，真的。
　　　　我在相當長一段時間裡的寫作姿態其實是……絕望。或者說，是害怕面對絕望。我曾隨手記下一個詞：絕境書寫——書寫絕境。而這倒反而比十年前平心靜氣得多，從容得多，因為不再期待前方真有什麼在等著你了。好像接受了自己的宿命。
　　　　終於病倒了，住進了醫院。好幾種毛病，一言難盡……很久不能業餘寫作了，這不爭氣的身體，真是愧對詩歌啊……
　　　　人生就是一場看不到盡頭的孤苦伶仃和身心折磨麼……倍感煎熬……

六

　　　　你在刀刃上謝幕　又將在我的詩中被重新打開……

　　當我讀到《致乳房》一詩的這個結句，我震悚了。
　　這好像是劉虹對自己一生的高度概括。這好像是劉虹對自己命運的極具象徵意義的預言！
　　或者這就是劉虹為自己寫下的墓誌銘？

劉虹注定是悲劇性的，這是她逃脫不掉的宿命。她將來終有一天到了謝幕的時候，謝幕之後，又將在中國詩寫歷史上被重新打開……

（二零零五年三月十八日於澳大利亞悉尼市）

（發表於中國重慶《中外詩歌研究》2005年第3期、

《澳華新文苑》第250-252期）

依舊聽風聽雨眠

林
達

　　林達，我第一次見她是在悉尼，聊起來竟發現我們來自同一個大學同一個系。我當年是廣州外國語學院英美文學老師，她是八三屆的學生，彼此卻不認識。感嘆的是，我們在澳洲這個講英語的國度見面時，發現彼此都喜歡用中文寫作。

　　林達事實上已成為一位極其出色的小說作家，重要作品包括中篇小說《最後的天堂》和《天黑之前回家》，中、短篇小說集《女人天空》二零零四年六月由北京「中國文聯出版社」出版。機智的隱喻、鎮靜的反諷、要言不煩的感慨、點到即止的描摹，這些都是她語言的特色。評論家認為她提供了澳華文學中「最成熟、最具有形式感的敘事類文本」。

　　一九九八年她在由墨盈創作室出版的《悉尼女作家小說集》中曾經這樣描述自己：「林達，讀書，打工，偶爾寫些字，自得其樂。平生想錯兩件事：錯事之一，原以為寫字可以混飯吃，其實不然。錯事之二，在別人土地上找樂，原以為可以從

《女人天空》封面。

中討巧，其實也不然。」

二零零四年她在她同年出版的自選小說集後記中說：「從前想要的東西很多，長大了，誘惑無數，七情六欲反覺含糊起來。十年前，一句『外面的世界很精彩』意想不到包容了一切欲望，成了出門遠行的全部理由。有時我想，所有的結局好像與出門有關，又好像與出門無關。世界終於是太小，出門成了一個騙局。其實牌早就洗好在那裡了。只是我們毫不知情地走向那些注定的結局。」

她的人生解悟透出了對宿命的無奈，更蘊藏著生命不屈於荒誕的悲壯。

也許她比我們多明白了一些什麼。

最後一局

　　他把棋盤打開的時候，我已經很睏。睏意是從前額開始的，像一團霧，在眉心蕩漾，然後順著鼻樑瀰漫開來，我堅持睜開眼，可是困難重重。

　　陳四執藍子端坐在我對面。陳四穿一條肥大的短褲，瘦腿擺在褲筒裡，空空蕩蕩。陳四說他今天一定要贏我。陳四早就想贏我了。贏我是他一件心事。

　　陳四第一次見面就對我說，他今年三十歲了，還沒有怎麼贏過。我說，你要怎麼贏。陳四笑笑，沒有答我。

　　我開中炮時感到抓棋的那隻手軟綿綿的。我知道我一向是這樣開局的。這樣開局其實並沒有太多理直氣壯的理由，棋局的規則是前人早就設置好的，開局來來去去就這幾個套路。我已經很久沒有下棋了。

　　陳四第一步就把「主帥」往前推進一格。這盤棋一開始就給我一種不對頭的感覺。整個氣氛很怪，陳四表情木木的，我相信我的表情也是木木的。我手上的棋一粘棋盤，便感覺到自己沉重地喘出一口氣。陳四始終沒有看我一眼，牢牢盯著棋盤。陳四的「主帥」孤零零立在「士位」中央時，我好像看到非物質的什麼東西，這種東西完全是棋盤以外的東西。陳四抓棋的那隻手一直在來回搓著，似乎有軟生命從他指縫之間泄出，籠罩整個棋盤。

　　我真正與陳四打交道是在悉尼南部一個生蠔養殖場。陳四說不如承包一個蠔場，很掙錢。陳四邊走邊講，手臂擺動得很快。他還是用老一套問我：兄弟，怎麼樣。我見到陳四，總像見到雨後的晴天，每次的感覺都一樣。我說，好吧。陳四那天在我面前，用三隻手指托著一隻蠔，十分緩慢地送到嘴裡，我沒看見他的嘴動，只看到他喉核上下滾動了一下，那隻活的蠔就這樣被陳四吞了下去。陳四朝我眨眨眼，十分自鳴得意。

　　事情一開始總是美好的。天空還是那個舊天空，我和陳四坐在小船上收穫生蠔，自始至終有一種輕快的感覺。下船的時候，我仍然不想下船，我喜歡這種感覺。

　　陳四說世界上只有兩種事是一本萬利的，一個是賭，一個是養蠔。後來的事實證明，陳四一件也沒說中。但我知道，這不是陳四的錯。

　　陳四把一隻「炮」架在我的「象」前。陳四在走完這部棋後，把上衣也脫了，胸前肋骨很嚴謹地排著，讓人怵然。陳四曾說過，他就這樣了，不會再有發達的胸肌，他說他曾去健過身，沒用。老早就長成這樣了，這不能怪誰。

　　收穫的輕快感覺一下子就過去了。我覺得我還沒有認真品嘗過。那感覺像是餓極時嘗了一小口龍蝦。好的感覺全都這樣。後來偌大一個蠔場只有我和瘦骨嶙峋的陳四兩個人。耕耘的時間比收穫的時間長的多，讓我感到十分失望。那天我遠遠望著陳四在小船上忙碌，使勁地往船上搬什麼東西。我突然覺得，在澳州養蠔與在中國養蠔大概不會有什麼區別，幹嘛跑這麼老遠。我想過告訴陳四我的這個感覺，可後來不知為什麼又沒有提起。日子開始越過越慢，那個關於在哪裡養蠔的問題就這麼算了，可無意中想到時，心裡總是納悶。

一天，陳四對我說，你這個人有什麼用，整天睡覺，時間都糟蹋掉了。我說，時間有什麼用。陳四說，時間就是生命。時間到底是什麼，我們幾乎沒有發生任何爭論。陳四說完那句話便轉身去看生蠔去了。轉身時丟給我一句，我看你做不成什麼事。

陳四已經看透了我。我早就知道自己做不成事，所以也懶得去做什麼。我崇拜那些老做成事的人。陳四就屬於一個不斷做事情的人。他什麼都在乎，他在乎他的生蠔、他的生命，甚至在乎我。我和他有什麼關係？一天陳四對我說，如果你是我兒子，我一定好好教訓你。我倒不在乎誰當我老子，有人在我身邊親爹親娘一樣來回叮嚀，我覺得溫暖。

陳四雖然能做許多事，可下棋卻從來沒有贏過我。陳四對我說，他會贏我的，別急。

我仍然無法確定陳四開局走「帥」的意圖，從來沒有人這樣走棋，我死死盯住陳四的臉，希望能看出點什麼。陳四兩道眉很粗，以前好像沒這麼粗，陳四的眉頭很吃力地皺著，一看就知道很努力在做某件事。我把「車」調出來，守在河頭，以防不測。我承認我摸不透陳四。

那段日子一直陰雨連綿，這種季節對於養蠔省心省力。那天陳四突然對我說，他急需一千塊錢。我說我沒有。陳四馬上笑起來，說我肯定有。陳四那雙眼目光如炬，穿心穿肺，我覺得渾身不自在。我知道他又去賭。我說，別去了。他說，去不去我自己知道，你到底借不借。

我一直希望陳四別老挺著他的雞胸，希望他有一天能坐下來，無比疲憊地對我說，我們歇會兒吧。可他始終沒說過類似的話。他不斷精神抖擻地對我說，他想做什麼，不想做什麼，末了還問，你呢。我說，我累，老睏。

　　我和陳四一直和平共處。和平共處是因為他住樓上，我住樓下，我們井水不犯河水。我們開始互相仇視是為了一個過路的女人。那天太陽很毒，那個金髮女人穿著一件背心遠遠朝我們走來。憑直覺我知道陳四一定會跟這個女孩子調情。陳四老遠就朝那女孩喊，過來喝杯水。陳四站在熱辣辣的太陽下面，鼻尖冒著汗。陳四調情的樣子很認真，絲毫看不出破綻。陳四就這樣在太陽下面站了很久，我想這種事一定很有趣。

　　後來我對那女孩說，進來坐一會兒，外頭太熱。後來我又對那女孩說，我在中國是醫生。我想醫生比養蠔體面多了。女孩很熱情地朝我笑笑。我經常在生人面前吹噓自己是醫生，這裡遠離中國，我可以胡說一些東西。只有陳四知道我的底細，可他從來不戳穿我。每次他只是很陰險地笑笑，這一點我很感激他。為了報答他，我曾不只一次地對他說，人其實都是外強中乾。陳四說，他懂。

　　我和女孩談得熱火朝天的時候，陳四突然把腳擺在桌子上。他以為我在乎這個。可那天我正在興頭上，什麼也不在乎。其實我知道我沒必要這樣，為一個過路的女孩。

　　第二天，陳四很晚也沒去蠔場，他走進我房間對我說，你還是回去吧。這裡也不需要兩個人。說完便走出房門。一會兒他又折了回來，說，其實我們誰也不需要誰。那天陳四說這番話時，太陽已經升得很高。我懷疑陳四一直沒有出門，等我醒來專門對我講這番話。陳四那句誰需要誰的話讓我大吃一驚，我不知道我是被人需要才被人留在蠔場的。那天我馬上答了陳四：我明天就走。我一整天沒有起床，我知道陳四是對的，我不起床也是對的。

　　陳四晚上回來就改變了主意。他一進門臉上就堆滿了笑容。他請求我忘了早上他說的話，還說，事實上他一個人對付不了這一大片活生生的蠔。

陳四咬牙切齒地吃掉我一隻「卒」。我不知道他恨什麼。這隻「卒」對整盤棋其實沒什麼用。陳四的棋這麼多年沒有長進，不過我也一樣。我知道自己是什麼東西，一介匹夫，比陳四好不了多少。我的「炮」把陳四的「馬」幹掉之後，便佯裝無事可做，在河頭徘徊。為這匹「馬」我付出了一隻「象」。我一踏上澳州，陳四就對我說，在這個國家，NOTHING FREE。

很久之後我才發現，陳四從來沒有達到過目的，這與某些人，比如我，從來沒有目的的效果一樣。這個發現令我欣喜若狂。我迫不及待地對陳四說，別折騰了，你活著，我活著，全都不好不壞一個鳥樣地活著，不會有什麼不同。陳四終於沉重地嘆了一口氣，陳四說，他想有一天，穿一件類似皇帝新裝一類的東西，穿過森林，河流，最後走在金黃色的田野上。一路上「前無古人，後無來者」，獨自一人的感覺一定十分奇特。

陳四再次貪吃我一隻「卒」，讓我有了一次「將軍抽車」的機會。我有點急，明顯把持不住。我覺得臉很燙，估計已經漲紅。陳四眼盯住棋盤，手仍然在來回地搓，我希望他看不到這險惡的一著。

我等待那步我期待的棋，等得焦灼萬分。陳四用食指和中指夾起那隻我垂涎已久的藍子，籃子在空中停了很久，陳四猶猶豫豫，一步走進陷井。那一刻我感到十分虛弱，背脊升起一種濕漉的感覺。局勢急轉直下，陳四第一次從棋盤上抬起頭，盯著我。

那天陳四就是這樣盯住我的。我從身旁的窗望出去，天上有繁星，我知道這是夜晚。那些生蠔全都死了。陳四這樣對我說。陳四說這話時，兩隻手插在口袋裡，眼死死地盯著我，好像是我把他的生蠔弄死似的。他說，沒有道理的，有什麼道理。

蠔大批死亡的前一天，我對陳四說，海水的顏色不對。陳四走到海邊張望了許久，然後慢騰騰地折回來。我問他，怎麼樣。他朝我笑笑，一副對做錯事的人寬宏大量的模樣。我知道陳四瞧不起我，連我自己也瞧不起自己。我到蠔場不久，陳四就看透我了。陳四知道我除了下棋，什麼也不懂。那天緊接著陳四就對我說，你把那些大個子生蠔搬到船上。我說你指我嗎。陳四說，是，是你。陳四一臉藐視地坐在那裡，我覺得他這時特別瘦，像猴。

蠔死光那天，陳四一整天手足無措。我陪陳四在外面坐了整整一夜，陳四死活不肯進屋，我怕他自殺，死陪著。那天晚上我說了許多希望陳四活下去的話，我甚至還說，這種事遲早會發生，哪有一種東西只生不死。陳四始終不發一言，好像什麼也沒聽見。半晌兒，失魂落魄地問我，你嘴巴老動在吃什麼？話很快就講完了。我們望著飄浮在海上的蠔的屍體，無聲無息坐了一夜。天微微亮的時候，陳四站起來說，他還要去試。我知道只要熬過這一夜事情就好辦了。我朝陳四點點頭，表示相信他百折不撓。我真的信，有種人生下來就這樣。

陳四平白無故丟了「車」後，變得鬼頭鬼腦。他很快把那隻一直在遊手好閑的「馬」調到我的後方，甚至還將了我一軍。為了救駕，我不得不急急抽回前方的兵力。陳四兩隻「馬」死纏著我的「車」不放，我被他纏急了，調「炮」去將他的軍解圍，陳四好像沒有看見這步棋，或者說他並不在乎，他在我將軍之前，先將我一軍。那一刻，陳四明顯不想走這步棋，可還是走了。陳四錯有錯著，我當場方寸大亂。

蠔大批死亡的第二天，我問陳四，以後怎麼辦。陳四說，該怎麼辦就怎麼辦。陳四一整天在房間裡走來走去，嘮嘮叨叨說如

果他知道蠔怎麼死的，事情就好辦了。陳四一直想弄清楚蠔是怎麼死的，這些活生生的傢夥怎麼可能一夜之間全部死掉。我想陳四直到死，對這件事仍然會滿腹疑問。

第三天，蠔場來了許多看死蠔的人。人們議論紛紛，卻全都喜氣洋洋。他們在海邊久久不願離去，嘴裡不時發出「嘖嘖」聲響。人類對異類大規模死亡產生了無窮的興趣。海面上黑乎乎一大片，誰都沒有想到，死亡竟是如此殘酷而又壯觀。陳四那天很快得出一個結論，世界需要定期的戰爭，以滿足人類對死亡無休止的欲望。

遊客在觀賞死蠔的時候，我一直坐在電視機前看電視，心裡卻盤算著如何離開這個鬼地方。我一直期待陳四會對我說，算了，我們撤吧，養什麼鳥蠔。但陳四始終沒有講這句話。陳四說，沒準那些蠔早就該死，一天之內全部死光是它們的命運。

那天傍晚，陳四突然問我，路在哪裡終止。我說，在懸崖上。想想不對，又說，在河邊。最後說，在牆腳。我沒有從陳四的話裡聽出任何蛛絲馬跡。那天在場的人都說，陳四明確表示他不想活下去的意思。一個星期後，陳四走來對我說，他要走了。這時正好芒果大量上市，天氣很熱。陳四站在我面前，目光呆滯，渾身上下明顯帶著失敗者的特徵。陳四那天沒有再重複他一定要赴湯蹈火的決心，甚至連何日東山再起的願望都沒有表示。我認定陳四是虎落平陽，不由有點幸災樂禍。

陳四沒有把蠔場的事辦好就走了。陳四走的時候裝得像無事一樣。他說他去去就來，讓我把海上的屍體處理一下。我對收拾殘局一向深惡痛絕，但當著陳四的面又不好說什麼。陳四留下一屁股貓屎走的時候，我竟沉默無言，我對自己那天的舉止後悔了很長時間。整整一個星期，我都想不出用什麼辦法把海上的屍體搞掉，屍體在暖融融的陽光下發出陣陣惡臭，我對此束手無策。

陳四一走就是幾個月，那幾個月我每天都詛咒他。我認定我被人暗算了一次。我整夜整夜重複那一大段當面指責陳四的話，我想如果我見到他，第一句就說，陳四，你不是人。

陳四這次將軍簡直要了我的命，他來勢洶洶，夾風夾雨，我只有招架之功。我用一隻「馬」，一隻「車」的代價保住了「帥」，但是大勢已去。陳四這盤像是要贏了，可陳四仍然眉頭緊鎖，神情與輸的時候沒什麼兩樣。

陳四額上那條青筋強有力地盤踞在那裡，發著明亮的油光。棋下成這樣，我想我沒有辦法了。我對陳四沒有辦法，對自己也沒有辦法，我的確不想輸給陳四，但輸已成定局。

陳四離開蠔場那天講了許多平時不大講的話。他說，我們跑到地球的另一個角落養殖海鮮，想想看，這件事本身就十分不可思議，還有整天假日在這個地方下中國象棋也不合時宜。陳四說，人簡直就是自討苦吃，混帳，扯蛋。陳四轉過頭問我，你說呢？我那天始終沒有講話，陳四一走，就只剩下我一個人了，那一刻我滿心都是狐死兔悲的感覺。陳四走過來無比悲哀地對我說，你連海水的顏色都知道，你到底還知道什麼？

陳四走了整整一個夏天。那個夏天我記得我睡了很久，睡過了許多時辰。時間在那個夏季不值一文。

我知道陳四今天一定要贏我。陳四走了一個季節，回來第一句就說，我今年還沒贏過。見到陳四我差點掉下眼淚，陳四瘦得像條藤，像是脫胎換骨了一次。陳四看上去很虛弱，但腰卻挺得很直，見面就說，下棋吧。

藍子大兵壓境如風捲殘雲。陳四勝券在握，面目開始柔和。他目光離開棋盤，看著天花板以及窗外風景，十分悠然自得。

我已經無心再戰。我「車」，「馬」，「炮」俱全，卻輸在陳四手裡，整個兒都是那種無可挽回的感覺。我站起來對陳四說，輸了。陳四盤著腿仍然坐在那裡，紋絲不動，很久，赤裸的胸部滾動了一下，突然重重地呼出一口氣。

　　陳四站起身說，這回他真的要走了。我問去哪？陳四並不答我，一會兒說，他後院種的那些花，幫忙澆澆水。我問那都是些什麼花。陳四說不知道，無所謂什麼花，他只關心花盛開時的顏色。陳四轉身走出房門時我問，你開局走帥幹啥？陳四說，沒幹啥，只是想表示他當時的心情。陳四走了很遠回過頭來說，他會記住這局棋的，他原來以為他今年不會贏。

　　我遠遠望著陳四的背影，他手臂仍然擺得厲害，頻率相當快，一副很急的樣子。我終究不明白陳四急什麼，地球一年四季不慌不忙地轉，地球不急，陳四有什麼好急的。

　　陳四贏了那盤棋以後我再也沒有見過他。可能他已經不在人世。據許多認識陳四的人猜測，陳四肯定不在人世。陳四那一年開著一輛破車說是去坎培拉，便從此不知去向。澳州很大，這些年不知去向的人很多，但我覺得這些人裡面不應該有陳四。我已經記不起陳四長什麼模樣，只記得這個人很瘦，手臂擺動得快，手上抓著大把生命。

（發表於澳華新文苑第73、74期）

黃樓十二號

林　　達

1

　　我已經很久沒有去墨爾本了，想到它，內心總有一種頗為複雜的感情。那一年，我從悉尼去墨爾本，為謀一份至關重要的職位。職位之所以至關重要是因為我預感到人生又將面臨一次重要的抉擇。尋找職位成了我為生存尋找理由的關鍵。那段日子，為應付紛繁遝至的面試以及隨之而來的各種文件，我住進了墨爾本黃樓十二號。我搬進黃樓是在一個秋日的黃昏，黃昏的城市溫暖而又雍雍，黃昏是平靜的一個標誌。令我始料不及的是，緊接著黃昏之後發生在黃樓的事，竟與謀職本末倒置，而最終演變成一件永遠的心事長留在記憶深處。

2

　　那是一個極具戲劇性的黃昏。黃昏降臨那一刻，我無意中記住了許多事，或者說記住了一個緊接一個的場面。我首先記住的是那個黃昏，黃昏的太陽起碼有攝氏三十二度。三十二度的太陽行走了一天之後，疲憊但仍然十分熾熱。

黃樓通往房間的那條樓道很長，懶洋洋的陽光撒滿了樓道口，成了黃昏來臨的證據。我第一腳踏進樓道，立刻感到潮濕之氣拔地而起，猶如走進一座地牢。我拖著皮箱在樓道上緩慢地走，拖出一陣陣響亮的聲音。這時樓道盡頭一個女人迎面走來，高跟皮鞋敲在水泥地上，同樣聲音響亮。女人似乎正走在青春的頂峰上，高聳著胸脯，走得挺拔而又飄逸。我們同時在樓道中央相對的兩扇門前停了下來。這個細節很重要，這兩扇唇齒相連的門為我迅速走進另一個故事提供了全部可能性。當時女人把手伸進包裡掏鑰匙，卻把一把硬幣掏散在地上。女人彎腰撿地上的硬幣時，轉過頭用中文對我說，你好。我不知道她是怎麼看得出我講中文，我朝她點點頭。女人身上穿一條紅色的吊帶絲裙，一蹲下，紅色的絲鋪滿一地。女人撿起硬幣時又回過頭朝我笑笑，我發現，女人十分美麗。

3

當天夜裡，腳步聲驟然響起。我翻閱了當時的日記，那是一九九五年三月十四日星期三。

一切都發生在黃昏之後。首先是遠方一條狗汪汪叫，叫得固執而又忠誠，緊接著樓道口一陣粗重而又急速的皮鞋聲，聲音由遠而近，在黑夜裡聲聲清脆，聲音在對面的房門前停下，沒有片刻猶豫，緊接著是一聲沉重的關門聲。

那個夜晚極為安靜，除了那一陣肆意的皮鞋聲之外，再沒有別的聲音。如無意外，這又是一個平淡無奇的夜晚。可是在接近午夜的時候，腳步聲再次響起。我先聽到那雙高跟鞋的聲音，接著有人從房間裡追出來，腳步仍然粗重而又急速，在兩種雜亂的

腳步聲行將消失在樓道盡頭的時候，我聽見一個本地口音的男中音急促地喊著一個含糊不清的中文字：青。

不一會兒，又有腳步聲響起，這一次卻有別於以往任何一次，聲音輕盈而又纏綿，像一隻肥大的穿山甲在大搖大擺地行走。穿山甲在對面房門停下來，猶豫再三，又朝原路折了回去。

一個晚上，我被腳步聲攪得心神不定，黃樓外部的衰敗與它內部所迸發的勃勃生機極不協調，我弄不明白這些午夜響起的腳步聲與「青」有什麼特別的關係。我屏息凝神試圖聽出這裡面的尋常和不尋常。在腳步聲全部停下來的時候，我終於忍不住，打開了房門。

那個女人突然出現在我面前。我第一次看清這張臉：這張臉上的每個器官都完美無缺，嘴唇微微往上翹，那雙眼清晰如水。我從來沒有見過這樣一張美妙絕倫的臉。女人冷冷地說，你都看見了。我頭皮一陣發麻，我看見什麼？那些男人？

4

三月十五日，星期四。

那個女人就叫青。

第二天，我在樓道又碰到那個女人，女人說她叫青。說完交臂而過，留下一陣淡淡的香水味，香水味混雜不清，像某種無法把握的東西。

中午我在公用廚房煮麵，青就一直站在那裡。她什麼也不做，只是看著我。我問她，吃不吃麵。青說，什麼麵。我說，中國面。青說，不吃。我吃麵時，青就坐在我旁邊。青說，她想吃家鄉的青魚，肉是脆的，牙齒磨在肉上面，很舒服。青眯著眼，講了一串有關魚肉的感覺，剎那間勾起了我對食物的嚮往。青一

會兒又說，你幾歲了？還未等我答上話，青又說，她今年二十二歲，說完「噗哧」一聲笑出來。二十二歲有什麼好笑的，為此我迷惑了一個上午，同時使我迷惑不解的是，青坐在沙發上時永遠斜著身，一條腿高高地架在另一條腿上。這個姿勢很奇怪，好像跨越了二十二歲這個年齡。我說，二十二歲很好。青說，是嗎？說著站起身。青離開廚房時，那雙銀色耳環叮叮咚咚，十分悅耳。

那天晚上，那隻穿山甲又來過了。除了穿山甲那一次纏綿而又猶豫的腳步，再沒有別的聲響。夜裡我安然入睡，我把那些早先出現的紛亂的腳步，全都歸入那類爭風吃醋的戀愛故事，那天導致我安然入睡，還因為應聘的事進展順利，一切跡象表明，事情都會如願以償。

晚上，我一夜無夢，我不知道夜裡都發生過什麼，或許有，或許什麼也沒有。第二天出門時，我看見樓道盡頭，青正與一個男人面對面站著。青從口袋裡拔出手，昏暗中，青那隻雪白的手在男人的衣領上靈活地撥弄著，看不清男人的臉，只看見青五隻雪白柔軟的手指。

5

三月十六日，星期五。

那天我很晚才回到黃樓。夜色正濃。

黃樓門口站著兩個男人，黑暗之中，他們互相打著手勢在爭論什麼。等我走近時，他們的聲音突然小了下來。我隱約聽見他們一個在說，這跟你沒關係。另一個說，你懂個屁。接著我看見一個人肚子上好像挨了一拳，那個人的腰明顯彎了一下，可腳一

步也沒有移動。那個人慢慢站直身，伸出食指和中指，示意對方再來，接著又是一拳。

我驚魂未定回到房間剛坐下，樓道響起了腳步聲。我猜想那一定是門口的其中一個人回來了。我聽見青用英語對男人說，沒事啦？男人沒有答話，半响兒才說，想喝酒嗎？那天晚上對面的碰杯聲絕耳不斷。

第二天一早，青一見到我就問，昨天睡得好嗎？我沒有答她。青又問，你為什麼不穿漂亮衣服？我說，我不漂亮。青點點頭。我不知道她聽懂我的話沒有。那天，青堅持讓我穿上她那件紅色的絲裙。絲裙套在身上那一刻，一種異樣的體味和香水味一下子籠罩全身。青定定地看著我，看了很久。我問，你看什麼？青說，她看她自己。我吃驚地看著她，青那雙眼，大而目中無人。

中午我出門的時候，看見青一個人坐在黃樓的屋頂張望，大朵大朵白色的浮雲在青頭頂掠過。我在下面大聲叫，你在幹什麼。青說，沒什麼，她只是想知道站在這個高度可以望多遠。青從房頂爬下來時對我說，她很長一段時間弄不清左右，青說她其實對方向的悟性極高，弄不清的是左右這兩個極為相似的字，如果有人對她說向左轉，她心裡明白這個指令，她不明白的是哪邊是左。

青那天站在門口時還莫名其妙對我說，你應該去找個配偶。青在說配偶兩個字時，閉了一下眼。我不知道青為什麼會講出配偶這種字。我開始咯咯笑，笑過之後又覺得可疑，青的話一直在暗示某種東西，甚至不惜虛構一些情節來證明自己講的話。我對青說，你為什麼一個人住在這裡？這個問題當然很愚蠢，答案其實早就在那裡，我不知道我為什麼要這樣問。青看著我，很久才說：你很想知道？

三月十八日，星期日。

直到這一天，我才弄清楚，偌大一幢黃樓，只住著青和我。

我開始懷疑那些夜晚，以及與這些夜晚有關的一切事情。我發現這裡的夜其實都不盡相同。

晚上，我被叮叮咚咚的玻璃杯聲響吵醒。我走下床，輕聲開了門。對面的門只關了一半，門縫裡面，青和一個男人在碰杯，青一下子仰起頭，把酒全倒進嘴裡。酒從嘴角邊流出來，順著脖子流下去，一直流進衣服。青喝酒時，不時高喊一聲：再來，你跑不了。這句話時常冷不防脫口而出，把人搞得人心惶惶。男人一把拉過青的手，又倒滿一杯。我一直懷著驚恐注視著這一幕，我對這種喝酒的遊戲充滿疑惑，而對遊戲背後的規則又感到絕望。我知道接下去一定是一個人灌醉另一個人，然後開始另一種遊戲。

我後來無數次想像過一隻粗壯的手摟著青柔軟的肢體的種種情形。夜晚借助夜幕的曖昧為人從事各種勾當提供了無限的可能性，這是男人和女人之間最本質的一種交易，喝酒是另外一件事情。

我第二次走過時，天已經大亮。青正站在樓道口，猶猶豫豫，她伸手去給男人整衣領。整衣領成了青送行的一個特定記號。青一隻腳踩在大門外，另一隻腳仍然留在樓道的陰暗處，青保持這個姿勢在那裡站了很久。樓道全是香水與煙草的混合味。青當時瞪著眼看著男人，鮮紅的嘴唇蠕動著，好像要講什麼。我看見男人輕描淡寫地扯動了一下嘴唇，一下子轉身走了。我對這個情節突然這樣發展感到意外。我從廚房出來時，男人已經離

去。青正蹲在地板上把玻璃瓶撿到一個盤子上。我走過時，青正好抬起頭。我說，你早。青朝我點點頭，青昨晚肯定沒睡好，浮腫的眼暗示了這一點。青說，你今天出去嗎？我說，是。青又說，你很想得到那份工？我說，是。青朝我點點頭，沒有再說話。

7

三月二十日，星期二。

那隻穿山甲又來了。穿山甲總是猶猶豫豫。那種纏綿的腳步一會兒輕，一會兒重，即使是走到門口，也要猶豫再三，才敲門。

穿山甲像是有亞裔血統的澳州人。那天我從外面回來，一進樓道，迎面就是這個人。穿山甲很高大，一看就知道是那種每天去健身房的人。穿山甲的長腿隨意地一伸一屈，落在地上卻是意料之外的一種聲音。這種聲音無數次在樓道響起，每次都引人入勝。

穿山甲朝我點點頭。這時有大風吹過，穿山甲那件寬闊的白上衣，擺動得像旗幟一樣。穿山甲對我說，新搬進來的？我點點頭。穿山甲又說，慣不慣？我沒弄清慣不慣到底是什麼意思，一時答不上。

「你手上紅紅綠綠的是什麼？」

我說：「書。」

「我知道是書。什麼書？」

「孫悟空大鬧天宮。」

穿山甲笑出聲來。穿山甲笑的時候，眼一下子合上，面目十分柔和，全然是一副吉人天相。我說，你經常來？穿山甲馬上收

起笑容：也不是。穿山甲說著轉身要走，我說，你手上拿的是什麼？穿山甲沒有轉過身，背著我邊走邊說：字典。

　　穿山甲走到樓道口的明暗交界處停了下來，他臉朝外，又開兩腿站在那裡，圓圓的後腦勺擺在堅挺的脖子上，沉實得有憑有據。我想像著後腦勺頃刻間轉過來的情形：後腦變成了臉，因為背光，臉漆黑如墨，衣服卻仍然是白色的。可是，過了很久，那個後腦勺始終沒有轉過來，它保持一種狀態被安置在那裡。穿山甲在等什麼？

8

　　三月二十一日，星期三。

　　青對我說，她想去非洲。青說，她真的想去。她一想到非洲就想起危厄羅山的白雪，想到危厄羅山或者隨便什麼山，總會聽到一聲巨大的飛機撞山的聲音，不過，儘管如此，她還是想去，沒準不會撞山。我說，這個念頭很可怕。青說，是嗎。

　　青後來提議去海邊。青坐在海邊流連忘返。我問青看什麼。青說，隨便看看。我說，海就一種顏色有什麼好看的。青說，我看海上都飄些什麼東西。我說，沒意思，走吧。青隨手往海裡扔一塊石頭，說，這塊石頭沉下去，會不會永遠留在那。我說我不知道。

　　那天我們回到黃樓時，蘿卜已經等在那裡。青對我說，他叫蘿卜。青已經向我介紹過蘿卜了，不知那天她為什麼還要再介紹一遍。蘿卜長得極其特別，五官綜合起來像一件充滿喜劇效果的愉快飾物，蘿卜出場的時候，臉色灰濛濛的，看上去很陳舊。蘿卜說，看海吶。青說，你怎麼知道。說完一隻手臂搭在蘿卜的脖子上。蘿卜對這個契機迅速作出反應，他伸出手從後面摟住了青

依舊聽風聽雨眠

的腰。蘿蔔摟住青的腰時，馬上讓我想到癩蛤蟆和天鵝的某種說法。蘿蔔看上去有點興奮，嘴巴張開一會兒，又合上，又重新張開，眼裡閃爍著亮光。蘿蔔說，現在好玩的東西不多了，連海每天都有這麼多人去看。

青後來告訴我，蘿蔔住在一間三十層高的公寓裡，每天都高瞻遠矚。青還說，這個男人曾問過她，戒指是一樣東西，結婚是一樣東西，我蘿蔔也是一樣東西，你到底要哪樣。青說，她沒什麼好望的，她巴望有一天，下雨出太陽都無關緊要，這一天，有一個男人指著一座富麗堂皇的別墅對她說，這是送給你的。青說，弄到一樣東西很不容易，出力是沒有辦法的事，最好是不用出力，不勞而獲比較有意思。我不知道蘿蔔能給青什麼，每次當青提到蘿蔔時，我都感到茫然。我覺得青要的東西可能太多。

那天中午，我在房間聽到對面什麼東西摔碎在地上。青後來告訴我，是她的一個珍貴的花瓶摔碎了。青那個巨大的花瓶被蘿蔔砸在地上的時候，我正在房間看電視。我聽到隔壁「哐」一聲巨響，接著是青一聲尖叫。尖銳和沉實的混雜聲聯合組成了一種類似踢屋一樣的音響效果，聲音頃刻間朝著黃樓任意一個方向逃竄，一下子充滿了整座黃樓。我不知道一個珍貴的花瓶為什麼在那天晚上被摔碎了。

夜晚還沒開始，蘿蔔就走了。蘿蔔走之前在廚房喝了一大口黃黃的酒，陶醉片刻，然後大聲說，我走了。

9

三月二十二日，星期四。

第二次面試十分順利，我怕是要得到那個我夢寐以求的職位。

那天我在城南向西走，碰到一個素不相識的男人，他朝我喊了句hey，下午在城北，我又碰上他，還是那句話，hey。回來我對青說，你說怪不怪。青說，這有什麼怪的，這叫緣。青在說緣這個字時，眼神幽幽的，把我嚇了一大跳。

　　晚上，腳步聲如期而至。腳步密而浮躁，像隻走投無路的穿山甲。不一會兒，對面響起了談話聲。談話的聲音急速而又響亮，穿山甲用英語說，失火了。他們家南山的房子全燒完了。他老婆只是搶出了她自己的一些細軟。他小時候的那些照片全燒完了。青咯咯笑，說沒想到穿山甲在乎這個。穿山甲說，許多往事無人記載，只有這些照片了。穿山甲和青談話時，外面下起了雨，遠處還響起了雷聲。那一夜，我很早就上床睡覺，朦朧之中，我好像聽見穿山甲說，他沒有辦法，他老婆每天在他出門時，總叮囑他早點回家。我好像還見到了穿山甲的老婆，女人圓圓的臉，圓圓的臀，眼裡全是那種一成不變的迫切。

　　那一夜，我好像睡著，又好像沒有。記憶之中，整個晚上都是竊竊私語，這裡面我想不會有什麼特別的東西，要有也是在重複上一個故事。那晚我沒有聽到下半夜的腳步聲，甚至連入睡前例牌出現的碰杯聲也沒有聽到。

　　早上醒來，天還在下雨。外面靜悄悄的。我走過樓道，青的門關得緊緊的。我想青昨晚可能又喝了一夜的酒，酒精和睡眠一起作用會產生雙倍的效果。

　　當我走進飯廳時，青和穿山甲早就在那了。青正在麵包上塗黃油，翻來翻去做著同一個動作。穿山甲十分耐心地坐在一旁，眼始終沒有離開過那瓶打開了蓋的黃油。青說，這種麵包好吃，穿山甲點點頭。

　　那天，我匆匆吃過早餐準備出門，出門時忘了東西又折了回來。當我再次走進飯廳時，卻被眼前的情景驚住了：穿山甲跪在

青面前，不知在講什麼，淚流滿臉。青冷冷地坐在那裡，抱著雙臂一動不動，驚人的美貌在冷靜後面更加驚人。我一直希望能從這張臉上看到某種注釋，可是一點也沒有。我轉身離開飯廳，一會兒，我聽到男人哭的聲音，門一下子被人砰然關上。我回到房間一會兒，樓道上響起了穿山甲的腳步聲，我聽見青喊了一聲：你別走。腳步聲依然我行我素，沉重而又有規律，具有一切征服者的特徵。

10

三月二十六日，星期一。

晚飯的時候，我在飯廳吃飯。青進來了，青說，幫個忙，行嗎？我只管往嘴裡扒飯，沒有抬頭。青又說，怎麼啦，生氣了？我抬起頭說沒有。青說，她要出去幾天，如果有人找她，就說去悉尼了。我說，你到底去哪？青說，去南山。我說，你沒去過南山嗎？青說，不記得了。她把很多東西都忘掉了，忘得一乾二淨，甚至連有沒有去過這個地方都不記得。我說，南山有什麼好的，南山很冷。青說，冷怕什麼。什麼時候去？今晚。怎麼這麼急？青說，她可能等不到明天了。為什麼？青愣了一下，沒有答我。

青轉身出門時，朝我笑笑。我終於忍不住說，不就是那個有老婆的穿山甲嗎。青回過頭，定定地看著我：什麼穿山甲？你說誰有老婆？我說，青，你何必呢。青說，你這是什麼意思。我說，沒什麼意思，只是說你沒必要這樣。青嘴角又往上翹，冷冷地說，你以為你跟我有什麼不同嗎？我們胃口不同而已，你喜歡吃麵，我喜歡吃魚。青走出房門，一會兒又旋即轉回來，青站在門口大聲說，我就這樣了，有什麼好和不好的。你今天活著，明天說不定就死了。誰知道呢，你以為命有多少重要。

那天晚上七時剛過，青就走了。青的皮鞋在樓道的地板上響亮地敲，十分堅定。我想青一定是尋著什麼了。要不然，怎麼會如此毅然決然。

九時，蘿蔔來了。蘿蔔在青門上「篤，篤」敲了幾下，敲得細膩而又審慎，表現出意想不到的耐性，敲過之後，又「咚咚」走出樓道。蘿蔔那天出去了幾次，又回來了幾次，幾個回合之後，終於推開了我的門。

蘿蔔推門時，我正穿著極其有限的衣服給一盤茶花澆水。我端著花盆站在蘿蔔面前，一時不知如何是好。蘿蔔那天穿得很整齊，他一見我就說，這個花盆不好看。我手一鬆，花盆哐噹摔在地上。我看見蘿蔔閉了一下眼，嘴稍微咧了一下，兩顆門牙像兔子一樣。我說，今晚不回來，去悉尼了。蘿蔔皺了一下眉頭，急急地說，誰去悉尼了。我說，青。她跟你說她去悉尼了嗎？我點點頭。蘿蔔不再說話，怔怔地站在那裡。我說，幫幫忙，幫我牆上那隻壁虎弄一下。蘿蔔看了一眼牆上的壁虎，閉了很長一會兒眼，才說，你們這也有這種東西。蘿蔔走的時候，我對他說，謝謝你幫我弄掉那隻壁虎。蘿蔔走了幾步回轉身滿心疑惑地看看我，然後轉頭走了。

11

三月二十八日，星期三。

青去南山一天半就回來了。青從寒冷的南山回來，竟然毫無變化，像是從未出過門一樣。青一回來就問我，「祭」字有多少個意思。我說，好像就那個意思。青點點頭就進了澡房。青那天在澡房很久也不出來。從澡房飄出來的只有水一種聲音，水始終在那個地方滴滴答答，我在房間看電視直到電視看完，青還未出

來。我忍不住去敲門，門敲了很久青才從裡面出來，澡房門打開時，裡面全是蒸汽。青出來時朝我笑笑，笑得很勉強，笑容一下子就消失了，我發現青的眼睛很紅。

青一連幾天都沒有出門，房間一點動靜也沒有。我估計她是一連躺了幾天。青直到第三天晚上仍未出門，我心裡突然閃過青自殺的念頭，猛的從床上跳下來。走到青門前時，我停了下來，最後又折了回去，我想青如果執意要死，誰都不會有什麼辦法。青其實有許多種選擇，如果她不願意，事情會是完全另一個模樣。

青從房間走出來是在第四天早上。她穿著那條血紅的長裙，嘴唇塗得像衣服一樣紅。那天青一早就來敲我的門，問我中國麵條在哪裡買，還問要不要給我帶點回來。

穿山甲的腳步聲再也沒有出現，它很快被另外一個陌生男人歡快的腳步聲所取代，這個男人腳步很重，好像碩壯如牛。那幾天我一直坐立不安，我發覺自己完全走進了一個故事，不能自拔。故事裡有許多常理之外的情節，令我整日心神不定。那天我終於忍不住突然問青，穿山甲呢？什麼穿山甲？我說，就是那個。我用手比劃了一下。青說，死了。穿山甲才二十八歲？青看我一眼，冷冷地說，二十八歲就不會死了嗎。為你死的？青哆嗦了一下，突然大聲說，如果他為我死，那他就該死。

穿山甲真的死了。可青始終不承認穿山甲是為她死的。我不知道青在穿山甲死前的那天一整個晚上都對穿山甲講了些什麼，令穿山甲下定決心去死。穿山甲臨終那天晚上，也就是星期日晚上，對一個不願透露姓名的人說了許多無用而又熱情洋溢的話。穿山甲說，性命根本沒有用，這個地球上性命太多，牲口太多，擠來擠去，沒什麼意思。都說人比畜生好多少，畜生可以隨地大小便，你人行嗎。女人都一個個假正經，婊子，操，男人也不是

什麼好東西，操了一次還想操第二次。據說，穿山甲那天站在二十層高的陽臺上，憋足力氣大聲喊，那喊聲嘶啞而又狂亂，像某種瀕臨絕境的動物。穿山甲對著湖水一樣湛藍的天空大聲說，青，你信不信我從這裡跳下去。回音穿過處在常態之下的氣流，在蔚藍的天空吱吱而過。

穿山甲最終沒有選擇從陽臺上往下跳，他可能不喜歡肝腦塗地。穿山甲選擇在手臂上注射大量可卡因。從樓頂上跳下去是一種方法，注射可卡因也是。這兩種方法都可以達到消滅肉體的目的。

我無法體驗穿山甲臨終前的感覺，所有人都說他是極樂而死。我不相信穿山甲是自己要死的，穿山甲才二十八歲，穿山甲不過是圖快樂，一時失手。那天我專門敲開青的門對她說，穿山甲真的不應該死。青很奇怪地看了我很長一會兒，淡淡地說，有什麼該不該死的，穿山甲的確死了。

12

四月三日，星期二。

青一連幾天坐在可以看到大街的窗前張望，窗外有全部叫得出名字的樹木，天上有整齊排列的浮雲，窗外沒有什麼新鮮的。青大概在等什麼。

青對我說，她聽到腳步聲。我說，誰的腳步聲？青說，穿山甲。我說，穿山甲不是死了嗎。青說，應該是。青屏息凝神，臉色蒼白地指著外面：你聽，腳步聲不遠不近，老是在一個地方響。青抖著一張與腳步聲無關的報紙說，我就知道有這一天。

青說，穿山甲死了，她睡不著。你過來說說話吧。我說，你想說什麼話。青說，她也不知道。就說穿山甲吧。我說，穿山甲

死了，你怎麼辦。青眯著眼看了我足足半分鐘，然後說，穿山甲死了，我就不知道怎麼辦了嗎？我說，穿山甲都死了，還有什麼好說的。青說，那怎麼辦。我說，窗外那個月亮，長年累月掛在上面，你說它像什麼？青說，像一個球。我說，不是，像一彎池水。青說，像什麼都行，她無所謂。

那天晚上，我聽到了青的哭聲。我從來沒有看見青哭過。我只看見過她想哭的樣子。那晚，穿山甲死後第九天的那個晚上，青面牆而坐，失聲痛哭。牆的一角，穿山甲時常搖的那把大扇頹然擱置在地上。青肯定想起了什麼，青內心那些堅不可摧的屏障，在穿山甲死後的第九天，被一把大扇砸得粉碎。

青嗚嗚痛哭的時候，我忍不住走進了青的房間。這是我第一次，也是最後一次走進她的房間。房間很寬敞，我意識到我走進了營造那些故事的現場。我有點心神不定，我掃了一眼房間，首先注意到的是那張床。我一向認為，這是一張重要的床，這張床的所有細節都應該使那些謎底昭然若揭。那天我看到的床卻出奇的簡單，床竟然十分可惜地被一張綠色床罩團團罩住，變得一覽無餘。房間裡的東西，看上去都是嶄新的，沒有一點過去的痕跡。幾個空酒瓶躺在地上，酒精是青用來調整情緒的慣用工具。花的香味和青身上的香水味在房間的空氣中瀰漫，讓人覺得一切都十分精緻。床罩把所有故事都罩在裡面，讓我覺得失望。我很想坐下，可青的房間沒有凳，我不知道該不該坐在床上面。

我說，有什麼好哭的。人死了就死。多少人在我們前面都死了。青一邊哭一邊點頭，說，是這樣，她不會忘記穿山甲，但也不會永遠想念他。

青那天說，她以後一定是死在澳州的了，如果有墓碑的話，她會讓人在上面用漢字寫一個字：青。我說，為什麼。青沒有答我，一會兒青問：你會記住我嗎？我說，不知道，可能不一定。

青點點頭：這倒也是。青又說，還是你好，有一份好工。我說，我不像你，你很漂亮。青說，她想把這件紅色的絲裙送給我。我說，有什麼用。青說，這倒也是。青突然說，她走不完這條路，這條路太長。

13

四月五日，星期四。

青不再在窗臺張望。她把那些帶刺的仙人掌擺滿一窗臺，以杜絕自己向外張望的欲望。青把這種耗費時日的張望與那種玩物喪志等同起來，青說她發現這個癖好使她喪失了大量的時間，卻什麼也沒得到。

那天肯定是星期四。我記住這個日子是因為我覺得這個日子應該被記住。那天是我最後一次面試，過了這一關，以後便是一勞永逸的事情。那個極其重要的日子沒有出太陽，那天一早，青指著牆上一行螞蟻對我說，它們整日我行我素，就不怕被我們殺掉？青說話時，自始至終眼神飄忽，好像一直沉浸在一片遐想之中。我不知道青在想什麼，我肯定她那天一定想說什麼，可就是沒講。

那天的面試出乎意料之外地順利，我怕是要得到那份工了。那天，我很早就回到了黃樓，一進門，青對我說，她出去看看。我說，外面發生了什麼？青說，可能出什麼事了，說完旋即出了門。我看見青在窗外狂奔，青烏黑的長髮在一片金髮之中急速穿行。我想那些整天我行我素的螞蟻是一種異類，青恐怕也是。

一個小時左右，青回來了，她一回來就坐在那裡大口大口喘氣，我耐心地坐在一旁，等待她在喘完氣的時候，把話說出來。我想，青出去個把小時了，應該弄明白些什麼。青一個下午語

無倫次，好像什麼也沒弄清楚，反而越來越不明白。青重重覆覆地講述一個情景：那個小孩好像找不到路了，其實她母親就在附近。

傍晚，一個公牛的聲音在樓道口響起：我們現在就走。聲音類似某種瓷器摔在地上，沙啞而又乾脆，聲音穿過樓道，撞進我的房間。緊接著，樓道響起了清脆的腳步聲。那是青高跟鞋一步一步敲在地板上的聲音，隨後是那個男人沉重的腳步聲。那天青在公牛的催促下匆匆上路。那一大堆聲音很快消失在樓道盡頭。一切又恢復了平靜。我在房間安靜地坐了很久。我不知道對面又發生了什麼，我想，會發生什麼事呢，來來去去不過就是這些男人。

青到晚上很晚也沒回來。在這之前，公牛來過。我不明白青為什麼沒有和那條公牛一起回來。那個晚上，那些腳步聲來了又去了，樓道一個晚上在上演那些「來訪不遇」，繼而便沒有下文的獨腳戲，參差不齊的腳步聲在安靜的樓道迴蕩，頃刻響起又頃刻消失，它營造了一種氣氛，使我雖然安坐在室內，卻感到一種不祥的東西正悄然而來。

14

四月八日，星期日。

那些腳步聲在樓道響了整整三天，青仍然沒有回來。那條昏暗的樓道，風物如舊，風流如舊，腳步聲如舊，這裡面一定有一種看不見的因果關係在支撐著這個奇怪的局面。

青最後留在樓道上的腳步聲，清脆而又大小勻稱，像有人愉快地走在秋高氣爽的路上。這種腳步聲由於過於明快，讓人無法察覺會有什麼事隨之而來。

青走了，穿山甲為快樂生，最終為快樂死了，故事的當事人都遠離現場，我不可能知道事情的真相，恐怕永遠不知道。本來這個沒有主角的故事到此早該結束，令我意想不到的是，青走後一週，她背後的那些體態和神態各異的男人，相繼從後場一下子走到前場。而且徑直走到我的跟前。

15

四月十一日，星期三。

那天我在快到家時，被一個碩壯如牛的男人截住，他問我是不是住在黃樓，我說是。他又問我是不是住在青對面。我又說是。男人渾身都是肌肉，我想他恐怕就是公牛。公牛問完這兩句話立刻轉身朝另外一個方向走了。一個下午，我都在回味公牛的那兩句意味深長的話，我不知道公牛什麼時候再會來，或者說突然有備而來，一想到故事後面那些可能性，一個下午惶惶不可終日。

傍晚，公牛的腳步聲再次在樓道響起的時候，我想衝去打電話報警，這個細節在我腦海裡反復操練過許多次，但始終沒有付諸行動。青與我到底有什麼關係，還有她那些男人。我只想知道青怎麼了，並不想走進這個複雜的故事。

青曾對我說過，那隻公牛是一個極厲害的人。那天公牛是用鑰匙扣敲開我的門的。門一開，他劈頭就問，青上哪了？還沒等我答上一句話，公牛又說，如果你見到青，就告訴她，事情辦妥了。

那天，我一個晚上坐立不安，我對「事情辦妥」這樣一些不明底細的字眼極為恐懼，我不知道青到底怎麼了，事情恐怕不只與一個男人有關。

　　同一天晚上，蘿蔔也來敲門。蘿蔔大力敲門的聲音使空氣瀰漫著一種要出事的信號。蘿蔔一腳踏進來時，重心全在右腳上，身一側就閃了進來。這使我想起他進青房間時的種種情形。我想，偷情如果有樂趣的話，一定不在偷情本身，而在這種閃出閃進的鬼祟。蘿蔔一屁股坐在我床上開始說話。他說話的神情十分古怪，兩眼望著一個固定的遠處，不停地說。那時正好是晚上八時，我想蘿蔔吃過晚飯純粹是為說話而來的，他滿懷舊日情懷一個勁兒地訴說，說到激動的時候，眼裡閃爍著淚光。蘿蔔說，他要回家了。我說，你一直沒有回過家？蘿蔔好像並沒聽見我在講什麼，繼續說，他要是回家就不回來了，要麼就留在這裡不回家。蘿蔔把兩件事翻來覆去講了一個晚上，我不明白回家和不回家有什麼特別。青說過，蘿蔔就住在南山，南山有蘿蔔七十多年的祖屋以及鮮活的老婆孩子。

　　晚上十一時，蘿蔔說，走了。蘿蔔出門之後又折回來問：你說青會去哪呢？她東西都在。我說，東西有什麼用。蘿蔔說，這倒也是，不過世界太大，青如果要走，為什麼不跟個男人走。

16

　　兩天之後。

　　我對青那一點點好奇的欲望到底沒有堅持到最後。在青失蹤第十天之後，我離開了墨爾本，離開了那座黃樓。我離開時，青還沒有回來。青那扇門仍然虛掩著，裡面滿眼都是塵封的物品，人的結局無人知曉。風吹過，門發出「吱吱」的聲響。我幾次想推門而進，可腳尖卻紋絲不動。我對推門而入以後的情景感到恐懼，門縫裡面有許多永遠沒有真相的故事。也許還有無法平靜的冤魂。我想我走不進去，即使走進去，也未必能走進那種氣氛和

格局。我不知道誰將會搬進這座黃樓，誰來處置這些衣服。關於青失蹤的最後一個難題是，那些衣服怎麼辦。蘿卜曾說過，把它們收好，存放在一個什麼地方，這樣比較符合各方面的利益。反正，這事最後總會有人去做。

我拖著行李走出樓道，這時黃昏開始降臨。樓道一個人也沒有。我感到眼睛濕漉漉的。心裡那塊重物原封不動地壓在那裡，它從外面走進來，卻從來不曾走出去，它粘在那裡堅如磐石。在即將走出樓道那一刻，我心裡突然閃過一個念頭：青是不是死了。我被自己這個念頭嚇出了一身汗。

青有可能真的死了。青可能被人扔進萬丈深淵，青墜落的時候，那條紅色的長裙在風中劇烈地抖動著。青可能會驚恐地叫一兩聲，也可能一聲也沒叫。青保持自由落體的某種姿勢向下墜落，最後是一聲巨響。這同飛機撞山的聲響不能同日而語，它是另外一種物體撞擊地球的聲音。那件曾經組合得出類拔萃的物體頃刻間支離破碎，剩下一個無人問津的現場。

青如果真死了，原因只有她自己知道。四月五日那天傍晚，青頃刻間消失在樓道的昏暗中，昏暗使這個故事永遠成為秘密。離開黃樓之前，我一直試圖找出青失蹤的任何蛛絲馬跡，甚至還關注遺落在樓道和飯廳的任何一片小紙，以及錄音電話上的一切留言。但什麼也沒有發現。青消失得十分乾淨，沒有一點痕跡。我斷定已經發生在這個樓道裡的故事都不會再上演一遍。

三年之後的一個早上，我記不得那是個什麼季節。我在熙攘的大街上獨自而行。人群走過之後，我看見蘿卜正與一個妙齡女郎結伴而行。我認真打量過這個女人，她肯定不是青。蘿卜與我擦肩而過，我想轉頭去問他，見過青沒有。可走了兩步又停住

了，蘿卜那天沉浸在一片嶄新的幸福之中，我懷疑他是不是還記得青。青說過，最可怕的是時間，時間可以改變一切。

我再也沒有見過青以及青那些男人。那個住在墨爾本叫青的中國女人，在我生命的某個時刻一閃而過，然後消失在記憶的深處。我始終沒有搞清楚青到底哪裡去了，但有一點是肯定的，青的失蹤一定與男人有關。也許青早已死了，也許正跟哪個男人一起一心一意過日子。也許青又住進了哪幢黃樓抑或藍樓，再度重複那些相同的故事，儘管她知道這些故事再演繹下去也不會有什麼花樣，一定還是男人和女人。青自己說的，在床上，世界只有一種人。

我無意知道青以後的故事，我不過是黃樓一個偶然的住客。在青之前，黃樓一定已經有過許多故事，以後也必然還會發生很多事。這是黃樓自身的命數，一切都與我無關。

（二零零六年二月三日）

淡描濃墨總關情

——談林達《女人天空》中的人物情感描寫

吳文鑣

1

我能有幸讀到澳華文壇知名女作家林達（抗凝）的《女人天空》（中國文聯出版社，2004‧5）這本內容豐富而裝潢精美的中短篇小說集，還得感謝何與懷博士呢。之前，我剛來悉尼時，在一個小型文藝沙龍認識林達，又在同學林茂生那裡借閱了悉尼華文女作家小說集《她們沒有愛情》（澳洲，墨盈創作室，1998，2），讀到了其中林達的《天黑之前回家》。這是由於篇幅關係經作者刪節之後的中篇小說，儘管如此，我仍為她深刻細膩的描寫所吸引。林達曾任教於北京高等學府，旋南下，在改革開放時期南中國敢領風氣之先的《廣州日報》任編輯、記者，才思敏捷，而今在澳洲她雖然是位財經工作者，而非專業作家，但憑感覺，她一定還有其他更多的作品吧。

很巧合，在2005年的一次筆會上，經時任新洲作協會長的李明晏先生介紹，我認識了許多作家和評論家，其中相見恨晚的，便是澳大利亞中華民族文化促進會副會長暨澳洲雪梨華文作協副會長何與懷先生。怎有此說呢？何先生是新西蘭奧克蘭大學博士，曾住在奧克蘭有名的「一樹山」公園邊上，我亦來自新西蘭，曾住「一樹山」之側，算是奧克蘭老鄉了。老鄉見老鄉，兩

眼淚汪汪，即時大膽索要了《精神難民的掙扎與進取》（何與懷著，香港當代作家出版社，2004年5月）。這是一本頗具深度而全面的澳華文藝評論集，拿到這本書（下簡稱《精神》），就等於拿到進入澳華文藝界的鑰匙，哪怕初來乍到，也可以大體瞭解旅澳的華人作家、詩人、畫家。正是通過這本書，使我知道林達果然還有不少作品。在《精神》一書的開篇論文中，對林達作品有潑墨式的評論。這令我期望拜讀林達的所有作品，何況我是喜歡小說的。

2

《女人天空》中人物情感豐富多彩，溢然紙上。喜怒哀樂，愛情、親情、鄉情、人情，觸動靈魂，令讀者心領神會，久久蕩漾於心。中篇小說《天黑之前回家》（澳洲《東華時報》1997年10-11月連載，中國上海《收穫》1998年第2期，相關資料據何與懷：《精神》，下同）在收入《她們沒有愛情》一書時作過許多刪節。其實刪去的關於「川」的許多章節具有相當重要的情感分量。「我」來到澳洲與大衛熱戀，「坐在大衛身旁，無數次把自己想像成大象身旁一隻楚楚動人的花鹿，這種想像每次都令我魂不守舍。」可是，當大衛邀「我」去看球時——

> ……在電話裡，大衛把聲音拖得很長：甜心，求你了。大衛的話，讓我霎時間想到川。川也經常說，好不好，求你了。川那天說這話時，我剛收到斯福坦丁大學通知書。我站在川面前，像做錯許多事。川顯然沒有太多準備，過了很長一會兒，才說，你走了就不會再回來了。我馬上說，不會。川說，你怎麼知道不會。川這樣說，讓我十分難過。川說，你

哭什麼，你不是很想出去嗎，想去就去吧。我一下子就哭出聲來，川說，不要哭了，好不好，求你了。川說著，自己也哭起來。我們就這樣抱頭痛哭了很久，直哭到大家都不想再哭下去。

直到今日，我仍然弄不明白，兩個人怎麼會同時哭這麼長時間，也許是為同一件事，也許不是。

　　這是一段很精彩細膩的情感描述。所哭之事，有同有不同。就像一對情侶同時進香，而心中許的願未必一樣。「我」與川除了同時哭離別之外，也許更多的是對前程的撲朔迷離，遠離親人，遠離故裡的孤獨無助。外面的世界果然如想像的嗎？我能得到所要的一切嗎？還有許多對川的思念，同樣精彩——

川在他最後一封信中說，他會在珠江邊買一間大屋，買一隻西班牙母狗等我回來。這是許多女人的夢。我無數次走在悉尼街頭，總忍不住去看那些被人牽著的大大小小的狗，想像那只西班牙母狗的各種模樣。

……

晚上睡覺夢到川。……那年我和川坐在一條小船上……在船差不多靠岸時，川突然沒頭沒腦說了一句，其實你不懂我。那一年滿街都在流行這句話，我不以為然，直到這件事過後不久的一天，川突然對我說，我們不如分手。

聽到這句話時，我當街流起淚。我和川，整個過程從頭到尾我都在場，可我不知道事情怎麼會變成這樣。我低著頭，一聲不響朝車站走。川跟在我後面，始終沒講一句話。

在快到車站時，川開始過來哄我……川再也沒有提分手的事，但話卻講得日益苦澀。

依舊聽風聽雨眠

　　白天跟男朋友大衛一起拍拖，晚上卻夢見昔日的男友川。不斷穿插的對川的回憶，對珠江情景的描寫，像電影中不時回閃的鏡頭，是對濃濃的舊情鄉情的詠歎。剪不斷，理還亂，才下眉頭卻上心頭的情感描寫，在小說中俯拾即是，這種描寫還隱隱透出對現實情感的捉摸不定——

　　……大衛說過，男人對女人殷勤是靠體內的荷爾蒙支持。我估計大衛不想去公園可能是因為荷爾蒙正處在低潮。

　　大衛又開始找蒲公英。……大衛的道理很簡單，我記得他是這樣對我說的，只有這種植物一吹就散。

　　大衛……對我說，人最理想的生命程式是一生換三十份工，經歷五次婚姻，育八個子女。大衛說他得出以上的結論花了三年。
　　我在痛哭的時候，不斷猜想大衛經歷五次婚姻的情景……

　　這種情感的飄忽不定，折射出「這一代」新移民遠離家國「獨在異鄉為異客」那種內心的迷惘和波動以及生活的不安定性，突顯了這種獨特的滄桑與悲涼。當然，這種悲涼不同於「古道西風瘦馬，斷腸人在天涯」的孤獨悲涼。前者作為「六‧四」之後走出國門的一代青年，他們同時心懷對祖國前途的憂慮與期望，具有深刻的時代特徵，而後者大抵只是一個旅人的悲苦情境。
　　在《天黑之前回家》這部中篇小說裡，寫了三代人的情感生活，或者說，是寫「三代女性的故事，……三代女性的境遇與相

互的關係。」（肖虹：《她們沒有愛情‧序》）從戰亂中走來的一代和從扭曲的歲月裡熬過來的一代，而最「瀟瀟走一回」的自然是「這一代」了。三代人的情與愛，相信同時代的人讀過後，當有會心的一笑罷。

精妙的愛情描寫，在本文即將提到的另一部中篇小說《最後的天堂》裡，更為淋漓盡致。

3

書中人物的情感是多方面的。作者對於親情的描寫，往往看似淡淡的寫來，刻畫的卻是濃濃的情義。

在《天黑之前回家》中，「我」陪男朋友大衛去養老院看他的母親，他母親病了——

> 那天太陽剛剛下山，天邊紅彤彤的，十分好看。我始終覺得那些把殘陽比作血的人十分瞭解傍晚的精髓。以後的每次探望，我發現大衛總是精心挑選這種時刻。黃昏探訪成了大衛與他母親一個約定的習俗。

在這裡，黃昏成了一個特定的背景。黃昏總是給人許多特定的聯想，夕陽、晚霞、夜幕，「風光無限好，只是近黃昏」，「蒼山如海，殘陽如血。」無論如何，黃昏常常使人產生某種眷念的拳拳之忱，對夜幕即將來臨的無奈與恐懼。——

> ……那天他們坐在養老院一棵很老的樹下。這時暮色正蒼茫。傍晚有傍晚的命運。傍晚的大樹在暮色中如同斑駁的煙雲。當時，大衛用舌頭舔了一下嘴唇，一隻手抓住他母親的

一隻手，肩並肩坐著。大衛的母親很老很老，我不知道她的具體年齡，反正是非常老。臉上堆滿了密密麻麻的皺紋。人可以老成這樣，令我不寒而慄。他們並不說話，就這麼白白的坐著。我站在屋檐下，遠遠望著他們。弄不明白這母子倆為什麼可以這麼長時間呆坐著。

此時無聲勝有聲。與其說母子情深，不如說兒子對母親的無限深情。因為母親已經老得「把過去的事都忘記了」，她一定忘了兒子的生日，忘了兒子的名字，甚至也許忘了兒子，但母親始終是兒子的母親。「悠悠寸草心」，外族人與中華人豈不是一樣麼！

父親去世了，「約翰最終沒有回去奔喪。」在《最後的天堂》裡，「作為長子嫡孫的約翰……那一夜正好走到寬闊的十字路口：回去奔喪意味著從此離開澳洲。那晚無風無雨，月亮如明日高照……」

約翰的父親去世後第十五天，約翰再次接到家裡打來的長途。約翰的舅舅在電話那頭泣不成聲，他告訴約翰：「你母親今天去世」。

約翰一整天喪魂落魄，不吃不喝，坐在屋前的草地上，展示我認識他以來空前的疲憊與不平靜。他兩手抱著膝蓋，下巴枕在膝蓋上，使勁地望著前方。前方什麼也沒有，一望無際，那天，天高雲淡，廣漠之下，約翰渺小的身軀在陽光下如卵石，讓人感到命運的可怕。

這是一幅電影蒙太奇鏡頭：空曠而高遠的天空，淡淡的白雲幾乎凝固，太陽照射下，一個如卵石般小小的哀傷的身影，包裹在殘酷的命運裡。

> 這時芬在房間的窗口遠遠望著約翰，芬穿過窗口的目光陰冷，淒婉，像母狼遠遠望著她垂死的狼崽。……我和屋裡的人小心翼翼在房間進進出出，生怕出什麼事，一整天心思全無。
> 氣氛凝重，朋友們都擔心著約翰。
> 那天下午在太陽快要下山的時候，約翰回到房間。約翰回到房間一會兒，開始失聲痛哭，哭得肝膽俱裂。約翰失聲痛哭那一刻，大家鬆了一口氣。

寫哀痛如此，真是大手筆！所謂巨痛無痛，正是這樣。痛哭之前那麼長久的沉默，不，不是沉默，是哀痛堵住喉嚨，哭不出來！這裡雖只有寥寥幾筆，卻把女朋友芬那種愛莫能助的傷心的憂慮，「我」和朋友們手裡捏把汗的心情，及整個的環境氣氛都非常準確細膩的寫出來了。最後約翰的哭，更烘托出之前那可怕的靜。哭聲方使得凝結的氣氛的板塊開始活動起來。這種「鳥鳴山更幽」，山幽襯鳥鳴的寫法，把約翰失去雙親而又無法奔喪的哀痛之情像山洪暴發似地表現出來。

當我讀過短篇小說《最後一局》（中國上海《收穫》1998年第五期；《澳洲華文文學叢書‧小說卷》）時，陳四這個人物便一直在我腦子裡走動：很瘦，走起路來手臂擺動得很快。他在澳洲海邊養蠔，而蠔卻死光了。——

> 蠔死光那天，陳四一整天手足無措。我陪陳四在外面坐了整

整一夜，陳四死活不肯進屋，我怕他自殺，死陪著。那天晚上我說了許多希望陳四活下去的話，我甚至還說，這種事遲早會發生，哪有一種東西只生不死。陳四始終不發一言，好像什麼也沒聽見。半晌兒，失魂落魄地問我，你嘴巴老動在吃什麼？

陳四的事業遭到重大挫敗，一時間回不過神來，完全麻木了，目無所見，耳無所聞。——

蠔大批死亡的第二天，……陳四一整天在房間裡走來走去，嘮嘮叨叨說如果他知道蠔怎麼死，事情就好辦了。……第三天，蠔場來了許多看死蠔的人。人們議論紛紛，卻全都喜氣洋洋。他們在海邊久久不願離去。嘴裡不時發出「嘖嘖」聲響。人類對異類大規模死亡產生了無窮的興趣。海面上黑乎乎一大片，誰都沒有想到，死亡竟是如此殘酷而又壯觀。陳四那天很快得出一個結論，世界需要定期的戰爭，以滿足人類對死亡無休止的欲望。

對陳四如何難過，如何悲哀，全不著一墨，卻是旁敲側擊的寫人們對死亡的興趣，死蠔的壯觀，陳四的結論。這種戲謔的冷冷的筆法，反而給人強烈的欲哭無淚的感覺。

此後，陳四遽然頹廢地失蹤了整整一個夏天。當他再次出現時，意外贏了「我」一盤棋——

……我站起來對陳四說，輸了。
陳四盤著腿仍然坐在那裡，紋絲不動，很久，赤裸的胸部滾動了一下，突然重重地呼出一口氣。

林達

421

陳四站起身說，這回他真的要走了。

陳四贏了這一盤棋，並不能使他從慘痛的失敗中掙扎起來，只是證實自己還活著罷了。是黑暗之前的最後一閃吧？從此他再也沒有出現過，「只記得這個人很瘦，手臂擺動得快，手上抓著大把生命。」唯獨沒有抓住自己！

所謂「哀莫大於心死。」

寫陳四的哀情，並不一筆寫到底，而是一步一回頭，離去之後又來這「最後一局」，展示了主人公在慘敗之後的掙扎與不甘，對生活的留念，其即將消逝的生命的脆弱，真是回腸蕩氣。

4

林達在書中濃墨重彩描寫的，還是曲折動人的愛情。

中篇小說《最後的天堂》（澳洲《東華時報》1997年7-8月連載；中國廣州《花城》1998年第四期，）裡的男主人公「我」離別身懷六甲的妻子倩來到澳洲，不久與昔日的中學同學葉佩芳同居，而五年之後，倩亦來到澳洲，其中各人細微的情感與變化都有小橋流水般意味無窮的表達。

即將遠赴澳洲，臨行前的最後一個晚上，平時很少做飯，對做飯甚感乏味的妻子倩，挺著懷有八個月胎兒的肚子，堅持親手做一桌晚飯。「倩使出全部技倆，晚飯仍然十分糟糕。」——

吃飯時，倩特意換了一件粉紅色上衣，這使晚飯十分溫馨。我也把鬍子刮乾淨，我們都想在最後一刻在對方心中留下美好的印象。我說，飯菜很漂亮，我說漂亮而不是好吃證明我從不撒謊。倩說，漂亮就多吃點。倩在講話時兩手按在隆起

的肚皮上，沉靜而又安詳。

一件特意換上的「粉紅色上衣」，含蓄地表達倩的依戀，也寫出倩特有的表達情感的方式。「兩手按在隆起的肚皮上，沉靜而又安詳」，同樣是倩式的沉穩自若的情感表達。

> 倩那天晚上只字不提我在外面功成名就如何如何的話，只是不斷往我碗裡挾菜，這與五週前倩對我闖蕩世界充滿信心的情形判若二人。……我說，我安定之後就接你出去。倩笑笑，沒有像往常一樣立刻反應說好或不好……

人生自古傷離別，離別的情形各種各樣。這裡有一整段描寫當晚夫妻臨別時的情形，都沒有直接寫倩在想什麼，但倩的複雜情感卻觸之可及。她「只字不提」在外面如何功成名就，目的在於不要男人「背水一戰」，凡事不要勉強。她說「有空寫封信來，有話多寫，無話寫兩個字也行。……用不著打電話了，浪費錢，這麼遠，有事沒事都幫不上。」對於接她出去的承諾，她只是「笑笑」。對丈夫的關心，對感情的憂慮，對生活的現實，對自己處境的思考，全都化為平平淡淡的語言，說什麼，不說什麼，全有考量。聰明的倩，既溫柔又好強，自從男人決定出國以來，方方面面她都反復思考過了，而這一切，都只放在「笑笑」的後面。

當「我」終於把倩接來澳洲——

> 倩在中午12時正點走出候機室。……倩見到我時並沒有歡呼雀躍，倩用一種講不出內容的矜持的笑便把這期待已久的重逢對付過去了。我向倩揚揚手上前去擁抱她，但走到跟前又

停住了。五年，畢竟是一段很長的距離。我對倩說，你很有
精神。倩嘴角一翹，是嗎。倩真的沒變。

並非真的「沒變」，一切都變了。短短幾行字，便把從分別
到重逢的變化非常微妙地濃蓄其中。倩不冷不熱，「我」欲抱又
止，把別後雙方的情感經歷與變化都藏在了背後。接著，再精雕
細刻一筆——

倩說，你胖了，臉上長了兩團肉。我說，我老了嗎？倩笑
笑，算是答過了。倩在回家的路上，一直笑眯眯。倩說，這
裡的太陽真厲害，讓人睜不開眼睛。

這裡又是倩式的含蓄的感情表達，欲笑還遮，笑得意味深
長，潛臺詞似乎是：別裝啊，我全知道嘛。
下面是更好的注解——

那天夜裡，我擁著倩躺在被窩裡……黑暗中我們誰也看不清
誰的表情，只有聲音在晃。倩說，你一直睡在這裡？我說，
我不睡在這裡睡哪裡。倩說，這張床很舒服。倩講這話時口
氣很肯定。我問，為什麼？她說，沒為什麼。倩躺在床上的
姿勢細膩而又挑逗……倩一下子翻過身來，動作連貫，嫻
熟，疑點重重。

既寫了倩的準確懷疑，不，應是判斷，也寫了「我」的複雜
心理：「我」因長期與女友同居，為了擺平，故急欲抓住倩紅杏
出牆的「疑點」，哪怕只是「想當然」，或者說，下意識裡希望

倩早就紅杏出牆。如此半斤八兩的，便誰也不怨誰啦。「朦朧之中，我自己對自己說，這下我們扯平了。」

作者寫人物情感，就像經驗豐富的中醫觀色把脈那樣準確而絲絲入扣。倩雖然懷疑「我」，但也並不減久別勝新婚的激情，這既是夫妻重聚的應有之義，也是她的期待和自信：她希望「我」重新回到她的懷抱。「細膩而又挑逗」是對倩的豐滿情感的描寫，寫得生動而並不豔，是作者「點到即止」的典型筆法。如此畫上一筆，卻把這想像的空間留給讀者，如何「細膩」，如何「挑逗」，一百個讀者，該有一百一十種不同的想像吧。只是，事與願違，倩的盈盈美意的激情，反成了「我」的「疑點」。生活中不是常有這種類似的事嗎？作者對生活與人性的洞察，真乃纖毫畢見。

倩的感情表達終於由隱晦含蓄轉為明朗化和直截了當，那是當她迎面撞上「我」和葉佩芳之後。於是有了那天晚上一場精彩的爭吵。吵過之後，大概「我」覺得有點理虧，於是開車把倩帶到海邊，讓她散散心。——

　　那天海風無遮無掩，冷得出奇。我想趁著黑夜，誰也看不清誰，講幾句熱烈一點的話。那晚實在太冷，話怎麼也講不出來。我身不由己往倩身上靠，可倩的皮大衣被海風一吹，硬邦邦，我越靠越冷，從心裡冷出來，我打了個寒戰。

「冷」「冷」「冷」「冷」，一連用了四個「冷」字，一個「寒」字，把這時夫妻間幾達冰點的感情一表無遺。一表無遺的還有倩據理不饒人的倔性子，「我」四面楚歌，無力挽狂瀾的無奈。風冷，倩冷，「我」更冷。

倩到澳洲三個月後的一個星期天——

……晚上洗澡的時候，倩在洗澡間朝門外大聲說，她想回去了。倩用這種方式講一句蓄謀已久的話，在我看來，十分拙劣，下作。……倩洗完澡換了一件從來未穿過的低胸衣服，倩穿這種衣服和我談回國用意十分險惡，那一刻我的平靜又亂了方寸，心立刻吃起來醋。

這是深刻而詼諧的描述。離別時換上「粉紅色上衣」，談分手時是在洗澡的時候，並且「險惡」地換上從來未穿過的「低胸衣服」，以性感和美麗作為談話的背景，亂「我」方寸，有悔，有愛，有恨？甜酸苦辣澀，誰解其中味？

這種微妙的描寫，在書中可信手拈來。如「我」在一個無聊的冬夜，想起了葉佩芳這個矮小、結實，「像只小母雞，熱情，精力充沛」的女人——

葉佩芳在電話那頭聲音嘹亮，她說一聽電話鈴就知道是我。葉佩芳這麼說我打了個噤，究竟是我勾引她還是她勾引我？我說，今晚風很大。她說，是呀，風實在太大了。我說，我在中國也沒見過這麼大的風。她說，是呀，這種風在悉尼也不常有。我說，風聲這麼響很難睡著。她說，是這樣，她也睡不著。……

兩個人都在談「風」，一切盡在「風」中。「我」「去找葉佩芳的次數越多，給倩的信就越多。」「我」始終在尋找某種情感上的平衡。

人的情感，特別是愛情與愛情觀，是社會時代和地域的產物，前者伴隨著後者的變化而發生主流性變化。一如電影《斷背

山》在幾十年前，也許成過街老鼠。而羅密歐與朱麗葉的莎士比亞式的愛情，梁山伯與祝英台的中國古典式愛情，在當今在地球村遷徙生活的人們中恐不易多見，卻是對林達在這部小說裡寫的愛情人生並不陌生吧。

5

在短篇小說《女人的天空》裡，莊是個濃妝淡抹總相宜的美麗女人，但其婚姻的痛苦，使她有了奇異的移情別戀，對另一個女人「我」情意綿綿。而「我」由於失戀，也「無可挽回地和莊搞在一起」。──

> ……莊在我懷裡痛哭的時候，我感到一隻手在我脖子後面蠕動，這只手柔軟而又輕盈，像一股溫暖的泉水。泉水順著脖子的中樞神經一直流到某個隱蔽的地方。莊的手越捉越緊，我們同時觸到了對方身體最敏感的部位。我像是被什麼重物擊了一下……

> ……我們開始前言不搭後語，手也越來越不正經。莊慢慢把身體貼上來。莊的身體柔軟而又冰冷，像一條巨大的蛇。……蛇纏繞在身上，嘴裡不斷發出一些勾魂的單音字，聲音悠揚而又輕盈，像是從很遠的地方飄來。……我開始躁動，變得把持不住，我伸手去摸那張粉臉，接著把手伸進衣服。手伸進衣服時改弦換轍，頃刻間全是欲望。

寫這種異樣的情懷，同樣是維妙維肖。戰戰兢兢，欲罷不能，如火燎原，使人感同身受。但事實上莊和「我」都不是專情的同性戀者。在小說的結尾──

……莊像一個冰雕的美人。莊從口袋裡掏出那支深紅色的唇膏，重重地塗在嘴唇上。莊對我說，我們還是嫁人吧，我們還沒有好好愛過。

雖帶有幾分淒婉，卻是毅然決然。之前同性間奔騰放縱的情感，著重在於反襯莊沒有愛的「綠卡婚姻」其人性壓抑的痛苦。這種強烈的情感，傳達出同樣強烈的信號：剝離了愛情的功利性的婚姻容易產生種種的不幸。從而引發人們重新審視現實婚姻與愛情的關係。當愛情與婚姻「花自飄零水自流」的時候，當婚姻日益成為功利「方舟」的今天，愛情的歸屬在哪裡呢？「皮」之不存，「毛」將焉附？

而《黃樓十二號》裡面的女主角青，周旋於許多男人之間，或是男人們穿梭在她身邊，其複雜深沉的感情，全都藏在斑駁陸離的生活後面。對她的情感描寫，就像是畢卡索超現實主義的畫，需要在畫面的其他地方，去找出她的鼻子和眼睛。這種隱隱約約藏頭露尾霧裡看花的寫法，寫得如此滴水不漏，顯現作者很強的駕馭才氣。對讀者來說，探索人物的情感脈絡，卻是引人入勝，具有曲徑尋幽的意趣。

6

林達的《女人天空》是一部結構與內容枝葉繁茂的小說集，精美的封面由她親手設計；每篇的扉頁還有引人遐思的插圖。疊宕的文筆，磅礴的敘述，紀實般的故事，令人讀之不忍釋手。如深圳大學文學院教授錢超英所說，「機智的隱喻、鎮靜的反諷、

要言不煩的感慨和點到即止的描摹」（錢超英：《身份之謎的哲學隱喻》），這些都是林達語言的特色。

　　而小說必有人物，人物必有感情，此謂「人非草木，豈能無情？」感情寫得豐滿，人物自然栩栩如生。讀過《女人天空》，那一個個人物便在我腦子裡活動著，像我的熟人朋友，我可以跟他們對話。若說有個「澳洲華文文學方陣」（莊偉傑：《澳洲華文文學方陣》出版前言）的話，那麼《女人天空》是這方陣中的一朵奇葩。我讀這部小說，深感「橫看成嶺側成峰，遠近高低各不同」，本文所寫，不過是一峰一景的一個鏡頭罷了。

（二零零六年七月十五日於悉尼）

（發表於華新文苑第234-236期）

身份與宿命：作為小說的哲學隱喻

——澳華女作家林達作品印象談片

錢超英

　　也許歷史將證明，二十世紀八、九十年代中國城市青年知識分子以「留學」為名的出國潮是華人移民史的一個重要關節點。久經鎖國之後的中國社會，轉型期驟起的各種思潮，夾帶著宏遠的幻想、與體制衝撞的豐沛激情、甦醒的現實的欲望和利益計較（哪怕是經過「詩化」的欲望與利益）……，統統由他們帶進海外的「準移民」生活中經受檢驗。在抵達異國之初的驚愕、震動和其後相當一段歲月的掙扎、消磨之後，這一代知識者身上的那些打著中國社會標記的文化元素，有些被揚棄了，有些仍然保留下來，更多的則被改造了，在融合了新的經驗和思考之後，成為新的創造和表達的資源。對於海外漢語寫作來說，這一點尤其是意味深長的：你怎樣能夠擺脫漢語這種凝結著宿命的「異族性」（相對於海外「主流社會」而言）的媒介特性，而同時又能向你的讀者講好你的故事？

　　所以，海外漢語寫作，在多數情況下，一拿起筆（一打開電腦）劈頭就是身份問題：我是誰？對誰說話？為誰寫作？我為何在此？理由何在？我的選擇是否是一種歷史的錯置？而此種「錯置」又是如何發生、如何可能的？張頤武說：「認同（按即本文所謂「身份」）是移民文學的中心問題，對於認同的關切支撐著移民文學的存在。」區別僅僅在於各人對這個中心問題的處理不同：或顯明或隱秘，或淺嘗輒止或深耕細作，或以飽滿豐實的華洋世相促人感喟，或以哲學的洞見探觸漂泊人生的奧秘。

　　過去十餘年間在澳大利亞華文世界出現的就是這樣一種景觀。宏觀地看，它已經成為了當代華語（不論是中國本土還是海外）文學的一部分。例如，悉尼女作家林達的中短篇小說（《天黑之前回家》、《最後一局》等），最初就既出現在悉尼的華文報刊，也發表於中國大陸的文學雜誌，如上海的《收穫》等。

　　林達的小說，對那些想瞭解澳大利亞乃至一般意義上的海外華語文學所達到的水準的人們，提供了一個很好的切入點。一方面，海外女性寫作活躍，林達是其中一分子但又較少女性寫作易見的自戀傾向，另一方面，西方評論界近年開始注意和翻譯「少數民族」（包括華人）的寫作，澳洲則出了好些對澳華作品的英語譯作，而林達是其中尚處於「沉默」之中的一個：她尚不為英語批評界和翻譯界所注意，也因此尚未被西方視角的偏見所「改造」。這又使她的寫作可以不考慮迎合英語文學市場的口味，而保有漢語寫作那些最內在的品質。

一

　　對我來說，比較重要的也許是這樣兩點。第一，林達小說非常風格化，語言資質較高，語感頗具吸引力。她的小說結合了機智的隱喻、鎮靜的反諷、要言不煩的感慨和點到即止的描摹，配合著時空交錯的多線索故事和被無數小段分隔，斷續跳躍而勾連自如的敘述結構，使人在任何一個地方開始閱讀都會感覺有味。林達小說在其題旨的可能深度和傳達的有效性方面取得了令人意外的平衡。如果說，近十多年來澳大利亞新華人文學的崛起，的確留下了一批成熟的和具有形式美感的敘事類文本，那麼，林達的中短篇小說，雖然數量不多，卻的確是其中的重要篇章。

第二，林達的小說有較為深遠的題旨，它使讀者的感悟不囿於一時一地的事變和世相。我們知道，所有八、九十年代出國潮的目標國（也就是那些主要的西方社會），都發生過「中國留學生」爭取居留權的運動，澳大利亞也不例外。我所稱「新華人文學」的發生，即以此為重要的社會歷史基礎。「居留故事」在海外華文世界裡可說連篇累牘。但林達的居留故事從不粘滯於具體場景，而是滲透了關於命運、時間、土地、全球化等重大疑難的哲學領悟。

總的來說，林達一段又一段從容的述說，要做的是揭示「徹頭徹尾的外鄉人結構上的悲劇」。（《最後的天堂》）但這基本上不是那種可以哭出聲來的東西，而是在歲月的回味中「原來如此」的驚心發現和「不過如此」的徒勞無奈。

林達提示了：那些人生中至關重要的決定，常常是在我們沒有充足理由的情況下作出的。中篇小說《天黑之前回家》（《收穫》1998年第2期）一開頭，引入的是一個在日本侵華戰火中倉惶逃難的家族故事，在一場「我們要到那裡去」的混亂爭執中，僅憑無知無識的「外婆」一個偶然的決斷改變了行進的路線，就是一番完全不同的命運，如同樹枝在某個節點分出新的枝椏就無法再重合為一。林達在據此展開的整個故事中揭示：人心與人生的聚散離合可以基於情欲，可以基於利益，還可以基於偶然的直覺，就是不基於可靠的設計。因為任何設計都有錯失，人想譜寫的任何生活之歌都會在命運的演繹中離弦走板。「過把癮」的一次出洋闖蕩不過延伸了家族茫無所終的「走難」裡程，望穿秋水的夫妻團聚最終以分道揚鑣收場，精心策劃的創業可以一無所獲，嚴密推導的法案判詞建基於全盤荒謬……這些人們非常熟悉的「留學生」情節因被編織在所有「地球人」的混亂版圖之內而獲得了普遍的領悟。從歷史上以色列人神聖而無謂的戰爭，到中

國大陸的斯文掃地，雞犬升天，歷史行動中的每個人開始時都以為知道自己在做什麼，所以「人通常要把程式全部走完才會死心」（《天黑之前回家》），才知道命運的無常。

無法預知的宿命，這是林達小說醉心的主題。由此她深刻質疑了人類行為結局的可知性和可控性。她似乎把一個源自索福克勒斯的亙古命題，轉用於包括「留學生」在內的當代中國移民在這個可疑的世界上的歷史性迷失，從而使之獲得了某種超越性的啟示意義。其主題直指人作為造物的無解宿命。

八、九十年代出國潮中的中國人爭取在西方社會定居的鬥爭，歷經數年曲折，在九十年代中後期相繼獲得成功。區別於針對此題材許多「苦盡甘來」的喜劇調子，林達故事的發人深省之處在於，它拒絕把留學生在世俗的法律意義上獲得「居民身份」看作這種荒誕宿命的邊界：

> 就這麼一塊可憐的陸地，人類在上面聲勢浩大、前仆後繼來回搬了幾千年。
> ……（澳大利亞政府公佈准許中國人居留決定的日子）那一夜有霧，霧色蒼涼。霧氣把夜團團圍住，使夜更加凝重、安祥，有人悄悄唱起了國際歌，隨後又有人壓住嗓門唱起《九一八》。歌聲四起之際，人們一下子都悲壯起來。琴唱得比誰都動情，低沉的女中音鉛一樣沉沉壓下來，在唱到「在那個悲慘的時候，我離開我的家鄉，流浪……」時，琴突然捂住臉，淚從她那纖細美麗的手指縫中流下來。
> 那天夜裡，大屋的情緒在琴用手捂住臉之後，便一發而不可收拾。越來越多的人開始哭泣，思緒如潮，悲歌如潮。綠卡作為敲門磚的使命至此全部結束。人們再一次被偶然所操縱，迎來了生命歷程中真正的漂泊。（《最後的天堂》）

二

　　有關這方面描寫的最為奇異之處，還是讓我們回到《天黑之前回家》這個中篇吧。

　　林達在講述「我」這個留學生在中國的家庭故事時，給「我」的母親安排了一份異乎尋常的職業：一個法醫。「母親」每天都盡責地在解剖室檢驗每一具屍體的特徵，作出身份認定，考證有關它們死亡的錯綜複雜的原因和過程並編成與「事實」一一對應的檔案。「母親」醉心於這種研究，並且成果累累。如斯過了大半生之後，「母親」在一次解剖中，無意把兩具同性別、同年齡屍體上的標籤張冠李戴。母親的錯誤「使兩具千辛萬苦之後才被驗明正身的屍體再次失去身份。」這個錯誤忽然使母親感到這「如同把猴子的標籤貼在馬身上一樣有趣」，「母親」由此發現：

　　一個虛假的過去完全可以理直氣壯地代替一個真實的過去，一具毫無生命的屍體，叫什麼名字有什麼關係？既然死亡的事實不重要，結論會有多少重要？

　　於是，這個法醫界的模範工作者，開始時常故意把屍體的名字互相對換，這樣的惡作劇做了一次又一次，竟能一再瞞天過海，一個複雜而又簡單、無法解釋而又任憑解釋的死人對活人意味著什麼？「母親」竟被這個在她和屍體打交道的多年中還從來沒有想過的問題，弄得迷醉不已。

　　這是一個帶著陰森快意的奇特的文學玩笑，是林達提供的一個關於「身份錯置」的象徵。死人是不能為自己證明身份的，而附在它們身上的所有故事只是別人任意注解的結果：無論對錯，一個死人無法再為自己言說什麼。在任何死亡案件中都會有一些

依舊聽風聽雨眠

只有在場者知道或誰也不知道而被死亡帶入沉默與遺忘的東西。這個象徵對一切試圖弄清事物確切成因的「真理」進行了殘酷的嘲弄。

小說中的母親似乎是做了大半生「必然性」的僕從之後，玩了一回只有上帝才有權玩的把戲。她也把自己和上帝的身份錯置了。她從此知道自己罪孽深重。

但是，罪孽深重不僅在於她故意讓屍體失去身份。一個問題是，就算在她「正確」地編寫著屍體檔案的時候，難道她就沒有僭越上帝的權能嗎？人真的可以確切地掌握真相、真理、因果、規律、本質、必然性嗎？

在這個作品中，「我」作為留學生的出國故事是這樣穿插進來的：

「母親」一生只為兩件事，一是成為一部解剖書的作者，二是強迫「我」學醫。「母親」認為，人體如宇宙奧妙無窮，而「我」始終覺得人體只是一副臭皮囊，不能與宇宙同日而語。「我」開始與「母親」作對。作對以「我」大獲全勝告終。「我」遠走悉尼攻讀神學，「我」相信，「母親」折騰一輩子拯救的充其量是人的肉體，而「我」拯救的是人的靈魂。虛無的神學不過是一齣對嚴謹醫學的「惡作劇」以及對「走吧，再不走，日子都過完了」的一個隨機選擇。此後，「我」開始了在澳大利亞折騰。⋯⋯

多少年之後，在「母親」彌留之際，「我」趕到了「母親」的病床邊。「我」給「母親」最後捎去只是(只能是)鮮花，「我知道，對於母親，鮮花與神學一樣虛無縹緲」，「母親」在她生命的盡頭，仍然期望「願望達成」。那一刻，「我」坐在「母親」床邊，一遍一遍向「母親」解釋那些令「母親」耿耿於懷的惡作劇，「我的執著與母親的執著一樣不可置疑」。「在明明白

白的死亡面前，我相信了一切有關『原罪』的說法」。生命有許多無可挽回的遺憾，「我」終於感悟到自己當年執著於自由選擇的「惡作劇」，其實只是證明了人性的偏執和迷誤，也由此證明了「我」確有「原罪」，正如人人都有一樣。而「我」捲入神學，又似是歪打正著，不意而得之。這使「我」在悲哀之中有了喜劇式的發現。

這整個故事充滿了關於「必然性」的虛妄和「偶然性」無所不在的啟示。在這種啟示中帶出了一些漢語文學不多見的神學和哲學命題，例如關於「原罪」，關於人的偏執與寬恕，特別是關於意志自由的限度。值得注意的是，林達不僅是在對社會束縛應否作出反抗這個意義上提出自由意志的限度問題，而且是在對人的行為能否作出有效的、完滿的解釋這個意義上提出了問題。

三

把林達的作品看作一種「叛逆」之後的「回歸心理」或「懺悔故事」是不準確的，雖然《天黑之前回家》的主人公趕回母親的病榻旁邊時的確充滿了悔意，她的悔意不是指不應該出國，而是不應該以惡作劇的、反叛長輩的形式出國。但是，這種悔意完全是一種面對垂死親人的「情感發現」，而不是一種凡事三思而後行、循規蹈矩的勸戒。因為，這個故事的內在邏輯，使那個可能用於「母親」的問題也適用於「我」：如果沒有出洋闖蕩，而固守於長輩規範的生活軌道，我們的「罪孽」就會少一些嗎？

因此，真正的問題是人類在這個世界全部生存所具有的「漂泊」性質：沒有哪一種人生選擇是能夠預知後果和有確切意義的。林達已經表示過，新華人在澳大利亞的居留這個結局其實沒有什麼皆大歡喜的價值，它根本不是「漂泊」的結束，而是「生

命歷程中真正的漂泊」的開始。居留曾經充當了這批中國人捨命追逐的一個本質上是臨時的、現世的目標，一旦達成，目標的意義便同時失去。只有在這時，為什麼在這裡活著的問題才真正突出了出來，人生的「漂泊」性也才變得極其尖銳起來。「漂泊」這個隱喻同時喚起了「流逝」與「流失」的意味，這使人們對於自己經歷的意義解釋成為急迫而尷尬的任務。如果萬里出洋不只是一番來自「惡作劇」的「原罪」證明的話，人們能夠就中國人在澳大利亞的經歷出示什麼令人滿意、不致前後矛盾的理由呢？

　　林達故事的主題是關於「喧嘩與騷動」背後的意義困惑。人的經歷之所以充滿混亂是因為其中的意義缺乏有效的解釋，缺乏解釋將進一步導致經歷的混亂。正是在這樣的意義上，她對那些「屍體」的反復陳示，才令有關「死亡」的問題具有了極度的嚴重性：無法為自己作出滿意解釋的人就是處在無名屍體那樣隨人搬弄、失去身份、任憑誤讀的狀態。這個嚴厲的象徵，構成了對一切活著並正在逝去的人生是否真有意義的重大質疑。由於每一代人、每一個人「在場的」經歷都有某些無法挽回的、趨向於「死亡」的屬性，這使他們的自我確認變得非常重要。在《天黑之前回家》這篇小說中，「我」眼見自己的前輩（外公、外婆、母親）一個個地隨風逝去，這種連續的「死亡」更使人對找到人生經歷的滿意解釋產生分外的焦灼。當林達在另一個中篇裡使用了《最後的天堂》這個題名來書寫新華人的澳大利亞故事時，這類一再出現的神學能指，的確埋藏著一個持續壓迫過其他更多的新華人文學代表的巨大困惑，注意澳華文學的人，可以從歐陽昱、趙川、朱大可和張勁帆等大批不同風格作家的寫作中，讀出這種困惑。

　　如果說，林達的小說以高度風格化的敘述透出了虛無主義哲學的人生解悟，那麼，作為澳華寫作在這個命題上的另一極，

朱大可則是以身份虛無化的挑戰者姿態出現的，他試圖從「另一個世界」（非世俗境界）的終極信念中探尋一種超越性價值。但是這種立場如何和新華人的具體處境發生建設性的關係卻是不明確的，明確的只是：他使出國問題上的文化離心傾向剝離了某種「罪性」的民族主義研判。如果從林達故事的哲理立場出發，出國這種自由選擇本身已具有惡作劇式的「原罪性」，因此無論如何不會結束其漂泊感。從這些哲理上的是非差歧，讀者不難想見澳華寫作的多姿多彩，以及它與當代中國、當代世界文化思潮脈流的聯動。

林達小說有一個介入於故事然而往往並非核心角色的敘述人。不論在故事中的關係如何，似乎他（她）並不急於延著單一的線索把故事連續地講下去，結果總是使故事的結局顯得有點無關重要，重要的是敘述的從容性和瀰漫感。我想說，林達小說的潛在的真正主角是無法預知的宿命，而偶然性則是人和這個宿命相遇的方式。

這一點也許可以用來解讀她小說中很多難以解釋的「無厘頭」情節，除上述外，還包括《最後的天堂》中有顯赫前半生的史密斯太太，史密斯太太在她垂暮之年，日復一日莫名其妙地去「磨」（鋸）一棵百年老樹，主審法庭對這一「破壞環境罪」的成因，萬般推敲竟一無所獲。其實這也許是她消磨歲月的一種方式，根本與明確的社會目的和物質後果無涉。林達小說精彩地描寫了人的生命的熱辣的、執著的活力與其在時間中荒謬的存在，這個對比是如此尖銳，使她的故事在從容行進中產生了驚心動魄的效果。一個最集中的例子也許就是《最後一局》（《收穫》1998年第5期），那個被失敗的命運反復撥弄、一次次致命擊打的主人公，在「我」消極、頹然的人生態度面前，顯得那麼百折不撓、可敬而又荒唐可笑：

我已經記不起陳四長什麼模樣，只記得這個人很瘦，手臂擺動得快，手上握著大把的生命。

這個結句，明顯不是一種讚美，但我想也很難僅以讀出其反諷的意味而滿足，嚴格地說，它是多義的，至少，在生命的無情浪費中其實也有著生命不屈於荒誕的西西弗斯推石上山式的內在悲壯。而林達的故事，每每藉其參透世相的敘述人，掩蓋了這種悲壯。

從上所述，儘管我對林達小說的印象是如此的不完整，但我仍希望藉此表達我對其小說在當代漢語寫作中重要性的初步體認。簡單地說，把林達的小說視為海外華文文學中後現代實踐的一種標本，應不為過。至於對其小說更深細的體驗和更準確的估價，我想，應該讓在時間中湧現的更多有心讀者來完成。

（發表於澳華新文苑第179-180期）

冰夫

依舊聽風聽雨眠

　　記得初識冰夫先生時，獲贈大作《海，陽光與夢──澳洲散記》一書，便為在悉尼這個講英語的西方城市中有此才人而驚歎。

　　如果散文可粗分為偏重抒情或偏重敘事議論，那麼冰夫的散文可謂左右逢源，或者說，即使他偏重知識鋪陳、敘事議論的散文也寫得詩意盎然。悉尼另一位老詩人西彤也說，澳洲、海、陽光、夢這四個不同內涵而又互不關聯、看似平常的名詞，冰夫竟然將它們組成其書名，真是一個充滿詩意、清新脫俗的絕妙構思。這其實並不奇怪，因為冰夫本身就是一位詩人，寫散文只是「左手的繆斯」（借用台灣詩人余光中語）。

　　冰夫，原名王澐，1996年移民澳洲，定居悉尼，現為新州和雪梨華文作家協會顧問、澳洲《酒井園》詩社創會社長。在澳華文壇，他可謂是個資深作家，從五十年代中期，以劇本、詩集走上文壇，幾十年來在詩歌、散文與影視（美術電影）均有建樹，出版詩歌、散文、影劇、小說等二十餘部。曾為中國作協會員、中國影協會員、上海作家

協會理事、詩歌委員會主任、上海俳句研究交流協會副會長。如今，冰夫雖然年歲漸高，然而老當益壯，勤奮嘗試各種風格，不斷超越自我，而且依然才思敏捷，詩歌、散文、評論，華章一篇篇湧出，寶刀絕對未老，令人讚不絕口。冰夫在澳華文壇的影響力更來自他對澳華詩歌散文創作的關注、愛護、與指導，他助人為樂的熱忱和坦誠率真的參與贏得大家的擁戴。

　　的確，就個人性格而論，冰夫熱情豪放，一點也不「冰」，或像人們所言，其實是個「火」夫。我遵囑為他文學評論集《信筆雌黃》作序時，尚未確切得知他何以取「冰夫」這個筆名，便猜想也許是對自己的婉約詩風的某種期許。這個猜想不算太離譜。冰夫後來告訴我是因為他年輕時特別喜歡冰心和萊蒙托夫，便各取一字而成自己的筆名。彈指一揮閑，一個甲子逝去了。現今，多思好夢的冰夫又進入一個新的境界，正如他答友人詩中所云：

天下事／了猶未了／不了了之
抬起頭，仰望／澳洲天空／閃爍滿天星斗

沈船悼歌

——南天憶夢

年輕時沉迷於幻想
懷揣鄉土的摯愛
渴望風起雲湧
拋棄行囊
扔卻芒鞋
撲向風濤呼嘯的大海

啟航前神色悲壯
鐫水晶石於高崖之巔：
為了那些死於海上
或將要死於海上的人
我們義無反顧
搏擊怒濤
迎戰惡浪

滄海千秋
風流總被浪淘盡
蔽明掩聰歸船長
耽於瞬間的海市蜃樓

4
4
4

一次次無情海嘯

吞噬了眾多水手

王業霸業

歷史灰土隨波流

歲月更迭

潮漲潮落

往昔的夢境

永伴無眠的貝殼

默吟一曲悼歌

焉能驅散心頭的寂寞

（發表於《澳華新文苑》第1期）

看海的人

冰　夫

飄飄灑灑，如水的月光
擁擠著松樹林夜霧茫茫
我屹立曼里海灘的峭壁，南半球
柔情無限的海，在輕聲低唱
沙灘上歡騰的景觀漸漸隱退
幾多追逐的滑板
戲弄月兒於波濤之上
目睹大海閃爍的星晨
平靜的我，忽起一絲惆悵
靈魂仿佛仍在傾聽那聲呼喚
沉重的詩頁難洗歷史的悲涼
最初燃燒的熱情已經冷卻
擺不脫的思緒總纏繞
故國石頭城下銀杏樹的莽蒼
儘管候鳥已經如期飛去
那刻骨銘心的記憶仍無法消亡
我知道我不是最先來看海的人
在道路被樹林圍困之後

在樹林被月光圍困之後

回家的路該怎麼走

（《海、陽光與夢—澳洲散記》代自序）

（發表於《澳華新文苑》第27期）

未曾泯滅的戀歌（十四行組詩）

冰　夫

　　十四行詩純西方詩體，原分為義大利式與英國式（也稱沙士比亞式）兩種。這裡用的英國式即三個四行組，一個兩行組，韻腳排列方式為：ABAB，CDCD，EFEF，GG。至於抑揚音步要求十個音步，重音落在逢雙數的音步上等，我未完全遵守，因為我只學了個皮毛，希望讀者和方家指正。

之一：春歌

在幻想與現實之間翱翔，我的
夢如青鳥穿越峰巒，峽谷，雲濤
春天終於給原野鋪染蓬勃的色彩
漫坡的梨花在煦煦和風中輕搖

雖說山道上仍有隆冬堆積的泥濘
白樺樹霜浸雪蝕的身軀依舊傲岸
北國的陽光鐫高山大河壯你的詩情
我剪一葉白帆起航於麥苗青青的江南

你描繪過絲綢之路的大漠黃沙
狂風喧囂中隱隱浮現的樓蘭城堞

時光的河流未曾掩沒許諾如漢唐文化
我對你的思戀也不是霜天消失的殘月

　　即使忌妒與誹謗堵塞所有的路口
　　我也將攜帶你的詩稿漫遊全球

之二：夏歌

默默地我只是默默地迎接春歸
從未祈求溶溶春水洗滌心壁的蒼苔
人生舞臺上演的戲劇有時多麼虛偽
只有你的柔情與火焰才是真誠的獨白

在秋天的森林與冬季的冰湖之間
一片片落葉飄向大地那最後的歸宿
何以排解心頭七情六欲的迷戀
整個夏季我常常做著嚴冬的惡夢

完達香與松樹冰掛裝點　北國荒原
積雪掩埋了山間道路與跋涉的芒鞋
梅花鹿群滿頭鮮血犄角已被折斷
淒厲的嗥叫與蹄印拋灑在茫茫曠野
　　　如今有人撕碎聖潔的情書點火取暖
　　　我卻在挖掘凍土層尋覓你心靈的語言

之三：秋歌

仿佛在夢中有火烈鳥燃燒一團紅潮
荒原上野兔奔突，灰狐眼睛閃亮
獵犬狺狺追隨彈雨的軌跡尋找
密林深處有狩獵者貪婪狂妄的目光

秋的旋律與芳香迷漫在黃昏的林中
太陽和飛鳥拋給我一陣陣暈眩
伐木者為深深的傷痕而難以入夢
愛是由心底不斷悄悄滴落的淚泉

曾經攜帶著青春之夢的熠熠光華
我和你正在走向墓地走向虛無縹緲
往昔的路有如高山深谷乾枯的野花
只有你的詩和我跋涉的印痕不會衰老

多變的時代，命運是一粒合金鋼
磨礪人生的艱辛，書寫愛的悲愴

之四：冬歌

許久許久之前我一度被《魔沼》誘惑
追隨喬治・桑沐浴陽光於希臘的海岸
醒來時我凝視中國南海不落的星河
默默撿拾你沿途拋灑的詩歌花瓣

我仰望你走過的每一條道路和村莊
默吻寶石鑲嵌你名字的每一部書籍
文痞們的污泥詆毀不了你聖潔的形象
你一如峭岩聳立在我記憶的陽光裡

此刻我一次次審視靈魂，無悔無恨
既無魯莽的舉動，也未隱藏絲毫邪念
我的戀情只是深山峽谷的一潭秋水
嚴冬的冰雪已將它結成晶瑩的鏡面

　　我知道只要你溫暖的手輕輕地撫摸
　　剎那間就會融化為滔滔奔流的江河

（發表於《澳華新文苑》第26期）

一首沒有音樂伴奏的哀歌
——痛悼詩人音樂家徐永年

冰　夫

徐永年，江蘇江陰人，中國作家協會會員，澳大利亞酒井園詩社同仁，雪梨華文作協顧問，50年代中期畢業於瀋陽音樂學院，對中國古典文學具有深厚的素養，並擅長作曲與鋼琴教學，80年代著有長篇小說《綠林恨》（40多萬字，花城出版社），移民澳洲後，創作有大量詩詞及多部聲樂作品。

幾許灑脫
幾許風流
幾多人生的詠歎
幾多命運的彈奏

你匆匆行走
你緩緩回眸
一世的瓢泊流浪
淚灑旋律
血凝春秋

遠天之下
我看見你飄浮的靈魂
怎能想：尋覓知音

也就是笑迎死亡？

用詩篇挽留一個人
是詩人的癡心
用哀歌送別一個詩人
是茫然的愛和悲傷
隨風鳴響

二零零三年二月十三日午後
（發表於《澳華新文苑》第51期）

七十抒懷

冰　夫

依舊聽風聽雨眠

蒼茫歲月誰操刀？
一夢神州鬢蕭蕭。
青春初染漢江血，
浩氣漫捲黃海潮。
鐵窗無眠志未改，
塗鴉詩文怨已消。
南天海上望明月，
酒井園畔永逍遙。*

（*《後漢書。張衡傳》有「永逍遙乎宇內。」）

（發表於澳華新文苑第47期）

初訪鸚鵡谷

冰　夫

　　鸚鵡谷，乍聽這個名字便產生一種夢幻般的心情。十多年前在雲南西雙版納漫遊時，我和友人Y曾披著夏季的豪雨，跋涉三十多里泥濘的山路，只為了一睹白鸚鵡的芳容；數日後返回思茅，竟為在文化館錯過觀賞傣族放映員飼養的綠鸚鵡而扼腕痛惜。鸚鵡於我素有淵源，它埋藏了我少年時代一個早夭女友的淒慘的夢。

　　來到澳洲幾乎每天都能看到鸚鵡，但專程驅車去探訪新南威爾士州遊覽聖地鸚鵡谷，卻是第一次。

　　鸚鵡谷距悉尼單程約130公里，清晨出發，汽車在王子高速公路上奔馳。越過五龍崗，沿著一條河谷行駛了約半小時，進入一條岔路。由於道路不熟，女婿將車開入鄉村公路，經過詢問，才轉上一條稍微寬敞的道路。兩旁出現了高大的桉樹，漸漸地汽車蜿蜒行駛在密密桉樹林中。燦爛的秋天陽光透過枝葉給大地塗上斑駁的花紋。林鳥宛轉的歌聲更加襯托出四周的寧靜。此時，我腦海中不由得跳出古人的詩句：

　　　晴川歷歷漢陽樹
　　　芳草淒淒鸚鵡洲

鸚鵡在中國古代文學作品中常有動人的描述，但大多是幽閉於深閨禁宮，囚禁於籠架之上，生活於孤淒俳惻的境地。不像在澳洲所見皆是自由飛翔於廣闊的天空，羽毛鮮艷、五彩斑斕的鸚鵡。

澳洲盛產鸚鵡。我們老祖宗在對世界地理所知不多之時，便稱澳洲為「鸚鵡地」。中國描寫澳洲景物的第一篇文學作品，便是清代乾隆年間蘇州舉人舒位（1816-1965）寫的一首古詩《鸚鵡地歌》。其序文中有：「西洋地球圖載此地位於南極下野之區，新同墨利加火地緣為其五大洲。曾有弗朗西舟於大浪山望見有地，就之。惟平原浩蕩，入夜星火彌漫，一方無人，但見鸚鵡，名曰鸚鵡地」。詩中有「千山萬水鸚鵡地，到此人間鬼門閉。言語有鸚鵡，滄海應須置重譯，飲食有鸚鵡，桑田偏重紅豆粒。」舒位當時並未來過澳洲，他僅僅根據歐洲傳教士艾倫尼（ALENI，1582-1629）所著《聽方外記》所介紹的世界地理知識及地圖憑想像而作。所以對鸚鵡缺乏具體描寫。

這時，汽車已經翻過一座不高的山嶺，進入鸚鵡谷。從車窗望出去，一叢叢綠樹在微風中波動，掩映在林蔭深處的紅色房屋忽隱忽現，公路左邊一片坡地芳草如茵，高大的樹林似乎組成一道圍屏。夾雜其間的槭樹楓樹招搖著如火似血的紅葉，一條小河從樹下流過，波光瀲艷。樹林中，河岸邊，遊人或舉首仰望，或伸掌招引，天空中成百隻彩色鸚鵡戲逗遊客，飛旋盤繞，蔚為奇觀。

泊好車，我們取出餵鸚鵡的食物向河邊走去。

放眼四望，遠遠近近，那些蒼翠的樹木上棲息著彩色鸚鵡，有大有小，有紅有白，或綠身紅脯，或黃紫相間，或灰脖藍翼。它們相互嬉戲，啄洗羽毛，飛翔盤旋，戲逗遊客，悠然似一個寧靜和諧的王國。這情景使得我們這些愛鳥的人變得如癡如醉。

　　一排高大的橡樹圍成的草地，幾個金髮碧眼的女孩攤開雙手，每人手臂上四隻鸚鵡正在啄食向日葵籽。看那女孩子的神情，似乎她正跟家中的寵物在進行習慣的交流。那諧和怡然的風采給我一種賞心悅目的印象。我也學她的樣子，將向日葵籽放在手掌上，平伸開去，聚精會神地期待著。但是等了許久，也不見鸚鵡飛落，不免有些焦躁起來。在我左邊的一個胖胖的女孩子，微笑著向我移動兩步，將手搭在我手上，兩隻鸚鵡果然由她手上走到我的掌心上來啄食了。由此又引來三隻飛到我的臂上、頭上、肩上。其中臂上那隻大的鸚鵡，全身火紅，而胸脯卻一抹翠綠，頭上綴有鳳冠，美麗極致。這時候我的老伴頭上手上也飛落五隻鸚鵡，樂得她嘻嘻直笑。鸚鵡不僅為山林原野添加了繽紛的色彩，也為恬靜幽邃的世界增添了跳動的音符。

　　餵罷鸚鵡，我們向海邊走去。望不見盡頭的矮樹叢向右延伸，而在樹林的左面卻是紫褐色的峭岩。岩下便是濤聲洶湧的蔚藍色的大海和一片閃爍熠熠珠光的銀白色沙灘。岩上高大的樅樹支撐著蒼穹，繁枝茂葉灑下一片濃蔭。低矮處一篷篷好似冬青樹，葉片間結著一串串鮮紅的果實。給人以鮮明蓬勃的印象。

　　在夕陽斜輝中驅車回程時，我油然想到鸚鵡谷把大自然的饋贈賜予每一個來訪的客人分享，這是澳洲的慷慨好客。我企盼著再一次造訪。

（發表於澳華新文苑第27期）

三生花草夢蘇州

冰　夫

近日，上海老友來信說：「眼看清明節快到了，我將提前往蘇州去掃墓，免得到時候坐車住宿都有困難。」

上海人的墓地，大都選在蘇州郊野。也許是「上有天堂，下有蘇杭」，死後也要占天堂一席之地吧。清明時節，每天少說也有幾十萬上海人擁向蘇州：掃墓，踏青，遊春。

蘇州，這江南古城，已有兩千五百多年的歷史，她的名勝古蹟，她的人文景觀，她的精美園林，她的高牆深院，她的小河柔波，她的石欄拱橋，她的悠長幽巷，曾使多少人神戀魂迷，流連忘返。

蘇州是我常去之地。我有許多文朋詩友寓居此城。每次去，都要在虎丘小憩。我愛看那「塔從林外出，山向寺中藏」的秀麗景色，追思淒清的往事。正是那古樹掩映的山崖小徑，曾留有我少年女友的倩影，也留下她小小青青的墳塋。我也愛於黃昏時，坐在千人石旁劍池邊，靜觀薄暮的煙靄從樹林丘壑緩緩升起，恍忽中，仿佛有置身於懸崖絕壁間的感覺。小小的山丘竟有如此磅礴的氣勢，不能不令人驚嘆。

據說唐代詩人白居易任蘇州刺史時常遊虎丘，留有「一年十二度，非少也非多」的詩句。明代風流才子唐伯虎與美女秋香的浪漫故事也發生在虎丘。而劍池的闔閭墓更是令我浮想聯翩，感嘆不已。我常想那十萬民工歷時三年營建的陵墓，「銅椁三

重，傾水銀為池，黃金珍玉為鳧雁」，耗費了百姓多少資財。它確確實實就在我的腳下。有文獻記載為證：1955年夏天疏浚劍池時，在崖壁上就曾發現唐伯虎和王鏊等人的記事，說：「正德六年冬，劍池乾涸，見吳王墓門，以土掩之。」

虎丘附近還有著名的五人墓。相傳明代蘇州巡撫毛一鷺依仗太監魏忠賢的權勢為非作歹，百姓恨之入骨。天啟七年，魏下令逮捕蘇州進士東林黨人周順昌，激起全城大眾公憤，嚴佩韋楊念如等五位普通百姓，借哭送之機，發動了反九千歲魏忠賢的鬥爭，被朝廷派兵鎮壓，五義士慘遭殺害。蘇州百姓將其合葬於魏忠賢生祠內，建碑立墓，供奉祭祀。著名文化史學者余秋雨先生說：「這次浩蕩突發，使整整一部中國史都對蘇州人另眼相看。」

在虎丘山南麓，遊唐代吳中名妓真娘墓時，我腦中不禁浮現清代詩人龔自珍在《己亥雜詩》中的那首憑弔真娘的詩：

> 鳳泊鸞飄別有愁，
> 三生花草夢蘇州。
> 幾家門前斜陽改，
> 輸與船娘住虎丘。

龔自珍（號定庵）是嘉慶道光年間著名的思想家文學家，被稱為晚清資產階級改良主義先驅者之一。他反對帝國主義的侵略，對清王朝的殘酷的思想統治和腐敗的政治深為不滿。他的《己亥雜詩》是他八個月的旅途上寫的三百十五首七言絕句，被稱為詩人自傳式的作品，在近代文學史上享有盛名。這首憑弔真娘墓的詩，並非它的主體部分，但因其藝術魅力而受到文人們的讚賞。俞平伯先生有「不盡愁春花柳意，三生花草夢蘇州」；清

末明初的文壇怪傑蘇曼殊也有「猛憶定庵哀怨句，三生花草夢蘇州」。

　　此刻，如夢如詩如畫的蘇州，對於我這旅居在南半球的江南遊子，它不僅是一座名城，也是一座歷史豐碑，鐫刻著我青春的霞光，燦爛的記憶，無盡的鄉愁。

（發表於澳華新文苑第81期）

依舊聽風聽雨眠

三縣塘

——故鄉雜記

冰　夫

南京城外，我的故鄉有口小小的水塘。

說它小，絕非謙虛之詞。它委實太小了。水深不及三丈，面積不足三十平方米，既無濃蔭圍岸，又無荷蓮飄香。圓圓的，像一隻銅鑼翻扣在碧綠的原野上。這樣的小水塘，在水鄉澤國的江南，簡直微不足道。比之那不遠處滔滔奔流的秦淮河，在暮春的陽光下碧波層層，金鱗點點，瀟灑而華貴的英姿，小水塘顯得寒愴之極。

然而，它在故鄉曾經是遠近聞名，婦孺皆知的。

它仰臥在三叉路口。南到溧水縣拓塘，東往句容縣郭莊廟，北至江寧縣湖熟的三條大道皆從塘邊經過。小水塘也常常給予平靜呆板的農村生活帶來一些歡樂的色彩。每逢鄰村大戶人家嫁娶，喜慶隊伍沿著大道走來，抬新娘的花轎遠遠地出現在塘邊，村頭的孩子們就嚷起來：「來了！來了！新娘子過三縣塘了。」有時南京城裡親戚回去，我媽媽也常常送至三縣塘邊，好像那裡是個界限，不遠，也不近。

這小水塘在大旱之年也很少乾涸，不是因為水多，而是小水塘的主權隸屬於江寧、溧水、句容三縣共管。尺澤之水，焉能瓜分？聽奶奶說，民國初年發生旱災，附近農民曾為戽水引起過一場械鬥。

公正地說，小水塘也有展現美容，惹人寵愛的時候。當菜花金黃、風搖麥浪的暮春季節，田裡的紫雲英點綴五彩繽紛的原野，小水塘宛若一顆翠綠的寶石鑲嵌在織錦上，美極了。兒時我常在小水塘邊，跟小朋友們打「水漂兒」。扔下一塊小小石子，那圓圓的一汪碧水，漾起波紋，藍天投映的雲影被撕碎了，飄走了，深深水草中游魚追著一團團水花，像在追尋一個美麗的夢……

多少年來，在睡夢裡，在遐想中，我常常憶起在月白風清、螢火飄蕩的夏夜，聽堂姐妹們哀嘆過一個少女悲慘的命運。

那是鄰村竇家的一個小姑娘，每逢這樣的晚上，她總坐在塘邊哭泣。她父親死得早，母親帶著她守了幾年寡，因受不了同族叔伯的欺淩，母親悄悄改嫁到南京城裡。可是心愛的女兒不許帶走，被強行留下。沒多久，她就被賣到郭莊廟附近的村莊當了童養媳。她實在受不了公婆的虐待，終於在一個雨夜裡偷偷跑回來，趴在父親的墳上哭了許久許久，天濛濛亮時，跳進了小水塘。後來人們說在陰雨的黃昏，常聽到這個小姑娘坐在塘邊哭泣。從那時起，小水塘留給我一絲莫名的惆悵。

離別了故鄉，離別了小水塘，離不開童年的夢。兒時的記憶恰如散落的珍珠，串不起來，卻又總在腦子裡閃射光亮。近三十年軍旅生涯，東奔西走，我曾為祖國的江河湖海的雄姿美態激動不已，引以自豪。但是無論怎樣，我總忘不了故鄉的那個小小的水塘。

前年我從上海回鄉探親，方知小水塘已經沒了。

那是個夏日的黃昏。汽車駛過高陽橋後，我一直在尋找三縣塘的蹤跡。可是怎麼也找不到。田野裡麥子一片金黃，一排排飄著芳香的洋槐叢中蓋起了一座座紅磚瓦房。同車的人說這是青年飼養場，有集體的，也有個體的，或養豬，或養兔，很興旺。

我記憶中的小水塘已經消逝了，據說是前些年修公路填平的。江蘇省為了便於管理，重劃地域時，將原屬江寧縣周崗圩裡的所有村鎮統一成立周崗鄉，劃歸江寧縣管轄。三縣塘，自然也就從此消失了。

　　時代在飛速地前進，故鄉的生活也日新月異。這個水深丈餘、面積很小的水塘，作為縣界標記的作用早已消失了。除去像我這樣少小離家的遊子，誰還會在記憶中埋藏著那憂鬱而神秘的小水塘？

　　但是，我仍然久久忘不了它，就像我忘不了故鄉的親人，忘不了童年時代的朋友，忘不了雨夜小水塘邊孤女淒婉哀怨的哭聲……

（一九八六年五月，上海)
（發表於澳華新文苑第194期）

蝴蝶夢中家萬里

冰　夫

　　春日多夢，昨夜我做了一個離奇的夢，在檳榔樹和鳳尾竹掩映的小徑上，我跟著一對蝴蝶飛翔。蝴蝶是白色的，翅翼上有黃綠相間的條紋，迂迴曲折，如似甲骨文變形。我仿佛也有類似的翅膀，飛呀，飛呀，飛向碧澄如玉的湖畔。嗬，在那椰子樹和芒果樹圍繞的林中空地上，成群的蝴蝶，在花叢中，在枝葉間，翩躚飛舞，像是舉行集體盛會。當我融入其中，跟一隻金翅黑花蝶對舞時，突然被扭住了腳腕：「你不是我們的同類，滾開！」

　　我被扔進了湖水裡，睜開眼睛，午夜的月光，正透過窗櫺，照在我枕邊。遠處，恍惚有杜鵑啼鳴。

　　我默默地思索。這奇異的夢，大概緣起於我白天讀台灣旅美女作家喻麗清的散文《蝴蝶樹》。

　　喻的文章講述美國阿拉斯加有一種瑪瑙蝶，世世代代要飛越三千多公里路，飛到加州的蒙特瑞，來尋找它們世世代代不能忘懷的一株松樹。

　　瑪瑙蝶成千上萬地簇擁在同一棵松樹上，心滿意足。在這裡懷胎，然後飛回故鄉（阿拉斯加）產卵，下一代卻又將再飛回來。循環不已。

　　一位退休教師對作者說：「你知道，蝴蝶通常由生到死都是不大離開它出生的地方。只有這瑪瑙蝶，不知道為什麼世世代代

都要飛這麼一次。由阿拉斯加到蒙特瑞，總有三四千里路。候鳥飛一次，我不替牠們難過。可是蝴蝶的生命就只有一年，短短一年千辛萬苦在路上飛掉，你能想像嗎？」

讀到這一段文字，我的心不由得緊縮起來。浩瀚無際的太平洋上，一群群看似弱不禁風的蝴蝶，迎著強勁的海風，日以繼夜地飛行，忍著飢餓，時時躲避海鳥的襲擊。這是多麼壯觀的景象。然而我又想到，這些瑪瑙蝶迢迢三千里的飛行，難道僅僅是為躲避阿拉斯加冬季的嚴寒？蒙特瑞的「這棵松樹」又有著甚麼獨特的東西在吸引這些瑪瑙蝶呢？

不由想起在國內時，我也曾見過一棵蝴蝶樹以及它的遭遇。

那是在中國雲南大理，距縣城北門二十公里，蒼山洱海邊的雲弄峰麓，有一泓古老的山泉名為「蝴蝶泉」。泉四周砌著約四丈寬的大理石欄杆維護。泉旁有一珠古樹，橫臥泉面而過，每年四月開花，形狀如同蝴蝶，是為「蝴蝶樹」。每逢這時候，必有成千上萬隻蝴蝶從遠處飛來，翩躚飛舞，一隻隻連鬚鉤足，從樹頂倒懸至泉面，像條燦爛絢麗的彩帶，蔚為壯觀。

泉邊樹叢裡亦有各種彩蝶飛舞，繽紛耀眼，絡繹不絕。遊人到這裡，觀此「蝴蝶會」奇景，無不目眩神迷。

蝴蝶泉緣於蝴蝶樹。蝴蝶樹盛開的花朵，散發出甚麼神秘奇異的氣息呢？為甚麼能吸引四面八方的蝴蝶，千百萬隻聚集於樹上？而這蝴蝶會的奇特景象已有著久遠的歷史了，為甚麼沒有人解開這大自然的奧秘呢？

早在三百多年前，中國明代旅行家徐霞客曾在雲南和貴州作過三年多的考察旅遊，對西南地區的石灰岩地貌等特徵及溶洞石筍石林的成因有詳細的考察。大約在1639年的春天，他來到大理蒼山腳下的蝴蝶泉邊，看到蝴蝶聚會的情景，於是在日記中寫道：「山麓有樹大合抱，倚崖而聳立，下有泉東向瀨根穿而出，

清冽可鑒，稍東，其下又有一小樹，仍有一小泉，亦漱根而出，二泉匯為方丈沼池所溯之上流也。泉上大樹，當四月初，即花發如蛺蝶，須翅栩然，與生蝶無異；又有真蝶千萬，連須鈎足，自樹巔倒懸而下，及於泉面，繽紛絡繹，五色煥然⋯⋯」

　　人類的智慧發展畢竟還是有限的，三百多年過去了，現代科學並沒有解開蝴蝶樹之謎。而且由於工業的發展，生態環境遭到破壞。1981年的4月蝴蝶樹開花時，我和友人為改編白族民間故事《蝴蝶泉》動畫片，曾去探訪過蝴蝶泉。在那裡，我們看到只有百十隻蝴蝶，在泉水上，在枝葉間，飛舞嬉戲。往日那成千上萬隻蝴蝶聚會的勝景，早已不復存在了。一位中學生模樣的白族姑娘說：「空氣污染太厲害，農田化肥用得多，蝴蝶快滅絕了。」嗚呼，我心中沉重的哀嘆，猶如這黃昏細雨的飄落。

　　幸好我們的遺憾不久在西雙版納得到了補償。那是在瀾滄江邊，離傣族村寨橄欖壩不遠的一處幽美佳境。一片濃密的椰子樹芒果樹和菠蘿樹掩映的林中空地。亞熱帶的各種鮮花正在盛開，陣陣芳香撲鼻。成千上萬隻蝴蝶，密密匝匝，層層疊疊，在花叢中，在草地上，在枝葉間，盤繞飛旋，翩然歡舞。我們四周全是蝴蝶，那些飛舞的斑斕彩蝶，並不迴避人，似乎將我們視為同類。我們幾乎也忘形失態，其情，其景，使人宛如置身於童話世界。

　　未曾想到，時過十六年，在南半球的澳洲，春天來臨時，這蝴蝶會的勝景，又在我的春日夢中重現。

（發表於澳華新文苑第224期）

依舊聽風聽雨眠

那晚，在情人港

冰　夫

　　即使來悉尼旅遊或作短暫居留者，也沒有人不知道情人港。情人港（DARLING HARBOUR）是個令人愉悅而迷離的地方，對某些中國留學生來說，它是既給人留下歡樂也惹人傷感的夢園。

　　那天晚上，月光很好，友人戴倫約我去情人港漫步，並要我見識一位新朋友。

　　他駕駛技術嫻熟，從我居住的KINGSFORD到市中心，只用去10分鐘。將車泊在總工會車庫（他讀書之餘在那裡打過一份零工），走不多遠，抬頭就能看見情人港那獨特的白色牆桅形建築矗立夜空，在月亮和燈光的映照下，恰似無數篷帆麇集於港灣，使人置身於海洋的迷濛境地。

　　穿過一片碧綠的草地，迎面傳來人造山泉流淌的汩汩聲響。細看路邊，幾株粗壯的棕櫚樹下，一條高低錯落曲折蜿蜒的水流湍激而下，水中一群金髮碧眼的孩子赤著腳奔跑，濺起的水花淋得滿臉滿頭，卻樂得嘻嘻哈哈大笑。我們走在環繞海岸的長形廣場，紅磚鋪砌的整潔地面，塵埃不染。淡綠色的長椅與木凳上，坐著一對對喁喁絮語的情侶，間或也有一些老年夫婦在觀賞嬉戲飛舞的海鷗。

　　戴倫看我眼光注視著地面，不禁朝我笑了笑，說：「這一塊塊紅磚浸染過中國留學生的汗水，才顯得這麼光亮。」

「怎麼回事呢？」我好奇地打量著他。

他說，1988年澳洲國慶200周年，情人港擴建。英國女王要來參加慶祝活動，時間緊迫，工程加快，鋪地磚日夜進行。許多中國留學生都來幹這髒又累的活，我和同屋的小李（他也在N・S・W大學讀碩士）也來了。因為每小時15元澳幣，比在餐館打工高一倍。有一次我們連續三天三夜，只睡過6小時，最後累得腰都直不起來了，是同學把我抬上車送回家的。

「為什麼那樣拼命？身體垮了不合算。」

「咳，一個為了生存而掙扎的人，怎麼能懂得除了拼命之外，還有其他煩惱。那一回，我們掙了近一千塊。那時，我和小李的女朋友都要從上海來，我們好準備一點禮物，不要讓她們看到我們太寒酸。」他顯得頗為得意地說。

「你們的女朋友來了，一定很滿意你們精心而闊綽的安排。」

「唉，命運多舛！那天早晨我們去接機，每人拿著一束紅玫瑰。可是從機上走下的是我的女朋友。阿李的女朋友沒來澳洲，她跟另外一個男人去了日本東京。看著阿李蒼白的臉上因痛苦而扭曲的眼眉時，我的心都顫抖了。晚上在『海月』酒樓，阿李跟所有的人碰杯，喝了很多酒，頭腦還很清醒。我嘆息了一陣，不禁對他說：『當酒都灌不醉你的心時，可知悲哀多重！』他聽了哈哈大笑，笑過之後直到回宿舍，沒有再說一句話。」

「比起那位阿李，你是個幸運兒。」

「是呀。你沒看到，我今天給夫人買了十支玫瑰花，慶祝情人節。」

我們在月光下邊說邊走，悠閑而自在。藍天上緩緩移動的雲朵，遮去半邊圓月，海面上朦朦朧朧，遊船上的燈光卻像海天的星星一閃一閃，飄向遠方。

我們走進露天咖啡館，戴倫已看見左側座位上有人在招手。

一個戴眼鏡的青年朝我笑笑，自我介紹說：「我是戴倫的朋友，家住在華山路，你叫我小唐好了。戴倫說你想聽我談談在情人港賣藝的情況。」

聽他說得如此認真，我不禁有些歉然，連忙說：「也許是職業原因，我很願意聽你人聊聊初到澳洲的情況。」

侍者送來三杯清咖啡，我們邊喝邊談。

小唐開始了敘述：1991年我剛從上海來到悉尼。孤身一人，舉目無親，讀語言學校很枯燥，學費又高，我不得不到處找工，可是連續跑了五天，沒有一家老闆肯雇我。又怨又恨，最後咬咬牙，取出小提琴來到情人港，在這座咖啡館邊上賣藝。緊張羞愧使我低垂下眼睛，既無勇氣看過往行人，更不好意思對扔錢幣的人致謝，只是一個勁地拉琴。漸漸地，我忘了自己是站在何處，只知道那音符才是我感情的寄託，那旋律才是我靈魂的庇護所。

夢幻曲、小夜曲、茉莉花、梁祝……一曲又一曲，整整拉了兩個多小時，正在我收拾錢幣準備離去時，突然眼前飛下一張20元面值的澳幣，一個柔和而親切的聲音說：「琴拉得不錯，只是太淒婉了。好像你心裡有很多委屈和傷感。」

我抬頭看見一位年輕的女人站在前面，禁不住說：「謝謝！您是華人？國語講得這麼好，台灣來的？」

「不，我是大陸來的。」她一雙明亮而清澈的眼睛仿佛看到了我靈魂深處的東西：「你好像很孤獨，缺乏樂觀和自信。小夥子，人生不能缺乏勇氣呀！」她說著朝身邊一個澳洲中年男子莞爾一笑：「A busker from my city」（一個街頭藝人，我的同鄉）。他們走進咖啡館，我只呆愣了一會兒。

過了兩個月，在一個中國同學的聚餐會上，我又遇到了她。這一次我們談了很久，很投契。原來她也是很小時候參加部隊文

工團當舞蹈演員，後來回到上海讀外語學院。英語很好。她給了一個地址，約我去她家玩。看來她也有些寂寞。

以後我們常來往。也許她比我大幾歲，像姐姐像母親一樣照顧我。她很愛自己的丈夫，可她也很願意跟我在一起，談音樂、談古詩，這大概是她的中國情結使然。我只要看見她就覺得舒坦熨貼。我怕發展下去我會控制不住自己，鬧出笑話來，於是就有意識地壓抑自己，不再去找她。

直到有一天，天快黃昏了，她開車來到我的住處，說好久不見了，要陪我去逛逛。天下著細雨，她車開得很慢，沿著海濱公路一直開到ROSE BAY（玫瑰灣），那裡靠海岸有一家情調別致的酒店，裡面燭光熒熒，隱約有幾對情侶坐在窗前，有個三人小樂隊在演奏。我們在另一角的窗前坐下。窗外主是蔚藍的大海，浪濤撞擊岩石的聲響陣陣傳來，四周顯得格外寧靜。她要了一杯白蘭地，卻為我要了一杯馬提尼，跟我碰杯說：「我要走了，今晚是來跟你告別的。」

我吃了一驚，傻乎乎地說：「真的？去哪裡？」

她說：「布裡斯班。我丈夫到昆士蘭大學去當教授，我也跟著去當夫人，準備生孩子。過不多我，我就整32歲啦。」她說話的聲音和方式自有一股魅力，那輕輕揚起的眉毛，令人感到充滿嫵媚和爽朗之美。

沉默了許久，心裡亂得很，千頭萬緒不知說什麼好。我緊緊地凝視著她。這時我才發現她的臉上五官並沒有特別出色之處，但她那種糅合著少女的明朗和成熟女人的寬容解事的神情，使她身上的有種出奇的吸引力。

我渾身像火燒一樣的灼熱，嘴唇發乾，木訥地說：「如果你允許，我想……」

依舊聽風聽雨眠

大概她從眼神中看出我靈魂的震顫，兩眼凝視著我，那耀動的光芒如同清泉洗濯著我的靈魂。她側過身子低頭吻住我的滾燙的唇，我的眼淚簌簌地流下臉頰。她嗔著我說：「Be a man（要像個男子漢）！記住：你還小，應該有勇氣去闖天下。走，我送你回去吧。」

　　她說到這裡孩子似地羞怯起來，但隨之又淒惋地說：「從那以後，我們再也沒有見過面。」去年聽說她在布裡斯班遇車禍去世了，我大哭了一場。我難忘，在來澳洲最困難的日子裡，她給予我溫暖與慰藉。

　　有人說：懷舊是現代人的精神咖啡。那麼今晚在情人港聽到的兩個留學生的愛情小故事，不也是一杯略帶苦澀的咖啡麼？

（發表於澳華新文苑第242期）

黃昏絮語多瑙河

──布達佩斯雜記之二

五、六月的布達佩斯，正是旅遊的黃金季節，氣候溫和，微風輕拂，綠樹、繁花、天青、霞明，多瑙河兩岸的皇宮，城堡、教堂、殿宇、樓廈，映照在陽光下，繽紛亮麗，燦爛輝煌，看不盡那風景宜人的自然風光和鑴刻著歷史風雲的古蹟殘垣。匈牙利加入歐盟後，布達佩斯市場更趨繁榮昌盛，世界各地來的旅遊者更是陸繹不絕。

黃昏時，參觀遊覽了一天，確實感到人有些疲乏，但又難以抑制心頭的激動，禁不住獨自走到旅舍的窗前，默默地凝視著蒼茫的暮色，正緩緩降落在多瑙河上，四周沒有一絲聲響，寧靜而安詳。這時候，我仿佛聽到那流水在忽忽將暮的氤氳中絮語，我也情不自禁地想與她作一番隨意的交談。

一

多瑙河，夢中的河，如詩如畫的河。多少年來，你曾是我「面熟而陌生」的朋友。上海方言有「面熟陌生」一詞，意思為似曾相識而又未真正謀面的人。在無序無涯的遐思中，我仿佛一次次觀賞過你那宏偉壯麗的皇宮、斑斕歷史妝點的堤岸；在忘情忘我的嚮往中，又曾多少回試圖描繪你那穿越叢山、奔騰沃野的雄姿。

　　然而，你最終刻印在我腦海裡的形象，卻是一幅既堅韌豪邁而又恬淡典雅的歷史素描。

　　不是嗎？在故鄉春雨迷濛的黃浦江岸，燈光閃爍的高樓傳來圓舞曲之王史特勞斯「藍色多瑙河」的美妙旋律時；在現代品味的歌劇院裡響起十八世紀布達佩斯音樂學院院長李斯特的「匈牙利狂想曲」時；在五十年代後期布達佩斯街頭突降那已被歷史證明為時代悲劇的腥風血雨時；在今年五月中旬的一個下午，上海作家協會歡迎並宴請匈牙利作家訪華團時，我有幸忝列其中，在聆聽匈牙利著名詩人圖爾茨與資深漢學家鮑洛尼關於匈牙利作家們的創作活動時……我的腦海中都曾翻滾起你湛藍湛藍的水波，湧現出發生在你身邊的恩怨悲喜纏綿悱惻的故事。

　　如今真地與你相見了。多瑙河，在燦爛的陽光下，你那水流蘊含的時光畫卷，你那河岸聳立的宮殿教堂，你那映照晴空而清澈的面容，你那伴隨雲影而蕩漾的柔情，無一不給我以驚喜、以激動、以顫栗……我確信：你那藍色清純的流水將從此不斷地在我心頭迴盪……

　　說來也是有緣。多瑙河，我真沒想到這次歷時一個月的歐洲之行，首站就是布達佩斯，就住在你身邊的Favorita Hotel。那是歐洲華文作家協會第六屆年會開會的地方。過了半個多月，遊歷過中西歐九個國家之後，又居住在這家賓館。

　　多瑙河，我又一次有幸細讀你的美景，伴著你的氣息而飲而眠，枕著你的濤聲去作尋夢的遠遊。

二

　　多瑙河，你的流水，曾被生活在中下游的古人當作聖水，武士外出征戰，先要用河水淨身，並向你貢獻祭品。西元二世紀

伊始，羅馬皇帝圖拉真（Tarajan）率領軍隊征討喀爾巴阡山的達契亞人時，你曾施恩惠於他。西元105年，為了保證駐達西亞軍團的供應線，他第一個在你鐵門急流以東的塞維林堡的河面上建橋。那座石橋，僅砌橋墩的多跨拱木，總長就有八百多米。那是世界上最早最長的橋，比我國最早建於南北朝時期的趙州橋還提前了四百多年。歷史記載，圖拉真是第一個踏著石橋渡過多瑙河的人。在我讚美現今的布達佩斯河面上雄峙著九座大橋時，確實沒有想到時光已經流逝了兩千年。

說來也巧。六月十二日，我們在羅馬遊覽參觀，中午時分，正好見到了這位羅馬皇帝圖拉真（雕像）。也就是他，為慶祝征討達契亞戰役的兩次勝利，而極有氣派地在古羅馬城修建了多利安式大理石圓柱，世稱「圖拉真圓柱」(Tarajan's Column)。在這個圓柱上，他別出心裁地鑿塑著伏爾加河、多瑙河、萊茵河、尼羅河的四座大理石雕像。你，多瑙河被他描繪成一個長著鬍鬚的巨人。那天，導遊魏瀛先生曾饒有興味地為我和內子特意與你這位巨人拍了一張合影。

現在，當我翻開這本歐洲影集時，我眼前不僅展現你那令世人矚目的天清霞麗、碧水明媚的旖旎風光，而且奔騰著你伏波千里、劈崖穿石的浩浩蕩蕩的洪流。

多瑙河，我知道你不及伏爾加河長，屈居歐洲第二，但你的抱負，你的風骨，你既柔媚又剛毅的性格，早已享譽全球。自你走出德意志的黑森林Black Forest山麓，便滔滔不息，勇往直前，奔行兩千八百多公里，遊歷奧地利、斯洛伐克、匈牙利、克羅地亞、前南斯拉夫、羅馬尼亞、保加利亞、摩爾多瓦和烏克蘭等國家，最後在羅馬尼亞的蘇利納，帶著歷史的悲愴與人世的艱辛而歸入黑海。

多瑙河，如果將你比作一首交響樂，我知道，我現在看到的只是這樂曲中的華采樂段，而氣勢恢宏的樂章在你下游的著名峽谷，你那穿行喀爾巴阡山和多瑙山脈間的維謝格拉德峽，特別是兩岸高山挾持、雄偉壯麗的鐵門峽，它那54米的懸崖深谷和每秒5米的流速，以氣勢以貢獻令人驚嘆。而你和萊茵河、緬因河聯手的水道，已是歐洲最大最長的航運網，為人類做出了巨大的貢獻。

然而我知道，你引以自豪的是你奔流直下而形成的多瑙河三角洲（Dnube Delta），如今仍是歐洲面積最大保存最完好的三角洲。過去曾有人說，三角洲是被眾神遺忘的角落。其實不然。在3,500平方公里的遼闊區域內，說不清哪裡是波浪的盡頭，哪裡是河岸沙丘的源頭？不計其數的湖泊和沼澤和你主河及其支流中遊弋著45種特有的魚類，哺育著鸕鶿、倭鸕鶿、鵜鶘、紅肚鴨、白鷺、燕鷗以及稀有的白尾鷹等300多種不同的飛鳥。更引人注目的是，你的三角洲，在1991年便被聯合國列入《世界遺產目錄》。

三

多瑙河，難忘首次與你見面相處三晝夜的情景。那時，朝夕看你美麗如畫的風景，聽你溫柔恬靜的絮語。你河岸邊聳立著不同歷史時期的建築，如同色彩斑斕的螢幕，閃現出被列為歷史文化遺產一部分的多瑙河谷、布達城堡王宮、鏈子橋和國會大廈，使每個來布達佩斯的旅遊者幾乎都是從這裡開始愉快的旅程。

記得五月二十九日下午，當我們坐在遊船上觀賞你岸邊的景物時，太陽已經西斜，天空的雲層依稀在緩緩移動，略顯晦暗的

氛圍中，那圓頂高聳的新哥特式的國會大廈，依然惹人注目。許多文友禁不住對它舉起了相機。

不一會兒，微風吹開了雲層，偏西的斜陽將金色的光芒撒在布達皇宮(阿魯巴多王朝)上，這座始建於13世紀，後又屢經改建的新巴洛克式建築，令人覺得西方古代建築美學確實有一種格外誘人的魅力。

這時，我看到來自莫斯科的著名華裔俄羅斯作家白嗣宏正在遊船的甲板上拍照。他說香港有一家雜誌向他約稿，請他寫布達佩斯之行的文章，並希望配一些照片。我看他選擇的聖瑪麗亞教堂、漁人堡等都是很有代表性的巴羅克式和哥特式風格的建築，於是也請他為我拍了幾張。白嗣宏先生在改革開放之初，曾為安徽人民出版社主編了一套多卷本的《外國抒情小說選》，幾乎網羅了我所喜歡的西方古典作家的中短篇小說，所以在1982年初，書一出版我就購買了全套。可以說與他神交已久，但在國內時從未謀面。想不到此番在布達佩斯相見，同住在多瑙河畔的旅社，今日又同赴這歡遊多瑙河的盛會，是一種緣分，也是歐洲華文作協的文友們熱情安排所致。

我想，人的天性是需有友誼和交往的，何況我們這些遠離故國故土的海外遊子，在人生的漂泊中，總會或多或少地尋求心靈的慰藉，希冀精神的交流。這大概就是我們此回來歐洲赴會的主因吧。

面對遊船外美麗誘人的景致、遊船內餐桌上豐盛的菜肴、主人熱情洋溢的講話，我不由想到此刻歡聚一堂，明日就將各去一方。禁不住既激動又感慨，時光的流逝、人生的聚散、時代的變革、文壇的紛爭，無一不如這多瑙河的水波，蕩漾著、躍動著，時而靜謐無聲，時而喧嘩咆哮，但最終免不了還是匯入那被古代水手們稱為「標誌著已知世界的終極」的黑海。這一切，難道不

正如我國古代智者所言，神聖造化的威力是無法抗拒的。除了時空無限外，我們無力追求任何永恆的東西。

　　多瑙河，請原諒我時而明亮時而晦暗的思緒。我是一個內心充滿矛盾的人。但，我真實、坦率，與你嘮嘮叨叨的絮語，只是表明對你嚮往已久的心跡和一個旅遊者與你最初相見的淺薄的印象。

（發表於澳華新文苑第135期）

曉聲識器，真知灼見

──從冰夫先生的詩作談到他的詩評

何與懷

一

我從新西蘭來到悉尼較晚。記得初識冰夫先生時，獲贈大作《海、陽光與夢》一書，便為在悉尼這個講英語的西方城市中有此才人而驚嘆。如果散文可粗分為偏重抒情或偏重敘事議論，那麼冰夫先生的散文可謂左右逢源，或者說，即使他偏重知識鋪陳、敘事議論的散文也寫得詩意盎然。這其實並不奇怪，因為他本身就是一位詩人，曾為上海作家協會理事、詩歌委員會主任，幾十年前就已出版詩集多部。

我對擁有冰夫先生等老中青幾十位詩寫者的悉尼詩壇的評價相當高。不管在洛杉磯，在溫哥華，在香港、北京、重慶、廣州、上海、深圳，不管在大會發言或在私下交談，我都可能是不自量力地表達一個看法，即是悉尼詩壇拿到哪裡相比都是毫不遜色的。若講到悉尼詩壇的形成並初成氣候，就不得不講西彤先生、冰夫先生這些人的努力與貢獻。正是在他們的倡導與組織下，澳洲「酒井園詩社」（Barwell Garden Poets' Union）於二零零零年十一月二十六日在悉尼隆重成立。這是澳大利亞第一個有一定規模的華裔詩人團體。在成立大會上，冰夫先生被創社同仁推選為詩社副社長。

「酒井園詩社」的宗旨為繁榮澳洲華文詩歌的創作，推動華文詩歌的國際交流和豐富澳洲華裔詩友們的創作生活。這個非政治性、非宗教性、非營利性的文化團體，以「創造力、相容性、時代感」為旗幟。「酒井園」與酒沒有直接的聯繫，但正如詩社另一位副社長雪陽所言，南方的澳洲大地，有比酒更能醉人的天空、陽光和大海！自由的詩人們，以天空為井，陽光當酒，滄海為杯，越醉反而越清醒。生長萬物的陽光，代表創造力；容納萬物的天空，表示相容性；而橫流無畏的滄海本來就具有時代感。五年來，在冰夫先生等人的帶領下，酒井園詩社的成績有目共睹。

二

　　冰夫先生在澳華詩壇的地位以及號召力是不容置疑的。首先是他幾十年的詩寫成就為眾詩友所欽佩。詩友們特別注意到，冰夫先生雖然年歲漸高，然而詩才未減，而且老當益壯，勤奮嘗試各種風格，不斷超越自我。

　　冰夫先生一般而言可視作婉約派抒情詩人。中國大陸九葉派著名詩人辛笛先生一九八七年三月為他的《鳳凰樹情歌》寫序時說，冰夫的詩可以說既是「緣情」（陸機《文賦》），又是「言志」（《尚書·堯典》），「詩風偏於婉約一路，豪放自非所長」。辛笛先生當時所說也對，例如先於《鳳凰樹情歌》出版的《浪花》和《螢火》以及以後出版的《夢與非夢》等詩集亦可證明冰夫先生婉約的詩風。到了二零零一年，他在悉尼出版《看海的人》，在他這部詩集以及其他詩作中，可以看出他的婉約詩風更加成熟了。

　　試看《一行大雁飛過》：

……空靈的瞬間／雲朵幻化成夢景／雁陣在藍天演繹故鄉的山水／煙雨江南已是紅葉斑斕／隔著浩瀚的大洋遠眺／濤聲中依稀有親人呼喚／相思化作白晝流光／跨越心靈距離的堤岸／啊……／大海潮汐　高山雲霧／生命自有沉甸甸的厚度／邊緣人什麼都應該品賞／孤獨也算一種財富／視線中／模糊了遙遠的雁陣／心中湧動／近乎荒誕的思緒

另一首《短歌》：

生活於南半球／並非自我放逐／躑躅於曠野／常感到思緒／似山花／燦爛依舊／聽教堂鐘聲／敲落寂寞的黃昏／／天下事／了猶未了／不了了之／抬起頭，仰望／澳洲天空／閃爍滿天星斗

　　詩人自忖並非自我放逐；而且獲得一種開闊胸懷：天下事，人世情，了猶未了，不了了之；邊緣人什麼都應該品賞，甚至孤獨也算一種財富。人到晚年，並不氣餒，因為有生命沉甸甸的厚度。他仰望澳洲天空，發現滿天星斗閃爍……這些小詩，情真意切，婉約動人。

　　冰夫先生重感情，詩亦如斯。請看他悼念詩友徐永年的詩，何等深沉；讀罷，深沉的餘音裊裊，久久不散：

幾許灑脫／幾許風流／幾多人生的詠嘆／幾多命運的彈奏／／你匆匆行走／你緩緩回眸／一世的飄泊流浪／淚灑旋律／血凝春秋／／遠天之下／我看見你飄浮的靈魂／怎能想：尋覓知音／也就是笑迎死亡？／用詩篇挽留一個人／是詩人的癡心／用哀歌送別一個詩人／是茫然的愛和悲傷／隨風鳴響

（《一首沒有音樂伴奏的哀歌──痛悼詩人音樂家徐永年》）

也許還要提到冰夫先生在筆者主編的《澳華新文苑》上發表的四首十四行組詩《未曾泯滅的戀歌》（《春歌》、《夏歌》、《秋歌》、《冬歌》）。在嚴謹的莎士比亞詩體的格式裡，他寫出極其優美婉約的詩行。例如《冬歌》最後的兩節：

> 此刻我一次次審視靈魂，無悔無恨／既無魯莽的舉動，也未隱藏絲毫邪念／我的戀情只是深山裡的一潭秋水／嚴冬的冰雪已將它結成晶瑩的鏡面／／我知道只要你溫暖的手輕輕地撫摸／剎那間就會融化為滔滔奔流的江河

就個人性格而論，冰夫先生熱情豪放，一點也不「冰」，或像人們所言，其實是個「火」夫。我至今尚未確切得知他何以取「冰夫」這個筆名，也許是對自己的婉約詩風的某種期許？但我一直相信，以他的詩才、學養，以他的性格、他的經歷，冰夫先生一定也能夠寫出跌宕豪邁，甚至鴻篇巨制的華章。我從他寫於一九八六年的《記憶之橋》一詩中看出一些端倪。他寫於二零零一年十二月、為了紀念七十歲生日的七律《七十抒懷》亦相當豪邁跌宕──只是五十六個字，卻像漫漫歲月紛雜蒼茫：

> 蒼茫歲月誰操刀？一夢神州鬢蕭蕭。
> 青春初染漢江血，浩氣漫捲黃海潮。
> 鐵窗無眠志未改，塗鴉詩文怨已消。
> 南天海上望明月，酒井園畔永逍遙。

我從他給我在二零零二年三月《澳華新文苑》開張第一期所發表的《沈船悼歌》一詩中，又看出一些端倪：

……／一次次無情海嘯／吞噬了眾多水手／王業霸業／歷史灰土隨波流／／歲月更叠／潮漲潮落／往昔的夢境／永伴無眠的貝殼／默吟一曲悼歌／焉能驅散心頭的寂寞

不久之後，冰夫先生給我傳來《消失的海岸》，轉給《澳洲新報》《文萃》版發表。這首長達兩百二十多行的鴻篇巨制就更完全證實了我的預言。作家振鐸在同版發表的「讀《消失的海岸》致冰夫」一文中，說他極其震動地聽到了一位佇立在南太平洋之濱的歷經滄桑的睿智的豪放派詩人的吟唱。文學理論家馬白則說，他閱讀此詩時，腦海中不禁湧出杜甫的詩句：「乾坤萬里眼，時序百年心。」由於架構的宏偉，思想的深邃，氣勢的磅礴，《消失的海岸》所顯示的正是一種豪放之美、宏壯之美和陽剛之美！（馬白「乾坤萬里眼，時序百年心——讀《消失的海岸》」）

的確，冰夫先生對各種詩體、各種風格的掌握與運用，已入遊刃有餘、爐火純青之境。他經常揭示和讚美「一潭秋水」的明麗、清新、溫柔與多情，但一旦豪情激發，思緒萬千，「一潭秋水」剎那間就會化作「滔滔奔流的江河」！

三

冰夫先生在澳華詩壇的影響力更來自他對澳華詩歌創作的關注、愛護，與指導。本書收進好幾篇詩評，我也想在這方面說幾句話。

　　冰夫先生將此部評論集子稱之為「信筆雌黃」，這當然只是他的謙辭。前面說過，冰夫先生本身詩寫成就斐然，所謂「凡操千曲而後曉聲，觀千劍而後識器」（見劉勰《文心雕龍・知音》），他正是「曉聲」和「識器」者。而且，他的「曉聲」和「識器」，絕不僅僅地停留在一般技巧層面上，更主要並更重要的，是在靈性深度上。

　　例如，對塞禹的詩評。塞禹寫了一首詩名為《青草》，是贈給著名詩人楊煉的。詩中顏色的暗喻，頗費猜測。冰夫先生則獨具隻眼地認為：「藍」、「白」、「黑」是否暗喻楊煉詩歌風格的變化，已由原先的「朦朧」而走向了「後現代」？

　　冰夫先生還很推崇塞禹的《走向星宿》：

　　　　不必追問為什麼？／風總是對火說／等等　讓煙先走／
　　　　／……／無法制止的風／感覺誠然踏上海面瘦長的燈影／搖
　　　　晃著走向星宿／同時　用多情的目光對她說／我真的願意擁
　　　　有你／只是今夜難以抵達　路不平

　　冰夫先生說，這是愛情詩，抑或是另有寄託，不得而知，但可以肯定地說，這首詩是塞禹在人生旅途上的一次生命感悟，是詩的哲學思考，是用精巧靈慧的筆，蘸著柔情與理性的彩色抒寫的小夜曲。塞禹還有《九月的迷惘》與《戰爭的思索》兩首涉及國際政治的短詩，冰夫先生皆感到構思精巧、深沉渾厚、擲地有聲，而又靈氣十足，委婉感人。

　　塞禹寫詩不算多，但在澳華詩壇比較特殊。首先是他的職業，他寫詩的環境氛圍。他攻讀易經，研究玄學，探討道家出世思想以至生死問題。他道號「玄陽子」，以看風水命相謀生，繫悉尼頗有名氣的職業風水師。同時，他又是畫家，他的畫頗有靈

氣，屬於現代派風格。冰夫先生在這個詩人的作品中，看到了「生命感悟的玄機」。

冰夫先生說過，「古今中外，一個真正的詩人，誰個不曾在人生的征途上流浪，在命運的海洋中漂泊？」真是精闢而又簡明之言！作為自感孤獨又把孤獨看作一種財富、承認遠離中心又力辯「並非自我放逐」的「邊緣人」，冰夫先生確切感到「矛盾愈深則體會愈深，生命的境界也愈益豐滿濃鬱」。由此，不難理解他欣賞莊偉傑的詩集《精神放逐》。他相信詩集整體表達了莊偉傑作為精神放逐的流浪者在浪跡天涯中的心路歷程，有個人獨特烙印的生命體驗，有對人類社會、自然風物、古今歷史的思考與詠嘆。進而論之，詩集對漂泊者內心世界富有哲理深度的揭示，浸潤著東方風韻之美與現代意識的話語魅力。作為一個出色例子，冰夫先生舉出《泅渡》這首短詩：

> 在難耐寂寞的河道／久久地　泅渡／……獨坐　獨思　獨看／任憑感覺的根鬚四處蔓延／整個世界好像都在變形濃縮／一個又一個的怪圈接踵而至／時間似乎失卻了依託／生命被擱置在定格的旅程

冰夫先生不禁歡呼：那一連串的三個「獨坐」、「獨思」、「獨看」，看似隨意寫來，實則匠心獨運，入木三分，充分反映了莊偉傑的行為方式與內心世界。整首詩平白而堅實、生動，樸素而有張力，仿佛從肺腑流出，無一字虛設，無一點雜質，可謂擲地有聲，發人深省，將生命的醒悟與體驗，升華至一種涵蓋人生的哲理。

如果莊偉傑尚屬年輕之輩，冰夫先生的評論帶著熱切而中肯的期望，就如文章標題所顯示的那樣：「振翅高翔抑或落地喧

嘩」；那麼，對年近九十的趙大鈍前輩，冰夫先生完全是畢恭畢敬的。他獲贈老人《聽雨樓詩草》一書，深受感染。他把它稱之為「一部解讀人生的大書」，是老人社會生活與心路歷程的寫照，也可以說是老人剖析社會、解讀人生的結晶。冰夫先生說他每當捧讀這本詩集的時候，心頭自有一種說不出的激動與崇敬，默讀著「包蘊自然，涵蓋宇宙，采擷英華」的詩行，仿佛正跟隨前輩的指引目光，閱覽社會，解讀人生。他知道這是「既學做詩，也學做人」。

趙老一九八三年退休後移民澳洲，定居悉尼，「聽雨樓」是其書齋名。關於他的一生以及如何看待自己的一生，趙老一首作於七十九歲時的七言絕句《題聽雨樓圖》說得好：

風雨山河六十年，盡多危苦卻安然。
垂垂老矣吾樓在，依舊聽風聽雨眠。

冰夫先生評論道，趙老雖歷經磨難，但豁達大度，平和怡然，進退有命，遲速有時，真正做到「與人無爭，與世無求」。當然，綜觀《聽雨樓詩草》全集，趙老屢遭離亂，飽經憂患，胸藏家國興亡之痛，自有悲憤激昂的情懷，釀之為詩，盡是去國之情，懷鄉之思，傷時之淚，揮之難去的記憶，讀來分外感人肺腑。趙老對澳洲寧靜幽美的自然環境、平和多元的社會生活，既適應，也喜愛，但是，「最喜地容尊漢臘，敢忘身是避秦人」的思緒，不能讓他安之若素，也正因此，趙老寫出這樣的名句：「眼底江山心底淚，無風無雨也瀟瀟。」冰夫先生說他每次讀來，都感到一種震撼靈魂的力量。

趙老的詩，久為世重，眾多方家推崇備至，好評如潮，但冰夫先生還是有進一步的見解。他認為，趙老的詩，前期多悲壯

雄渾、歌韻高絕之作，雖帶有李賀的「骨重神寒」，但似乎更多了放翁的「激昂感慨、流麗綿密」與對白香山「感傷、諷喻」及「閑適」的元和體的繼承。總體說，趙老的詩瀟灑自由，輕鬆明白，俗語常談，點綴其間，極少用典，看似通俗，實含典雅，這跟他學問廣博、涉獵廣泛有關。到了定居澳洲之後，趙老的詩在沉鬱淡然中又多了幾分閑適細膩、氣醇聲和的風骨韻致，很多地方似乎更趨近於楊萬里的「雄健富麗、質樸清空」的風格。我曾和趙老以及其他文友談起，這些都是冰夫先生不同凡響的真知灼見。

「一部解讀人生的大書──讀趙大鈍前輩《聽雨樓詩草》的筆記」這篇文章，是我為在《澳華新文苑》上出趙老專輯而特意請冰夫先生撰寫的。冰夫先生果然不負眾望，認真研究，精心論述，既深刻又全面，不能不令人欽佩而且感動。而首先感動者，自然是趙老本人。他在致冰夫先生的感謝信上說：「您真是我的人生唯一最瞭解我的知己。您花了一個月零二天的時間去研究，把我的心靈一一撫摩出世。我們只見過幾次面，談過很少話，這也可說『佛』家的『緣』啊！我不知用什麼來感謝您啊。我希望您有空約茶敘，我實在很多積愫要求您指點！」這短短幾十個字，以後可能被證明為澳華文壇上一份重要的文獻。

冰夫先生對後輩的提攜則可在陳積民等人身上看到。他深情地說，長期以來，他就持有這種感覺：在「酒井園詩社」的眾多詩友中，陳積民是一位質樸勤奮而有見解的詩人。他不求奢華，不好綺語，不圖虛浮，創作態度猶如他的為人：嚴謹而謙和。他踏踏實實地工作，踏踏實實地讀書，踏踏實實地寫詩。冰夫先生還說，陳積民的詩歌風格由原來的清新流麗而逐漸趨於沉鬱厚重，雄深雅健。他不是那種一揮而就斐然成章的詩人，他寫詩不競一韻之奇，不爭一字之巧，而在謀篇構建上自有一番功夫。

冰夫先生以「澳洲思緒與故土情懷」來歸納陳積民的詩作，這是非常有見地的。積民的故土情懷，深蘊在那篇題為《父親》的詩中，那也是最早吸引冰夫先生閱讀目光的佳作：

> 我懷抱著你慈祥的照片遠行／但總不敢放在窗前／生怕他鄉的歲月使它退色呵／／……／多少次夢中向你哭喊／多少次醒後心靈呻吟／萬千顆星都已墜落／我的夜色佈滿無眠／／從家鄉至異鄉到天涯／我的臉刻在顫抖的礁石／我的思念是連綿不盡的海水／不停地撲打靈魂的堤岸／……

　　作為一個立足於澳洲大地的詩人，積民的視角與思維自然關注這美麗和平的土地上所發生的一切。他眼中的澳洲是「大海掌上的明珠」，他心中要撫平澳洲歷史遺留的民族隔閡，如他在《AYERS ROCK》（愛亞斯岩）詩篇中以寬容大量的心態所抒發的那樣。冰夫先生指出，如果說抒情詩的中心點和特有的內容就是具體的創作主體，那麼，人們從陳積民的詩篇中可以看出他胸中跳動一顆熱愛澳洲的真心，看出他為澳洲人民寫作的熱情以及在這熱情推動下所表現出來的藝術技巧與風格。

　　冰夫先生指出的這一點非常重要。我曾經在一篇文章中說過，過去一百多年來海外華人傳統的、正宗的、不容置疑的「落葉歸根」的思想意識現在已經發生幾乎可以說是顛覆性的改變，過去常在描寫海外華人的作品中所見到的情慘慘悲切切的「遊子意識」現在已經明顯地與時代與當今天下大勢脫節，事實上也已經在今天有分量的作品中退位，現在不管是海外華人生存之道還是世界華文文學發展之道都應該是——或者已經是——「落地生根，開花結果」。在陳積民以及澳洲不少華裔詩人的詩篇中，多多少少都可以看到一種靈悟——作為肉身已經跳出民族疆界的詩

人，他們試圖超越過去那種悲苦卻不無膚淺的「遊子」意識；他們已經真切意識到自己是全心身投入的新家園的主人。其實，年過七十的冰夫先生就是其中一位。在前文提過的他的詩集《看海的人》中就可見一斑。滄桑世事，天地悠悠，詩人對景抒懷，舒暢胸臆，已有一種普世主義的天地境界。

　　澳華詩壇新詩詩寫者寫出不少傑作，而他們的成功無不是因為在處理繼承與創新關係上的成功。冰夫先生本身是一個很好的例子，而他在這方面也給詩友許多熱誠中肯的評論。就我而言，我覺得這是冰夫先生詩評中重要的建樹，很值得好好討論一下。

　　冰夫先生說，莊偉傑是一個性情中人，他寫出《合浦珍珠》和《睡蓮醒來》這些意象優美、色彩紛呈的詩句，帶給人們的藝術美感是多元的。進一步看，幾乎所聞，所見，所思，無一不引起莊偉傑詩的遐思與構建，而這些詩中的意象又跳蕩多變，既傳統，又現代，有些讓人琢磨不定。至於塞禹，他的詩與畫都與他從事的職業有關。冰夫先生發現，中國古典文化傳統的底蘊與西方現代派的藝術表現形式，在他身上有完滿的結合。冰夫先生偏愛他的詩，是因為讀時能感到一種靈氣漾動中閃爍著理性的光芒。他猜測這可能源於塞禹對易經的探研和對道家學術的吸納，加深了他在人生閱歷中對生命的感悟，使他的詩有著豐厚啟動的契機。在陳積民的詩中，冰夫先生看到，既有西方現代詩歌的影響，但更多的還是中國古典詩歌傳統和五四以來新詩的軀幹和骨骼。陳積民自己也說過，不管是中華文明還是西方文明，都有其輝煌的一面，也都存在著許多不足和缺陷。只有認清相互之間的缺點和長處，以他者之長補己之短，才能促進自身的健康發展。

依舊聽風聽雨眠

完全否定自我，走向全盤接受他者之路，注定是走不通的；反之，固步自封，孤芳自賞，有意無意地拒絕吸收他者的優秀成分，終將走向衰亡。

關於繼承與創新關係，冰夫先生在這方面最重要的評論是「漫說雪陽和璿子的詩」一文。

雪陽和璿子是一對詩人伉儷，冰夫先生稱他們是「背著十字架背著生命的坐標與尊嚴」的詩人。他們多年生活在西方社會，視角寬廣，詩的題材廣泛，舉凡人生慨嘆，歷史鉤沉，喻世諷今，社會風情，無所不寫。形式也多種多樣，或高吟，或淺唱，或憤世，或嫉俗，或裸露心靈，或描述夢境，但都閃爍著真誠的光芒，都緊緊圍繞著人和人性。兩人如果說在風格上有些什麼不同，雪陽比較厚實凝重，璿子的詩則優於空靈鐫永。他們自從露面澳洲文壇，傑作疊出，好評如潮。讀著他們的詩句，冰夫先生思索一種對歲月飄忽悲喜難料的人生憂患的感慨，領悟蘊涵某種徹悟生命底蘊的禪機。

雪陽和璿子的詩創作無疑是成功的。怎麼成功呢？請看冰夫先生分析。

雪陽有一首詩《另一種生活》：

> 我的後院裡生活著一群蚯蚓／我猜不透它們隱秘的生活／我們一直無法交談／它們對異鄉人並不好奇／／……它們從不互相指責／對於石頭壓著的生活／很少提及／／……／蚯蚓的頭和腳很相似／因此　上下　方位／也就無關緊要／頭和腳在同一個地平線上／它們可能渾身都是思想／／生命的精華／也許是某些柔軟的成分／傲骨賤骨／最終都叫做骷髏／／蚯蚓沒有骨頭／連軟骨也沒有／蚯蚓的骨氣不是我們能懂的

這首詩字句明白可讀，境界也是具體的。讀過之後，像是懂了，但仔細一想，又象沒有全懂，越往深處想，就覺得含義太多。多指多涉，閱讀參與創作，這不就是現代派的特徵嗎？正是這首詩，深受中外詩友讚賞。

再看《故鄉人物譜》組詩中的《六尺巷》：

容納了三百年的時光

六尺巷還像當初一樣

空　　　　　　　　曠

你三尺　　　　我三尺

古巷前　　　　溪水邊

老人　　　在垂釣

新的　　　答案

三尺　　到底

多深　　到底

多　　廣

詩的形式絕對是現代派的，而內容卻是古老而通俗的中國大陸鄉俚故事。

冰夫先生還舉出雪陽的《啄木鳥七大罪狀》。這首詩選用的顯然是現代詩的形式，而內容全然是隱喻，但是並不晦澀，更不難懂。而《想起寒山》那首，寫的楓橋、夜泊、漁火，以及詩僧寒山，幾乎都是古典的傳統的，然而詩卻是現代的。

於是，冰夫先生指出，雪陽和璩子的詩，很難說哪是現實的，哪是現代的，哪是傳統的。這個斷語說得真好。筆者也有同感。筆者曾經在一篇文章評論過一種可稱之為「回歸」論的觀

點，即是認為目前世界各國華文文學（即中國大陸一些人所慣稱的「海外華文文學」）正在悄悄地向中國傳統文化回歸，無論從內容到形式，從藝術構思到表現技巧，都體現了中國傳統文化的特點。而且，據說這種潮流還剛剛在興起，很快就會變成一股熱潮。筆者對此觀點持否定態度。事實上並沒有這樣一股「潮流」更沒有這樣一股「熱潮」。華文文學世界過去沒有出現全局性背叛和脫離中國傳統文化，現在也沒有整體性地向中國傳統文化回歸。這種以所謂回歸傳統與否作為著眼點的論述肯定會歪曲整個華文文學世界豐富多彩的面貌。白先勇有一句話其實已講得很清楚。在處理中國美學中國文學與西方美學西方文學的關係時，應該是「將傳統溶入現代，以現代檢視傳統」（見袁良駿：《白先勇論》，臺北爾雅出版社，1994年，頁352）。許多傑出詩人的詩作，像雪陽和璿子那樣，既古典又現代，傳統與現代融匯而生發新質。優秀的東西一般都有某種超越性。

　　冰夫先生的真知灼見也表現在他非常讚賞雪陽這段話：「誠然，創新是詩的第一要義。但一首有著生命的活的詩需要創新的天空，更需要守舊的大地。一棵樹在天空中的高度，與它的根扎進大地的深度是成正比的。每一棵大樹都懂得泥土的意義。它拼命扎進泥土深層，正是為深入地接近天空。傳統的泥土，故鄉的泥土，異國的泥土，都是相似的泥土。忽略了泥土，是要付出代價的。」雪陽以他豐富的詩寫經驗形象地而且富有說服力地點明創新和傳統的關係──「拼命扎進泥土深層，正是為深入地接近天空」。而且，請注意，所謂「泥土」，就是營養，有過去傳統的營養，有現代新發的營養，有「故鄉的泥土」，有「異國的泥土」。筆者因此想到周策縱教授於一九八八年八月在新加坡召開的第二屆華文文學大同世界國際會議上提出過「雙重傳統」的觀念。的確，無數文學史上的案例已經表明，好的作家、詩人會吸

收、融鑄多元的文化傳統，必然會對他們當時社會的各文化傳統進行揚棄，作選擇、作整合、作融合。事實上，從宏觀的角度來說，所有的傳統，都不是單純的、單一的傳統。傳統本身並非一塊凝固的板結，而是一條和時間一起推進、不斷壯大的河流。在這個意義上，所有的傳統，都是當代的傳統；傳統也在更新，包括傳統本身的內涵和人們對傳統的認識和利用。這樣對待傳統，就意味著創新了。

那麼，生正逢時爭作為，這是我對澳華詩壇的祝福，也是我對冰夫先生的祝福。冰夫先生現已進入高齡，但卻寶刀未老，依然才思敏捷，詩歌、散文、評論，華章一篇篇湧出，令人讚不絕口，這實在是我們澳華詩壇的福氣。現在冰夫先生要出版謙稱為《信筆雌黃》的評論集，囑我作序，我自然是誠惶誠恐，不揣冒昧，寫出以上一些文字，也算是表達長久以來對他的敬仰之情。

（發表於《澳華新文苑》第207-209期）

海樣情懷總是詩
——序《海、陽光與夢·澳洲散記》

西　彤

世界真大，世界也真小。

不知道這是出自哪位智者之口，而又常被人們所引用的名言，竟也如此奇妙地印證於我與冰夫兄的身上。

我和冰夫本是老相識，多年來生活在同一塊廣袤的神州大地上，還時常在同一份報刊上刊登詩文，更是風雨同路，艱辛地跋涉在文學途程上的同時代人。可是一個在東海之濱，一個在五嶺之南，見面相聚的時候畢竟不多。正所謂「人生不相見，動如參與商」。這便是我們在過往的歲月裡最恰切不過的寫照。真是連做夢也難以想到，竟會在萬里之外這大洋彼岸的澳洲——這塊美麗而又陌生的新大陸上，奇蹟般地走到一起來了！於是便有了「今夕復何久，共此燈燭光」的夢一般的場景。

我們相逢於悉尼。我從東方之珠的港島，他從黃浦江畔的上海，先後來到澳洲與各自的家人相聚。驀然異地重逢，驚喜之餘，感慨良多，也許這就是人們常說的緣份所使然罷。兩個癡迷繆斯大半輩子的書呆子，又是有著許多相似的人生經歷的老兵，如此難能可貴地相聚於一個即將要開始另一個重新的生活方式的國度，或品茗敘舊，或談詩論文，或相約參與一些學術交流活動，倒也樂在其中。之後，不久，我應友人之邀，回港重操舊業，編編寫寫；冰夫則在悉尼融入新的生活，很快便熟悉了新的環境，向來慣於筆墨耕耘，以讀書寫作為樂趣，不但寫得一手好

詩，而且也寫得一手好散文的他，置身於這碧海藍天、陽光草地、綠樹繁花無處不在的新天地，新的視野，新的感受陶冶著他，滋潤著他，又怎能不詩興大發，文思潮湧呢！

於是，他清麗的詩篇，婉約的散文，便源源不斷地展現在澳洲以及中港臺的華文報刊上，這位遠渡重洋的文壇老兵，又以他富有新意和別具特色的詩文，贏得了海內外讀者的青睞。當我和冰夫再次於悉尼相聚時，一本厚實而精粹的散文結集《海、陽光與夢——澳洲散記》，便給我和所有的讀者朋友們送來了一個意外的驚喜。

澳洲、海、陽光、夢這四個本來就不同內涵而又互不關聯，看似平常的名詞，冰夫竟然將它們組成其書名，這本身就是一個充滿詩意、清新脫俗的絕妙構思。凡是熟悉和瞭解澳洲的人都會知道，作為世界上最大島國的澳大利亞，確確實實是一個大海、陽光與溫馨的夢承托起的國度；而在澳洲，人們的生活乃至生命，也確確實實是與大海、陽光、夢幻緊密相連，融為一體的。以此作為書名，不僅提純出一個引人遐思而又極具美學內含的清新意象，同時也生動地涵蓋了全書的主要綱目，可謂是神來之筆，起到了點睛之妙。

翻開這本集子，迎面而來的便是湛藍的大海，明麗的陽光，和陣陣清新的海風吹送過來的各種色彩編織的夢境，有如寬銀幕電影的繽紛畫面，清晰地映入眼簾，又一幅幅疊印過腦海之中，而那凝視著浩淼海天，聽驚濤拍岸，數潮漲潮落的看海人——對大海情有獨鐘的冰夫，他那悠悠的海樣情懷，濃濃的鄉土情結，殷殷的故鄉情誼，還有那剪不斷理還亂的夢與非夢的縷縷情思，正一一地向你坦誠展示，娓娓地向你深情述說。雖然他抒寫的是澳洲多姿多彩的生活的點滴感受，然而他那筆觸所及，卻是穿越重洋，思路浩瀚，情牽萬里。在冰夫筆下，大至南十字星下的繽

依舊聽風聽雨眠

紛萬象，人生海洋裡的終極思考；小至一片落葉，一聲杜鵑的啼鳴；近至新居門前的修竹，鄰裡後園的香椿；遠至故國的邊陲小鎮，美洲遙遠的瓦爾登湖，凡是情之所至，便會有感而發。而在他的筆下和心目中，沒有「小事情」，只有真性情。這是冰夫對於散文始終不渝的准則及其獨到之處。

早在八年前，錢谷融先生在為冰夫的電影小說集《海山之戀》所作的序中，評析冰夫的散文時就曾滿腔熱情地談到：「散文是最見性情之作，它不但杜絕虛假，也來不得半點花巧。一切沒有真性情、不是有真話要說的人，最好別來寫散文。而冰夫的散文則表明他確有真性情，確是真有話要說，而且他的性情是這樣的坦誠真率，他所說的每一句話，都是出自他的肺腑。因此感人至深。」

錢老對於散文的見解，可謂是簡明精確，一針見血，可視作我們寫散文時的座右銘。他對冰夫的散文和人品都給予很高的評價和肯定。我們今天仍然可以此來檢視冰夫的新作，你會發現，冰夫沒有辜負錢老的勉勵和期望。

一組澳洲散記系列，從《二月夏日的陽光》到《南十字星下的凝視》，從《晴雨藍山》到《企鵝歸巢》的菲利普小島，不僅讓你領略到澳洲人酷愛海灘、陽光，享受大自然的執著心態和狂放熱情，同時還可隨著冰夫去探訪山川風物，名城古蹟的歷史淵源，感受澳洲多元文化的氛圍。一輯懷鄉憶舊的記敘，深情傾訴的不僅僅是冰夫這個海外遊子的鄉土情結：一袋來自故國江南的薺菜，「簡直就是一種夢魂縈繞的鄉戀，一種刻苦銘心的相思！」（《薺菜餛飩》）；一把鄰居送來的香椿，竟引發了他和老伴的懷鄉夢，（《香椿與懷鄉夢》）；而一聲聲杜鵑的啼鳴，端的是「蝴蝶夢中家萬里」，更哪堪「三生花草夢蘇州」。

還有那一疊幾經淘汰的關於歲月與人生的隨筆；一束與友人作心靈交流的海外書簡，則充分表露出他對人生與社會的重新檢視和深層的思考，昭示了他對人生真諦的不懈的求索。

他不逃避孤獨，而是泰然面對並從容加以審視，終於發現「它是屬於人類深層的心理因素，是人類智慧的一種生存方式，……也許是短暫人生中最難將息的悲壯時刻，也許是創造思維突破屏障的衝撞因子」（《難逃孤獨》）。他也不諱言人的終老與死亡這個「沉重的話題」，幾經咀嚼思考，使他清楚地意識到，這是人生必由之路，瀟灑地吟出「獨留青塚向黃昏」的感慨。

他反復不厭地以夢作文章，不過是他對人生的另一種釋放與寄寓。當他藉著夢的翅膀飛抵那「常在夢中出現的瓦爾登湖畔」，與他心儀已久的超驗主義作家梭羅作了「毫無拘束的交談」之後，從而領悟到「人生是何等高深的謎，多少智者賢者哲者探尋生活之道，歷經磨難，嘔心瀝血，終其一生，而不得其解，或不解其終極的奧秘」（《遙遠的瓦爾登湖》），於是，冰夫便在深切懷念和呼喚他那幾位多年的至交與戰友時，敞開心扉，以大敘事，大抒情，大格調，盡情地噴發、釋放他心底的大喜大悲，至情至性，並以他（她）們坎坷曲折且帶有傳奇性的經歷，對人生作了淋漓盡致的詮釋。無論是隔海相望，癡情苦守，愛心不渝的平雁（《海峽雁南飛》），抑或是歷經磨難，垂獲生命並將得到永生的楊力大姐（《誰寄長天秋思雨》），她們如夢的人生，又令人們悟出了些甚麼呢？還是那位曾與地下或地上的死神都打過交道的詩人於之悟得透澈：「這些詩並非夢，而是實實在在悲歡離合的人生；然而，命運之乖戾，人生無常，乃至「天下事了猶未了」的世間，不仍是一場夢嗎？（《一束黃水仙》）

自冰夫移居海外，安家悉尼，從以往那喧囂、功利的世俗中
超脫出來，過著寧靜怡然，與世無爭的生活，少了干擾與羈絆，
多了求索與舒展，在生命的進程中，邁向了一個新的境界，在藝
術的審視上，達到了又一個高度。他的文筆較以往更瀟灑，情感
更深沉也更熱烈，描述的層面得到了更深廣的拓展。這種感覺，
與日俱增，越來越濃烈，特別是當我一再品讀《一束黃水仙》、
《海峽雁南飛》、《誰寄長天秋思雨》等令人心靈悸顫的篇章
後，久久沉浸於無言的思索和難以名狀的唏噓之中。冰夫確實是
以他生命的感悟之筆，飽蘸心靈的苦澀汁液和帶血的淚滴，精
心鏤刻和描塑三位生死之交的摯友，他們那即使是時間的抹布
「也難以揩拭乾淨」、「凝結著血與淚」的特有風采，和永遠呼
喚愛與被愛的真正的人生！讓所有熱愛這個世界的人們久遠難以
忘懷。

　　散文名家余光中教授在論及散文時，將之歸為「知性」和
「感性」兩大類，他在談到感性散文時作了精闢的闡述：「一位
作家若能寫景出色，敘事生動，則抒情之功已半在其中，只要再
能因景生情，隨事起感，抒情便能奏功。不過這件事並非所有的
散文家都做得到，因為寫景若要出色，得有點詩人的本領，敘事
若要生動，得有點小說家的才能，而進一步若要抒情，則更需詩
人之筆。生活中的感性要變成筆端的感性，還得善於捕捉意象，
安排聲調。」身為散文家又是詩人和劇作家的冰夫，既屬婉約
派，兼具學者型，可謂得天獨厚，堪稱是敘事與抒情的高手，深
諳其中三味的妙處，更善於將知性與感性、敘事與抒情，巧妙地
揉融於一體，或托物言志，或藉景抒情，因情生理，寓理於情，
因而能駕輕就熟，抒寫出感人至深的散文精品。

（發表於《澳華新文苑》第27期）

國家圖書館出版品預行編目

依舊聽風聽雨眠 / 何與懷主編. -- 一版. --

臺北市：秀威資訊科技, 2006[民95]

面； 公分. --(語言文學類；PG0118)

(澳華新文苑叢書；第1卷)

ISBN 978-986-6909-26-9(平裝)

887.13   95025411

語言文學類　PG0118

依舊聽風聽雨眠

主　　　編 / 何與懷
發 行 人 / 宋政坤
執 行 編 輯 / 林世玲
圖 文 排 版 / 張慧雯
封 面 設 計 / 李孟瑾
數 位 轉 譯 / 徐真玉　沈裕閔
圖 書 銷 售 / 林怡君
網 路 服 務 / 徐國晉
法 律 顧 問 / 毛國樑律師
出 版 印 製 / 秀威資訊科技股份有限公司
　　　　　　台北市內湖區瑞光路583巷25號1樓
　　　　　　電話：02-2657-9211　　　傳真：02-2657-9106
　　　　　　E-mail：service@showwe.com.tw
經 　 銷 　 商 / 紅螞蟻圖書有限公司
　　　　　　台北市內湖區舊宗路二段121巷28、32號4樓
　　　　　　電話：02-2795-3656　　　傳真：02-2795-4100
　　　　　　http://www.e-redant.com

2006 年 12 月　BOD 一版
定價：600元

讀 者 回 函 卡

感謝您購買本書，為提升服務品質，請填妥以下資料，將讀者回函卡直接寄
回或傳真本公司，收到您的寶貴意見後，我們會收藏記錄及檢討，謝謝！
如您需要了解本公司最新出版書目、購書優惠或企劃活動，歡迎您上網查詢
或下載相關資料：http:// www.showwe.com.tw

您購買的書名：＿＿＿＿＿＿＿＿＿＿＿＿＿＿＿＿＿＿＿＿＿＿

出生日期：＿＿＿＿年＿＿＿＿月＿＿＿＿日

學歷：□高中 (含) 以下　　□大專　　□研究所 (含) 以上

職業：□製造業　□金融業　□資訊業　□軍警　□傳播業　□自由業
　　　□服務業　□公務員　□教職　　□學生　□家管　　□其它＿＿＿

購書地點：□網路書店　□實體書店　□書展　□郵購　□贈閱　□其他

您從何得知本書的消息？

　　□網路書店　□實體書店　□網路搜尋　□電子報　□書訊　□雜誌
　　□傳播媒體　□親友推薦　□網站推薦　□部落格　□其他＿＿＿＿＿

您對本書的評價：(請填代號　1.非常滿意　2.滿意　3.尚可　4.再改進)

　　封面設計＿＿＿　版面編排＿＿＿　內容＿＿＿　文／譯筆＿＿＿　價格＿＿＿

讀完書後您覺得：

　　□很有收穫　□有收穫　□收穫不多　□沒收穫

對我們的建議：＿＿＿＿＿＿＿＿＿＿＿＿＿＿＿＿＿＿＿＿

＿＿＿＿＿＿＿＿＿＿＿＿＿＿＿＿＿＿＿＿＿＿＿＿＿＿＿

＿＿＿＿＿＿＿＿＿＿＿＿＿＿＿＿＿＿＿＿＿＿＿＿＿＿＿

＿＿＿＿＿＿＿＿＿＿＿＿＿＿＿＿＿＿＿＿＿＿＿＿＿＿＿

11466
台北市內湖區瑞光路 76 巷 65 號 1 樓

秀威資訊科技股份有限公司　　　收

BOD 數位出版事業部

....

（請沿線對折寄回，謝謝！）

姓　　名：＿＿＿＿＿＿＿＿　年齡：＿＿＿＿　性別：□女　□男

郵遞區號：□□□□□

地　　址：＿＿＿＿＿＿＿＿＿＿＿＿＿＿＿＿＿＿＿＿＿

聯絡電話：(日) ＿＿＿＿＿＿＿＿＿ (夜) ＿＿＿＿＿＿＿＿＿

E-mail：＿＿＿＿＿＿＿＿＿＿＿＿＿＿＿＿＿＿＿＿＿＿